中国当代文学原典导读

佘爱春　刘茉琳　陈翠平　张　栋　编著

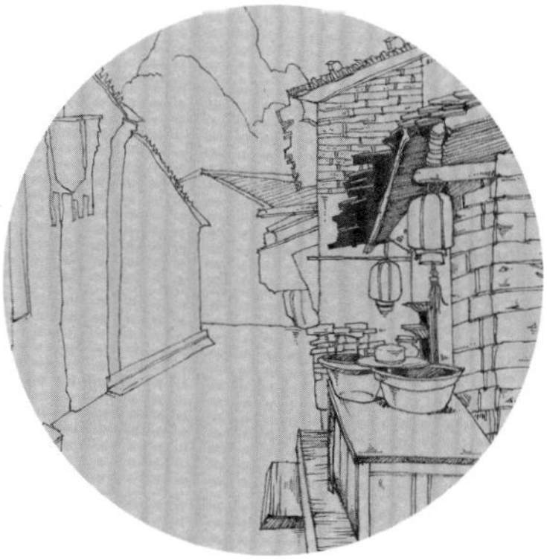

暨南大學出版社
JINAN UNIVERSITY PRESS

中国·广州

图书在版编目（CIP）数据

中国当代文学原典导读/佘爱春，刘茉琳，陈翠平，张栋编著．—广州：暨南大学出版社，2022.2

ISBN 978-7-5668-3251-1

Ⅰ．①中…　Ⅱ．①佘…②刘…③陈…④张…　Ⅲ．①中国文学—当代文学—文学欣赏　Ⅳ．①I206.7

中国版本图书馆 CIP 数据核字（2021）第 203599 号

中国当代文学原典导读

ZHONGGUO DANGDAI WENXUE YUANDIAN DAODU

编著者：佘爱春　刘茉琳　陈翠平　张　栋

……………………………………………………………………………………

出 版 人：张晋升
策划编辑：潘雅琴
责任编辑：潘雅琴　梁念慈
责任校对：刘舜怡
责任印制：周一丹　郑玉婷

出版发行：暨南大学出版社（510630）
电　　话：总编室（8620）85221601
营销部（8620）85225284　85228291　85228292　85226712
传　　真：（8620）85221583（办公室）　85223774（营销部）
网　　址：http://www.jnupress.com
排　　版：广州良弓广告有限公司
印　　刷：广州一龙印刷有限公司
开　　本：787mm×960mm　1/16
印　　张：20.75
字　　数：400 千
版　　次：2022 年 2 月第 1 版
印　　次：2022 年 2 月第 1 次
定　　价：59.80 元

前言

从教学的角度来说，引导学生回归文本永远是文学学习的第一要义。而作为长期教授中国现当代文学的教师，也许最应该注意的是不要把课堂变成知识的传声筒，以积累知识为主的文学教育往往会不自觉地成了数据传输的过程，教师们自以为“学问”很多，只恨每节课时间都不够用，殊不知以传递学问为主轴，则课时永远都不够，还会使学生陷入僵硬的知识记忆中。莫不如转换思维：当代文学最应该培养的是学习者自身的主动阅读、自觉赏析能力，应该引导的是其自身产生诗意的体会，以及想象力的放飞和人文情怀的沉淀。

从求学的角度而言，文学学习最重要的起点、最主要的储备都应该来自文本；如果说其他科目需要实验、需要数据，那么文学真正的数据就是文本的累积，真正的实验就是阅读的体验。正如没有阅读创造的文学教学只是一个数据传输的过程，缺了文本的文学学习注定是缘木求鱼、无功而返，其结果只能是通过记忆积累了许多关于作家作品的评价，却没有任何与生命相关的真正的认知，仿佛收集了一堆菜谱、准备了一桌子的调味料，却忘记了最主要的食材。

教学与求知也许是大多数科目学习的两个重要半圆，在文学学习的世界里，徒有这二者却远不能走进文学的世界。文学作品的丰富复杂，真实与虚构、历史与当下、创作与人生之间，种种枝节横生、盘根错节，都对阅读活动提出了要求。钱理群先生说：“真正的文学作品总是具有极大的混沌性、模糊性，包含多重的意义，有些意义甚至是可以意会不能言传、无法明晰化的，作品的价值要在读者的创造性阅读中去实现。”

那么当代文学的阅读需要怎样的导读呢？在有限的学习时间里，要从海量文本中择出真正的文学作品；阅读本身也并非指向逐字逐句“看”，而应该是一种创造性活动。所以“阅读”二字并不简单，其一是挑选阅读对象；其二是阅读活动应该成为创造性活动。

一百多年前，汉语的文言文书写转变为白话文书写，汉语书写这百多年来就以白话文为主体，换句话说，以汉语为载体的当代文学就是我们的母语文学，这么一说仿佛就有了别样的情感、牵挂与意义。当代文学是我们的母语文学，也是与我们的当下血脉相连的文学，不是随意解读，但也不是深不可测，通过导引阅读，可以解锁审美的密码，也可以打开当代文学一层层的意义大门。从某种程度上说，从我们的母语生长出来的中国文学是离每个人最近的学科，只要识字，当代文学就是几乎没有障碍的阅读对象。但是文学的世界不仅仅是一个个作家，一部部作品，也不仅仅是一个个流派，一次次思潮，事实上浩如烟海的作家、作品如同漫天星辰，可以是满目星辉，也可以是各种星座的故事与传奇，而这就是导读要做的工作。

当然，在这样一部选本中无法面面俱到，但挂一漏万也许是所有经典选本的共同特征。因为我们没有办法在一本导读中做到如同手术台上的无影灯一般全无死角，也不敢保证几位参与写作的老师都没有“灯下黑”，但可以做一个在舞台上不断亮起的聚光灯，每一篇导读都聚焦于一位作家的一部作品，至少在这一个短暂的高光中，我们和作品、我们和读者有一个集中的相逢。

另外，对于文本背后的作者、社会语境、创作特色以及一些相关延伸的思考，本书的几位写作者都用极为精练的语言做了高度概括，有书可以说能在最短的时间里帮助读者进入当代文学阅读的选本。导读文字意在对读者产生指导思想，在思维方式、分析方法上产生潜移默化的影响，因此不做过于具体的分析，毕竟能通过导读生出自己的阅读方式以及自己的文学史视野才是最关键的。

这本导读不仅面向中文系的学子，也面向对当代汉语文学感兴趣的所有读者，当代文学的文本欢迎所有爱文学的人。我们有这种信心：这本书能使不懂文学的人看懂文学，有文学基础的人也会打开审美的新视角。在这本书的写作中，我们不再是课堂上的正襟危坐，也不是现在许多媒体评论的逢迎大众，而是恳切、真诚地与读者交流。

书写这本书的时候，正是全球疫情严重的时候，也许大家最终会发现，岁月静好的时候文学可以锦上添花；动荡不安、天灾人祸时文学却有雪中送炭的功能。穿越时空，借助作品的体验、作家的思考，不管是在农业社会、工业社会还是商业社会，又或者如今这个被数字媒体全面改变的时代里，文学始终有静水深流的力量，而这就是文学的力量，属于每一位阅读者。

佘爱春　刘茉琳
二〇二一年七月

目　录

小说

散文

诗歌

戏剧

小说

红　豆

宗　璞

天气阴沉沉的，雪花成团地飞舞着。本来是荒凉的冬天的世界，铺满了洁白柔软的雪，仿佛显得丰富了，温暖了。江玫手里提着一只小箱子，在X大学的校园中一条弯曲的小道上走着。路旁的假山，还在老地方。紫藤萝架也还是若隐若现地躲在假山背后。还有那被同学戏称为阿木林的枫树林子，这时每株树上都积满了白雪，真是“忽如一夜春风来，千树万树梨花开”了。雪花迎面扑来，江玫觉得又清爽又轻快。她想起六年以前，自己走着这条路，离开学校，走上革命的工作岗位时的情景，她那薄薄的嘴唇边，浮出一个微笑。脚下不觉愈走愈快，那以前住过四年的西楼，也愈走愈近了。

江玫走进了西楼的大门，放下了手中的箱子，把头上紫红色的围巾解下来，抖着上面的雪花。楼里一点声音也没有，静悄悄的。江玫知道这楼已作了单身女教职员宿舍，比从前是学生宿舍时，自然不同。只见那间门房，从前是工友老赵住的地方，门前挂着一个牌子，写着“传达室”三个字。

“有人么？”江玫环顾着这熟悉的建筑，还是那宽大的楼梯，还是那阴暗的甬道，吊着一盏大灯。只是墙边布告牌上贴着“今晚团员大会”的布告，又是工会基层选举的通知，用红纸写着，显得喜气洋洋的。

“谁呀？”一个苍老的声音从传达室里发出来。传达室门开了，一个穿着干部服的整洁的老头儿，站在门口。

“老赵！”江玫叫了一声，又高兴又惊奇，跑过去一把抱住了他。“你还在这儿！”

“是江玫！”老赵几乎不相信自己昏花的老眼，揉了揉眼睛，仔细看着江玫。“是江玫！打前儿个总务处就通知我，说党委会新来了个干部，叫给预备一间房，还说这干部还是咱们学校的学生呢，我可再也没想到是你！你离开学校六年啦，可一点没变样，真怪，现时的年轻人，怎么再也长不老哇！走！领你上你屋里去，可真凑巧，那就是你当学生时住的那间房！”

老赵絮絮叨叨领着江玫上楼。江玫抚着楼梯栏杆，好像又接触到了六年以前的大学生生活。

这间房间还是老样子，只是少了一张床，多了些别的家具，窗外可以看到阿木林，还有阿木林后面的小湖，在那里，夏天时，是要长满荷花的。江玫四面看着，眼光落到墙上嵌着的一个耶稣受难像上。那十字架的颜色，显然深了许多。

好像是有一个看不见的拳头，重重地打了江玫一下。江玫觉得一阵头昏，问老赵："这个东西怎么还在这儿？"

"本来说要取下来，破除迷信，好些房间都取下来了。后来又说是艺术品让留着，有几间屋子就留下了。"

"为什么要留下？为什么要留下这一间的？"江玫怔怔地看着那十字架，一歪身坐在还没有铺好的床上。

"那也是凑巧呗！"老赵把桌上的一块破抹布捡在手里。"这屋子我都给收拾好啦，你归置归置，休息休息。我给你张罗点开水去。"

老赵走了。江玫站起身来，伸手想去摸那十字架，却又像怕触到使人疼痛的伤口似的，伸出手又缩回手，怔了一会儿，后来才用力一揿耶稣的右手，那十字架好像一扇门一样打开了。墙上露出一个小洞。江玫踮起脚尖往里看，原来被冷风吹得绯红的脸色刷地一下变得惨白。她低声自语："还在！"遂用两个手指，钳出了一个小小的有象牙托子的黑丝绒盒子。

江玫坐在床边，用发颤的手揭开了盒盖。盒中露出来血点儿似的两粒红豆，镶在一个银丝编成的指环上，没有耀眼的光芒，但是色泽十分匀静而且鲜亮。时间没有给它们留下一点痕迹。

江玫知道这里面有多少欢乐和悲哀。她拿起这两粒红豆，往事像一层烟雾从心上升了起来——

那已经是八年以前的事了。那时江玫刚二十岁，上大学二年级。那正是一九四八年，那动荡的翻天覆地的一年，那激动，兴奋，流了不少眼泪，决定了人生的道路的一年。

在这一年以前，江玫的生活像是山岩间平静的小溪流，一年到头潺湲地流着，很少波浪。她生长于小康之家，父亲做过大学教授，后来做了几年官。在江玫五岁时，有一天，他到办公室去，就再没有回来过。江玫只记得自己被送到舅母家去住了一个月，回家时，看见母亲如画的脸庞消瘦了，眼睛显得惊人的大，看去至少老了十年。据说父亲是患了急性肠炎去世了。以后，江玫上了小学上中学，上了中学上大学。日寇入侵的那段水深火热的日子，江玫也在母亲的尽力遮蔽下较平静地度过。在中学时，有一些密友常常整夜叽叽喳喳地谈着知心话。上大学后，因为大家都是上课来，下课走，不参加什么活动的人简直连同班同学也不认识，只认识自己的同屋。江玫白天上课弹琴，晚上坐图书馆看参考书，礼拜六就回家。母亲从摆着夹竹桃的台阶上走下来迎接她，生活就像那粉红色的夹竹桃一样与世隔绝。

一九四八年春天，新年刚过去，新的学期开始了。那也是这样一个下雪天，浓密的雪花安安静静地下着。江玫从练琴室里走出来，哼着刚弹过的调子。那雪花使她感到非常新鲜，她那年轻的心充满了欢快。她走在两排粉妆玉琢的短松墙之间，简直想去弹动那雪白的树枝，让整个世界都跳起舞来。她伸出了右手，自己马上觉得不好意思，连忙缩了回来，掠了掠鬓发，按了按母亲从箱子底下找出来的一个旧式发夹，发夹是黑白两色发亮的小珠串成的，还托着两粒红豆，她的新同屋萧素说好看，硬给她戴在头上的。

在这寂静的道路上，一个青年人正急速地向练琴室走来。他身材修长，穿着灰绸长袍，罩着蓝布长衫，半低着头，眼睛看着自己前面三尺的地方，世界对于他，仿佛并不存在。也许是江玫身上活泼的气氛，脸上鲜亮的颜色搅乱了他，他抬起头来看了她一眼。江玫看见他有着一张清秀的象牙色的脸，轮廓分明，长长的眼睛，有一种迷惘的做梦的神气。江玫想，这人虽然抬起头来，但是一定没有看见我。不知为什么，这个念头，使她觉得很遗憾。

晚上，江玫躺在床上，久久不能入睡。许多片断在她脑中闪过。她想着母亲，那和她相依为命的老母亲，这一生欢乐是多么少。好像有什么隐秘的悲哀在过早地染白她那一头丰盛的头发。她非常嫌恶那些做官的和有钱的人，江玫也从她那里承袭了一种清高的气息，那与世隔绝的清高。江玫想想，忽然好笑了起来。

江玫自己知道，觉得那种清高好笑是因为想到萧素的缘故。萧素是江玫这一学期的新同屋。同屋不久，可是两人已经成为很要好的朋友。萧素说江玫像是从另一个世界来的，清高这个词儿也是萧素说的，她还说："当然，这也有好处也有不好处。"这些，江玫并不完全了解。只不知为什么，乱七八糟的一些片断都在脑海中浮现出来。

这屋子多么空！萧素还不回来。江玫很想看见她那白中透红的胖胖的面孔，她总是给人安慰、知识和力量。学物理的人总是聪明的，而且她已经四年级了，江玫想。但是在萧素身上，好像还不只是学物理和上到大学四年级，她还有着更丰富的东西，江玫还想不出是什么。

正乱想着，萧素推门进来了。

"哦！小鸟儿！还没有睡！"小鸟儿是萧素给江玫起的绰号。

"睡不着。真希望你快点回来。"

"为什么睡不着？"萧素带回来一个大萝卜，切了一片给江玫。

"等着吃萝卜，——还等着你给讲点什么。"江玫望着萧素坦白率真的脸，又想起了母亲。上礼拜她带萧素回家去，母亲真喜欢萧素，要江玫多听萧姐姐的话。

“我会讲什么？你是幼稚园？要听故事？呶，给你本小书看看。”江玫接过那本小书，书面上写着“方生未死之间”。

两人静静地读起书来了。这本书很快就把江玫带进了一个新的天地。它描写着中国人民受的苦难，在血和泪中，大家在为一种新的生活——真正的丰衣足食，真正的自由——奋斗，这种生活，是大家所需要的。

“大家？——”江玫把书抱在胸前，沉思起来。江玫的二十年的日子，可以说全是在那粉红色的夹竹桃后面度过的。但她和母亲一样，憎恶权势，憎恶金钱。母亲有时会流着泪说：“大家都该过好日子，谁也不该屈死。”母亲的“大家”在这本小书里具体化了。是的，要为了大家。

“萧素，”江玫靠在枕上说：“我这简单的人，有时也曾想过人活着是为了什么，但想不通。你和你的书使我明白了一些道理。”

“你还会明白得更多。”萧素热切地望着她。“你真善良——你让我忘记刚才的一场气了，刚刚我为我们班上的齐虹真发火——”

“齐虹？他是谁？”

“就是那个常去弹琴，老像在做梦似的那个齐虹，真是自私自利的人，什么都不能让他关心。”

萧素又拿起书来看了。

江玫也拿起书来，但她觉得那清秀的象牙色的脸，不时在她眼前晃动。

雪不再下了。坚硬的冰已经逐渐变软。江玫身上的黑皮大衣换成了灰呢子的，配上她习惯用的红色的围巾，洋溢着春天的气息。她跟着萧素，生活渐渐忙起来。她参加了“大家唱”歌咏团和“新诗社”。她多么喜欢那“你来我来他来她来大家一齐来唱歌”的热情的声音，她因为《黄河大合唱》刚开始时万马奔腾的鼓声兴奋得透不过气来。她读着艾青、田间的诗，自己也悄悄写着什么“飞翔，飞翔，飞向自由的地方”的句子。“小鸟”成了大家对她的爱称。她和萧素也更接近，每天早上一醒来，先要叫一声“素姐”。

她还是天天去弹琴，天天碰见齐虹，可是从没有说过话。本来总在那短松夹道的路上碰见他，后来常在楼梯上碰见他，后来江玫弹完了琴出来时，总看见他站在楼梯栏杆旁，仿佛站了很久了似的，脸上的神气总是那样漠然。

有一天天气暖洋洋的，微风吹来，丝毫不觉得冷，确实是春天来了。江玫在练琴室里练习贝多芬的《月光曲》，总弹也弹不会，老要出错，心里烦躁起来，没到时间就不弹了。她走出琴室，一眼就看见齐虹站在那里。他的神色非常柔和，劈头就问：

“怎么不弹了?”

“弹不会。”江玫多少带了几分诧异。

“你大概太注意手指的动作了。不要多想它，只记着调子，自然会弹出来。”

他在钢琴旁边坐下了，冰冷的琴键在他的弹奏下发出了那样柔软热情的声音。换上别的人，脸上一定会带上一种迷醉的表情，可是齐虹神采飞扬，目光清澈，仿佛现实这时才在他眼前打开似的。

“这是怎么样的人?”江玫问着自己。“学物理，弹一手好钢琴，那神色多么奇怪。”

齐虹停住了，站起来，看着倚在琴边的江玫，微微一笑。

“你没有听?”

“不，我听了。”江玫分辩道，“我在想——”想什么，她自己也不知道。

“我送你回去，好么?”

“你不练琴?”

“不想练。你看天气多么好!”

就这样，他们开始了第一次的散步，就这样，他们散步，散步，看到迎春花染黄了柔软的嫩枝，看到亭亭的荷叶铺满了池塘。他们曾迷失在荷花清远的微香里，也曾迷失在桂花浓郁的甜香里，然后又是雪花飞舞的冬天。哦!那雪花，那阴暗的下雪天!——

齐虹送她回去，一路上谈着音乐，齐虹说：“我真喜欢贝多芬，他真伟大，丰富，又那样朴实。每一个音符上都充满了诗意。”

江玫懂得他的“诗意”含有一种广义的意思。她的眼睛很快地表露了她这种懂得。

齐虹接着说：“你也是喜欢贝多芬的。不是吗?据说肖邦最不喜欢贝多芬，简直不能容忍他的音乐。”

“可我也喜欢肖邦。”江玫说。

“我也喜欢。那甜蜜的忧愁——人和人之间是有很多相同的也有很多不同的东西——”那漠然的表情又来到他的脸上。“物理和音乐能把我带到一个真正的世界去，科学的、美的世界，不像咱们活着的这个世界，这样空虚，这样紊乱，这样丑恶!”

他送她到西楼，冷淡地点了点头就离开了，根本没有问她的姓名。江玫又一次感到有些遗憾。

晚上，江玫从图书馆里出来，在月光中走回宿舍。身后有一个声音轻轻唤她：“江玫!”

“哦！是齐虹。”她回头看见那修长的身影。

“你怎么知道我的名字?”齐虹问。月光照出他脸上热切的神气。

“你怎么知道我的名字?”江玫反问。她觉得自己好像认识齐虹很久了，齐虹的问题可以不必回答。

“我生来就知道。”齐虹轻轻地说。

两人都不再说话。月光把他们的影子投在地上。

以后，江玫出来时，只要是一个人，就总会听到温柔的一声“江玫”。他们愈来愈熟。不知从什么时候起，从图书馆到西楼的路就无限度地延长了。走啊，走啊，总是走不到宿舍。江玫并不追究路为什么这样长，她甚至希望路更长一些，好让她和齐虹无止境地谈着贝多芬和肖邦，谈着苏东坡和李商隐，谈着济慈和勃朗宁。他们都很喜欢苏东坡的那首《江城子·乙卯正月二十日夜记梦》：“十年生死两茫茫。不思量，自难忘，千里孤坟，无处话凄凉。”他们幻想着十年的时间会在他们身上留下怎样的痕迹。他们谈时间，空间，也谈论人生的道理——

齐虹说：“人活着就是为了自由。自由，这两个字实在好极了。自就是自己，自由就是什么都由自己，自己爱做什么就做什么。这解释好吗?”

他的语气有些像开玩笑，其实他是认真的。

“可是我在书里看见，认识必然才是自由。”江玫那几天正在看《大众哲学》。“人也不能只为自己，一个人怎么活?”

“呀!”齐虹笑道，“我倒忘了，你的同屋就是萧素。”

“我们非常要好。”

因为看到路旁的榆叶梅，齐虹说用热闹两字形容这种花最好，江玫很赞赏这两个字，就把自由问题搁下了。

江玫隐约觉得，在某些方面，她和齐虹的看法永远也不会一致。可是她并没有去多想这个，她只喜欢和他在一起，遏止不住地愿意和他在一起。

一个礼拜天，江玫第一次没有回家。她和齐虹商量好去颐和园。春天的颐和园真是花团锦簇，充满了生命的气息。来往的人都脱去了臃肿的冬装，显得那样轻盈可爱。江玫和齐虹沿着昆明湖畔向南走去，那边简直没有什么人，只有和暖的春风和他们作伴。绿得发亮的垂柳直向他们摆手。他们一路赞叹着春天，赞叹着生命，走到玉带桥旁。

“这水多么清澈，多么丰满啊。”江玫满心欢喜地向桥洞下面跑去。她笑着想要摸一摸那湖水。齐虹几步就追上了她，正好在最低的一层石阶上把她抱住。

“你呀！你再走一步就掉到水里去了!”齐虹掠着她额前的短发，“我救了你的命，知道么？小姑娘，你是我的。”

“我是你的。”江玫觉得世界上什么都不存在了。她靠在齐虹胸前，觉得这样撼人的幸福渗透了他们。在她灵魂深处汹涌起伏着潮水似的柔情，把她和齐虹一起溶化。

齐虹抬起了她的脸，“你哭了？”

“是的。我不知为什么，为什么这样感动——”

齐虹也感动地望着她，在清澈的丰满的春天的水面上，映出了一双倒影。

齐虹喃喃地说：“我第一次看见你，就是那个下雪天，你记得么？我看见了你，当时就下了决心，一定要永远和你在一起，就像你头上的那两粒红豆，永远在一起，就像你那长长的双眉和你那双会笑的眼睛，永远在一起。”

“我还以为你没有看见我——”

“谁能不看见你！你像太阳一样发着光，谁能不看见你！”齐虹的语气是这样热烈，他的脸上真的散发出温暖的光辉。

他们循着没有人迹的长堤走去，因为没有别人而感到自由和高兴。江玫抬起她那双会笑的眼睛，悄声说：“齐虹，咱们最好去住在一个没有人的岛上，四面是茫茫的大海，只有你是唯一的人——”

齐虹快乐地喊了一声，用手围住她的腰。“那我真愿意！我恨人类！只除了你！”

对于江玫来说，正是由于深切的爱，才想到这样的念头，她不懂齐虹为什么要联想到恨，未免有些诧异地望着他。她在齐虹光亮的眼睛里感到了热情，但在热情后面却有一些冰冷的东西，使她发抖。

[节选自宗璞．红豆［M］//朱栋霖，吴秀明．中国现代文学作品选：1917—2015(第三卷)．北京：高等教育出版社，2016：27－32.]

★导读：

宗璞，1928年出生于北京，原名冯钟璞，著名哲学家冯友兰之女。1957年出版童话集《寻月集》，同年在《人民文学》第7期发表短篇小说《红豆》，引起文坛注目。她主要进行散文与小说创作，其中《弦上的梦》《三生石》以及《丁香结》分别获全国优秀短篇小说奖、全国优秀中编小说奖、全国优秀散文（集）奖。20世纪80年代进行长篇小说《野葫芦引》的创作，分为《南渡记》《东藏记》《西征记》和《北归记》四卷，已全部完成，其中《东藏记》获第六届茅盾文学奖。

宗璞善于写知识分子阶层，她本身学养丰厚，文字风格蕴藉，《红豆》虽然是她的早期作品，但已彰显她在文学素养方面的深厚底蕴。宗璞创作于1976年后的《我是谁》《蜗居》《泥沼中的头颅》等一系列作品探索现代主义技巧，大量的心理描写、荒诞象征与超现实手法的使用，与描写对象在形式与内容上达到高度统一，显示了其在文学创作上的积极探索。

《红豆》这部小说写了一对年轻的大学生在时代风潮中相恋、成长与选择的故事。虽然这一时期宗璞的笔触还带有一点稚嫩，伴随浓郁的少女情怀，但这一点生涩和浪漫又恰恰与文本所书写的回忆青春故事的气质相一致，形成了一种明亮中带着忧伤的审美风格。文中江玫与齐虹是一对让人羡慕的恋人，郎才女貌，互相欣赏，可是身处时代风潮中，爱情注定要经受更严峻的考验。父亲的去世，好友萧素的理念与热情，以及齐虹孤僻的性格，都深深影响着江玫。在革命风起云涌的年代里，是像齐虹全家那样选择避走美国，还是像萧素那样投入时代风潮？最终二人分手，江玫舍弃爱情，选择忠于革命理想。

革命加恋爱的话题从1930年代开始书写，在蒋光慈、丁玲笔下都有不同的特质。从本质上说《红豆》也从这个传统而来，但毕竟创作于中华人民共和国成立之后，小说带着胜利者的信心与风貌，对于江玫的选择以回忆倒叙，结局辅以明亮开阔的当代生活，逝去爱情中的深情与惋惜也就成了全文的底色，使人物更加丰满，使故事更加动人。

（刘茉琳）

青春之歌

杨　沫

第一部

第一章

清晨，一列从北平向东开行的平沈通车，正驰行在广阔、碧绿的原野上。茂密的庄稼，明亮的小河，黄色的泥屋，矗立的电杆……全闪电似的在凭倚车窗的乘客眼前闪了过去。乘客们吸足了新鲜空气，看车外看得腻烦了，一个个都慢慢回过头来，有的打着呵欠，有的搜寻着车上的新奇事物。不久人们的视线都集中到一个小小的行李卷上，那上面插着用漂亮的白绸子包起来的南胡、箫、笛，旁边还放着整洁的琵琶、月琴、竹笙……这是贩卖乐器的吗，旅客们注意起这行李的主人来。不是商人，却是一个十七八岁的女学生，寂寞地守着这些幽雅的玩艺儿。这女学生穿着白洋布短旗袍、白线袜、白运动鞋，手里捏着一条素白的手绢——浑身上下全是白色。她没有同伴，只一个人坐在车厢一角的硬木位子上，动也不动地凝望着车厢外边。她的脸略显苍白，两只大眼睛又黑又亮。这个朴素、孤单的美丽少女，立刻引起了车上旅客们的注意，尤其男子们开始了交头接耳的议论。可是女学生却像什么人也没看见，什么也不觉得，她长久地沉入在一种麻木状态的冥想中。

她这异常的神态，异常的俊美，以及守着一堆乐器的那种异常的行止，更加引起同车人的惊讶。慢慢地，她就成了人们闲谈的资料。

“这小密斯失恋啦？”一个西服革履的洋学生对他的同伴悄悄地说。

“这堆吹吹拉拉的玩艺至少也得值个十块二十块洋钱。”一个胖商人凑近了那个洋学生，挤眉弄眼地瞟着乐器和女学生，“这小妞带点子这个干么呀？卖唱的？……”

洋学生瞧不起商人，看了他一眼，没有答理他；偷偷瞧瞧缟素的女学生又对同伴议论什么去了。

车到北戴河，女学生一个人提着她那堆乐器——实在的，她的行李，除了乐器，便没有什么了——下了火车。留在车上的旅客们，还用着惊异的惋惜的眼色目送她走出了站台。

小小的北戴河车站是寂寥的。火车到站后那一霎间的骚闹，随着喷腾的火车头上的白烟消失后，又复是寂寞和空旷了。

这女学生提着她的行李，在站台外东张西望了一会，看不见有接她的人，就找了一个脚夫背着行李，向她要去的杨庄走去。

走路的时候，她还是那么沉闷。她跟在脚夫后面低头走着，不言也不语。后来转了一个弯，走到个小岗上，当蔚蓝的天空和碧绿的原野之间突然出现了一望无际的大海时，这女学生迟滞的脚步停下来了。她望着海，那么惊奇，明亮的眼睛露出了欢喜的激动，“呵！呵！”她连着呵呵了两声，脚步像粘在地上似的不动弹了。“第一次看见——多么美呀！”她贪婪地望着微起涟波的平静的大海，忘记了走路。

“先生，快走哇！怎么不走啦？”脚夫没有理会女学生那一套情感的变化，径直走到了山脚下，当他看不见雇主的踪影时，这才仰头向山上的女学生吆喊着。

女学生仍然痴痴地望着崖底下的海水，望着海上的白色孤帆，好像什么也没有听见。

“喂！我说那位姑娘啊，您是怎么回事呵？”脚夫急了，又向山上大声吆喝着，这才惊醒了女学生，她揉揉眼睛茫然地笑了一下，快步跑下了山岗。

他们又一起走起来了。

脚夫是个多嘴的中年人，他不由向这举止有点儿特别的女学生盘问起来：“您站在山上看什么哪？”

“看海。多好看！”女学生歪着头，“你住在这儿多好，这地方多美呵！”

“好什么？打不上鱼来吃不上饭。我们可没觉出来美不美……”脚夫笑笑又问道，“我说，您这是干么来啦？怎么一个人？避暑的？”

女学生温厚地向脚夫笑笑，半晌才说：“哪配避暑。是找我表哥来的。”

脚夫瞪大了眼睛：“您表哥是谁？警察局的吗？”

女学生摇摇头：“不是，我表哥是教书的——杨庄的小学教员。”

“嘿！”脚夫急喊了一声，“我们邻村的先生啊，我都认识。不知是哪一位？”

“张文清。”女学生的神色稍稍活跃一些，她天真地问，“你认识他吗？他在村里吗？怎么没有上车站来接我……”

脚夫的嘴巴突然像封条封住了。他不做声了。女学生凝望着他黝黑多皱的脸，等待着他的回答。但是他不出声，又走了好几步远，这脚夫却转了话题：

“我说，您贵姓啊？是从京里下来的吗？”

女学生还带着孩子气，她认真地告诉脚夫："我姓林，叫林道静，是从北平来的。你不认识我表哥吗?"

脚夫又不出声了。半天，他呵呵了两声，不知说的什么，于是女学生也不再出声。这样他们一直走到了杨庄小学校的门前。脚夫拿了脚钱走了，林道静也微微踌躇地走上了学校门外的石台阶。

学校是在村旁一座很大的关帝庙里。林道静把行李放在庙门口，就走进庙里去找人。她走上东殿、西殿、正殿、偏殿各个课堂里全看了一遍，一个人影也没有。"莫非他们到海边散步去啦?"她心里猜想着，只好站在庙门外的台阶上等待起来。

这时天色将晚，村子里家家的屋顶，全冒起袅袅的炊烟。庙外就是一片树林，树林里的蝉，在知了知了地拼命聒噪，林道静忍耐地听了一阵蝉声，焦灼地东张西望了半天，还是一个人影也没有。看着行李，她又不敢挪动。直到天黑了，这才有一个跛脚老头从大路上蹒跚地走来。这老头看见有人站在台阶上，远远地先喊了一声：

"找谁的呀?"

道静好容易盼着来了个人，欢喜得急忙跑下台阶和老头招呼："张文清先生是在这儿教书吗?"

"啵，找张先生的?……"老头喝得迷迷糊糊的，红涨着脸，卷着大舌头，"他，他不在这儿啦。"

道静吃了一惊："他哪儿去啦?——他写信告诉我暑假不离开学校的呀。还有，我表嫂呢?她也在这儿教书……"

"不……不知道！不知道！……"老头越发醉得厉害了，东倒西歪地跌进学校的大门，砰的一声把两扇庙门关得紧紧的。

这下子可把林道静难坏了！表哥他们上哪儿去啦?她已经写信给他，告诉他要来找他，可是，他却不在这儿啦。现在怎么办?以后又怎么办呢?……她愣愣地站在庙门外的冷清的阶石上，望着面前阴郁的树林，聒耳的蝉声还在无尽休地嘶叫，海水虽然望不见，然而在静寂中，海涛拍打着岩石，却不停地发着单调的声响。林道静用力打了几下门，可是打不开，老头一定早入梦乡了。她心里像火烧，眼里含着泪，一个人在庙门外站着、站着，站了好久。明月升起来了，月光轻纱似的透过树隙，照着这孤单少女美丽的脸庞，她突然伏在庙门前的石碑上低低地哭了。

人在痛苦的时候，是最易回忆往事的。林道静一边哭着，一边陷入回忆中——她怎么会一个人来到这举目无亲的地方?她为什么会在这寂寥无人的夜里，独自在海边的树林徜徉?她为什么离开了父母、家乡，流浪在这陌生的地方？她为什么，为什么这么悲伤地痛哭呵？……

第二章

热河省一个偏僻的山村里，住着一家姓李的人家。这家人家只有祖父和孙女两个。祖父老了，成天病在炕上，孙女秀妮就打柴、种地养活着祖父和自己。秀妮是个又漂亮、又结实、又能干的姑娘。村里的青年小伙子都想娶这个姑娘，可是秀妮长到二十一岁了，却谁也没有嫁。原因是她从十一岁就给人家当童养媳，后来到她十五岁上，她的“丈夫”死了，她才又回到祖父的家里。这婚姻伤透了她的心，而且为了侍养老祖父，她就不想很快结婚。祖父因为年老多病需要孙女的照顾，也不愿意孙女离开他，于是祖孙俩就相依为命地活下来。祖父爱孙女，闺女家有时送来几个粘饼子、腌鸡蛋，他总要留给孙女儿吃，自己只尝一点点。孙女呢，养种的地是地主的，交了租子只剩一把柴火，为了叫老祖父喝上一碗热糊糊，她除了种地之外，一有空就扛着斧头上山去打柴；夜晚灯下给人做针线。村里人都赞美着这个勤劳、纯朴的好姑娘——这真是青年人梦里都想着的好姑娘。可是这么个好姑娘，在她二十一岁的那年冬天，厄运来了：住在北平城里的大地主林伯唐亲自下乡来收租的时候，秀妮忽然被他发现了。他惊羡她的美丽，就要讨她当姨太太，虽然他已经五十多岁了，虽然他已经讨过好几房姨太太，并且还叫大太太徐凤英打跑过好几个从妓院里买来的红妓。但是他既然看上了秀妮，看上她这健康的带点“野味”的姑娘，那他就绝不会放手。为了镇压佃户的反抗，他是从热河督军汤玉麟那儿弄到军警来帮他收租的，孤弱的秀妮祖孙俩，哪能抵抗这强暴的力量！于是秀妮就在这小小山村里的二地主（庄头）家里，成了大地主林伯唐的姨太太。她哭过，她寻死过，她咬过林伯唐的手指头，但是这一切抵抗全无济于事，林伯唐捻着八字胡笑吟吟地还是把她弄到了手。

两个月后，秀妮怀了孕，林伯唐把她带回北平的公馆里来。老祖父就在秀妮离开村子的那天夜里，一个人颤巍巍地拄着拐杖跳到了村旁的白河川里。

秀妮到了北平的林公馆里，聪明、伶俐的姑娘变成了痴痴呆呆的傻子。成天一句话也不说，除了吃饭、做活，就两眼直勾勾地冲着墙发呆。徐凤英看在秀妮有孕的份上，开始对她还不错，因为徐凤英自己生过几个孩子，一个也没活，所以就希望秀妮替林家生个孩子。

秀妮生下孩子后，精神好了一些，她把全部的希望和爱寄托在孩子身上。她多么爱她怀里的白白胖胖的女孩呵！这孩子浅浅的一笑，能使她暂时忘掉了刻骨的伤痛，忘掉了耻辱的生活，给她生活下来的勇气。常常在深夜里，老头子林伯唐到别的姨太太房里去了，秀妮悄悄爬起身，给孩子换尿布、喂奶，亲着美丽的小圆脸蛋，然后一边哽咽着一边喃喃地说：

"妮，长吧！活吧！娘要跟你一块儿活下来。……"

眼泪——许久以来干枯了的眼泪，滴滴地掉在孩子的嫩脸上。

孩子一岁了，呀呀学着话，用小指头搔着妈妈的脸，揪妈妈的头发，妈妈的脸上有了幸福的笑容。……

可是有一天，徐凤英喊来了秀妮，先把孩子接抱在手里，然后脸色大变，对秀妮说：

"孩子是我家老爷的，我要留下她！你这不要脸的穷女人，现在就给我滚！"

秀妮惊呆了。接着大哭着，撞着头，拼命要夺回她的孩子。但是她夺不回来了！林伯唐玩够了她，早躲到一边去了。"妈！妈妈！要……"孩子在徐凤英手里张着小手，哭着要妈。秀妮却被几个如狼似虎的听差推搡着架上了停在大门外的汽车。

秀妮的孩子，林伯唐替她起名叫林道静。开始林伯唐夫妇还很喜欢她，后来当她三岁时，徐凤英自己也养了个儿子之后，小道静的厄运就来了：不断挨打，夜晚和佣人睡在一起；没有事，徐凤英不叫她进屋，她就成天在街上和捡煤渣的小孩一起玩。

一年冬天，有一天徐凤英不知为什么高兴了，把道静叫到屋里，和她说了几句话，看她一边呐呐地回答，一边不住地浑身乱动，她惊奇地揪过她来，问她怎么了。

"痒痒……"孩子只七岁，吓得吸溜着鼻涕要哭的样子。

想不到徐凤英大发慈悲，她替小道静脱下破棉袄一看：只见套在棉袄里面的小褂子上的虱子，密密麻麻地已经滚成了蛋蛋，要拿也拿不清。于是她又恼火又慷慨地一下子把这小褂子填入了正在熊熊燃烧着的洋火炉里，一阵劈劈啪啪的响声，无数的虱子就和褂子一齐消灭了。徐凤英越发高兴了，她扳过小道静冻得紫红的面孔细细端详了一番，然后转过脸对靠在沙发上读着报纸的林伯唐说：

"我这两天看出来，这丫头长得怪不错呢。叫她念书吧，等她长大了，我们总不至于赔本的。"

林伯唐捻着八字胡，冲妻子笑着点点头：

"好！太太从来都是眼力过人的。'女子无才便是德'已经不大时兴了，叫她念念书也好。"

这么着，小道静被送到学校里去读书。她喜欢读书，人也聪明，可就是有点儿乖僻，一天到晚，一句话也不说，不知道的人还以为她是个哑巴。弟弟仗着母亲的娇惯，常欺侮她、打她，她可从来不哭。有时，她不理他，任他打；有时火气上来了，她就狠狠地揍弟弟几下子。当然这样她会招来更凶的一顿狠打。母亲打她不用板子，不用棍子，却喜欢用手拧、用牙齿咬。一个夜晚，道静已经在“下房”睡着了，弟弟打破了一个母亲心爱的花瓶，他却推在道静身上。于是道静在睡梦中突然被一阵剧烈的疼痛惊醒来，她立时明白了是怎么回事，于是就咬紧牙关，顽强地准备着一切痛苦袭来。

“狗娘养的！越来越胆大啦。赔，赔我的花瓶！”

她的小腿被拧肿了，胳膊被咬得透出一个个红血印。但是小道静不哭，不求饶，没有一滴眼泪从她倔强的眼睛里流出来。在这个家庭里，她就这样像小狗似的活下来了。家里所有的人里面，只有一个年老的佣人王妈关心她、心疼她，常常偷着照顾她。但是还不能叫徐凤英知道。道静当然也爱王妈，她肚子饿了，身上冷了，总去找王妈；她的眼泪也只当着王妈一个人流。

道静高小毕业考上了北平西郊的南山女子中学之后，母亲对她的态度有了显著的好转。因为这时她已经长成了一个颀长、俊美的少女。她的脸庞是椭圆的、白皙的、晶莹得好像透明的玉石。眉毛很长、很黑，浓秀得渗入了鬓角。而最漂亮的还是她那双忧郁的嫣然动人的眼睛。她从小不爱讲话，不爱笑，孤独，不爱理人。可是徐凤英并不注意这些，她注意的是这女孩子的相貌的变化，和如何使她具有一定的学历，因为这是那个时代的时髦妇女要嫁一个有钱有势的丈夫所必备的条件。

学校开学了，第一天离家去上学，父母亲高兴得亲自送道静到大门口去上车。林伯唐穿着纺绸长衫，摸着胡子站在大门口外的玉石台阶上，沉吟有顷，然后对坐在洋车上就要起程的道静笑吟吟地赞叹说：

“小姐，恭喜你！上了中学，等于中了秀才呢！哈、哈、哈……”

林伯唐不仅是教育家、慈善家，而且是颇有名望的前清举人。他中举之后，还没等进京应考，正赶上康梁变法维新，北京办了个京师大学堂①，这位举人老爷就追赶着潮流，带了夫人，做了京师大学堂的“大学士”。到了民国，这位善于追赶潮流的“大学士”，又赶上了办教育吃香的时候，于是他很快成为教育家，借了“办教育”为名，向清朝王爷手里用低价买了大批“跑马占圈”的土地②。于是戊戌举人、京师大学堂大学士、悯安慈幼院院长、务本大学校校长等头衔的名片，在煊赫的“上流”社会里飞舞起来了。人们钦佩着“才德兼备”的林伯唐教授，却没有人说他曾怎样残酷地玩弄了可怜的

① 北京大学的前身。

② 清朝王爷骑马，马一气跑过的地方，由皇帝赏赐给他，即为“跑马占圈”的土地。

秀妮。

林伯唐熟读过四书五经，也研究过康德和孟德斯鸠，不过最使他醉心的还是科班出身的翰林学士。所以他对女儿啧啧赞叹她上了中学就等于中了秀才。

没等道静开口，母亲接着说话了。她是胖身子，八月里还挥着小绢扇，她眯缝着眼睛，也站在台阶上欣赏着女儿：

"乖乖，好好念书呀！妈会想法子弄钱供给你上中学、上大学，要是留洋回来，那就比中了女状元还享不清的荣华富贵哩！"她说得好端端的，忽然扭头冲着老头子，鼻子哧了一声撒娇似的，"你老东西嘻嘻笑什么？女儿是我生的！我养的！她挣钱发了财，横竖没有你老东西的份！"

徐凤英溅着唾沫星子好像生了气，林伯唐反倒得意地哈哈笑了。他悠然自得地冲着妻子连连点头："太太，归你！归你！什么全归你。连女婿挣的钱也全归你不好吗？"

十二岁的林道静厌恶地瞅瞅她的所谓父母亲，眼眶里浮着泪珠，一言没发，坐着洋车走了。

一离家，一上了中学，她就像跳出笼子的鸟儿，仿佛来到了一个自由的天地。她喜欢读书，尤其喜欢读文艺作品。书籍培养了她丰富的想象力和对于美好未来的憧憬，她是个喜欢海阔天空地幻想的姑娘，越读得多，也越想得多。可是表面上她却依然对一切都淡漠，依旧沉默寡言。同学中，她只和一个名叫陈蔚如的女孩子要好，因为那女孩子对她温存、和善，她同情林道静的不幸遭遇，给她热情和鼓舞，因此她们成了好朋友。

一九三一年，林道静读到离高中毕业只有两个多月了。

一天下午，她从北平的家里回到学校后，神情惨淡地坐在课堂的位子上，半天工夫一动也不动。好些同学都奇怪地看着她，有人走过来问她：

"林道静！你母亲叫你回北平什么事呀？怎么一回来变成这样啦？"

陈蔚如拉着她的袖子，摸着她的头发，温柔地悄声说：

"林，告诉我，什么事呀？"

道静像段木头，不声不响地仍然呆坐着。

同学中有些人哄的一声笑起来了，道静才像从梦里惊醒似的，揉揉眼睛苦笑道：

"你们笑什么？少拿别人开心！"说完站起脚就走了。

过了一会儿，陈蔚如跟着她走到了学校西边的西河沟。

两个女孩子紧挨着走。走着，走着，林道静突然站住身，回过头，愣愣地盯着小陈说：

“小陈，我不能上学了！……”说这话时，她的脸色异常苍白。

“为什么？小林，你妈叫你回去倒是怎么回事？”多情的女孩子，被她朋友的痛苦吓住了，她显得比道静更加惊悸不安。

道静又不出声了。她们俩走到西河沟的树丛里，靠在河边的垂柳下。道静凝视着闪着金光的河水，半晌，才自言自语似的说：

“家里破产啦——我父亲因为地权的事打了官司，闹得身败名裂，就把口外的地一古脑儿瞒着母亲全卖光，带着姨太太偷跑掉了。现在我成了我妈唯一的财产。……”

“什么？怎么你是财产？你也不是钱呀！”

“我妈想叫我当摇钱树。她叫我回去，就为了叫我嫁个阔佬，她好依旧享福。我不答应，和她决裂了。”

“这怎么办呢？”陈蔚如捏紧道静的手几乎哭了出来。可是这时道静反而沉静地抚着小陈的手说：

“小陈，别着急！反正我不屈服！最后不行，还有个死！”

接着徐凤英果然断绝了女儿的供给，她企图用这个办法威胁道静屈服。

可是道静不屈服。她本来立刻就要离开学校去谋生的，可是暑假还不到，到哪儿去呢？有些热情的同学同情她，几个人每月替她凑饭费，她就这样读完了最后两个月的书。

不久，到了放暑假的时候，她不得不怀着渺茫的希望和沉重的心情准备回家去。她知道如果母亲不能回心转意，她就不能再读书。而她是热望能够升大学读书的。可是凶狠的母亲会回心吗？

她惶惑了。

她除了喜欢文学也很喜欢音乐。此刻放了假，她雇了洋车从学校向城里拉去时，车上还带了一堆乐器——笙、笛、箫、月琴、二胡，她那最宝贵的蝴蝶牌口琴就放在口袋里。无论走到哪儿，她总是随身带着这一堆东西。因此同学们给她取了两个外号：好听的叫作“洞箫仙子”；不好听的叫作“乐器铺”。下课之后，她常常一个人吹着、弹着，这时候看见她的人，都有些惊讶她那双忧郁的眼睛忽然流露出喜悦的光芒，也只有这时候，她那过于沉重的神情才显出了孩子般的稚气。当然，这是半年以前的情况。自从她的生活突然发生了这意外的变故，她就不大抚弄这些东西了，因此有些同学笑着问她：

“洞箫仙子，怎么不开乐器铺啦？”

她淡淡地笑一笑，默然地走开了。

洋车在颠簸不平的土道上慢慢走着，她的心也一刻刻更加沉重不安。母亲上次对她那种凶狠的好像鞭打佃户时的恶煞神气，时时在她眼前浮动：“狗娘养的！娘老子养着你为了什么？”“不孝的枭鸟给脸不要脸！不听话，给我滚蛋！”想到这里，她身上微微发抖，仿佛怕人抢去似的，她用力抱住了怀里的竹筐。

可是当她下了车，走进母亲的房门，情形却出于她的意外。母亲正和客人打着牌，见她回来了，亲热地拉着她的手，笑吟吟地说：

“姑娘，好女儿，你回来啦？路上热吧？今天客人不少，他们都在称赞你读书读得好呢！”

道静想：“妈妈也许不逼我嫁人了，也许还能供给我念书？”她一向认为“万般皆下品，唯有读书高”，要是还能读书，该是多么幸福呀。于是，她向客人们微微鞠了一躬——过去她是非常讨厌家里的赌客、烟客的，今天却仿佛看他们顺眼一些，竟站在牌桌旁，对他们羞涩地笑了笑。

“这位是胡局长，”母亲指着一个坐在上首的黄瘦的西服男子给道静介绍，“这就是小女道静。”她眯起肿眼向那黄瘦的男子恭顺地又像夸耀地一笑时，道静心里突然感到了不自在。于是她赶快扭转身子走到里屋去，再也听不到母亲后来又说了些什么话。

道静在家里住下来了，并且参加了师范大学的入学考试。她考试的成绩很好，心里很高兴。可是，一想到叫她结婚的那件事，再加上家里通宵不停的麻将牌声，轻贱的男女调情声，靡靡的歌曲声和输了钱的男人怒骂声……仍然使她一天比一天烦闷、痛苦。

“没了男人，破了产，妈妈堕落成什么样的人了呵！”她看见四十七八岁的徐凤英，成天打扮得花枝招展，向男人献媚的丑态，心里又难受又讨厌。

半个多月过去了。

这一天母亲好像分外高兴，带道静到店里买了一件白洋纱长衫、一双白帆布鞋。母亲一定叫她买漂亮的好衣料，可是这女孩子很执拗——在夏天她永远只穿短短的白旗袍，白袜白鞋，打扮得像个护士。母亲没办法，只好依了她。晚上，母亲又替道静烧了她最爱吃的菜。吃罢饭，连着弟弟小凤，母子三人一块坐在床边说起闲话。正东拉西扯说得高兴，母亲忽然说：“静，你爸爸这老东西跑得没有影子了，地也光了；剩下咱们母子们——你兄弟又小，你又还没学好本事，咱娘儿几个以后可怎么过活呢？”母亲说着流下眼泪，道静也低下了头。这时，母亲反而抚慰她：“好姑娘，不要难过，只要听妈的话，管保咱们有吃有穿，你也还能去上学。”

道静没有出声，母亲想了一下咬着指甲笑道：“呵，好姑娘，说实话，你究竟愿意嫁个什么样子的丈夫呢？”

半晌没有回答。

“说呀，在问你呀!”

“妈，我从来没想过这些事——您不是允许我还去念书吗？我求您再别跟我提这些事了。”

母亲忍住火气，皱着眉头：

“你说的没道理。娘老子十六岁就跟你爹结了婚。再说，结了婚也并不妨碍你去念书呀。”母亲说着从床上站起来，把两只肉眼眯成一条缝，拉着女儿的手笑道，“亲女儿，告诉你一个好消息，常来咱家的那位胡局长，看上了你，喜欢你的才貌。局长从来没有结过婚，人不过三十多岁，可是个有财有势的阔人呢。”

看见女儿低着头不做声，以为女孩子害羞，肯了也不愿说。于是徐凤英高兴得眯着眼睛，笑着，滔滔地开了话匣子：

“宝贝，你要同意了，福可是享不清的呵，局长在南京上海全有洋房；北平银行里存着大批现款；在家乡有一二十顷土地；上海还有不少股票——他是蒋介石的亲信，不久还要升大官。……”

道静再也忍耐不下去了，她猛地甩掉母亲的手，发着沉闷的哭声：

“妈，您别总打我的主意行不行？——我宁可死了，也不能做他们那些军阀官僚的玩物！您死了这条心吧!”

母亲勃然大怒了。她跳起来，两眼露出可怕的凶光，青筋暴露的白手好像寻找着打人的物件在各处颤动。

“狗娘养的贱货！你还自以为是金枝玉叶的小姐吗？贱货养贱货！住山洞的穷婆娘、卖淫的小老婆，能养出什么好东西！……好好依了便罢；要真不知好歹，老娘卖了你也要卖出这些年的饭钱来!”

道静好像泥胎一般呆在地上。母亲喊叫的是些什么话呀？自己的亲母亲是个什么样的人？过去她只知道自己的亲妈死了，因为不是徐凤英生的，所以受折磨。至于亲妈妈的事情她是一点也不知道的。

“住山洞的穷婆娘、卖淫的小老婆”，和她本身的遭遇连到了一起，她的心燃烧着，撕裂着。她跑回自己的屋里一直呆坐了半夜。

后半夜，她悄悄走到王妈屋里，紧抱着王妈的瘦胳膊：

“王妈妈，请你告诉我，我亲妈妈倒是个什么人？她，她是怎么死的？……为什么你们总是不叫我知道她的事？”道静知道王妈见过她的亲妈，所以才想起来问她。

没有回声。黑暗闷热的小屋里死一般的沉寂。

“说呀！王妈妈请你说给我！……你疼我，好像妈妈一样。”道静抱住王妈的脖子哭了。

"孩子"，还没出声，王妈也哽咽住了。她断断续续地说："你，你还记着你小时候我给你讲的那个砍柴姑娘的事？那，那就是你那亲妈呀！"

孤苦无依的小道静，在冬天的长夜，常常偎在王妈的怀里，听她讲许多许多动听的民间故事。其中，也讲到过秀妮的故事。但是她不敢违背徐凤英的命令，没有说出那个砍柴的、被地主逼迫做了小老婆的姑娘就是小道静的妈妈。现在，善良的老妈妈，再也忍耐不住了，于是告诉了道静关于秀妮的全部故事。

（节选自杨沫．青春之歌［M］．北京：中国青年出版社，2004：3－18.）

★导读：

杨沫（1914—1995年），原名杨成业，出生于北京，祖籍湖南湘阴。小说《青春之歌》于1958年由作家出版社出版，根据小说改编的同名电影于1959年作为中华人民共和国成立十周年献礼片上映，小说和电影均受欢迎。2019年，《青春之歌》入选"新中国70年70部长篇小说典藏"。

郭开在《中国青年》1959年第2期发表的《略谈对林道静的描写中的缺点——评杨沫的小说〈青春之歌〉》中认为"书里充满了小资产阶级情调"，"林道静自始至终没有认真地实行与工农大众相结合"，"没有揭示人物灵魂深处的变化"。虽然何其芳在《中国青年》1959年第5期发表的《〈青春之歌〉不可否定》中为其辩护，但杨沫还是根据批评意见对小说进行了修改，修改版由作家出版社于1960年出版。杨沫在《〈青春之歌〉再版后记》中说明："变动最大的，是增加了林道静在农村的七章和北大学生运动的三章。……使她从一个小资产阶级知识分子变成无产阶级战士的发展过程更加令人信服，更有坚实的基础。"杨沫于20世纪70年代续写林道静的故事，先后完成《芳菲之歌》和《英华之歌》，三书被合称为"青春三部曲"。

"我是地主的女儿，也是佃农的女儿，所以我身上有白骨头也有黑骨头。"并不纯正的阶级血统意味着主人公必须经历考验和改造，才有可能成长为坚定的革命者。小说沿用了早年左翼文学的"革命＋恋爱"模式，讲述了林道静与自私自利、终日埋首故纸堆的小资产阶级知识分子余永泽的决裂、对共产党员卢嘉川和江华的爱慕和尊敬，她的情感选择同步于其自身的思想改造过程。受到革命理论的启蒙，经过到农村参加阶级斗争的锻炼及被捕入狱的考验后，在入党介绍人面前，林道静宣誓把自己的生命交给党的事业和共产主义理想。在小说的最后一章，已经成长为坚定的共产党人的林道静，走在了北京大学学生游行示威队伍的最前列。

（陈翠平）

创业史

柳 青

第七章

一个初春的阳光灿烂的上午，嘴里噙旱烟锅的庄稼人，提粪筐的庄稼人，和倒背双手的庄稼人，纷纷从稻地塄坎上的许多小径，向梁三老汉的草棚院走去。

“哎，宝娃子买的叫啥稻种呢？”

“百日黄嘛。听说从插秧到搭镰割稻子，只要一百天。”

“怪！自古常言：一月缓苗①，一月长，一月出穗，一月黄。这‘百日黄’少二十天，差一个节气还多哩！”

“就要看打粮食怎样呢！”

“听梁生宝吹，这号稻子秆秆不高，穗穗够长。”

“出奇！这么说，肥料大些，也不怕长滥②？”

“人家说，肥料大了，只要水灌均匀，没关系咯。”

“啊哈！有这么好的稻种？买回来多少呢？”

“一石多。听说本互助组分毕，还有余头哩。”

“要是有余头，咱也分它点试试看！……”

“百日黄”稻种的生长期短，在蛤蟆滩引起了这样广泛的兴趣，庄稼人们把梁三老汉的草棚院挤得水泄不通了。说话的声音很嘈杂，好像黄堡镇上的粮食市场一样。不光是蛤蟆滩的庄稼人，也有河北岸下堡村来的。有些庄稼人想分稻种，有些庄稼人光为满足好奇心。庄稼人为了一点好奇心，有时候可以跑几十里路哩！

人们把粗大的手伸进解开的口袋里，用指头捏一撮稻种，放在手掌心里细瞅。他们用大拇指头搓搓，用口轻轻吹去稻糠，又细瞅。他们把大米粒投进已经留下胡子的或者还没留下胡子的嘴里嚼碎，然后唾掉，然后互相交换意见。

都说：成色不赖！

---

① 插秧后一个月内，秧苗由黄变绿。

② 肥料过量，只长秆子，稻粒反而减少。

头上包着头巾的梁生宝，用一个升子，把稻种从麻袋里，舀到他互助组的人们带来的器具里头。头上戴着黑制帽、庄稼人棉袄上结着军用宽皮带的冯有万，雄赳赳气昂昂地站在那里，用一杆钩子秤，确定各人的器具和稻种的分量。这个民兵队长的神气，很明显地给蛤蟆滩的庄稼人这样一种印象：他以本互助组的事情，吸引来这样多庄稼人参观为骄傲。

“哎！生宝，那不算个事呀！”人群中的任老四，大舌头嘴里溅着唾沫星子，大声嚷着。

“啥不算个事？”留分头的小学毕业生欢喜在旁边问。

“我说，生宝，”任老四不理他侄子，只对组长说话，“你一路的花销不合计在稻价里头，那不算个事呀！你出门好几天，为大伙劳累了就好了，再贴赔上些盘费？那算个啥理儿？……”

“你真烦人！”有万称着任老四的竹皮罐的分量，不满意地打断他，“要告诉你几遍呢？咱组长一路没进栈房，吃的是家里带去的馍，算啥盘费？”

“家里带去的馍，是泥捏的吗？”任老四坚持着他的观点。

他这泥捏馍的话，惹得许多庄稼人大笑，他自己却一本正经。他认定稻种价里头，只算原价、车票和运费，而不计算生宝的盘费，这事不合理。在生宝到郭县去了的这几天里，任老四在郭家河打了一千块土坯，挣得十元。生宝，一个大小伙子，在这个期间一个小钱不挣，还要贴赔盘费吗？即使生宝坚决要给大伙服务，他头上还有老人嘛！任老四看见为这件事，梁三老汉和生宝他妈闹得凶，他心里难受。他觉得为了使互助组巩固，应当让梁三老汉也满意一些才好。但当着这样多的庄稼人，任老四又说不出这个话来，心下直怪有万太心粗，不能细察人情世故。他见有万不搭理他的神气，又话里有话地说：

“你光管自家畅快，不顾人家的光景！”

“算哩！算哩！谁和你缠？咱组长不是小气鬼，人家是共产党员……”

“怎？共产党员不吃五谷，不穿布匹活着吗？”

生宝一只手提着麻袋口，一只手提着升子，看看任老四腰里结的稻草绳腰带，笑劝这个老实头庄稼人说：

“你甭挂心我哩！你挂心你自家的光景吧！”

欢喜也不满意他四爹的这份啰嗦劲儿。

“你尽废话！你连眼前这稻种钱，也是咱组长给你垫着哩。你这阵就要给钱？还是怎样？”

“我这阵给不起，欠也欠不起吗？”

这工夫，郭世富戴毡帽的脸孔，在更远点的人头中间，呈现出鄙视的笑容。他胡髭剪得很齐的嘴唇扁了扁，鼻孔里头发出轻蔑的冷笑声。那样子等于用嘴巴明言："你两年欠下我一石'活跃借贷'粮没还。你还说'欠''欠'，你光知道个'欠'！"

欢喜眼尖，注意到郭世富的表情了。他气恨郭世富，把头一拐，说他四爹：

"把稻种拿回去，忙你的活儿去吧！"

任老四很满意地提起分给他的稻种，嘴里溅着唾沫星子，又说了许多感激话，这才走开。这时，他才看见郭世富戴毡帽的皱纹脸，他的脸色一下子黄了，很快又红了。那天早晨，欢喜告诉他郭世富向他讨账的时候，他那样的气愤，你也许以为：啊呀！不得了，任老四现在会放下装稻种的竹罐，扑过去和郭世富拼命吧？不！请你放心吧！俗话说得对："吃人的嘴软，欠人的理短。"还没从贫穷的压迫下解放出来的任老四，目光躲避着郭世富的目光，不声不响，跷出草棚院的街门，走了。

生宝和有万，继续给互助组的组员们分稻种。生禄、欢喜、王老二的儿子拴拴、冯有义、郭锁儿都把自己的稻种拿走了。他们把有万的稻种，也称得另放在一边了。

这时，早年的豆腐客梁大老汉，把一条口袋伸向冯有万。个子高大，垂着斑白的长胡子，拄着一根终南山里出产的楯木棍，秃顶老汉已经在旁边站着，等了一阵了。现在，他理直气壮地说：

"把这条口袋称一称。"

"这是做啥？"有万不明白老汉的意图。

秃顶老汉不和有万说话。他用家长兼富裕者的双重权威口气，命令生宝：

"给我弄上五升！"

"你？……"生宝迷惑地眨巴着眼睛，回忆着说，"你家的稻种，俺生禄哥拿回去了！"

"这是章村你大姐要的。尽说这稻种好，她要分些试试。"

全院子的眼睛，都盯着生宝作难的脸色。其中有些人在看过稻种以后，已经用互助组长的名义，向生宝表示了想分点稻种的意想。生宝答应他们本互助组分毕了，再看。

有万气得鼓鼓。他对于不合理的事情，极端缺乏忍耐心。当生宝起身去买稻种向生禄借几块钱的时候，就是这个秃顶老汉代替不声不响的生禄，不客气地拒绝的。现在竟厚着老脸皮，来替自己坐娘家的女儿分稻种来了！有万手里拿着秤，噘着嘴，直挺挺地站在那里，不肯给秃顶老汉称口袋的分量。

秃顶老汉软皮囊似的灰暗脸孔，带着一种盛气凌人的笑容，盯着年轻的互助组长。那神气表示他心里想着：

“我老汉出口了！看你小子尊不尊？”

生宝手里拿着空升子发呆。他想：

“这不是倚老卖老吗？这叫人怎办哩？他仗着他家的马在全互助组最强，又只他一家有车，互助组离不得他家。这真是欺人太甚了！我就不给他分这稻种，看他能怎样？”

把稻种送回家又来的欢喜，试着用一种聪明的方式，帮助组长打破这个僵局。他很惋惜的样子说：

“哎，生宝哥，你走时多带些钱，多买些稻种就好哩……”

“怎？”老头的秃顶脑袋一拐，垂着软囊囊的眼皮，盯住欢喜稚气的脸，挺厉害地问，“怎？起身的时光，俺家没给钱吗？这阵有富余的，旁人能分，门中人和亲戚倒不能分？俺拿多少稻种给多少钱，分文不欠人的！俺姓梁的和姓梁的说话，你姓任的插啥嘴？”

吓得欢喜再没张声。满院的人群静悄悄的，好像看一出戏看到紧要的场面。

生宝心里又拐了弯：“算了吧，给他算了吧！为了这几升稻种的事，惹恼老汉要退组，太没意思了。容让了他这一回……”

“伯哎！”他开口说，努力做出和好的笑容，“是这样：我多买了些稻种，可咱村的好些互助组长，口开得早。你老人家既开了口，给章村俺大姐家，多少也分上点。”

“分多少？”

“二升，你老人家看怎样？”

“哼！插不到半亩地！”

“三升！”生宝狠一狠，又添了一升。

“四升！”梁大老汉退让了一升。

“你老人家也给我留点情面！”生宝指着满院的人，强硬起来了，“叫大伙能看得下去！……”

秃顶老汉垂着斑白胡子，扭头看时，发现满院不平的脸色和愤懑的目光。他退让了。

“就是哩。三升就三升吧……”

要称稻种的时候，有万已经不在这里了。他已经忍耐不住，一句话也没说，掼下秤，掂着他自己分得的稻种，在什么时候走掉了。生宝自己捉秤，打发走了这个胡子斑白而不能令人尊敬的老汉。

一群庄稼人严严实实把生宝挤在中间。大伙争着抢着，要分稻种。

“我要二升！”

“给我分上二升行吗？”

“咱一升就行。咱是为了给明年引种子。”

“给我，哎，生宝，给我弄上……”不好意思说出数目字了。

“啊呀！大伙甭挤好不好？”生宝实在被挤得受不了，他呼吁，“长余的稻种有限，要的人太多，得商量着办事哇！”

“对！商量着办事。”挤不到跟前的庄稼人们，在后头大声嚷着。

在生宝起身到郭县去以前，他曾征求过村内各代表和各互助组长说，如若有人愿意换新稻种的，可以凑钱给他，他可以给大伙捎办。但是有的人实在是弄不到钱；有的人摸不清稻种究竟好坏，不愿意冒一块钱的险；有的人担心生宝办不好事情，恐怕要白白分担他的车票、路费。现在，这些庄稼人被新稻种早熟的优点吸引住了。这给生宝很大的鼓励：庄稼人尽管有前进和落后、聪明和鲁笨、诚实和奸猾之分，但愿意多打粮食、愿意增加收入，是他们的共同点。这就使得互助合作有办法，有希望了。大概党就是根据这一点，提出互助合作道路来的吧？——想到这里，获得了新认识的年轻共产党员，兴奋起来了！他精神更加抖擞，容光更加焕发了。

一只出过了力的庄稼人手，从后面伸过来，扳生宝的肩膀。生宝扭头看时，是郭世富。生宝早注意到：这个穿一身干净的黑市布棉衣的庄稼人，自从进了这院子，手心里一直端着几颗“百日黄”稻子搓出的大米粒，一遍又一遍地埋头瞅着，仰头看看蓝天，心里谋算着什么。

现在，郭世富把胡髭剪得很齐的嘴巴，安置到生宝耳朵上来了。

“你能余多少稻种？”声音很低，很亲切。

“二三斗……”生宝大声地回答。

“一斗合计多少钱呢？”

“两块六角多一点。”

“我给五块钱，你卖给我一斗，行不？”

欢喜站在生宝旁边，听见郭世富的话，好像嗅见了狗屎的神气。

“这不是粮食市，世富老大！”欢喜警告，记恨着郭世富在布置活跃借贷那晚上，讨陈账的事儿。

“我不是稻种贩子嘛！”生宝对郭世富讽刺地笑说。

大伙嚷嚷起来了。

“世富老大！你说啥，大点声嘛！”

“没说啥，没说啥。”郭世富连忙声明着，见风头不顺，低头出了街门，离开这伙贫农。他们单独一个一个地，好对付，凑在一块很厉害。

生宝向大伙提出：蛤蟆滩的互助组长们，每人不超过二升稻种，去做试办。只有郭庆喜，他得给五升；因为庆喜是上河沿最主要的互助组长，并且在他买稻种起身时，借给他三块钱。大伙都同意了。

“老铁！”生宝向人群中间的铁人亲热地说，“理应再多给你些来，要的人太多了。”

“行哩，行哩。”铁人厚道地说，表现出另一种富裕中农的神气。

于是让欢喜记数，生宝就开始给大伙分稻种了。人们拥挤着，喧嚷着，一霎时把生宝弄得头昏脑涨。……

当院里只留下生宝一个人的时候，他把剩下的稻种一称，不住地惋惜地咂嘴。

“把它的！弄下这事！”

“怎呢？”妈在屋里问。

“弄得咱不够了。”

生宝妈坐在草棚屋炕上做鞋帮，通过敞开的窗口，温和地责备儿子：

“你常是冒冒失失，做事没个底底。我说你先把自家的稻种舀出再分，你说不好，要先人后己。这阵好！看弄得自家不够了吧？”

“罢哩！咱用上一部分旧稻种算哩。”生宝乐呵呵地说，因为自己对群众有用而情绪很高。

梁三老汉在磨棚子里磨玉米面，听见发生了什么事儿。他本来已经下定决心对“梁伟人”的事，采取不闻不问的态度了。但听见这事，心在他胸膛里蛮翻腾。他忍耐不住，颠出磨棚，站在院里，罗面把他弄得头发、眉毛、胡子一片粉白。他用非常丧气的目光，灰心地盯着生宝，袖子和瘪瘦的手上，落着一层玉米面粉，指着生宝说：

“你呀！你太能了！能上天！你给互助组买稻种嘛，你给大伙夸稻种这好那好做啥？这阵弄得自家也不够了！好！好！精明人！”

给老汉这么一说，生宝反而呵呵地大笑了。他笑继父的做人标准——自私自利是精明，弄虚作假是能人，大公无私却是愚蠢……

……

一家人聚齐吃晚饭的时候，梁三老汉舀起一碗饭，往摆在脚地的一张小方桌周围的矮凳上，坐下来了。

“宝娃！这，你回来了。”

“唔，爹，你说啥呢？”

“我说，咱那荸荠啥时挖呢？”

“就挖。等着用钱呢。买稻种拉下人家的账；还有，互助组马快要进山呀！”

“我不管你进山不进山！反正，卖荸荠的钱，得给我使唤几块！”

“你要几块？”

“十块。”

生宝笑了。生宝妈眼看这爷儿俩的谈话，口气不顺和。老汉脸吊下去，话音低沉而带气，好像又要爆发一场不和。她又出头代替儿子问：

“你要十块钱做啥哩？”

“你甭管！我有用项！”

“你做啥用呢？”

“我的汗褂穿成马笼头了。……”

“鸡下开蛋了。我预备拿鸡蛋钱，给你爷俩一人扯一个汗褂哩。”老婆很温和地劝说。

“不！”老汉别扭地说，“鸡蛋甭卖！”

“为啥哩？”

“我要吃。”

“你吃得了五个母鸡下的蛋吗？”老婆忍住笑又问。

“我早起冲得喝，晌午炒得吃，黑间煮得吃……”

闺女秀兰低头哧哧地笑开了。她觉得当着老人的面，把饭喷在碗里，对爹太不尊敬，就急忙端着饭碗，奔出院子去了。

老汉一本正经说诳话的神气，和他那种从早到晚闲不住过光景的勤俭比较起来，实在能笑破人的肚皮。他抬粪回家的时候，经常顺便拣些碎柴枝和破布片，交给生宝他妈。下堡村大十字卖粽子、油炸糕和瓜果的小贩们，开他的玩笑说：“梁三老汉，全照你的样子，俺卖零食的都该喝西北风啦！”

“你老人家舍得那样浪吃吗？”生宝呵呵笑着，并不觉得事态有一点严重。

老汉抬起眼，严肃地瞟一眼生宝。

“我怎么舍不得？光你舍得？”

“你舍得，扯个汗褂也用不了十块钱呀！”生宝妈不满意老汉这种一再挑衅的做法。

老汉反而说：“你甭和我寻气！我给人家十块钱做啥？我那么傻？我在黄堡镇下馆子哩。……”

他这么一说，儿子、闺女都哈哈大笑了。老伴也笑了。

“笑啥？”老汉还是不高兴，感慨地说，“我不吃做啥？还想发家吗？发不成家啰！我也帮着你踢蹬吧！”

“你光想发家！”老婆笑毕，又说老汉。

老汉翻起有皱纹的眼皮：

“谁愿意学任老四的样？谁倒愿意吃了今儿的没明儿的？”

生宝见二老再说下去，话激话，又要失和气了。同时他不在家的那回冲突，也提醒他有必要认真地向继父做点解释工作。他收敛了嬉笑，很严肃地用他在整党学习会上学来的道理，给继父讲解中国社会发展的前途，主要说明大家富裕的道路和自发的道路，有什么不同。

“啥叫自发的道路呢？”生宝说，“爹！打个比方，你就明白了。咱分下十亩稻地，是吧？我甭领导互助组哩！咱爷俩就像租种吕老二那十八亩稻地那样，使足了劲儿做。年年粮食有余头，有力量买地。该是这个样子吧？嗯，可老任家他们，劳力软的劳力软，娃多的娃多，离开互助组搞不好生产。他们年年得卖地。这也该是自自然然的事情吧？好！十年八年以后，老任家又和没土改一样，地全到咱爷俩名下了。咱成了财东，他们得给咱做活！是不是？”

老汉掩饰不住他心中对这段话有浓厚兴趣，咧开黄胡子嘴巴笑了。

“看！看！”老伴揭露说，“看你听得多高兴？你就爱听这个调调嘛。娃这回可说到你心眼上哩吧？”

梁三老汉为了表示他的心善，不赞成残酷的剥削，他声明：

“咱不雇长工，也不放粮。咱光图个富足，给子孙们创业哩！叫后人甭像咱一样受可怜。……”

“那不由你！”生宝斩钉截铁地反驳继父，“怪得很哩！庄稼人，地一多，钱一多，手就不爱握木头把儿哩。扁担和背绳碰到肩膀上，也不舒服哩。那时候，你就想叫旁人替自个儿做活。爹，你说：人一不爱劳动，还有好思想吗？成天光想着对旁人不利、对自个有利的事情！”

老汉在胡子嘴巴上使着劲儿，吃力地考虑着生宝这些使他大吃一惊的人生哲学。

生宝他妈和他妹子秀兰，被中共预备党员惊人的深刻议论，吸引住了。她们用喜悦的眼光，盯着头上包头巾、手里端老碗的生宝——这个人在她们不知不觉中，变得出人意料的聪明和会说，似乎要赶上郭振山了吧？……

（节选自柳青．创业史［M］．北京：中国青年出版社，2018：92－103.）

★导读：

柳青（1916—1978 年），出生于陕西吴堡，原名刘蕴华，字东园，中国当代著名作家。早年从事革命活动，1928 年加入中国共产主义青年团，1936 年加入中国共产党，1938 年奔赴延安。解放初期，担任《中国青年报》编委、文艺副刊主编。1952 年任陕西省长安县（今陕西省西安市长安区）县委副书记，并在长安县皇甫村落户达 14 年。在农村的长期实践，使柳青积累了丰厚的创作经验，《种谷记》《铜墙铁壁》《创业史》等长篇小说即是柳青在农村生活的经验基础上创作出来的。由于柳青在“文革”期间受到迫害，《创业史》的创作计划没有如期完成，成为柳青创作事业的一大憾事。

在谈到为何创作《创业史》时，柳青认为要通过写作向读者回答“中国农村为什么会发生社会主义革命和这次革命是怎样进行的”。因此，在小说中，这种回答便通过一个村庄的各阶级人物在合作化运动中的行动、思想和心理变化过程表现出来。虽然柳青是以阐释政策在农村的执行这一观念作为创作的出发点的，并且以一种政论的风格介入写作，但在实际的创作中，作家达到了政治目的与艺术性提炼之间的平衡。小说的史诗性追求与现实主义的表达，对典型环境与典型人物的塑造，以及对农村生活情调与风土人情的呈现，都体现出了柳青艺术性追求的痕迹。

《创业史》在艺术层面较为独特之处，也是引起争议的地方，是人物塑造。作为无产阶级先进分子，梁生宝是柳青着重描写的对象，但作家对梁生宝“高大全”形象的集中描绘，显然在很大程度上遮蔽了合理的人情、人性部分。相比之下，梁三老汉的形象则塑造得比较成功。柳青虽然是把梁三老汉视作私有制观念浓厚的小生产者这一具有“反面”意味的人物来塑造的，但是在无意之中塑造了一个具有复杂观念与多元人性的中国“旧农民”形象。他对继子梁生宝的质疑与认同，对政策的怀疑与抵抗，对土地极深厚的情感，都形象地表现出一位背负着沉重的精神负担与巨大的生存压力的农民的复杂形象。他是典型的“中间状态”人物，在他身上，读者能够发现厚重的社会历史内容，感受到中国农村变革任务的艰巨性。

（张栋）

组织部新来的青年人

王　蒙

一

三月，天空中纷洒着似雨似雪的东西。三轮车在区委会门口停住，一个年青人跳下来。车夫看了看门口挂着的大牌子，客气地对乘客说："您到这儿来，我不收钱。"传达室的工人，复员荣军老吕微跛着脚走出，问明了那年青人的来历后，连忙帮他搬下微湿的行李，又去把组织部的秘书赵慧文叫出来。赵慧文紧握着林震的两只手，说："我们等你好久了。"林震在小学教师支部的时候，就与赵慧文认识。她的苍白而美丽的脸上，两只大眼睛闪着友善亲切的光亮，只是下眼皮上有着因疲倦而现出来的青色。她带林震到男宿舍，把行李放好，解开，把湿了的毡子晾上，再铺被褥。在她料理这些事情的时候，常常撩一撩自己的头发，正像那些能干而漂亮的女同志们一样。

她说："我们等了你好久！半年前就要调你来，区人民委员会文教科死也不同意，后来区委书记直接找区长要人，又和教育局人事室吵了一回，这才把你调了来。"

"可我前天才知道，"林震说，"听说调我到区委会，真不知怎么好。咱们区委会净干什么呀？"

"什么都干。"

"组织部呢？"

"组织部就做组织工作。"

"工作忙不忙？"

"有时候忙，有时候不忙。"

赵慧文端详着林震的床铺，摇摇头，大姐姐似的不以为然地说："小伙子，真不讲卫生！瞧那枕头布，已经由白变黑；被头呢，吸饱了你脖子上的油；还有床单，那么多折子，简直成了泡泡纱……"

林震觉得，他一走进区委会的门，他的新的生活刚一开始，就碰到了一个很亲切的人。

他带着一种节日的兴奋心情跑着到组织部第一副部长的办公室去报到。副部长有一个古怪的名字：刘世吾。在林震心跳着敲门的时候，他正仰着脸衔着烟考虑组织部的工作规划。他热情而得体地接待林震，让林震坐在沙发上，自己坐在办公桌边，推一推玻璃板上叠得高高的文件，从容地问：

“怎么样？”他的左眼微皱，右手弹着烟灰。

“支部书记通知我后天搬来，我在学校已经没事，今天就来了。叫我到组织部工作，我怕干不了，我是个新党员，过去做小学教师，小学教师的工作与党的组织工作有些不同……”

林震说着他早已准备好的话，说得很不自然，正像小学生第一次见老师一样。于是他感到这间屋子很热。三月中旬，冬天就要过去，屋里还生着火，玻璃上的霜花溶解成一条条的污道子。他的额头沁出了汗珠，他想掏出手绢擦擦，在衣袋里摸索了半天没有找到。

刘世吾机械地点着头，看也不看地从那一大叠文件中抽出一个牛皮纸袋，打开纸袋，拿出林震的党员登记表，锐利的眼光迅速掠过，宽阔的前额上出现了密密的皱纹，闭了一下眼，手扶着椅子背站起来，披着的棉袄从肩头滑落了，然后用熟练的毫不费力的声调说：

“好，对，好极了，组织部正缺干部，你来得好。不，我们的工作并不难做，学习学习就会做的，就那么回事。而且你原来在下边工作得……相当不错嘛，是不是？”

林震觉得这种称赞似乎有某种嘲笑意味，他惶恐地摇头：“我工作做得并不好……”

刘世吾的不太整洁的脸上现出隐约的笑容，他的眼光聪敏地闪动着，继续说：“当然也可能有困难，可能。这是个了不起的工作。中央的一位同志说过，组织工作是给党管家的，如果家管不好，党就没有力量。”然后他不等问就加以解释：“管什么家呢？发展党和巩固党，壮大党的组织和增强党组织的战斗力，把党的生活建立在集体领导、批评和自我批评、与密切联系群众的基础上。这样做好了，党组织就是坚强的，活泼的，有战斗力的，就足以团结和指引群众，完成和更好地完成社会主义建设与社会主义改造的各项任务……”

他每说一句话，都干咳一下，但说到那些惯用语的时候，快得像说一个字。譬如他说：“把党的生活建立在……上”，听起来就像：“把生活建在登登登上”，他纯熟地驾驭那些林震觉得是相当深奥的概念，像拨弄算盘子一样的灵活。林震集中最大的注意力，仍然不能把他讲的话全部把握住。

接着，刘世吾给他分配了工作。

当林震推门要走的时候，刘世吾又叫住他，用另一种全然不同的随意神情问：

“怎么样，小林，有对象了没有？”

“没……”林震的脸刷地红了。

“大小伙子还红脸？”刘世吾大笑了，“才二十二岁，不忙。”他又问：“口袋里装着什么书？”

林震拿出书，说出书名——拖拉机站站长和总农艺师。

刘世吾拿过书去，从中间打开看了几行，问：“这是他们团中央推荐给你们青年看的吧？”

林震点头。

“借我看看。”

“您有时间看小说吗？”林震看着副部长桌上的大叠材料，惊异了。

刘世吾用手托了托书，试了试分量，微皱着左眼说：“怎么样？这么一薄本有半个夜车就开完啦。四本《静静的顿河》我只看了一个星期，就那么回事。”

当林震走向组织部大办公室的时候，天已经放晴，残留的几片云现出了亮晶晶的边缘。太阳照亮了区委会的大院子。人们都在忙碌：一个穿军服的同志挟着皮包匆匆走过，传达室的老吕提着两个大铁壶给会议室送茶水，可以听见一个女同志顽强地对着电话机子说：“不行，最迟明天早上！不行……”还可以听见忽快忽慢的“框哧、框哧”声——是一只生疏的手使用着打字机，“她也和我一样，是新调来的吧？”林震不知凭什么理由，猜打字员一定是个女的。他在走廊上站了一站，望着耀眼的区委会的院子，高兴自己新生活的开始。

二

组织部的干部算上林震一共二十四个人，其中三个人临时调到肃反办公室去了，一个人半日工作准备考大学，一个人请产假。能按时工作的只剩下十九个人。四个人做干部工作，十五个人按工厂、机关、学校分工管理建党工作，林震被分配与工厂支部联系组织发展党的工作。

组织部部长由区委副书记李宗秦兼任，他并不常过问组织部的事，实际工作是由第一副部长刘世吾掌握。另一个副部长负责干部工作。具体指导林震工作的是工厂建党组组长韩常新。

韩常新的风度与刘世吾迥然不同。他二十七岁，穿蓝色海军呢制服，干净得抖都抖不下土。他有高大的身材，配着英武的只因为粉刺太多而略有瑕疵的脸。他拍着林震的肩膀，用嘹亮的嗓音讲解工作，不时发出豪放的笑声，使林震想："他比领导干部还像领导干部。"特别是第二天韩常新与一个支部的组织委员的谈话，加强了他给林震的这种印象。

"为什么你们只谈了半小时？我在电话里告诉你，至少要用两小时讨论'发展计划'！"

那个组织委员说："这个月生产任务太忙……"

韩常新打断了他的话，富有教训意味地说："生产任务忙就不认真研究发展工作了？这是把中心工作与经常工作对立起来，也是党不管党的一种表现……"

林震弄不明白什么叫"中心工作与经常工作对立起来"和"党不管党"，他熟悉的是另外一类名词："课堂五环节"与"直观教具"。他很钦佩韩常新的这种气魄与能力——迅速地提高到原则上分析问题和指示别人。

他转过头，看见正伏在桌上复写材料的赵慧文，她皱着眉怀疑地看一看韩常新，然后扶正头上的假琥珀发卡，用微带忧郁的目光看向窗外。

晚上，有的干部去参加街道上基层组织生活，有的休息了，赵慧文仍然赶着复写"税务分局培养、提拔干部的经验"，累了一天，手腕酸痛，不时在写的中间撂下笔，摇摇手，往手上吹口气。林震自告奋勇来帮忙，她拒绝了，说："你抄，我不放心。"于是林震帮她把抄过的美浓纸叠整齐，站在她身旁，起一点精神支援作用。她一边抄，一边时时抬头看林震，林震问："干吗老看我？"赵慧文咬了一下复写笔，调皮地笑了笑。

三

林震是一九五三年秋天由师范学校毕业的，当时是候补党员，被分配到这个区的中心小学当教员。做了教师的他，仍然保持中学生的生活习惯：清晨练哑铃，夜晚记日记，每个大节日——五一、七一……以前到处征求人们对他的意见。曾经有人预言，过不了三个月他就会被那些生活不规律的成年人"同化"。但，不久以后，许多教师夸奖他也羡慕他了，说："这孩子无忧无虑，无牵无挂，除了工作，就是工作……"

他也没有辜负这种羡慕，一九五四年寒假，由于教学上的成绩，他受到了教育局的奖励。

人们也许以为，这位年轻的教师就会这样平稳地、满足而快乐地度过自己的青年时代。但是不，孩子般单纯的林震，也有自己的心事。

一年以后，他更经常焦灼地鞭策自己。是因为社会主义高潮的推动，全国青年社会主义积极分子会议的召开，还是因为年龄的增长？

他已经二十二岁了，记得在初中一年级时作过一篇文，题目是“当我××岁的时候”，他写成“当我二十二岁的时候，我要……”现在二十二岁，他的生命史上好像还是白纸，没有功勋，没有创造，没有冒险，也没有爱情——连给某个姑娘写一封信的事都没有做过。他努力工作，但是他做得少、慢，和青年积极分子们比较，和生活的飞奔比较，难道能安慰自己吗？他订规划，学这学那，做这做那，他要一日千里！

这时，接到调动工作的通知，“当我二十二岁的时候，我成了党工作者……”也许真正的生活在这里开始了？他抑制住对于小学教育工作和孩子们的依恋，燃烧起对新的工作的渴望。支部书记和他谈话的那个晚上，他想了一夜。

就这样，林震口袋里装着《拖拉机站站长和总农艺师》，兴高采烈地登上区委会的石阶，对于党工作者（他是根据电影里全能的党委书记的形象来猜测他们的）的生活，充满了神圣的憧憬。但是，等他接触到那些忙碌而自信的领导同志，看到来往的文件和同时举行的会议，听到那些尖锐争吵与高深的分析，他眨眨那有些特别的淡褐色眼珠的眼睛，心里有点怯……

到区委会的第四天，林震去通华麻袋厂了解第一季度发展党员工作的情况，去以前，他看了有关的文件和名叫“怎样进行调查研究”的小册子，再三地请教了韩常新，他密密麻麻地写了一篇提纲，然后飞快地骑着新领到的自行车，向麻袋厂驶去。

工厂门口的警卫同志听说他是委员会的干部，没要他签名，信任地请他进去了。穿过一个大空场，走过一片放麻的露天仓库与机器隆隆响的厂房，他心神不安地去敲厂长兼支部书记王清泉办公室的门，得到了里面“进来”的回答后，他慢慢地走进去，怕走快了显得没有经验，他看见一个阔脸、粗脖子、身材矮小的男人正与一个头发上抹了许多油的驼背的男人下棋。小个子的同志抬起头，右手玩着棋子，问清了林震找谁以后，不耐烦地挥一挥手：“你去西跨院党支部办公室找魏鹤鸣，他是组织委员。”然后低下头继续下棋。

林震找着了红脸的魏鹤鸣，开始按提纲发问了：“一九五六年第一季度，你们发展了几个人？”

“一个半。”魏鹤鸣粗声粗气地说。

“什么叫‘半’？”

“有一个通过了，区委拖了两个多月还没有批下来。”

林震掏出笔记本记了下来。又问：

“发展工作是怎么样进行的，有什么经验？”

“进行过程和向来一样——和党章的规定一样。”

林震看了看对方，为什么他说出的话像搁了一个星期的窝窝头一样干巴？魏鹤鸣托着腮，眼睛看着别处，心里也像在想别的事。

林震又问："发展工作的成绩怎么样？"

魏鹤鸣答："刚才说过了，就是那些。"他好像应付似的希望快点谈完。

林震不知道应该再问什么了，预备了一下午的提纲，和人家只谈上五分钟就用完了。他很窘。

这时门被一只有力的手推开了。那个小个子的同志进来，匆匆忙忙地问魏鹤鸣："来信的事你知道吗？"

魏鹤鸣无精打采地点了点头。

小个子的同志来回踱着步子，然后劈开腿站在房中央："你们要想办法！质量问题去年就提出来了，为什么还等着合同单位给纺织工业部写信？在社会主义高潮当中我们的生产迟迟不能提高，这是耻辱！"

魏鹤鸣冷冷地看着小个子的脸，用颤抖的声音问："您说谁？"

"我说你们大家！"小个子手一挥，把林震也包括在里面了。

魏鹤鸣因为抑制着的愤怒的爆发而显得可怕，他的红脸更红了，他站起来问："那么您呢？您不负责任？"

"我当然负责。"小个子的同志却平静了，"对于上级，我负责，他们怎么处分我，我也接受。对于我，你得负责，谁让你做生产科长呢？你得小心……"说完，他威胁地看了魏鹤鸣一眼，走了。

魏鹤鸣坐下，把棉袄的扣子全解开了，喘着气。林震问："他是谁？"魏鹤鸣讽刺地说："你不认识？他就是厂长王清泉。"

于是魏鹤鸣向林震详细地谈起了王清泉的情况。王清泉原来在中央某部工作，因为在男女关系上犯错误受了处分，一九五一年调到这个厂子做副厂长，一九五三年厂长他调，他就被提拔做厂长。他一向是吃饱了转一转，躲在办公室批批文件下下棋，然后每月在工会大会、党支部大会、团总支大会上讲话批评工人群众竞赛没搞好，对质量不关心，有经济主义思想……魏鹤鸣没说完，王清泉又推门进来了。他看着左腕上的表，下令说："今天中午十二点十分，你通知党、团、工会和行政各科室的负责人到厂长室开会。"然后把门乒地一带，走了。

魏鹤鸣嘟哝着："你看他怎么样？"

林震说："你别光发牢骚，你批评他，也可以向上级反映，上级决不允许有这样的厂长。"

魏鹤鸣笑了，问林震："老林同志，你是新来的吧？"

"老林"同志脸红了。

魏鹤鸣说："批评不动！他根本不参加党的会议，你上哪儿批评去？偶尔参加一次，你提意见，他说：'提意见是好的，不过应该掌握分寸，也应该看时间、场合。现在，我们不应该因为个人意见侵占党支部讨论国家任务的宝贵时间。'好，不占用宝贵时间，我找他个别提，于是我们俩吵成了现在这个样子。"

"向上级反映呢？"

"一九五四年我给纺织工业部和区委写了信，部里一位张同志与你们那儿的老韩同志下来检查了一回。检查结果是：'官僚主义较严重，但主要是作风问题，任务基本上完成了，只是完成任务的方法有缺点。'然后找王清泉'批评'了一下，又找我鼓励了一下开展自下而上的批评的精神，就完事了。此后，王厂长有一个来月对工作比较认真，不久他得了肾病，病好以后他说自己是'因劳致疾'，就又成了这个样子。"

"你再反映呀！"

"哼，后来与韩常新也不知说过多少次，老韩也不答理，反倒向我进行教育说，应该尊重领导，加强团结。也许我不该这样想，但我觉得也许要等到王厂长贪污了人民币或者强奸了妇女，上级才会重视起来！"

林震出了厂子再骑上自行车的时候，车轮旋转的速度就慢多了。他深深地把眉头皱起来。他发现他的工作的第一步就有重重的困难，但他也受到一种刺激甚至是激励——这正是发挥战斗精神的时候啊！他想着想着，直到因为车子溜进了急行线而受到交通民警的申斥。

四

吃完午饭，林震迫不及待地找韩常新汇报情况。韩常新有些疲倦地靠着沙发背，高大的身体显得笨重，从身上掏出火柴匣，拿起一根火柴剔牙。

林震杂乱地叙述他去麻袋厂的见闻，韩常新脚尖打着地不住地说："是的，我知道。"然后他拍一拍林震的肩膀，愉快地说："情况没了解上来不要紧，第一次下去嘛。下次就好了。"

林震说："可是我了解了关于王清泉的情况。"他把笔记本打开。

韩常新把他的笔记本合上，告诉他："对，这个情况我早知道。前年区委让我处理过这个事情，我严厉地批评过他，指出他的缺点和危险性，我们谈了至少有三四个钟头……"

"可是并没有效果呀，魏鹤鸣说他只好了一个月……"林震插嘴说。

"一个月也是效果，而且决不止一个月。魏鹤鸣那个人思想上有问题，见人就告厂长的状……”

“他告的状是不是真的？”

“很难说不真，也很难说全真。当然这个问题是应该解决的，我和区委副书记李宗秦同志谈过。”

“副书记的意见是什么？”

“副书记同意我的意见，王清泉的问题是应该解决也是可能解决的……不过，你不要一下子就陷到这里边去。”

“我？”

“是的。你第一次去一个工厂，全面情况也不了解，你的任务又不是去解决王清泉的问题，而且，直爽地说，解决他的问题也需要更有经验的干部；何况我们并不是没有管过这件事……你要是一下子陷到这个里头，三个月也出不来，第一季度的建党总结还了解不了解？上级正催我们交汇报呢！”

林震说不出话。

韩常新又拍拍林震的肩膀：“不要急躁嘛，咱们区三千个党员，百十几个支部，你一来就什么问题都摸还行？”他打了个哈欠，有倦意的脸上的粉刺涨红了：“啊——哈，该睡午觉了。”

“那，发展工作怎么再去了解？”林震没有办法地问。

韩常新又去拍林震的肩膀，林震不由得躲开了。韩常新有把握地说：“明天咱们俩一齐去，我帮你去了解，好不？”然后他拉着林震一同到宿舍去。

第二天，林震很有兴趣地观察韩常新如何了解情况。三年前，林震在北京师范上学的时候，出去做过见习教师，老教师在前面讲，林震和学生一起听，学了不少东西。这次，他也抱着见习的态度，打开笔记本，准备把韩常新的工作过程详细记录下来。

韩常新问魏鹤鸣：“发展了几个党员？”

“一个半。”

“不是一个半，是两个，我是检查你们的发展情况，不是检查区委批没批。”韩常新纠正他，又问：“这两个人本季度生产计划完成得怎么样？”

“很好，他们一个超额百分之七，一个超额百分之四，厂里黑板报还表扬……”

谈起生产情况，魏鹤鸣似乎起劲了些，但是韩常新打断了他的话：“他们有些什么缺点？”

魏鹤鸣想了半天，空空洞洞地说了些缺点。

韩常新叫他给所举的缺点提一些例子。

提完例子，韩常新再问他党的积极分子完成本季度生产任务的情况，他特别感兴趣的是一些数字和具体事例，至于这些先进的工人克服困难、钻研创造的过程，他听都不要听。

［节选自王蒙．组织部新来的青年人［M］//洪子诚．中国当代文学史作品选（修订版）．北京：北京大学出版社，2008：196－203.］

★导读：

王蒙，1934年出生于北京，祖籍河北沧州。1963年，举家迁去新疆生活，1979年返回北京，回京后创作进入井喷期，这一时期创作的《布礼》《夜的眼》《蝴蝶》《风筝飘带》《春之声》《活动变人形》等小说均产生了较大影响。2000年，在人民文学出版社出版了包括长篇小说《恋爱的季节》《失态的季节》《踌躇的季节》《狂欢的季节》在内的"季节系列"。2015年，长篇小说《这边风景》获第九届茅盾文学奖。2019年9月，王蒙获"人民艺术家"国家荣誉称号。

《组织部新来的青年人》（原题为《组织部来了个年轻人》）发表于《人民文学》1956年第9期。当时正值倡导"百花齐放、百家争鸣"的时期，这部短篇小说与刘宾雁的《在桥梁工地上》等作品同属于"干预生活"的创作。小说发表后引发了热烈争论，1979年被收入上海文艺出版社出版的小说集《重放的鲜花》。主人公林震本是一名小学教师，22岁的"生命史上好像还是白纸，没有功勋，没有创造，没有冒险，也没有爱情"，小说讲述了"组织部新来的青年人"的心路历程。围绕麻袋厂党支部事件，形成了两个人物系列：对什么都"习惯了，疲倦了"，把"就那么回事"作为口头禅的刘世吾和"漂浮在生活边上，悠然自得"的韩常新是一个系列，单纯热情、富于浪漫激情的林震和孤独、清高、无助、无奈的赵慧文则是另一个系列。从表层看，小说批判了组织部里的官僚主义和麻木倦怠的氛围；从深层看，小说揭示了青年人的理想主义和中年人的现实主义之间的冲突。比青年人林震的困惑和失望更深刻的问题是：如果刘世吾也曾是"新来的青年人"，日后的林震是否会成为另一个刘世吾呢？这个问题的提出，使得小说具有了超越时空的思想穿透力和艺术感染力。

（陈翠平）

班主任

刘心武

一

你愿意结识一个小流氓，并且每天同他相处吗？我想，你肯定不愿意，甚至会嗔怪我何以提出这么一个荒唐的问题。

但是，在光明中学党支部办公室里，当黑瘦而结实的支部书记老曹，用信任的眼光望着初三（3）班班主任张俊石老师，换一种方式向他提出这个问题时，张老师并不以为古怪荒唐。他只是极其严肃地考虑了一分钟左右，便断然回答说："好吧！我愿意认识认识他……"

事情是这样的：前些日子，公安局从拘留所把小流氓宋宝琦放了出来。他是因为卷进了一次集体犯罪活动被拘留的。在审讯过程中，面对着无产阶级专政的强大威力与政策感召，他浑身冒汗，嘴唇哆嗦，做了较为彻底的坦白交代，并且揭发检举了首犯的关键罪行。因此，公安局根据他的具体情况——情节较轻而坦白揭发较好，加上还不足十六岁——将他教育释放了。他的父母感到再也难在老邻居们面前抛头露面，便通过换房的办法搬了家，恰好搬到光明中学附近。根据这几年实行的"就近入学"办法，他父母来申请将宋宝琦转入光明中学上学。他该上初三，而初三（3）班又恰好有空位子，再加上张老师有十几年的班主任工作经验，又是这个年级班主任里唯一的党员，因此，党支部经过研究，接受了宋宝琦的转学要求，并且由老曹直接找到张老师，直截了当地摆出情况，问他说："怎么样？你把宋宝琦收下吧？"

正像你所知道的那样，张老师思忖的目光刚同老曹那饱含期待、鼓励的目光相遇，他便答应下来了。

二

张老师是个什么样的人呢？

趁他顶着春天的风沙，骑车去公安局了解宋宝琦情况的当口，我们可以仔细观察他一番。

的衣裤都明显地旧了，但非常整洁，每一个纽扣都扣得规规矩矩，连制服外套的风纪扣，也一丝不苟地扣着。他脸庞长圆，额上有三条挺深的抬头纹，眼睛不算大，但能闪闪放光地看人，撒谎的学生最怕他这目光；不过，更让学生们敬畏的是张老师的那张嘴。人们都说薄嘴唇的人能说会道，张老师却是一对厚嘴唇，冬春常被风吹得暴出干皮儿。从这对厚嘴唇里迸出的话语，总是那么热情、生动、流利，像一架永不生锈的播种机，不断在学生们的心田上播下革命思想和知识的种子，又像一把大笤帚，不停息地把学生心田上的灰尘无情地扫去……

一路上，张老师的表情似乎挺平淡。等到听完公安局同志的情况介绍、翻完卷宗以后，他的脸上才显露出强烈的表情来——很难形容，既不全是愤慨，也不排除厌恶与蔑视，似乎渐渐又下了决心，但忧虑与沉重也明显可见。

张老师从公安局回到学校时，已经是下午三点钟。他掏出叠得很整齐的手绢一边擦着脑门上的汗，一边走进年级组办公室。显然同组的老师们都已知道宋宝琦将于明天到他班上课的事了。教数学的尹达磊老师头一个迎上他，形成了关于宋宝琦的第一个波澜。

尹老师和张老师同岁，同是一个师范学院毕业，同时分配到光明中学任教，又经常同教一个年级。他们一贯推心置腹，就是吵嘴，也从不含沙射影、指桑骂槐，总是把想法倾巢倒出，一点“底儿”也不留。

三

尹老师身材细长，五官长得紧凑，这就使他永远摆脱不了“娃娃相”，多亏鼻梁上架着副深度近视镜，才使他在学生们面前不致有失长者的尊严。

在这 1977 年的春天，尹老师感到心里一片灿烂的阳光。他对教育战线，对自己的学校、所教的课程和班级，都充满了闪动着光晕的憧憬。他觉得一切不合理的事物都应该而且能够迅速得到改进。他认为“四人帮”既已揪出，扫荡“四人帮”在教育战线的流毒，形成理想的境界应当不需要太多的时间。不过，最近这些天他有点儿沉不住气。他愿意一切都如春江放舟般顺利，不承想却仍要面临一些复杂的问题。

关于宋宝琦即将“驾到”的消息一入他的耳中，他就忍不住热血沸腾。张老师刚一迈进办公室，他便把满腔的“不理解”朝老战友发泄出来。他劈面责问张老师：“你为什么答应下来？眼下，全年级面临的形势是要狠抓教学质量，你弄个小流氓来，陷到做他个别工作的泥坑里去，哪还有精力抓教学质量？闹不好，还弄个‘一粒耗子屎坏掉一锅粥’！你呀你，也不冷静地想想，就答应下来，真让人没法理解……”

办公室的其他老师，有的赞同尹老师的观点，却不赞同他那生硬的态度；有的不赞成他的观点，却又觉得他的确是出于一片好心；有的一时还拿不准怎么看，只是为张老师凭空添了这么副重担子，滋生了同情与担忧……因此，虽然都或坐或站地望着张老师，却一时都没有说话。就连搁放在存物架上的生理卫生课教具——耳朵模型，仿佛也特意把自己拉成了一尺半长，在专注地等待着张老师作答。

张老师觉得尹老师的意见未免偏激，但并不认为尹老师的话毫无道理。他静静地考虑了一分钟，便答辩似的说：“现在，既没有道理把宋宝琦退回给公安局，也没有必要让他回原学校上学。我既然是个班主任老师，那么，他来了，我就开展工作吧……”

这真是几句淡而无味的话。倘若张老师咄咄逼人地反驳尹老师，也许会引起一场火爆的争论，而他竟出乎意料地这样作答，尹老师仿佛反被慑服了。别的老师也挺感动，有的还不禁低首自问：“要是把宋宝琦分到我的班上，我会怎么想呢？”

张老师的确必须立即开展工作，因为，就在这时，他班上的团支部书记谢惠敏找他来了。

四

谢惠敏的个头比一般男生还高，她腰板总挺得直直的，显得很健壮。有一回，她打业余体校栅栏墙外走过，一眼被里头的篮球教练看中。教练热情地把她请了进去，满心以为发现了个难得的培养对象。谁知让这位长圆脸、大眼睛的姑娘试着跑了几次篮后，竟格外地失望——原来，她弹跳力很差，手臂手腕的关节也显得过分僵硬，一问，她根本对任何球类活动都没有兴趣。

的确，谢惠敏除了随着大伙看看电影、唱唱每个阶段的推荐歌曲，几乎没有什么业余爱好。她功课中平，作业有时完不成，主要是由于社会工作占去的精力和时间太多了——因此倒也能获得老师和同学们的谅解。

头年夏天，张老师接任这个班的班主任时，谢惠敏已经是团支部书记了。张老师到任不久便轮到这个班下乡学农。返校的那天，队伍离村二里多了，谢惠敏突然发现有个男生手里转动着一根麦穗，她不禁又惊又气地跑过去批评说：“你怎么能带走贫下中农的麦子？给我！得送回去！”那个男生不服气地辩解说：“我要拿回家给家长看，让他们知道这儿的麦子长得有多棒！”结果引起一场争论，多数同学并不站在谢惠敏一边，有的说她“死心眼”，有的说她“太过分”。最后自然轮到张老师表态。谢惠敏手里紧紧握着那根丰满的麦穗，微张着嘴唇，期待地望着张老师。出乎许多同学的意料，张老师同意了谢惠敏送回麦穗的请求。耳边响着一片扬声争论与喁喁低议交织成的音波，望着在雨后泥泞的大车道上奔回村庄的谢惠敏那独特的背影，张老师曾经感动地想：问题不在于小小的麦穗是否一定要这样来处理：看哪，这个仅仅只有三个月团龄的支部书记，正用全部纯洁而高尚的感情，在维护“绝不能让贫下中农损失一粒麦子”的信念——她的身上，有着多么可贵的闪光素质啊！

但是，这以后，直到“四人帮”被揪出来之前，浓郁的阴云笼罩着我们祖国的大地，阴云的暗影自然也投射到了小小的初三（3）班。被“四人帮”那个女黑干将控制的团市委，已经向光明中学派驻了联络员，据说是来培养某种“典型”；是否在初三（3）班设点，已在他们考虑之中。谢惠敏自然常被他们找去谈话。谢惠敏对他们的“教诲”并不能心领神会，因为她没有丝毫的政治投机心理，她单纯而真诚。但是，打从这时候起，张老师同谢惠敏之间开始显露出某种似乎解释不清的矛盾。比如说，谢惠敏来告状，说团支部过组织生活时，五个团员竟有两个打瞌睡。张老师没有去责难那两个不像样子的团员，却向谢惠敏建议说：“为什么过组织生活总是念报纸呢？下回搞一次爬山比赛不成吗？保险他们不会打瞌睡！”谢惠敏瞪圆了双眼，几乎不相信自己的耳朵，隔了好一阵，才抗议地说：“爬山，那叫什么组织生活？我们读的是批宋江的文章啊……”再比如，那一天热得像被扣在了蒸笼里，下了课，女孩子们都跑拢窗口去透气，张老师把谢惠敏叫到一边，上下打量着她说：“你为什么还穿长袖衬衫呢？你该带头换上短袖才是，而且，你们女孩子该穿裙子才对啊！”谢惠敏虽然热得直喘气，却惊讶得满脸涨红，她简直不能理解张老师在提倡什么作风！班上只有宣传委员石红才穿带小碎花的短袖衬衫，还有那种带褶子的短裙，这在谢惠敏看来，乃是“沾染了资产阶级作风”的表现！

“四人帮”揪出来之后，张老师同谢惠敏之间的矛盾自然可以解释清楚了，但并没有完全消除。

现在，谢惠敏找到张老师。向他汇报说：“班上同学都知道宋宝琦要来了，有的男生说他原来是什么‘菜市口老四’，特别厉害；有些女生害怕了，说是明天宋宝琦真来，她们就不上学了！”

张老师一愣，他还没有来得及预料到这些情况。现在既然出现了这些情况，他感到格外需要团支部配合工作，便问谢惠敏：“你怕吗？你说该怎么办？”

谢惠敏晃晃小短辫说：“我怕什么？这是阶级斗争！他敢犯狂，我们就跟他斗！”

张老师心里一热。一霎时，那在泥泞的大车道上奔走的背影活跳在记忆的屏幕上。他亲热地对谢惠敏说：“你赶紧把团支部和班委会的人找齐，咱们到教室开个干部会！”

五

四点二十左右，干部会结束了。其他干部们都走了，教室里只剩下张老师、谢惠敏和石红三个人。

石红恰好面对窗户坐着，午后的春阳射到她的圆脸庞上，使她的两颊更加红润；她拿笔的手托着腮，张大的眼眶里，晶亮的眸子缓慢地游动着，丰满的下巴微微上翘——这是每当她要想出一个更巧妙的方法来解决一道教学题时，为数学老师所熟悉、所喜爱的神态。可是此刻她并不是在解数学题，而是在琢磨怎么写出明天一早同大家——也包括宋宝琦——见面的“号角诗”。

张老师同谢惠敏在一旁谈着话。围绕着接收宋宝琦需要展开的工作，已经全部落实。男生干部分头找男生们做工作去了，跟他们讲宋宝琦并不是什么威震菜市口的“英雄”，而是个犯了错误的需要帮助的人。对他既别好奇乃至于敬畏，也不能歧视打击，大家要齐心合力地帮助他。女生干部将分头到那几个或者是因为胆小，或者是出于赌气，宣布明天不来上学的女生家去，对她们和她们的家长讲清楚，学校一定会保证女孩子们不受宋宝琦欺侮；对宋宝琦这样的小流氓，消极躲避只能助长他的恶习，只有团结起来同他斗争，进行教育，才能化有害为无害，并且逐步化无害为有益。张老师则要对宋宝琦进行家访，对他以及他的家长进行初步了解，并进行第一次思想工作。石红的“号角诗”明天一早将向大家强调：“让我们的教室响彻抓纲治国的脚步声！”

当石红的“号角诗”快要写完的时候，张老师同谢惠敏的谈话结束了。张老师把摊在桌上、刚给干部们看过的几件东西往一块敛。那是张老师从派出所带回来的宋宝琦犯案后被搜出的物品：一把用来斗殴的自行车弹簧锁，一副残破油腻的扑克牌，一个式样新颖附有打火机的镀镍烟盒，还有一本撕掉了封皮的小说。小干部们面对这些东西都厌恶得皱鼻子、撇嘴角。谢惠敏提议说：“团支部明天课后开个现场会，积极分子们也参加，摆出这些东西，狠狠批判一顿！”大伙都同意，张老师也点头说：“对。要利用这个机会，进一步抓好反腐蚀教育。”

没承想，临到张老师收敛这几件物品时，突然出现了矛盾，还闹得挺僵。

别的东西都收进书包了，只剩下那本小说。张老师原来顾不得细翻，这时拿起来一检查，不由得“啊”了一声。原来那是本文化大革命以前，中国青年出版社出版的长篇小说《牛虻》。

谢惠敏感到张老师神情有点异常，忙把那本书要过来翻看。她以前没听说过，更没看见过这本书，她见里头有外国男女谈恋爱的插图，不禁惊叫起来：“唉呀！真黄！明天得狠批这本黄书！”

张老师皱起眉头，思索着。他回忆起自己中学时代的情况。那时候，团支部曾向班上同学们推荐过这本小说……围坐在篝火旁，大伙用青春的热情轮流朗读过它；倚扶着万里长城的城堞，大伙热烈地讨论过“牛虻”这个人物的优缺点……这本英国小说家伏尼契写成的作品，曾激动过当年的张老师和他的同辈人，他们曾从小说主人公的形象中，汲取过向上的力量……也许，当年对这本小说的缺点批判不够？也许，当年对小说的精华部分理解得也不够准确、不够深刻？……但，不管怎么说——张老师想到这儿，忍不住对谢惠敏开口分辩道：“这本《牛虻》可不能说成是黄书……”

谢惠敏的两撇眉毛险些飞出脑门，她瞪圆了双眼望着张老师，激烈地质问说：“怎么？不是黄书?！这号书不是黄书什么是黄书？”在谢惠敏的心目中，早已形成一种铁的逻辑，那就是凡不是书店出售的、图书馆外借的书，全是黑书、黄书。这实在也不能怪她。她开始接触图书的这些年，恰好是“四人帮”搞法西斯文化专制主义最凶的几年。可爱而又可怜的谢惠敏啊，她单纯地崇信一切用铅字新排印出来的东西，而在“四人帮”控制舆论工具的那几年里，她用虔诚的态度拜读的报纸刊物上，充塞着多少他们的“帮文”，喷溅出了多少戕害青少年的毒汁啊！倘若在谢惠敏最亲近的人当中，有人及时向她点明：张春桥、姚文元那两篇号称“阐述无产阶级专政理论”的“重要文章”大可怀疑，而“梁效”“唐晓文”之类的大块文章也绝非马列主义的“权威论著”……那该有多好啊！但是，由于种种主观和客观上的原因，没有人向她点明这一点。她的父母经常嘱咐谢惠敏及其弟妹，要听毛主席的话，要认真听广播、看报纸；要求他们遵守纪律、尊重老师；要求他们好好学功课……谢惠敏从这样的家庭教育中受益不浅，具备了强烈的无产阶级感情、劳动者后代的气质；但是，在资产阶级、修正主义的白骨精化为美女现形的斗争环境里，光有朴素的无产阶级感情就容易陷于轻信和盲从，而“白骨精”们正是拼命利用一些人的轻信与盲从以售其奸！就这样，谢惠敏正当风华正茂之年，满心满意想成为一个好的革命者，想为共产主义这个目标而奋斗，却被“四人帮”害得眼界狭窄、是非模糊。岂止《牛虻》这本书她会认为是毒草，我们这段故事发生的时候，《青春之歌》已经进行再版了，但谢惠敏还保持着“四人帮”揪出前形成的习惯——把那些热衷于传播“文艺消息”，什么又会有某个新电影上演啦，电台又播了个什么新歌呀这样的同学们，看成是“沾染了资产阶级思想”。就在前几天，她发现石红在自习课上看一本厚厚的小说，下课她便给没收了。那是1959年出版的《青春之歌》，她随便翻检了几页，把自己弄得心跳神乱——断定是本“黄书”，正想拿来上交给张老师，石红笑嘻嘻地一把抢了回去，还拍着封面说；“可带劲啦！你也看看吧！”结果两人争吵了一场；后来她忙着去团委开会，倒忘记向张老师反映了，没想到今天张老师竟比石红还要石红——亲口否认这本外国“黄书”之黄！在谢惠敏心中，外国的“黄书”当然一律又要比中国的“黄书”更黄了。面对着这样一位张老师，她又联想起以前的许多细琐冲突来。于是，往常毕竟占据支配地位的尊敬之感，顿然减少了许多。她微微噘起嘴，飞走的眉毛落回来拧成了个死疙瘩。

（节选自刘心武．刘心武精选集［M］．北京：北京燕山出版社，2014：1－11.）

★导读：

刘心武，1942年出生于四川成都，中国当代著名作家、红学研究家，笔名刘浏、赵壮汉等。发表于《人民文学》1977年第11期的短篇小说《班主任》，被视为新时期“伤痕文学”的代表作品，也是刘心武早期创作的代表。在这部小说中，刘心武不仅塑造了张老师、谢惠敏、宋宝琦等形象，而且在新时期的文学语境中提出了“救救孩子”这一关键性命题，从而在一定程度上接续了由鲁迅等现代作家开创的思想传统。

刘心武试图通过《班主任》的创作，探讨中国青少年的教育问题，因此他特意将叙事场景设置为学校，并通过张老师的视角，展示了谢惠敏、宋宝琦、石红等不同类型初中生所面临的困境，并通过描绘他们的形象、语言、性格、行为等，揭示出一种不良教育对他们所产生的深刻影响。张老师的形象类似于作家本人的化身，通过他的描述，团支部书记谢惠敏在一种极端式教育下形成的偏激性格、对同学动辄批判的态度，宋宝琦被社会不良戕害而不自知的“小流氓”形象，以及石红夹在良好的家庭教育与缺位的社会教育之间产生的困惑心理，都得到了极为细致的描摹。刘心武借张老师之口，以悲愤的语调喊出了“救救被‘四人帮’坑害了的孩子!”这也完成了对小说教育主题的落实。

刘心武是一位具有强烈问题意识的作家，他总是在以一种分析问题的语调引导叙事，并时常在文本中情不自禁地向读者提出许多问题或建议。比如小说开头——“你愿意结识一个小流氓，并且每天同他相处吗?”或者是在揭示出宋宝琦的问题之后说道：“请抱着解决实际问题、治疗我们祖国健壮躯体上的局部痈疽的态度，同我们的张老师一起，来考虑考虑如何教育、转变宋宝琦这类青少年吧!”这种语言风格的运用甚至使小说产生了强烈的政论色彩。当然，作为一篇新时期早期的作品，刘心武的写作还未能完全超越“十七年文学”乃至“文革文学”的模式，小说中的一些语言也能显现出作家思维的封闭性特点，这是一个新的时代开始时普遍存在的创作现象。

(张栋)

爱，是不能忘记的

张洁

我和我们这个共和国同年。三十岁，对于一个共和国来说，那是太年轻了。而对一个姑娘来说，却有嫁不出去的危险。

不过，眼下我倒有一个正儿八经的求婚者。看见过希腊伟大的雕塑家米伦所创造的《掷铁饼者》那座雕塑吗？乔林的身躯几乎就是那尊雕塑的翻版。即使在冬天，臃肿的棉衣也不能掩盖住他身上那些线条优美的轮廓。他的面孔黝黑，鼻子、嘴巴的线条都很粗犷。宽阔的前额下，是一双长长的眼睛。

光看这张脸和这个身躯，大多数的姑娘都会喜欢他。

可是，倒是我自己拿不准主意要不要嫁给他。因为我闹不清楚我究竟爱他的什么，而他又爱我的什么。

我知道，已经有人在背地里说长道短："凭她那些条件，还想找个什么样的？"

在他们的想象中，我不过是一头劣种的牲畜，却变着法儿想要混个肯出大价钱的冤大头。这引起他们的气恼，好像我真的干了什么伤天害理的、冒犯了众人的事情。

自然，我不能对他们过于苛求。在商品生产还存在的社会里，婚姻，也像许多问题一样，难免不带着商品交换的烙印。

我和乔林相处将近两年了，可直到现在我还摸不透他那缄默的习惯到底是因为不爱讲话，还是因为讲不出来什么。逢到我起意要对他来点智力测验，一定逼着他说出对某事或某物的看法时，他也只能说出托儿所里常用的那种词汇"好！"或"不好！"就这么两档，再也不能换换别的花样儿了。

当我问起"乔林，你为什么爱我？"的时候，他认真地思索了好一阵子。对他来说，那段时间实在够长了。凭着他那宽阔的额头上难得出现的皱纹，我知道，他那美丽的脑壳里面的组织细胞，一定在进行着紧张的思维活动。我不由得对他生出一种怜悯和一种歉意，好像我用这个问题刁难了他。

然后，他抬起那双儿童般的、清澈的眸子对我说："因为你好！"

我的心被一种深刻的寂寞填满了："谢谢你，乔林！"

我不由得想：当他成为我的丈夫，我也成为他的妻子的时候，我们能不能把妻子和丈夫的责任和义务承担到底呢？也许能够。因为法律和道义已经紧紧地把我们拴在一起。而如果我们仅仅是遵从着法律和道义来承担彼此的责任和义务，那又是多么悲哀啊！那么，有没有比法律和道义更牢固、更坚实的东西把我们联系在一起呢？

逢到我这样想着的时候，我总是有一种古怪的感觉，好像我不是一个准备出嫁的姑娘，而是一个研究社会学的老学究。

也许我不必想这么多，我们可以照大多数的家庭那样生活下去：生儿育女，厮守在一起，绝对地保持着法律所规定的忠诚……虽说人类社会已经进入了二十世纪七十年代，可在这点上，倒也不妨像几千年来人们所做过的那样，把婚姻当成一种传宗接代的工具，一种交换、买卖，而婚姻和爱情也可以是分离着的。既然许多人都是这么过来的，为什么我就偏偏不可以照这样过下去呢？

不，我还是下不了决心。我想起小的时候，我总是没缘没故地整夜啼哭，不仅闹得自己睡不安生，也闹得全家睡不安生。我那没有什么文化却相当有见地的老保姆说我"贼风入耳"了。我想这带有预言性的结论大概很有一点科学性，因为直到如今我还依然如故，总好拿些不成问题的问题不但搅扰得自己不得安宁，也搅扰得别人不得安宁。所谓"禀性难移"吧！

我呢，还会想到我的母亲，如果她还活着，她会对我的这些想法，对乔林，对我要不要答应他的求婚说些什么?!

我之所以习惯地想到她，绝不因为她是一个严酷的母亲，即使已经不在人世也依然用她的阴魂主宰着我的命运。不，她甚至不是一个母亲，而是推心置腹的朋友。我想，这多半就是我那么爱她，一想到她已经离我远去便悲从中来的原因吧！

她从不教训我，她只是用她那没有什么女性温存的低沉的嗓音，柔和地对我谈她一生中的过失或成功，让我从这过失或成功里找到我自己需要的东西。不过，她成功的时候似乎很少，一生里总是伴着许许多多的失败。

在她最后的那些日子里，她总是用那双细细的、灵秀的眼睛长久地跟随着我，仿佛在估量着我有没有独立生活下去的能力，又好像有什么重要的话要叮嘱我，可又拿不准主意该不该对我说。准是我那没心没肺，凡事都不大有所谓的派头让她感到了悬心。她忽然冒出了一句："珊珊，要是你吃不准自己究竟要的是什么，我看你就是独身生活下去，也比糊里糊涂地嫁出去要好得多！"

照别人看来，作为一个母亲对女儿讲这样的话，似乎不近情理。而在我看来，那句话里包含着以往生活里的痛苦经验，真是一句至理名言。我倒不觉得她这样叮咛我是看轻我或是低估了我对生活的认识。她爱我，希望我生活得没有烦恼，是不是？

“妈妈，我不想嫁人！”我这么说，绝不是因为害臊或是忸怩作态。说真的，我真不知道一个姑娘什么时候需要做出害臊或忸怩的姿态，一切在一般人看来应该对孩子隐讳的事情，母亲早已从正面让我认识了它。

“要是遇见合适的，还是应该结婚。我说的是合适的！”

“恐怕没有什么合适的！”

“有还是有，不过难一点——因为世界是这么大，我担心的是你会不会遇上就是了！”她并不关心我嫁得出去还是嫁不出去，她关心的倒是婚姻的实质。

“其实，您一个人过得不是挺好吗？”

“谁说我过得挺好？”

“我这么觉得。”

“我是不得不如此……”她停住了说话，沉思起来。一种淡淡的、忧郁的神情来到了她的脸上。她那忧郁的、满是皱纹的脸，让我想起我早年夹在书页里的那些已经枯萎了的花。

“为什么不得不如此呢？”

“你的为什么太多了。”她在回避我。她心里一定藏着什么不愿意让我知道的心事。我知道，她不告诉我，并不是因为她耻于向我披露，而多半是怕我不能准确地估量那事情的深浅而扭曲了它，也多半是因为人人都有一点珍藏起来的、留给自己的东西。想到这里，我有点不自在。这不自在的感觉迫使我没有礼貌，没有教养地追问下去：“是不是您还爱着爸爸？”

“不，我从没有爱过他。”

“他爱您吗？”

“不，他也不爱我！”

“那你们当初为什么结婚呢？”

她停了停，准是想找出更准确的字眼来说明这令人费解和反常的现象。

然后显出无限悔恨的样子对我说：“人在年轻的时候，并不一定了解自己追求的、需要的是什么，甚至别人的起哄也会促成一桩婚姻。等到你再长大一些、更成熟一些的时候，你才会明白你真正需要的是什么。可那时，你已经干了许多悔恨得让你感到锥心的蠢事。你巴不得付出任何代价，只求重新生活一遍才好，那你就会变得比较聪明了。人说‘知足者常乐’，我却享受不到这样的快乐。”说着，她自嘲地笑了笑，“我只能是一个痛苦的理想主义者。”

莫非我那“贼风入耳”的毛病是从她那里来的？大约我们的细胞中主管“贼风入耳”这种遗传性状的是一个特别尽职尽责的基因。

“您为什么不再结婚呢？”

她不大情愿地说：“我怕自己还是吃不准自己到底要什么。”她明明还是不肯对我说真话。

我不记得我的父亲。他和母亲在我很小的时候便分手了。我只记得母亲曾经很害羞地对我说过他是一个相当漂亮的、公子哥儿似的人物。我明白她准是因为自己也曾追求过那种浅薄而无聊的东西感到害臊。她对我说过：“晚上睡不着觉的时候，我常常迫使自己硬着头皮去回忆年轻时代所做过的那些蠢事、错事！为的是使自己清醒。固然，这是很不愉快的，我常会羞愧地用被单蒙上自己的脸，好像黑暗里也有许多人在盯着我瞧似的。不过这种不愉快的感觉里倒也有一种赎罪似的快乐。”

我真对她不再结婚感到遗憾。她是一个很有趣味的人，如果她和一个她爱着的人结婚，一定会组织起一个十分有趣味的家庭。虽然她生得并不漂亮，可是优雅，淡泊，像一幅淡墨的山水画。文章写得也比较美，和她很熟悉的一位作家喜欢开这样的玩笑：“光看你的作品，人家就会爱上你的！”

母亲便会接着说：“要是他知道他爱的竟是一个满脸皱纹、满头白发的老太婆，他准会吓跑了。”

到了这种年龄，她绝不会是还不知道自己到底要什么。这分明是一句遁词。我之所以这么说，是因为她有些引起我生出许多疑问的怪毛病。

比如，不论她上哪儿出差，她必得带上那二十七本一套的、一九五〇年到一九五五年出版的《契诃夫小说选集》中的一本，并且叮咛着我：“千万别动我这套书。你要看，就看我给你买的那一套。”这话明明是多余的，我有自己的一套，干吗要去动她的那套呢？况且这话早已三令五申地不知说过多少遍了。可她还是怕有个万一的时候。她爱那套书爱得简直像得了魔症一般。

我们家有两套《契诃夫小说选集》。这也许说明对契诃夫的爱好是我们家的家风，但也许更多的是为了招架我和别的喜欢契诃夫的人。逢到有人想要借阅的时候，她便拿了我房间里的那套给人。有一次，她不在家的时候，一位很熟的朋友拿了她那套里的一本。她知道了之后，急得如同火烧了眉毛，立刻拿了我的一本去换了回来。

从我记事的那天起，那套书便放在她的书橱里了。别管我多么钦佩伟大的契诃夫，我也不能明白，那套书就那么百看、千看、万看不厌，二十多年来有什么必要天天非得读它一读？

有时，她写东西写累了，便会端着一杯浓茶，坐在书橱对面，瞧着那套

《契诃夫小说选集》出神。要是这个时候我突然走进了她的房间，她便会显得慌乱不安，不是把茶水泼了自己一身，便是像初恋的女孩子头一次和情人约会便让人撞见似的羞红了脸。

我便想：她是不是爱上了契诃夫？要是契诃夫还活着，没准真会发生这样的事。

当她神志不清，就要离开这个世界的时候，她对我说的最后一句话是："那套书——"她已经没有力气说出"那套《契诃夫小说选集》"这样一个长句子。不过我明白她指的就是那一套。"……还有，写着，'爱，是不能忘记的'……笔记本，和我，一同火葬。"

她最后叮咛我的这句话，有些，我为她做了。比如那套书。有些，我没有为 她做……比如那些题着"爱，是不能忘记的"笔记本子。我舍不得。我常想，要是能够出版，那一定是她写过的那些作品里最动人的一篇。不过它当然是不能出版的。

起先，我以为那不过是她为了写东西而积累的一些素材。因为它既不像小 说，也不像札记；既不像书信，也不像日记。只是当我从头到尾把它们读了一遍的时候，渐渐地，那些只言片语与我那支离破碎的回忆交织成了一个形状模糊的东西。经过久久的思索，我终于明白，我手里捧着的，并不是没有生命、没有血肉的文字，而是一颗灼人的、充满了爱情和痛苦的心，我还看见那颗心怎样在这爱情和痛苦里挣扎、熬煎。二十多年啦，那个人占有着她全部的情感，可是她却得不到他。她只有把这些笔记本当作他的替身，在这上面和他倾心交谈。每时，每天，每月，每年。

难怪她从没有对任何一个够意思的求婚者动过心，难怪她对那些说不出来是善意的愿望或是恶意的闲话总是淡然地一笑付之。原来她的心已经填得那么满，任什么别的东西都装不进去了。我想起"曾经沧海难为水，除却巫山不是云"的诗句，想到我们当中有人多半不会这样去爱，而且也没有人会照这个样子爱我的时候，我便感到一种说不出来的惆怅。

我知道了三十年代他在上海做地下工作的时候，一位老工人为了掩护他而被捕牺牲，撇下了无依无靠的妻子和女儿。他，出于道义、责任、阶级情谊和对死者的感念，毫不犹豫地娶了那位姑娘。逢到他看见那些由于"爱情"而结合的夫妇又因为"爱情"而生出无限的烦恼，他便会想："谢天谢地，我虽然不是因为爱情而结婚，可是我们生活得和睦、融洽，就像一个人的左膀右臂。"几十年风里来、雨里去，他们可以说是患难夫妻。

他一定是她那机关里的一位同志。我会不会见过他呢？从到过我家的客人 里，我看不出任何迹象，他究竟是谁呢？

大约一九六二年的春天，我和母亲去听音乐会。剧场离我们家太远，我们没有乘车。

一辆黑色的小轿车悄无声息地停在人行道旁边，从车上走下来一个满头白发、穿着一套黑色毛呢中山装的、上了年纪的男人。那头白发生得堂皇而又气派！他给人一种严谨的、一丝不苟的、脱俗的、明澄得像水晶一样的印象。特别是他的眼睛，十分冷峻地闪着寒光，当他急速地瞥向什么东西的时候，会让人联想起闪电或是舞动着的剑影。要使这样一对冰冷的眼睛充满柔情，那必定得是特别强大的爱情，而且得为了一个确实值得爱的女人才行。

他走过来，对母亲说："您好！钟雨同志，好久不见了。"

"您好！"母亲牵着我的那只手突然变得冰凉，而且轻轻地颤抖着。

他们面对面地站着，脸上带着凄厉的，甚至是严峻的神情，谁也不看着谁。母亲瞧着路旁那些还没有抽出嫩芽的灌木丛。他呢，却看着我："已经长成大姑娘了。真好，太好了，和妈妈长得一样。"

他没有和母亲握手，却和我握了握手。而那手也和母亲的手一样，也是冰冷的，也是轻轻地颤抖着的。我好像变成了一路电流的导体，立刻感到了震动和压抑。我很快地从他的手里抽出我的手，说道："不好，一点也不好！"

他惊讶地问我："为什么不好？"或许我以为他故作惊讶。因为凡是孩子们说了什么直率得可爱的话的时候，大人们都会显出这副神态的。

我看了看妈妈的面孔。是，我真像她。这让我有些失望："因为她不漂亮！"

他笑了起来，幽默地说："真可惜，竟然有个孩子嫌自己的妈妈不漂亮。记得吧？一九五三年你妈妈刚调到北京，带你来机关报到的那一天，她把你这个小淘气留在了走廊外面，你到处串楼梯，扒门缝，在我房间的门上夹疼了手指头。你哇啦哇啦地哭着，我抱着你去找妈妈？"

"不，我不记得了。"我不大高兴，他竟然提起我穿开裆裤时代的事情。

"啊，还是上了年纪的人不容易忘记。"他突然转身向我的母亲说，"您最近写的那部小说我读过了。我要坦率地说，有一点您写得不准确。您不该在作品里非难那位女主人公……要知道，一个人对另一个人产生感情原没有什么可以非议的地方，她并没有伤害另一个人的生活……其实，那男主人公对她也会有感情的。不过为了另一个人的快乐，他们不得不割舍自己的爱情……"

这时，有一个交通民警走到停放小汽车的地方，大声地训斥着司机车停得不是地方。司机为难地解释着。他停住了说话，回头朝那边望了望，匆匆地说了声："再见！"便大步走到汽车旁边，向那民警说："对不起，这不怪司机，是我……”

我看着这上了年纪的人，也俯首帖耳地听着民警的训斥，觉得很是有趣。

当我把顽皮的笑脸转向母亲的时候，我看见她是怎样的窘迫呀！就像小学校里一个一年级的小女孩，悩悩惶惶地站在那严厉的校长面前一样，好像那民警训斥的是她。

汽车开走了，留下了一道青烟。很快地，就连这道青烟也随风消散了，好像什么都没有发生过，而我，不知道为什么却没有很快地忘记。

现在回想起来，他准是以他那强大的精神力量引动了母亲的心。那强大的精神力量来自他那成熟而坚定的政治头脑，他在动荡的革命时代的出生入死的经历，他活跃的思维，工作的魄力，文学艺术上的素养……而且——说起来奇怪，他和母亲一样喜欢双簧管。对了，她准是崇拜他。她说过，要是她不崇拜那个人，那爱情准连一天也维持不了。

至于他爱不爱我的母亲，我就猜不透了。要是他不爱她，为什么笔记本里会有这样一段记载呢？

“这礼物太厚重了。不过您怎么知道我喜好契诃夫呢？”

“你说过的！”

“我不记得了。”

“我记得。”

原来那套《契诃夫小说选集》是他送给母亲的。对于她，那几乎就是爱情的信物。

没准，他这个不相信爱情的人，到了头发都白了的时候才意识到他心里也有那种可以称为爱情的东西存在。这可真够凄惨的。

关于他，能够回到我的记忆里来的就是这么一小点。

她那么迷恋他，却又得不到他的心情有多么苦呀！为了看一眼他乘的那辆小车，以及从汽车的后窗里看一眼他的后脑勺，她怎样煞费苦心地计算过他上下班可能经过那条马路的时间；每当他在台上作报告，她坐在台下，隔着距离、烟雾、昏暗的灯光，攒动的人头，看着他那模糊不清的面孔，她便觉得心里好像有什么东西凝固了，泪水会不由得充满她的眼眶。为了把自己的泪水瞒住别人，她使劲地咽下它们。逢到他咳嗽得讲不下去，她就会揪心地想到为什么没人阻止他吸烟。担心他又会犯了气管炎。她不明白为什么他离她那么近而又那么遥远。

他呢，为了看见她一眼，天天从小车的小窗里，眼巴巴地瞧着自行车道上流水一样的自行车，闹得眼花缭乱，担心着她那辆自行车的闸灵不灵，会不会出车祸；逢到万一有个不开会的夜晚，他会不乘小车，自己费了许多周折来到我们家的附近，不过是为了从我们家的大院门口走这么一趟；他在百忙中也不会忘记注意着各种报刊，为的是看一看有没有我母亲发表的作品。他不能明白，为什么生活偏偏是这样安排着的？

可是，临到他们难得在机关大院里碰了面，他们又在竭力地躲避着对方，匆匆地点个头便赶紧地走开去。即使这样，也足以使我母亲失魂落魄，失去听觉、视觉和思维的能力，世界立刻会变成一片空白……如果那时她遇见一个叫老王的同志，她一定会叫人家老郭，对人家说些连她自己也听不懂的话。

她一定死死地挣扎过，因为她写道——

我们曾经相约：让我们互相忘记。可是我欺骗了你，我没有忘记。我想，你也同样没有忘记。我们不过是在互相欺骗着，把我们的苦楚深深地隐藏着。

不过我并不是有意要欺骗你，我曾经多么努力地去实行它。有多少次我有意地滞留在远离北京的地方，把希望寄托在时间和空间上，我甚至觉得我似乎忘记了。可是等到我出差回来，火车离北京越来越近的时候，我简直承受不了冲击得使我头晕眼花的心跳。我是怎样急切地站在月台上张望，好像有什么人在等着我似的。不，当然不会有。我明白了，什么也没有忘记，一切都还留在原来的地方。年复一年，就跟一棵大树一样，它的根却越来越深地扎下去，想要拔掉这生了根的东西实在太困难了，我无能为力。

每当一天过去，我总是觉得忘记了什么重要的事情，或是夜里突然从梦中惊醒：发生了什么事情?！不，什么也没有发生，我清清楚楚地意识到：没有你！于是什么都显得是有缺陷的，不完满的，而且是没有任何东西可以弥补的。我们已经到了这一生快要完结的时候了，为什么还要像小孩子一样地忘情？为什么生活总是让人经过艰辛的跋涉之后才把你追求了一生的梦想展现在你的眼前？而这梦想因为当初闭着眼睛走路，不但在岔道上错过了，而且这中间还隔着许多不可逾越的沟壑。

对了，每每母亲从外地出差回来，她从不让我去车站接她，她一定愿意自己孤零零地站在月台上，享受他去接她的那种幻觉。她，头发都白了的、可怜的妈妈，简直就像个痴情的女孩子。

那些文字并没有多少是叙述他们的爱情的，而多半记载的都是她生活里的一些琐事：她的文章为什么失败，她对自己的才能感到了惶惑和猜疑；珊珊（就是我）为什么淘气，该不该罚她；因为心神恍惚她看错了戏票上的时间，错过了一场多么好的话剧；她出去散步，忘了带伞，淋得像个落汤鸡……

她的精神明明日日夜夜都和他在一起，就像一对恩爱的夫妻。其实，把他们这一辈子接触过的时间累计起来计算，也不会超过二十四小时，而这二十四小时，大约比有些人一生享受到的东西还深、还多。莎士比亚笔下的朱丽叶说过："我不能清算我财富的一半。"大约，她也不能清算她的财富的一半。

似乎他在文化大革命中死于非命。也许因为当时那种特定的历史条件，这一段的文字记载相当含糊和隐晦。我奇怪我那因为写文章而受着那么厉害的冲击的母亲，是用什么办法把这习惯坚持下来的。从这隐晦的文字里，我还是可以猜得出，他大约是对那位红极一世、权极一时的"理论权威"的理论提出了疑问，并且不知对谁说过："这简直就是右派言论。"从母亲那沾满泪痕的纸页上可以看出，他被整得相当惨，不过那老头子似乎十分坚强，从没有对这位有大来头的人物低过头，直到死的时候，留下来的最后一句话还是："就是到了马克思那里，这个官司也非得打下去不可！"

这件事一定发生在一九六九年的冬天。因为在那个冬天里，还刚近五十岁的母亲一下子头发全白了。而且，她的手臂上还缠上了一道黑纱。那时，她的处境也很难。为了这条黑纱，她挨了好一顿批斗，说她坚持"四旧"，并且让她交代这是为了谁。

"妈妈，这是为了谁？"我惊恐地问她。

"为一个亲人！"然后怕我受惊似的解释着，"一个你不熟悉的亲人！"

"我要不要戴呢？"她做了一个许久都没有对我做过的动作，用手拍了拍我的脸颊，就像我小的时候她常做的那样。她好久都没有显出过这么温柔的样子了。我常觉得，随着她的年龄和阅历的增长，特别是那几年她所受过的折磨，那种温柔的东西似乎离她越来越远了，也或许是被她越藏越深了，以至常常让我感到她像个男人。

她恍惚而悲凉地笑了笑，说："不，你不用戴。"

她那双又干又涩的眼睛显得没有一点水分，好像已经把眼泪哭干了。我很想安慰她，或做点什么使她高兴的事。她却说："去吧！"

我当时不知为什么生出了一种恐怖的感觉，我觉得我那亲爱的母亲似乎有一半已经随着什么离我而去了。我不由得叫了一声："妈妈！"

[节选自张洁. 爱，是不能忘记的［M］//孟繁华. 新中国70年文学丛书·短篇小说卷（第一卷）. 北京：作家出版社，2019：37－47.]

★导读：

张洁，1937年出生于北京，中国当代著名女作家，祖籍辽宁抚顺，曾任中国作家协会副主席、北京市作家协会副主席。长篇小说《沉重的翅膀》《无字》分别在1985年、2005年获茅盾文学奖。短篇小说《爱，是不能忘记的》发表于《北京文艺》1979年第11期。作家以回溯性视角、细腻的情感呈现方式，大胆地触及在当时还鲜有人提及的“爱情”主题，属于开风气之先的重要作品。

小说描绘的是一幕发生在中国当代女性身上的爱情悲剧，“爱而不能”是小说所要表达的核心主题。小说从主人公珊珊自身面临的爱情困境入手，逐渐引入珊珊母亲——作家钟雨的坎坷情感经历。张洁借助某些具有象征性的叙事“道具”，抽丝剥茧地进入钟雨的内心情感世界。钟雨所钟爱的《契诃夫小说选集》、题有“爱，是不能忘记的”字样的笔记本，以及那条钟雨与老干部曾经走过的柏油小路，都帮助读者一步步地走进钟雨那复杂、纠结，期待与焦虑兼具的内心世界。钟雨在笔记本上写下的文字与珊珊的讲述一道构成了文本，两种不同风格的语言，既使读者透过笔记本去发现钟雨情感的源起，也能够时时回到现场，正视珊珊在当下面临的情感问题。

张洁在这篇小说中借助珊珊，以一种论说口吻去引导读者的阅读体验，这使小说在整体上具有了一种强烈的主观性。在小说末尾，当珊珊完成了对母亲爱情悲剧的回顾时，她似乎获得了一种面对未来的勇气，小说中这样写：“我真想大声疾呼地说：‘别管人家的闲事吧，让我们耐心地等待着，等着那呼唤我们的人，即使等不到也不要糊里糊涂地结婚！’”可见，这不仅是珊珊对自己的情感产生理性认知的表现，而且张洁也借助这种话语实现了她对理想的爱情观、价值观的阐释。小说以“爱情”为切入口，适当地引导读者从对时代的不堪记忆中抽身出来，理性地面对现实中正在发生的情感危机，并鼓励读者以一种理想的信念与理性的情感状态去面对生活。

（张栋）

哦，香雪

铁　凝

如果不是有人发明了火车，如果不是有人把铁轨铺进深山，你怎么也不会发现台儿沟这个小村。它和它的十几户乡亲，一心一意掩藏在大山那深深的皱褶里，从春到夏，从秋到冬，默默地接受着大山任意给予的温存和粗暴。

然而，两根纤细、闪亮的铁轨延伸过来了。它勇敢地盘旋在山腰，又悄悄地试探着前进，弯弯曲曲，曲曲弯弯，终于绕到台儿沟脚下，然后钻进幽暗的隧道，冲向又一道山梁，朝着神秘的远方奔去。

不久，这条线正式营运，人们挤在村口，看见那绿色的长龙一路呼啸，挟带着来自山外的陌生、新鲜的清风，擦着台儿沟贫弱的脊背匆匆而过。它走得那样急忙，连车轮辗轧钢轨时发出的声音好像都在说：不停不停，不停不停！是啊，它有什么理由在台儿沟站脚呢，台儿沟有人要出远门吗？山外有人来台儿沟探亲访友吗？还是这里有石油储存，有金矿埋藏？台儿沟，无论从哪方面讲，都不具备挽住火车在它身边留步的力量。

可是，记不清从什么时候起，列车时刻表上，还是多了“台儿沟”这一站。也许乘车的旅客提出过要求，他们中有哪位说话算数的人和台儿沟沾亲；也许是那个快乐的男乘务员发现台儿沟有一群十七八岁的漂亮姑娘，每逢列车疾驶而过，她们就成帮搭伙地站在村口，翘起下巴，贪婪、专注地仰望着火车。有人朝车厢指点，不时能听见她们由于互相捶打而发出的一两声娇嗔的尖叫。也许什么都不为，就因为台儿沟太小了，小得叫人心疼，就是钢筋铁骨的巨龙在它面前也不能昂首阔步，也不能不停下来。总之，台儿沟上了列车时刻表，每晚 7 点钟，由首都方向开往山西的这列火车在这里停留一分钟。

这短暂的一分钟，搅乱了台儿沟以往的宁静。从前，台儿沟人历来是吃过晚饭就钻被窝，他们仿佛是在同一时刻听到了大山无声的命令。于是，台儿沟那一小片石头房子在同一时刻忽然完全静止了，静得那样深沉、真切，好像在默默地向大山诉说着自己的虔诚。如今，台儿沟的姑娘们刚把晚饭端上桌就慌了神，她们心不在焉地胡乱吃几口，扔下碗就开始梳妆打扮。她们洗净蒙受了一天的黄土、风尘，露出粗糙、红润的面色，把头发梳得乌亮，然后就比赛着穿出最好的衣裳。有人换上过年时才穿的新鞋，有人还悄悄往脸上涂点胭脂。尽管火车到站时已经天黑，她们还是按照自己的心思，刻意斟酌着服饰和容貌。然后，她们就朝村口，朝火车经过的地方跑去。香雪总是第一个出门，隔壁的凤娇第二个就跟了出来。

7点钟，火车喘息着向台儿沟滑过来，接着一阵空哐乱响，车身震颤一下，才停住不动了。姑娘们心跳着涌上前去，像看电影一样，挨着窗口观望。只有香雪躲在后边，双手紧紧捂着耳朵。看火车，她跑在最前边；火车来了，她却缩到最后去了。她有点害怕它那巨大的车头，车头那么雄壮地喷吐着白雾，仿佛一口气就能把台儿沟吸进肚里。它那撼天动地的轰鸣也叫她感到恐惧。在它跟前，她简直像一叶没根的小草。

“香雪，过来呀，看！”凤娇拉过香雪向一个妇女头上指，她指的是那个妇女头上别着的那一排金圈圈。

“怎么我看不见？”香雪微微眯着眼睛。

“就是靠里边那个，那个大圆脸。看，还有手表哪，比指甲盖还小哩！”凤娇又有了新发现。

香雪不言不语地点着头。她终于看见了妇女头上的金圈圈和她腕上比指甲盖还要小的手表。但她也很快就发现了别的。“皮书包！”她指着行李架上一只普通的棕色人造革学生书包。就是那种连小城市都随处可见的学生书包。

尽管姑娘们对香雪的发现总是不感兴趣，但她们还是围了上来。

“哟，我的妈呀！你踩着我脚啦！”凤娇一声尖叫，埋怨着挤上来的一位姑娘。她老是爱一惊一乍的。

“你咋呼什么呀，是想叫那个小白脸和你搭话了吧？”被埋怨的姑娘也不示弱。

“我撕了你的嘴！”凤娇骂着，眼睛却不由自主地朝第三节车厢的门望去。

那个白白净净的年轻乘务员真下车来了。他身材高大，头发乌黑，说一口漂亮的北京话。也许因为这点，姑娘们私下里都叫他“北京话”。“北京话”双手抱住胳膊肘，和她们站得不远不近地说：“喂，我说小姑娘们，别扒窗户，危险！”

“哟，我们小，你就老了吗？”大胆的凤娇回敬了一句。

姑娘们一阵大笑，不知谁还把凤娇往前一搡，弄得她差点儿撞在他身上。这一来反倒更壮了凤娇的胆：“喂，你们老呆在车上不头晕？”她又问。

“房顶子上那个大刀片似的，那是干什么用的？”又一个姑娘问。她指的是车厢里的电扇。

“烧水在哪儿？”

“开到没路的地方怎么办？”

“你们城市里一天吃几顿饭?”香雪也紧跟在姑娘们后边小声问了一句。

“真没治!”“北京话”陷在姑娘们的包围圈里,不知所措地嘟囔着。

快开车了,她们才让出一条路,放他走。他一边看表,一边朝车门跑去,跑到门口,又扭头对她们说:“下次吧,下次告诉你们!”他的两条长腿灵巧地向上一跨就上了车,接着一阵叽里哐啷,绿色的车门就在姑娘们面前沉重地合上了。列车一头扎进黑暗,把她们撇在冰冷的铁轨旁边。很久,她们还能感觉到它那越来越轻的震颤。

一切又恢复了寂静,静得叫人惆怅。姑娘们走回家去,路上总要为一点小事争论不休:

“谁知道别在头上的金圈圈是几个?”

“八个。”

“九个。”

“不是!”

“就是!”

“凤娇你说哪?”

“她呀,还在想‘北京话’哪!”有人开起了凤娇的玩笑。

“去你的,谁说谁就想。”凤娇说着捏了一下香雪的手,意思是叫香雪帮腔。

香雪没说话,慌得脸都红了。她才十七岁,还没学会怎样在这种事上给人家帮腔。

“他的脸多白呀!”那个姑娘还在逗凤娇。

“白?还不是在那大绿屋里捂的。叫他到咱台儿沟住几天试试。”有人在黑影里说。

“可不,城里人就靠捂。要论白,叫他们和咱香雪比比。咱们香雪,天生一副好皮子,再照火车上那些闺女的样儿,把头发烫成弯弯绕,啧啧!‘真没治’!凤娇姐,你说是不是?”

凤娇不接茬儿,松开了香雪的手。好像姑娘们真在贬低她的什么人一样,她心里真有点替他抱不平呢。不知怎么的,她认定他的脸决不是捂白的,那是天生。

香雪又悄悄把手送到凤娇手心里,她示意凤娇握住她的手,仿佛请求凤娇的宽恕,仿佛是她使凤娇受了委屈。

“凤娇,你哑巴啦?”还是那个姑娘。

“谁哑巴啦!谁像你们,专看人家脸黑脸白。你们喜欢,你们可跟上人家走啊!”凤娇的嘴很硬。

“我们不配！”

“你担保人家没有相好的？

……

不管在路上吵得怎样厉害，分手时大家还是十分友好的，因为一个叫人兴奋的念头又在她们心中升起：明天，火车还要经过，她们还会有一个美妙的一分钟。和它相比，闹点小别扭还算回事吗？

哦，五彩缤纷的一分钟，你饱含着台儿沟的姑娘们多少喜怒哀乐！

日久天长，这五彩缤纷的一分钟，竟变得更加五彩缤纷起来，就在这个一分钟里，她们开始挎上装满核桃、鸡蛋、大枣的长方形柳条篮子，站在车窗下，抓紧时间跟旅客和和气气地做买卖。她们踮着脚尖，双臂伸得直直的，把整筐的鸡蛋、红枣举上窗口，换回台儿沟少见的挂面、火柴，以及属于姑娘们自己的发卡、香皂。有时，有人还会冒着回家挨骂的风险，换回花色繁多的纱巾和能松能紧的尼龙袜。

凤娇好像是大家有意分配给那个“北京话”的，每次都是她提着篮子去找他。她和他做买卖故意磨磨蹭蹭，车快开时才把整篮的鸡蛋塞给他。要是他先把鸡蛋拿走，下次见面时再付钱，那就更够意思了。如果他给她捎回一捆挂面、两条纱巾，凤娇就一定抽出一斤挂面还给他。她觉得，只有这样才对得起和他的交往，她愿意这种交往和一般的做买卖有所区别。有时她也想起姑娘们的话：“你担保人家没有相好的？”其实，有没有相好的不关凤娇的事，她又没想过跟他走。可她愿意对他好，难道非得是相好的才能这么做吗？

香雪平时话不多，胆子又小，但做起买卖却是姑娘中最顺利的一个。旅客们爱买她的货，因为她是那么信任地瞧着你，那洁如水晶的眼睛告诉你，站在车窗下的这个女孩子还不知道什么叫受骗。她还不知道怎么讲价钱，只说：“你看着给吧。”你望着她那洁净得仿佛一分钟前才诞生的面孔，望着她那柔软得宛若红缎子似的嘴唇，心中会升起一种美好的感情，你不忍心跟这样的小姑娘耍滑头，在她面前，再爱计较的人也会变得慷慨大度。

有时她也抓空儿向他们打听外面的事，打听北京的大学要不要台儿沟人，打听什么叫“配乐诗朗诵”（那是她偶然在同桌的一本书上看到的）。有一回她向一位戴眼镜的中年妇女打听能自动开关的铅笔盒，还问到它的价钱。谁知没等人家回话，车已经开动了。她追着它跑了好远，当秋风和车轮的呼啸一同在她耳边鸣响时，她才停下脚步意识到，自己的行为是多么可笑啊。

火车眨眼间就无影无踪了。姑娘们围住香雪，当她们知道她追火车的原因后，便觉得好笑起来。

“傻丫头！”

“值不当的!”

她们像长者那样拍着她的肩膀。

“就怪我磨蹭，问慢了。”香雪可不认为这是一件值不当的事，她只是埋怨自己没抓紧时间。

“咳，你问什么不行呀!”凤娇替香雪挎起篮子说。

“谁叫咱们香雪是学生呢。”也有人替香雪分辩。

也许就因为香雪是学生吧，是台儿沟唯一考上初中的人。

台儿沟没有学校，香雪每天上学要到十五里以外的公社。尽管不爱说话是她的天性，但和台儿沟的姐妹们总是有话可说的。公社中学可就没那么多姐妹了，虽然女同学不少，但她们的言谈举止，一个眼神，一声轻轻的笑，好像都是为了叫香雪意识到，她是小地方来的，穷地方来的。她们故意一遍又一遍地问她：“你们那儿一天吃几顿饭?”她不明白她们的用意，每次都认真地回答：“两顿。”然后又友好地瞧着她们反问道：“你们呢?”

“三顿!”她们每次都理直气壮地回答。之后，又对香雪在这方面的迟钝感到说不出的怜悯和气恼。

“你上学怎么不带铅笔盒呀?”她们又问。

“那不是吗。”香雪指指桌角。

其实，她们早知道桌角那只小木盒就是香雪的铅笔盒，但她们还是做出吃惊的样子。每到这时，香雪的同桌就把自己那只宽大的泡沫塑料铅笔盒摆弄得哒哒乱响。这是一只可以自动合上的铅笔盒，很久以后，香雪才知道它之所以能自动合上，是因为铅笔盒里包藏着一块不大不小的吸铁石。香雪的小木盒呢，尽管那是当木匠的父亲为她考上中学特意制作的，它在台儿沟还是独一无二的呢，可在这儿，和同桌的铅笔盒一比，为什么显得那样笨拙、陈旧?它在一阵哒哒声中有几分羞涩地畏缩在桌角上。

香雪的心再也不能平静了，她好像忽然明白了同学们对于她的再三盘问，明白了台儿沟是多么贫穷。她第一次意识到这是不光彩的，因为贫穷，同学们才敢一遍又一遍地盘问她。她盯住同桌那只铅笔盒，猜测它来自遥远的大城市，猜测它的价钱肯定非同寻常。三十个鸡蛋换得来吗?还是四十个、五十个?这时她的心又忽地一沉：怎么想起这些了?娘攒下鸡蛋，不是为了叫她乱打主意啊!可是，为什么那诱人的哒哒声老是在耳边响个没完?!

深秋，山风渐渐凛冽了，天也黑得越来越早。但香雪和她的姐妹们对于7点钟的火车，是照等不误的。她们可以穿起花棉袄了，凤娇头上别起了淡粉色的有机玻璃发卡，有些姑娘的辫梢还缠上了夹丝橡皮筋。那是她们用鸡蛋、核桃从火车上换来的。她们仿照火车上那些城里姑娘的样子把自己武装起来，整齐地排列在铁路旁，像是等待欢迎远方的贵宾，又像是准备着接受检阅。

火车停了，发出一阵沉重的叹息，像是在抱怨台儿沟的寒冷。今天，它对台儿沟表现了少有的冷漠：车窗全部紧闭着，旅客在昏黄的灯光下喝茶、看报，没有人向窗外瞥一眼。那些眼熟的、常跑这条线的人们，似乎也忘记了台儿沟的姑娘。

凤娇照例跑到第三节车厢去找她的“北京话”，香雪系紧头上的紫红色线围巾，把臂弯里的篮子换了换手，也顺着车身不停地跑着。她尽量高高地踮起脚尖，希望车厢里的人能看见她的脸。车上一直没有人发现她，她却在一张堆满食品的小桌上，发现了渴望已久的东西。它的出现，使她再也不想往前走了，她放下篮子，心跳着，双手紧紧扒住窗框，认清了那真是一只铅笔盒，一只装有吸铁石的自动铅笔盒。它和她离得那样近，如果不是隔着玻璃，她一伸手就可以摸到。

一位中年女乘务员走过来拉开了香雪。香雪挎起篮子站在远处继续观察。当她断定它属于靠窗那位女学生模样的姑娘时，就果断地跑过去敲起了玻璃。女学生转过脸来，看见香雪臂弯里的篮子，抱歉地冲她摆了摆手，并没有打开车窗的意思。不知怎么的她朝车门跑去，当她在门口站定时，还一把扒住了扶手。如果说跑的时候她还有点犹豫，那么从车厢里送出来的一阵阵温馨的、火车特有的气息却坚定了她的信心，她学着“北京话”的样子，轻巧地跃上了踏板。她打算以最快的速度跑进车厢，以最快的速度用鸡蛋换回铅笔盒。也许，她之所以能够在几秒钟内就决定上车，正是因为她拥有那么多鸡蛋吧，那是四十个。

香雪终于站在火车上了。她挽紧篮子，小心地朝车厢迈出了第一步。这时，车身忽然悸动了一下，接着，车门被人关上了。当她意识到眼前发生了什么事时，列车已经缓缓地向台儿沟告别了。香雪扑在车门上，看见凤娇的脸在车下一晃。看来这不是梦，一切都是真的，她确实离开姐妹们，站在这既熟悉、又陌生的火车上了。她拍打着玻璃，冲凤娇叫喊：“凤娇！我怎么办呀，我可怎么办呀！”

列车无情地载着香雪一路飞奔，台儿沟刹那间就被抛在后面了。下一站叫西山口，西山口离台儿沟三十里。

三十里，对于火车、汽车真的不算什么，西山口在旅客们闲聊之中就到了。这里上车的人不少，下车的只有一位旅客，那就是香雪，她胳膊上少了那只篮子，她把它塞到那个女学生座位下面了。

在车上，当她红着脸告诉女学生，想用鸡蛋和她换铅笔盒时，女学生不知怎么的也红了脸。她一定要把铅笔盒送给香雪，还说她住在学校吃食堂，鸡蛋带回去也没法吃。她怕香雪不信，又指了指胸前的校徽，上面果真有“矿冶学院”几个字。香雪却觉着她在哄她，难道除了学校她就没家吗？香雪一面摆弄着铅笔盒，一面想着主意。台儿沟再穷，她也从没白拿过别人的东西。就在火车停顿前发出的几秒钟的震颤里，香雪还是猛然把篮子塞到女学生的座位下面，迅速离开了。

车上，旅客们曾劝她在西山口住一夜再回台儿沟。热情的“北京话”还告诉她，他爱人有个亲戚就住在站上。香雪并没有住，更不打算去找“北京话”的什么亲戚，他的话倒使她感到了委屈，她替凤娇委屈，替台儿沟委屈。她只是一心一意地想：赶快走回去，明天理直气壮地去上学，理直气壮地打开书包，把“它”摆在桌上。车上的人既不了解火车的呼啸曾经怎样教她像只受惊的小鹿那样不知所措；更不了解山里的女孩子在大山和黑夜面前到底有多大本事。

（节选自铁凝．铁凝自选集［M］．海口：海南出版社，2006：3－9.）

★导读：

铁凝，1957年出生于北京，中国共产党第十九届中央委员会委员，中国文学艺术界联合会主席、中国作家协会主席。主要著作有《玫瑰门》《无雨之城》《大浴女》《麦秸垛》《哦，香雪》，创作散文、电影文学剧本等百余篇（部），总计300余万字。其中，散文集《女人的白夜》及中篇小说《永远有多远》先后获得鲁迅文学奖。根据小说《哦，香雪》改编的同名电影获第41届柏林国际电影节“国际儿童和青年电影中心奖”。

《哦，香雪》这部小说充满了山村的质朴感，那份纯洁、天然使人动容，也使人难忘。1980年代的中国社会从伤痛中慢慢恢复，淳朴的感情是人性中的光芒。城乡之间还没有呈现过多的经济差距与冲突，还处在一种带着友善的文明冲击与交流中。这部小说不仅是铁凝作品中唯美审美的代表作，也成为那个年代的一种美学体现。

小说写深山里的小村庄台儿沟旁修了铁路，火车每天晚上7点钟在这里停留一分钟。就是这短暂的一分钟，给村庄，尤其是给村庄里的孩子们带来了前所未有的冲击与改变。两条细细的铁路蜿蜒而来，巨大的轰鸣着的火车头带着长长的车厢驶进来，停留一分钟之后又呼啸而去。村里的女孩子们每天穿着最漂亮的衣服一起去看火车，后来又提着家里的农副产品卖给乘客，当然更多的时候仍是以物易物。故事的主人公——村里的女孩香雪就是在这样的背景下，被火车车厢里放在桌上的一个小小的自动铅笔盒吸引，走上了火车，可是由于一分钟的时间太短，火车开走了……

文章开头写道“如果不是有人发明了火车，如果不是有人把铁轨铺进深山，你怎么也不会发现台儿沟这个小村。它和它的十几户乡亲，一心一意掩藏在大山那深深的皱褶里，从春到夏，从秋到冬，默默地接受着大山任意给予的温存和粗暴”，可见，作者从一开始就有意点明火车的现代意义。从近代开始，火车就是促进经济发展、文明进步的重要工具，火车线路经过的地方必然要发展得更快更好，一分钟的停留也许就意味着几十年的文明差距的冲击。文中的香雪不经意间被火车带离了乡村，夜里她又顺着铁轨一步步地走回台儿沟。这一去一回，她虽然还是她，但分明已经接受了文明的洗礼。山里孩子的淳朴，对现代文明的渴望，具象成了一个个简单的小玩意，这些东西身上都承载着丰厚的文化意蕴。故事写的是每天的一分钟，或者这特殊的几个小时，背后却是古老而拙朴的乡村与新鲜而活跃的现代文明的对比。

（刘茉琳）

陈奂生上城

高晓声

一

“漏斗户主”[1] 陈奂生，今日悠悠上城来。

一次寒潮刚过，天气已经好转，轻风微微吹，太阳暖烘烘，陈奂生肚里吃得饱，身上穿得新，手里提着一个装满东西的干干净净的旅行包，也许是气力大，也许是包儿轻，简直像拎了束灯草，晃荡晃荡，全不放在心上。他个儿又高、腿儿又长，上城三十里，经不起他几晃荡；往常挑了重担都不乘车，今天等于是空身，自更不用说，何况太阳还高，到城嫌早，他尽量放慢脚步，一路如游春看风光。

他到城里去干啥？他到城里去做买卖。稻子收好了，麦垄种完了，公粮余粮卖掉了，口粮柴草分到了，乘这个空当，出门活动活动，赚几个活钱买零碎。自由市场开放了，他又不投机倒把，卖一点农副产品，冠冕堂皇。

他去卖什么？卖油绳[2]。自家的面粉，自家的油，自己动手做成的。今天做好今天卖，格啦嘣脆，又香又酥，比店里的新鲜，比店里的好吃，这旅行包里装的尽是它；还用小塑料袋包装好，有五根一袋的，有十根一袋的，又好看，又干净。一共六斤，卖完了，稳赚三元钱。

赚了钱打算干什么？打算买一顶簇新的、呱呱叫的帽子。说真话，从三岁以后，四十五年来，没买过帽子。解放前是穷，买不起；解放后是正当青年，用不着；文化大革命以来，肚子吃不饱，顾不上穿戴，虽说年纪到把，也怕脑后风了。正在无可奈何，幸亏有人送了他一顶“漏斗户主”帽，也就只得戴上，横竖不要钱。七八年决分以后，帽子不翼而飞，当时只觉得头上轻松，竟不曾想到冷。今年好像变娇了，上两趟寒流来，就缩头缩颈，伤风打喷嚏，日子不好过，非买一顶帽子不行。好在这也不是大事情，现在活路大，这几个钱，上一趟城就赚到了。

陈奂生真是无忧无虑，他的精神面貌和去年大不相同了。他是过惯苦日

---

① 系作者写的另一篇小说《漏斗户主》（原载《钟山》1979 年第 2 期）主人公陈奂生的外号。漏斗户，意指常年负债的穷苦人家。

② 一种油煎的面食。

子的，现在开始好起来，又相信会越来越好，他还不满意么？他满意透了。他身上有了肉，脸上有了笑；有时候半夜里醒过来，想到囤里有米、橱里有衣，总算像家人家了，就兴致勃勃睡不着，禁不住要把老婆推醒了陪他聊天讲闲话。

提到讲话，就触到了陈奂生的短处，对着老婆，他还常能说说，对着别人，往往默默无言。他并非不想说，实在是无话可说。别人能说东道西，扯三拉四，他非常羡慕。他不知道别人怎么会碰到那么多新鲜事儿，怎么会想得出那么多特别的主意，怎么会具备那么多离奇的经历，怎么会记牢那么多怪异的故事，又怎么会讲得那么动听。他毫无办法，简直犯了死症毛病，他从来不会打听什么，上一趟街，回来只会说“今天街上人多”或“人少”“猪行里有猪”“青菜贱得卖不掉”……之类的话。他的经历又和村上大多数人一样，既不特别，又是别人一目了然的，讲起来无非是“小时候娘常打我的屁股，爹倒不凶”“也算上了四年学，早忘光了”“三九年大旱，断了河底，大家捉鱼吃”“四九年改朝换代，共产党打败了国民党”“成亲以后，养了一个儿子、一个小女”……索然无味，等于不说。他又看不懂书；看戏听故事，又记不牢。看了《三打白骨精》，老婆要他讲，他也只会说：“孙行者最凶，都是他打死的。”老婆不满足，又问白骨精是谁，他就说：“是妖怪变的。”还是儿子巧，声明：“白骨精不是妖怪变的，是白骨精变成的妖怪。”才算没有错到底。他又想不出新鲜花样来，比如种田，只会讲“种麦要用锄头抨碎泥块”“莳秧一蔸莳六棵”……谁也不要听。再如这卖油绳的行当，也根本不是他发明的，好些人已经做过一阵了，怎样用料？怎样加工？怎样包装？什么价钱？多少利润？什么地方、什么时间买客多、销路好？都是向大家学来的经验。如果他再向大家夸耀，岂不成了笑话！甚至刻薄些的人还会吊他的背筋：“嗳！连‘漏斗户主’也有油、粮卖油绳了，还当新闻哩！”还是不开口也罢。

如今，为了这点，他总觉得比别人矮一头。黄昏空闲时，人们聚拢来聊天，他总只听不说，别人讲话也总不朝他看，因为知道他不会答话，所以就像等于没有他这个人。他只好自卑，他只有羡慕。他不知道世界上有“精神生活”这一个名词，但是生活好转以后，他渴望过精神生活。哪里有听的，他爱去听，哪里有演的，他爱去看，没听没看，他就觉得没趣。有一次大家闲谈，一个问题专家出了个题目：“在本大队你最佩服哪一个？”他忍不住也答了腔，说：“陆龙飞最狠。”人家问：“一个说书的，狠什么？”他说：“就为他能说书，我佩服他一张嘴。”引得众人哈哈大笑。

于是，他又惭愧了，觉得自己总是不会说，又被人家笑，还是不说为好。

他总想，要是能碰到一件大家都不曾经历的事情，讲给大家听听就好了，就神气了。

二

当然，陈奂生的这个念头，无关大局，往往蹲在离脑门三四寸的地方，不大跳出来，只是在尴尬时冒一冒尖，让自己存个希望罢了。比如现在上城卖油绳，想着的就只是新帽子。

尽管放慢脚步，走到县城的时候，还只是下午六点不到。他不忙做生意，先就着茶摊，出一分钱买了杯热茶，啃了随身带着当晚餐的几块僵饼，填饱了肚子，然后向火车站走去。一路游街看店，遇上百货公司，就弯进去侦察有没有他想买的帽子，要多少价钱。三爿店查下来，他找到了满意的一种。这时候突然一拍屁股，想到没有带钱。原先只想卖了油绳赚了利润再买帽子，没想到油绳未卖之前商店就要打烊；那么，等到赚了钱，这帽子就得明天才能买了。可自己根本不会在城里住夜，一无亲，二无眷，从来是连夜回去的，这一趟分明就买不成，还得光着头冻几天。

受了这点挫折，心情挺不愉快，一路走来，便觉得头上凉飕飕，更加懊恼起来。到火车站时，已过八点了。时间还早，但既然来了，也就选了一块地方，敞开包裹，亮出商品，摆出摊子来。这时车站上人数不少，但陈奂生知道难得会有顾客，因为这些都是吃饱了晚饭来候车的，不会买他的油绳，除非小孩嘴馋吵不过，大人才会买。只有火车上下车的旅客到了，生意才会忙起来。他知道九点四十分、十点半，各有一班车到站，这油绳到那时候才能卖掉，因为时近半夜，店摊收歇，能买到吃的地方不多，旅客又饿了，自然争着买。如果十点半卖不掉，十一点二十分还有一班车，不过太晚了，陈奂生宁可剩点回去也不想等，免得一夜不得睡，须知跑回去也是三十里啊。

果然不错，这些经验很灵，十点半以后，陈奂生的油绳就已经卖光了。下车的旅客一拥而上，七手八脚，伸手来拿，把陈奂生搞得昏头昏脑，卖完一算账，竟少了三角钱，因为头昏，怕算错了，再认真算了一遍，还是缺三角，看来是哪个贪小利拿了油绳未付款。他叹了一口气，自认晦气。本来他也晓得，人家买他的油绳，是不能向公家报销的，那要吃而不肯私人掏腰包的，就会要一点魔术，所以他总是特别当心，可还是丢失了，真是双拳不敌四手，两眼难顾八方。只好认了吧，横竖三块钱赚头，还是有的。

他又叹了口气，想动身凯旋回府。谁知一站起来，双腿发软，两膝打颤，竟是浑身无力。他不觉大吃一惊，莫非生病了吗？刚才做生意，精神紧张，不曾觉得，现在心定下来，才感浑身不适，原先喉咙嘶哑，以为是讨价还价喊哑的，现在连口腔上爿都像冒烟，鼻气火热；一摸额头，果然滚烫，一阵阵冷风吹得头皮好不难受。他毫无办法，只想先找杯热茶解渴。那时茶摊已无，想起车站上有个茶水供应地方，便强撑着移步过去。到了那里，打开龙头，热水倒有，只是找不到茶杯。原来现在讲究卫生，旅客大都自带茶缸，车站上落得省劲，就把杯子节约掉了。陈奂生也顾不得卫生不卫生，双手捧起龙头里流下的水就喝。那水倒也有点烫，但陈奂生此时手上的热度也高，还忍得住，喝了几口，算是好过一点。但想到回家，竟是千难万难；平常时候，那三十里路，好像经不起脚板一颠，现在看来，真如隔了十万八千里，实难登程。他只得找个位置坐下，耐性受痛，觉得此番遭遇，完全错在忘记了带钱先买帽子，才受凉发病。一着走错，满盘皆输；弄得上不上、下不下，进不得、退不得，卡在这儿，真叫尴尬。万一严重起来，此地举目无亲，耽误就医吃药，岂不要送掉老命？可又一想，他陈奂生是个堂堂男子汉，一生干净，问心无愧，死了也口眼不闭；活在世上多种几年田，有益无害，完全应该提供宽裕的时间，没有任何匆忙的必要。想到这里，陈奂生高兴起来，他嘴巴干燥，笑不出声，只是两个嘴角，向左右同时咧开，露出一个微笑。那扶在椅上的右手，轻轻提了起来，像听到了美妙的乐曲似的，在右腿上赏心地拍了一拍，松松地吐出口气，便一头横躺在椅子上卧倒了。

[节选自高晓声．陈奂生上城［M］//王蒙．新中国六十年文学大系（短篇小说精选）．武汉：长江文艺出版社，2009：125－128.]

★导读：

高晓声（1928—1999年），江苏武进人。《陈奂生上城》发表于《人民文学》1980年第2期，获全国优秀短篇小说奖。在十一届三中全会召开之后，“陈奂生”在实现物质财富增长的同时，也产生了追求精神生活的需要。高晓声即是在这种背景下，通过描写“陈奂生”在城市中卖油绳、买帽子、住高级招待所等一系列行为，表现跨过贫困门槛的农民在游历城市过程中产生的精神震动，并借此探讨中国的广大农民在现代社会变革中身份及命运的变迁。

新时期文学开启之后，高晓声等作家开始尝试发现农村生活中被之前的文学创作所遮蔽的东西，农民丰富的内心世界或者说精神生活的内容开始浮出水面。陈奂生的内心困惑或者精神贫乏，其实正反映了中国农民在新的发展阶段初期的普遍状态。小说中的人物虽然很少，但高晓声能够通过这些人物的行为串联起中国农村与城市社会的典型样式，通过展现陈奂生在农村与城市中的不同行为与心理，既生动地呈现出了农民的内心感受随情境的变化，也间接透露了充实农民精神生活的必要性。

小说的视角独特，作家以第三视角切入陈奂生的行为与内心世界，如摄影镜头一样全方位展现陈奂生上城的过程。小说围绕陈奂生寻找“精神生活”这一主题，细致地呈现了陈奂生作为农民的习惯性心理在与城市生活碰撞时发生的裂变、分化乃至重组过程。小说写到了陈奂生丰富的视觉内容，这其实暗含着陈奂生对城市生活的新奇感觉。在城市住一晚五元钱的房费对于陈奂生来说不是个小数目，他也在回家的路途中时时感到后悔，认为自己没有能与他人分享的离奇故事，但转念一想，“试问，全大队的干部、社员，有谁坐过吴书记的汽车？有谁住过五元钱一夜的高级房间？……他精神陡增，顿时好像高大了许多”。高晓声正是通过对陈奂生微妙心理变化的精准把握，创造出了一个本分、老实，但又有些小聪明甚至会使用“精神胜利法”的典型人物。

（张栋）

平凡的世界

路　遥

第十一章

时间大踏步地迈进了一九八〇年。

八十年代的第一个春天，中国社会生活开始大面积地解冻了。广大的国土之上，到处都能听见冰层的断裂声。冬天总不会是永远的。严寒一旦开始消退，万物就会破土而出。

好啊，春天来了！大地将再一次焕发出活力和生机。但是前行的人们还需留心：要知道，春天的道路依然充满了泥泞……

阳历二月下旬到三月初，庄稼人出牛动农之前，生产责任制的浪潮大规模地席卷了整个黄土高原。面对这种形势，社会上尽管仍然有"国将不国"的叹息声，但没有人再能阻挡这个大趋势的发展了。

毫无疑问，这是继土改和合作化以后，中国近代历史上农村所经历的又一次巨大的变革，它的深远意义目前还不能全部估价。

富有戏剧性的是，二十多年前，中国农村的合作化运动是将分散的个体劳动聚合成了大集体的生产方式，而眼下所做的工作却正好相反。生活往往就是这样。大合大分，这都是一定历史条件下的产物。说不定若干年后，中国农村将会又一次重新聚合成大集体——不过，那时的形式不会也不应该等同于以往了。人类正是这样不断地在否定之否定中发展的。当然，短短几十年中，如此规模的社会大集散，也许只有中国才具备这种宏大气魄。

在黄原地区，尽管地委书记苗凯和人称"苏斯洛夫"的副书记高凤阁，对生产责任制采取了"顶门杠"式的做法，但门还是没有能顶住。被高凤阁说成是田福军的"路线"看来明显占了上风。在去年夏收后的工作基础上，眼下生产责任制已在全区各县所有的农村展开。当然，今年已经比去年走得更远——几乎绝大部分农村都包产到户了。田福军知道，这不是他个人有多少能耐，而是中央的方针和农民的迫切愿望直接汇流才造成了这种势不可挡的局面……

过罢春节不久，小小的双水村就乱成了一窝蜂。对生产责任制抱反感情绪的田福堂，一反常态，干脆来了个"彻底革命"，宣布全村实行"单干"，谁愿怎干就怎干！这态度实际上也是一种不满情绪的发泄——由此不可避免地造成了一时的混乱。

“去他妈的，乱吧！”田福堂在心里说。他甚至有一种快感。

混乱首先从金家湾二队那里开始了。

二队的人成分复杂，加之去年夏收后没实行生产责任组，现在看见一队的人已经见了好处，他们心痒痒；如今既然田福堂让大家“单干”，这下可不能再落到一队后面了。于是说分就分，把承包责任制弄得像土改时分地主的财物一样，完全失去了章法。

在分土地的时候，尽管是凭运气抓纸蛋，但由于等级分得不细，纸蛋抓完后还没到地里丈量，许多人就在二队的公窑里吵开了架；其中有几个人竟然大打出手。在饲养院分牲口和生产资料的时候，情况就更混乱了。人们按照抓纸蛋的结果纷纷挤在棚圈里拉牲口。运气好的在笑，运气不好的在叫，在咒骂；有的人甚至蹲在地上不顾体面地放开声嚎了起来。至于另外的公物，都按“土政策”分，分不清楚的就抢，就夺，接着就吵，就骂，就打架；哪怕是一根牛缰绳也要剁成几段麻绳头，一人拿走一段。一旦失去了原则和正确的引导，农民的自私性就强烈地表现了出来。他们不惜将一件完好的东西变成废物，也要砸烂，一人均等地分上那一块或一片——不能用就不能用！反正我用不成，也不能叫你用得成！连集体的手扶拖拉机都大卸八块，像分猪肉一样，一人一块扛走了——据说拖拉机上的钢好，罢了拿到石圪节或米家镇打造成老镢头……

二队分东西分眼红的人，眼看没个分上的了，竟然跑到公路上去分路边他们队地段上的树木。

大队党支部副书记金俊山经常扮演“救火队”的角色。他看此情，急得去找二队长金俊武，对他说：“咱们金家湾的人是不是都不想活了？公路边上的树怎敢分嘛！那是国家的财产！你是个精明人，今儿个怎这么糊涂？不信你看吧，树一旦分开，社员几天就连根刨了！金家湾半村人恐怕都得让公安局用法绳捆了去！”

金俊武眼角里糊着眼屎，无可奈何地对金俊山说：“我现在也没办法了。一听要单干，队里的人谁还再把我放在眼里呢？社员一哇声要做的事，一个人怎能挡住？再说，就是我不同意这样做，大家说田福堂都同意，你金俊武小子算老几？你管了我们十几年，现在爬远吧！”

俊武说的也是实情。金俊山看没办法了，就到学校去找儿子金成，让他骑自行车去石圪节公社找个领导来——双水村的局势一旦失去控制，金俊山的办法就是找公社领导来解决——这倒也不失为良策。

但小学教师金成嗫嚅着对父亲说："我是教师，这是村里的事，我怎能把公社领导请动哩？"

不爱发火的金俊山对儿子吼叫说："你给徐治功和刘根民说，双水村分东西打死了几个人，看他们来不来！"

金成只好骑着车子去了石圪节……

当天晚上，公社副主任刘根民来到了双水村。

刘主任看了金家湾这个局面，当然生气极了。这位年轻的上级领导把田福堂找来，很不客气地把他批评了一通。

田福堂大为震惊：这么个娃娃竟然跑来数落起了他？自他当大队领导以来，历届公社领导还没敢这样批评过他呢！即是他做错了事，过去的领导也只是婉转地好言相劝——想不到世事一变，这么个毛头小子倒把他像毛头小子一样指教了一番！

不过，人家年龄虽小，但官比他大。田福堂只好检讨说他没把工作做好。但又强调说，他也是为了"执行党的路线"，想把这场运动搞得"轰轰烈烈"……

刘根民立刻让金家湾的"生产责任制"停止进行，并让村民们把分走的东西先交回来；破坏了的生产工具，根据情况，由破坏者照价赔偿。

刘根民接着给徐治功打了招呼，索性在双水村住了下来，开始帮助这个村的两个生产队有条不紊地落实生产责任制。他和大小队两级干部组成了领导小组，没明没黑进行这件复杂的工作。

根据外面有些地方的成熟经验，刘根民和干部社员反复协商后，把土地按川、山、水、坝地和阳、背、远、近分类分级；牛、羊、驴、马，以等次作价；耙、犁、鞍、锨、铡刀、木锨、木杈、梿枷、簸箕以至架子车、钢磨、柴油机等，也统统按好坏折成了钱。土地按人口分。牲畜作价后按人劳比例拉平分，差价互相找补。生产工具纯粹按价出卖给个人。公窑继续作为集体财产保留。树木凡是集体栽种的都作价卖给个人。公路边的树作为集体和国家财产不许动。至于在一九七一年"一打三反"运动中作价归公的私人树木，根据原西县宜粗不宜细的有关政策，活着的归原主，损伤的酌情补钱。另外，大队几个主要领导都给多分了六到十亩土地，以后开会和其他公务误工就一律不再给付报酬了……

几乎经过近半个月的忙乱，赶刘根民回公社的时候，双水村的责任制才终于全部搞完。

现在，这个一贯热闹和嘈杂的村庄，安静下来了。

但是各家各户的生活节奏却异常地紧张起来。春耕已经开始，所有的家庭都忙成了一团。哈呀，多年来大家都是在一块劳动，现在一家一户出山，人们感到又陌生又新奇，同时也很激动。从今往后，自己的命运就要靠自己掌握啰，哪个人再敢要奸溜滑不好好劳动？谁也没心思再管旁人的闲事，而一头扎在自己的土地上拼起了命；村中所有的“闲话中心”都自动关闭了……

双水村开始了新的生活。同时，新的问题也立刻出现了：几乎一半的学生不再上学，回家来帮父母亲种地。一家一户劳动，既要忙农活，还要经管牲口和放牧羊只，谁家都感到人手紧缺呀！

村中的初中班垮了。这个班大部分学生都回了家，剩下一两个愿意继续上学的，也都转到了石圪节中学。当初因办这个班而增加的教师孙少平和田润生，自然也被解除了教师职务。田润生不几天就跟他姐夫李向前去学开车，兴致勃勃地离开了双水村；而愁眉苦脸的孙少平只好像他的学生一样回家去种地。

这样，孙玉厚一家倒有了三个强壮劳力。在现时的农村，这是一个很大的资本，让双水村的人羡慕不已。村民们更羡慕的是，孙少安去年秋冬间在原西城里包工拉砖，赚了一笔大钱——据传说有好几千元哩！啊呀，时势一转变，曾经是村里最烂包的人家，眼看就要发达起来了！

情况的确如此。孙玉厚父子们眼下的腰杆确实硬了许多。只要这政策不变，他们有信心在几年中把光景日月变个样子。尤其是孙少安，他现在手里破天荒有了一大笔积蓄。去年拉砖除过运输费、房租和牲口草料钱，净赚了两千元。另外，铁青骡子卖了一千六百元，还了贷款、贷款利息和常有林的四百元借款，这头牲畜干赚了五百元。两千五百块钱哪！对于一个常常手无分文的庄稼汉来说，这一大笔钱揣在怀里，不免叫人有点惊恐！

是呀，这笔钱如何使用，现在倒成了个问题。

孙玉厚老汉早已表明了态度，他对儿子说：“这钱是你赚的，怎个花法，你看着办吧！爸爸不管你……”

秀莲一门心思要拿这钱箍几孔新窑洞。

她央求丈夫说：“咱结婚几年了，又有了娃娃，一直和牲畜住在一起……自己没个家怎行呢？我已经受够了，我再也不愿钻在这烂窑里！现在趁手头有几个钱，咱排排场场箍几孔石窑洞。箍成窑，这就是一辈子的家当；要不，这一大家人，几年就把这钱零拉完了……你总不能让虎子长大娶媳妇也像你一样……”秀莲说着便委屈地哭了。

其实，少安原来也打算拿这钱箍窑，只是包产到户以后，他心里才有了另外的主意。

他想拿这钱作资金，开办一个烧砖窑。

孙少安在城里拉砖的时候，就看见现在到处搞建筑，砖瓦一直是紧缺材料，有多少能卖多少。他当时就想过，要是能开个烧砖窑，一年下来肯定能赚不少钱。他当时打算回来给大队领导建议开办个砖瓦厂……现在既然集体分成了一家一户，人就更自由了，为什么自己不能办呢？没力量办大点的砖厂，开一个烧砖窑看来还是可以的——像他们家，男女好几个劳动力，侍候一个烧砖窑也误不了种庄稼！

主意拿定后，他先征求了父亲的意见。父亲仍是老话：你赚的钱你看着办！

接着，孙少安又用了三个晚上，在被窝里搂着秀莲，七七八八给她说好话，讲道理，打比方，好不容易才把箍窑入迷的妻子说通。不过，秀莲让步的附加条件是，烧砖只要一赚下钱，首先就要修建窑洞。

少安答应了她。

清明前后，地已经全部消通，孙少安就在村后公路边属于他们家承包的一块地盘上，开始修建烧砖窑了。他，他父亲，少平，秀莲和他妈一齐上手，用了近半个月的时间，终于修建起了一个烧砖窑。少安在城里拉砖时，已经把烧砖的整个过程和基本技术都学会了。烧砖窑建好后，他率领一家人开始打土坯——在这之前，他已经去了一趟原西城，买回一些必需的工具。

第一窑砖坯很快装就绪。烧砖的炭也用县运输公司的包车拉来了。

这天晚上一直弄到大半夜，才把最后的一切细节都安排好——明天早晨就要点火呀！

鸡叫头遍的时候，少安和秀莲才回到一队的饲养院。现在，牲口都分给了个人，饲养员田万江老汉也搬回家住了，这院子一片寂静。

秀莲累得头一挨枕头就睡着了。

但孙少安怎么也合不住眼——明天一早，烧砖窑就要点火，年轻的庄稼人兴奋得睡不着觉啊！

在这静悄悄的夜晚，他的思绪像泛滥的春水一般。过去的，现在的，未来的，无数流逝的经历和漫无边际的想象在脑子里杂乱地搅混在一起。皎洁如雪的月光洒在窗户上，把秀莲春节时剪的窗画都清晰地映照了出来：一只卷尾巴的小狗，两只顶架的山羊，一双踏在梅花枝上的喜鹊……

少安猛然听见外面什么地方有人说话的声音。

他的心一惊：这时候外面怎么可能有人呢？

他在被窝里轻轻抬起头，支棱起耳朵。可又没听见什么。是不是他产生了错觉？

他正准备把头放到枕头上，却又听见了外面的说话声——这下他确切地听见了，似乎就在外面院子里；而且声音很低，就像传说中的神鬼那般絮絮叨叨……

少安尽管不信迷信，头皮也忍不住一阵发麻。他本想叫醒妻子，但又怕惊吓了她。他就一个人悄悄爬起来溜下炕，站在门背后听了一阵——仍然能听见那声音！

他于是顺手在门圪塄里拿了一把铁锨，然后悄悄开了门，蹑手蹑脚来到院子里。

院子被月光照得如同白昼。

他仔细听了一下，发现那奇怪的说话声来自过去拴牲口的窑洞中。

少安紧张地操着家伙，放轻脚步溜到这个敞口子窑洞前。

啊，原来这竟然是田万江老汉！

老汉没有发现他，立在当初安放石槽的土台子前，仍然喃喃地说着："……大概都不能应时吃夜草了……谁能在半夜里几回价起来添草添料呢……唉，牲灵不懂人言呀，只能活活受罪……"

孙少安忍不住鼻子一酸。他眼窝热辣辣地走到了田万江老汉面前。

万江老汉吓了一跳，接着便嘴一咧，蹲在地上淌起了眼泪。

原来他是在对那些已经被分走的牲口说话！

人啊……

少安也蹲下来，说："大叔，我知道你心里难过。队里的牲灵你喂养了好多年，有了感情，舍不得离开它们。石头在怀里揣三年都热哩，更不要说牲灵了。你不要担心，庄稼人谁不看重牲灵？分到个人手里，都会精心喂养的。再说，这些牲灵都在村里，你要是想它们，随时都能去看望哩……"

万江老汉这才两把揩掉皱纹脸上的泪水，不好意思地笑了，对队长说："唉，我起夜起惯了，睡不踏实，就跑到这里来了……这不由人嘛！"

少安也笑了，说："今晚上我也睡不着，干脆让我把旱烟拿来，咱两个拉话吧。我还有点好旱烟哩，头茬，我爸喷上烧酒蒸的！"

少安于是又转回家里，尽量不惊动睡熟的妻子，拿了烟布袋和卷烟的纸条，悄悄溜出了门。

他来到隔壁饲养室，和田万江老汉面对面蹲在一块，一边抽烟，一边拉话。这两个被生活的变化弄得睡不着觉的庄稼人，竟然一直呆到庙坪山那边亮起了白色……

天大明以后，仍然精神抖擞的孙少安，就吆喝起一家人，来到了他的烧砖窑前。

在亲人们的注视下，他用微微发抖的手划着一根火柴，庄严地点燃了那团希望的火焰。

清晨，在双水村上空，升起了一片浓重的烟雾……

第十二章

在村里和家里的生活发生翻天覆地变化的时候，孙少平却陷入了极大的苦恼之中。

三年的教师生涯结束了，他不得不回家当了农民。

他倒不仅仅是为此而苦恼。迄今为止，他还不敢想象改变自己的农民身份。当农民就当农民，这没有什么好说的。无数像他这样的青年，不都是用双手劳动来生活吗？他，农民孙玉厚的儿子，继承父业也可以说是一件十分自然的事。

但他不能排除自己的苦恼。

这些苦恼首先发自一个青年自立意识的巨大觉醒。

是的，他很快就满二十二岁——这个年龄，对于农村青年来说，已经完全可以独当门户了。

可是，他现在仍像一个不成事的孩子一样生活在一大家人之中。父母亲和大哥是主事人，他只是在他们设计的生活框架中干自己的一份活。作为一个已经意识到自己男性尊严的人，孙少平在心灵深处感到痛苦。这绝不是说他想在家里“掌权”。不，在这一大家人中，父亲和大哥当然应该是当家人。说实话，即使现在让他来主持这个“集体”，他也干不了……

由此看来，他无法从这个现实中挣脱。

但他的确渴望独立地寻找自己的生活啊！这并不是说他奢想改变自己的地位和处境——不，哪怕比当农民更苦，只要他像一个男子汉那样去生活一生，他就心满意足了。无论是幸福还是苦难，无论是光荣还是屈辱，让他自己来遭遇和承受吧！

他向往的正是这一点。

其实，我们知道，这种意识在他高中毕业时就产生了，只不过随着年龄的增长和生活的变迁，他内心这种要求表现得更为强烈罢了。

按说，要做一个安分守己的农民，眼下这社会正是创家立业的好时候。只要心头攒劲，哪怕纯粹在土地上刨挖，也能过好光景。更何况，像他们家现在还有能力办起一个烧砖窑，那前程不用说大有奔头。发家致富，这是所有农民现在的生活主题。只要有吃，有穿，有钱花，身体安康，儿女双全，人活一世再还要求什么呢？

谁让你读了那么些书，又知道了双水村以外还有一个大世界……如果你从小就在这个天地里日出而作，日落而息，那你现在就会和众乡亲抱同一理想：经过几年的辛劳，像大哥一样娶个满意的媳妇，生个胖儿子，加上你的体魄，会成为一名相当出色的庄稼人。不幸的是，你知道得太多了，思考得太多了，因此才有了这种不能为周围人所理解的苦恼……

既然周围的人不能理解他的苦恼，少平也就不会把自己的苦恼表现出来。在日常生活中，他尽量要求自己用现实主义态度来对待一切。

毫无疑问，对孙少平来说，在学校教书和在山里劳动，这差别还是很大的。当教师不必忍受体力劳动的熬苦，而且还有时间读书看报——虽说身在双水村，但他的精神可以自由地生活在一个广大的天地里。如今，从早到晚天天得出山，再也没有什么消闲的时光看任何书报了。一整天在山里挣命，肉体的熬苦使精神时常处于麻痹状态——有时干脆把思维完全“关闭”了。晚上回到家里，唯一的向往就是倒在土炕上睡觉，连胡思乱想的工夫都没有。一个有文化有知识而爱思考的人，一旦失去了自己的精神生活，那痛苦是无法言语的。

这些也倒罢了。最使他憋闷的仍然是不能按照自己的意愿去安排自己的生活。他很羡慕村中那些单身独户的年轻庄稼人，要累就累得半死不活，毕了，无论赶集上会，还是干别的什么，都由自己支配。这一切他都不能。理性约束着他，使他不能让父亲和哥哥对他的行为失望。他尽量做得让他们满意；即使受点委屈，也要竭力克制，使自己服从这个大家庭的总体生活。农村的家庭也是一部复杂机器啊！

他一个人在山里劳动歇息的时候，头枕手掌仰面躺在黄土地上，长久地望着高远的蓝天和悠悠飘飞的白云，眼里便会莫名地盈满了泪水。山野寂静无声，甚至能听见自己鬓角的血管在哏哏地跳动。这样的时候，他记忆的风帆会反复驶进往日的岁月。石圪节中学、原西县高中……尽管那时饥肠辘辘，有无数的愁苦，但现在想起来，那倒是他一生中度过的最美妙的时光。他也不时地想起高中时班上的同学们：金波、顾养民、郝红梅、田晓霞、侯玉英……眼下，这些人都各走了各的路。金波正在黄原跟他父亲学开汽车。红梅和他一样，回村后当了小学教师，听说现在仍然当着。侯玉英的情况他现在不很清楚——他和跛女子早已断绝了“关系”。顾养民和田晓霞如同学们预料的那样，去年秋天都考上了大学。养民如愿地考进了省医学院，晓霞进了黄原师专中文系。

每当想起田晓霞，他总感到一种惆怅和苦涩。自她进入大学后，他就再也没给她写信，主动断绝了联系。有什么必要再联系呢？归根结底，他们走的是两条道路，而且是永远不会交叉的两条路。晓霞给他的最后一封信寄自黄原师专。他没有给她回信，也就没有再收到她的信。他们的关系随之结束了。对于他来说，这也是自己一个人生阶段的结束……

他一个人独处这天老地荒的山野，一种强烈的愿望就不断从内心升起：他不能甘心在双水村静悄悄地生活一辈子！他老感觉远方有一种东西在向他召唤。他在不间断地做着远行的梦。

外面等待他的生活是什么样子？他难以想象。当然，有一点是肯定的——一切都将无比艰难；他赤手空拳，无异于一丛飘蓬。

唉！有时他又动摇了：还是顺从命运的安排吧！生活在家里，虽说精神不痛快，但一日三餐总不要自己操心；再说，有个头疼脑热，也有亲人的关怀和照料。倘若流落在他乡异地，生活中的一切都将失去保障，得靠自己一个人去对付冷酷而严峻的现实了……

可是，到外面去闯荡世界的想法，还是一直不能从他心灵中勾销。随着他在双水村的苦闷不断加深，他的这种愿望却越来越强烈了。他内心为此而炽热地燃烧，有时激动得像打摆子似的颤抖。他意识到，要走就得赶快走！要不，他就可能丧失时机和勇气，那个梦想就将永远成为梦想。现在正当年轻气盛，他为什么不去实现他的梦想呢？哪怕他闯荡一回，碰得头破血流再回到双水村来，他也可以对自己的人生聊以自慰了；如果再过几年，迫不得已成了家，那他的手脚就会永远被束缚在这个“高加索山”上！

经过不断的内心斗争，孙少平已经下决心离开双水村，到外面去闯荡世界。有人会觉得，这后生似乎过于轻率和荒唐：农村的生活已经开始变得这样有希望，他们家的事业也正在发端之际，而且看来前景辉煌，他为什么要去不属于自己的世界自寻生路？那个陌生的天地会给他带来多少好处？这恐怕只有天知道！

但是，宽容的读者不要责怪他吧！不论在任何时代，只有年轻的血液才会如此沸腾和激荡。每一个人都不同程度有过自己的少年意气，有过自己青春的梦想和冲动。不妨让他去吧，对于像他这样的青年，这行为未必就是轻举妄动！虽然同是外出“闯荡世界”，但孙少平不是金富，也不是他姐夫王满银！

少平已经暗暗把自己外出的目的地选在黄原城。原西县对他来说，已经不算“大地方”。而更大的地方他还不敢去涉足。黄原是合适的。对他来说，那地方已经是一个大世界；再说，离家也不远，坐汽车当天就能返回。

到黄原去干什么？他将在那里怎样生活？

别无选择。他只能像大部分流落异地的农民一样去揽工——在包工头承包的各种建筑工地上去做小工，扛石头、提泥包、钻炮眼……

不管怎样，他是非走不可了。

孙少平把他外出谋生的一切方面都想好以后，决定先和父亲谈这件事。

这天吃过午饭，父子俩到山上一块坡地种玉米。

马上就要立夏，正是玉米和蔓豆大播种的时候——家家户户都在忙这两大科庄稼的耕种。如今不像往年，四山里几乎看不见什么人在劳动。其实，哪个庄稼人也要比往年干得凶！只不过现在一家一户分散在各处，谁也照不见谁的面。

少平家大部分玉米和豆子都已经种完，现在只留下一些零碎土地，也用不着动用牲畜。

父亲在前面拿镢头掏土坑，少平手里端个升子点籽种。两个人都赤脚片，一前一后，来来回回，也顾不得说话。父亲挖坑就像母亲纳鞋底，行行道道，疏密有致，远看如同工艺美术家精心设计的图案。少平耐着性子，尽量把籽种不偏不露点在土坑中间，再补一个不轻不重的脚印。

终于休息了。父亲蹲在地上抽烟，少平就凑到他跟前，也学着他哥的样，卷了一支旱烟棒。

他用父亲的打火机点着烟抽了几口，然后才鼓起勇气，和父亲谈起了他走黄原的打算。

孙玉厚老汉惊得目瞪口呆。

他“吱吱”地用劲吸着烟锅，思谋了好一阵，才说：“你还小哩！出那么远的门，人生地不熟，我和你妈怎能放心？你怎猛然想起要出门哩？”

少平一时难以给父亲说清楚自己的心思。

“我呆在家里不痛快，想出去跑一跑……”

父亲低倾下头，手指头抠着脚指头，说：“我能想来哩。你从学校回来劳了动，心里难过。没办法啊！世事就是这样。爸爸看见你一天灰土满面的，心里也难过……不过，而今政策宽了，劳动虽说辛苦一些，但吃饭不要再受熬煎。你刚开始出山，爸爸晓得你不习惯。过上一两年，也就习惯了。外面的世界不是咱们的，你出去，还不是要受苦？再说，有个什么事，也没有人帮扶你……”

“爸爸，这你不要操心。我二十几的人了，自个儿能管得了自个儿。你就让我出上几天门！你年轻时不是也吆牲灵跑过山西吗？我不到外面闯荡一回，一辈子心平不下来。你就让我走吧！咱们家现在有你和我哥，这点土地你们能耕务过来。我出去，也不是去瞎逛！我也长两只手，兴许还能给家里赚几个活钱。爸爸，你放心……”

孙少平几乎要哭了。

父亲看出儿子为他的行动经过了长时间的准备，显然很难再说服他放弃这种冒险念头。他只好犹豫地说：“那这事你要和你哥商量哩！唉，我老了，世事要看你们闹。不过，爸爸生怕你们有个闪失……”

少平严肃而感动地对父亲点了点头。

玉米地半后晌就种完了——种完就回家，不必像生产队，只要不磨到天黑，就收不了工。

父子俩回家后，离吃晚饭还有很长一段时间。于是他们又收拾了一下，赶到后村头烧砖窑那里给少安两口子帮忙。

孙少安夫妇正忙得不可开交。第三窑砖正烧到紧要关头，少安既要加炭漏灰，还要刁空抢着打下一窑的土坯。还不到热天，他就光穿了件小布褂，脸熏得如同戏里的包公。秀莲头上拢着的毛巾也像烟囱里拉出来的——她正拿铁锨和泥。

少平和父亲一到，四个人上手，活路很快就松宽了。父亲接替少安烧火，让他集中打土坯；少平和泥，让嫂子去溜土。这是一个多么和谐而富有生气的劳动集体！瞧，已出的两窑青砖，约摸一万多块，齐齐整整码在土场边上，像两堵蓝色的长墙。双水村的人面对孙家的这派兴旺景象，谁不眼红？啊呀，不得了！孙少安这小子竟然办起了“工厂”！

天黑以后，少安让家里人回去吃饭。他自己的饭照例由秀莲吃完后送到土场上来——他要照看炉火，不能离开。

等父亲嫂子先后走了以后，少平却磨蹭着没有急忙回家。他一边帮哥哥添炭，一边吞吞吐吐对哥哥说出了他的心事。

少安惊讶得都有点反应不过来了。他生气地对弟弟说：“你胡想啥哩！家里现在这么忙，人手缺得要命，你怎么能跑到外面逛去呢？”

这个“逛”字刺伤了少平的心。他也有点生硬地对哥哥说：“我不是去逛！我是要出去干点事！”

“干什么事？无非是去揽工！你又不是匠人，当个小工，一天挣一两块钱，连自己的嘴都糊不住！你何必要去受这罪呢？你在家里，咱们父子三人，加上你嫂，一边种地，一边经营咱们的烧砖窑，这不好好的嘛！”

“我已经二十几的人了，我自己也可以干点什么事！”

少安一时不能理解弟弟是什么意思，难道你现在没事可干吗？

但少安猛然感到，弟弟已经成大人了！他已经不能再像过去一样在他面前以老大自居了！是呀，弟弟大了……本来他应该为此而高兴，可是此刻心里却有一丝说不出的伤感。他早已看出来，弟弟是一个和他想法不太一样的人……

现在，少安已经明白，尽管他不情愿弟弟出走，但看来已经很难劝阻他了。

兄弟俩圪蹴在土场边上沉默了一会，一人嘴里噙着根旱烟棒，使劲地抽着。天已经黑严，远处村子里亮起了模糊的灯光。在金家湾那边，不知谁家婆姨正拖长声音呼叫孩子回家睡觉。东拉河水声朗朗，吟唱着那支永不疲倦的歌……

孙少安已不再和弟弟争辩。他伤感地对少平说："那你看着办吧，你已经长大成人，我……"他感到语塞，竟不知说什么了。

这时候，孙少平的心情也沉重起来。他对哥哥说："我走了，你和爸爸的负担就更重了……"

少安轻轻叹了一口气，说："既然你一心要出去，也就不要牵挂家里。你自己一个人在外面，无依无靠，倒要好好操心哩！家里的事你放心，有我哩……"

黑暗中，两团泪水涌满了少平的双眼……

几天以后，少平就决定走黄原了。

母亲流着泪为他把那点破被褥拆洗了一遍。少安从手头挤出五十元钱，硬往弟弟手里塞——少平只接了十五元；他知道家里现在需要钱，他不愿拿这么多；再说，既然他要出门，就得靠自己的双手去谋生了！

临走的前一天晚上，他打捆好了自己的行李。一条开洞的黑羊毛毡；被褥是早年间姐姐出嫁后留下的，已经缀了许多补钉——三根断麻绳续在一起，便扎住了这出门的全部行囊。

晚上，他和衣躺在土炕上，一直半睡半醒。明天他就要走了，走向一个前途未卜的世界。他现在才感到了一片令人心悸的渺茫，由不得手心里捏出两把汗水……

睡梦中，他感觉有人轻轻地摩挲他的头发。他知道这是父亲的手。他一直等汹涌的泪水通过鼻泪管流进肚子里，才睁开眼睛。

父亲立在炕边，手里拿着当年他上学时用过的那个烂黄提包，说："我出去叫田海民把坏了的拉链修好了。海民说，以后用的时候，拿肥皂擦一擦……"

他克制着哽咽，对父亲说："嗯……"

第二天早晨，从米家镇开往黄原的第一辆长途汽车过来后，挤在公路边上为少平送行的全家人，都举起胳膊拦挡车。

车一停住，少平就立刻提起那卷破烂行李挤了上去。他尽量笑着挥手向亲人们告别，而并不知道两颗泪珠早已从他的脸颊上滑落下来……

第十三章

黄原城是一座古老的城市。据清嘉庆七年版《黄原府记》称，其历史可追溯至周（古为白狄族所居住）。周以后，历代曾分别在这里设郡、州、府，既是屯兵御敌之重镇，又是黄土高原一个重要的物资集散地。现在作为地区首府，管辖着黄原市和周围十五个县，其版图如地委书记苗凯所说，等于一个阿尔巴尼亚。

该城坐落在一个大川道里，四周被连绵的群山包围。黄原河由北向南穿城而过，于几百里外注入黄河。市区在黄原河上建有二桥，连结东西两岸。市中心的桥建于五十年代，称为老桥；桥面相当狭窄，勉强可以对行两辆汽车。上游还有一座新桥，是前两年才修起的；桥面虽然宽阔，但已在城市外围，车辆和行人不像老桥这样拥挤。

城南另有一条小河向北流来，在老桥附近和黄原河交汇。小河叫小南河。在小南河与黄原河汇流处外侧，有一座小山包，长满了密密的树木草丛；而在半山腰一方平土台上，瞩目地立有一座九级古塔！据记载，塔始建于唐朝，明代时进行过一次大修整。此山便得名古塔山。古塔山是黄原城的天然公园，也是这个城市的标志——无论你从哪个方向到黄原城，首先进入视野的就是这座塔。如果站在古塔山上，偌大一个黄原城也便一览无余了。

黄原城以老桥为中心，形成了几个主要的区域。大桥以东统称东关，因为汽车站在这里——这是通往外界的主要“口岸”——各种杂七杂八的市场摊点和针对外地人的服务性行业也就特别多。而进入这个城市的大部分外地人实际上都是来揽工谋生的农村手艺人或纯粹的庄稼汉，因此那些旅馆、饭馆都是档次很低的。东关大桥头也是传统的出卖劳动力的市场，平时经常像集市一般拥满了北方各地漫流下来的匠人和小工，等待包工头们来“招工”。

城市的主要部分在黄原河西岸。东关的街道通过老桥延伸过来，一直到西面的麻雀山下，和那条南北主街道交叉成丁字形。西岸的这条南北大街才是黄原城的主动脉血管。大街全长约五华里。南北街道的中段和东关伸过来的东西大街组成了本城的商业中心，也是全城最繁华的地带。南大街沿小南河伸展开来，大都是党政部门；北段为宾馆、军分区和学校的集中地。除过市中心的商业区，人们分别把这个城市的其他地方称为东关、南关、北关。南关主要是干部们的天地，因此比较清静；北关是整洁的，满眼都是穿军装和学生装的青少年；东关却是一个杂乱的世界，聚集着形形色色的人们……

当孙少平背着自己的那点破烂行李，从拥挤的汽车站走到街道上的时候，他便置身于这座群山包围的城市了。他恍惚地立在汽车站外面，愕然地看着这个令人眼花缭乱的世界。他虽然上高中时曾因参加故事调讲会到这里来过一次，但此刻呈现在眼前的一切对他来说，仍然是陌生的。

一刹那间，他被庞大的城市震慑住了，甚至忘记了自己的存在。

这就是我要开始生活的地方吗？他在心里对自己发出了疑问。你，身上带着十几块钱，背着一点烂被褥，赤手空拳来到这里，你怎样才能生活下去呢？

这一切他自己全然不知道。

他此刻唯一意识到的是，他已经来到了一个“新大陆”。至于到这里怎么办，他一时的确还难以想象。

孙少平发了一会愣怔，便迈着沉重的脚步，往前走去。

到东关大桥头的时候，他看见街道两边的人行道上，挤满了许多衣衫不整或穿戴破烂的人。他们身边都放着一卷像他一样可怜的行李；有的行李上还别着锤、钎、刨、錾、方尺、曲尺、墨斗和破篮球改成的工具包。这些人有的心慌意乱地走来走去，有的麻木不仁地坐着，有的听天由命地干脆枕着行李睡在人行道上。少平马上知道，这就是他的世界。他将像这些人一样，要在这里等待人来买他的力气。

他便自然地加入了这个杂乱的阵营，找了一块空地方把行李搁下。周围没有人注意他参加到他们的队伍中来。和这些同行比起来，他除过皮肤还不算粗糙外，穿戴和行李没有什么异样的。不过，他发现，他和他周围的所有人，也并不被街上行走的其他人所注意。由汽车、自行车和行人组成的那条长河，虽然就在他们身边流动，但实际上却是另外一个天地。街上走动的干部和市民们，没什么人认真地看一眼这些流落街头的外乡人。少平原来还担心碰见晓霞或金波，现在他才知道这种担心是多余的——这不像原西县和石圪节，熟人低头不见抬头见。再说，他们也不会想到他来黄原。

他不熟练地卷起一根旱烟棒，靠着自己的铺盖卷抽起来。此时已经是下午，黄原河被西斜的太阳照耀得一片金光灿烂。河西大片的楼房已经沉浸在麻雀山的阴影中。刚从寂静的山庄来到这里，城市千奇百怪的噪音听起来像洪水一般喧嚣。尽管满眼都是人群，但他感觉自己像置身于一片荒无人烟的旷野里。一种孤单和恐慌使他忍不住把眼睛闭起来。现实的景象消失了。他通过心灵的视觉，却看见了炊烟袅袅的双水村；看见夕阳染红的东拉河边，饮饱水的黄牛抬起头来，静静地凝视着远方的山峦……

“唔……”他像呻吟般地发出一声叹息。

严酷的现实立刻便横在这个漂泊青年的面前。他既没有闯世的经验，又没有谋生的技能，仅仅凭着一股勇气就来到了这个城市。

他靠在砖墙边自己的烂铺盖卷上，久久地闭着眼睛。他内心痛苦而烦乱，感觉自己在这里无法掌握自己的命运。

那么，再返回双水村吗？这很容易，明天早晨买一张汽车票，大半天就回去了——回到他那另一种苦恼之中……可是，他怎么能回去呢？

“不！”他喊叫说，并且睁开了眼睛。他看见周围有几个人在看他，脸上都显出诧异的神色——大概以为他精神不正常吧？

孙少平尽量使自己的精神振作起来。他想，他本来就不是准备到这里享福的。他必须在这个城市里活下去。一切过去的生活都已经成为历史，而新的生活现在就从这大桥头开始了。他思量，过去战争年代，像他这样的青年，多少人每天都面临着死亡呢！而现在是和平年月，他充其量吃些苦罢了，总不会有死的威胁。想想看，比起死亡来说，此刻你安然立在这桥头，并且还准备劳动和生活，难道这不是一种幸福吗？你知道，幸福不仅仅是吃饱穿暖，而是勇敢地去战胜困难……是的，他现在只能和一种更艰难的生活比较，而把眼前大街上幸福和幸运的人们忘掉。忘掉！忘掉温暖，忘掉温柔，忘掉一切享乐，而把饥饿、寒冷、受辱、受苦当作自己的正常生活……

这种自我安慰的想法，使孙少平的心平静了一些。他开始谋算自己眼下该怎么办。

他没想到聚在东关“找工作”的人这么多。他看见，每当一个穿油污涤卡衫的包工头，嘴里噙着黑棒烟来到大桥头的时候，很快就被一群揽工汉包围了。包工头就像买牲畜一样打量着周围的一圈人，并且还在人身上捏捏揣揣，看身体歪好，然后才挑选几个人带走。带走的人就像参加了工作一样高兴；而没被挑上的人，只好灰心地又回到自己的铺盖卷旁边，等待着下一个“救世主”来。

当又一位嘴噙黑棒烟的家伙来到大桥头的时候，少平也毫不犹豫地跟随众人，挤到了他的跟前，怀着激动的心情等待选拔。

这人迅速扫视了一下周围，说：“要三个匠人！”

“要不要小工？”有人问。

“不要！”

那些匠人们便带着高人一等的优越感，把赤手空拳的小工撂在一边，纷纷问包工头：“一个工多少钱？”

“老行情！四块！”

所有的匠人都争着要去，但包工头只挑了其中三个身体最好的带上走了。

孙少平只好沮丧地退回到砖墙边上。

麻雀山后面最后一缕太阳的光芒消失了。天色渐渐暗下来。街上和桥上的路灯都亮了——黑夜即将来临。大桥头的人群稀疏起来。

孙少平仍然焦急地立在砖墙边上。看来这工不好上！至少今天是没有任何希望了！

那么，他晚上到什么地方去住呢？

本来他可以去找金波。但他不愿找他。他不愿意这么一副样子去找他的朋友。当然，他可以去住旅社——他身上带着哥哥给的十五块钱。旅社很容易找，东关街巷的白灰墙上，到处画着去各种旅社的路线箭头，纷乱地指向东面梧桐山下层层叠叠的房屋深处。

但他舍不得花钱。

他想到了车站的候车室。是呀，那里有长木栏椅子，睡觉蛮好的！

他于是就提起那点行李，重新返回到长途汽车站。

他在候车室门口就被一位戴红袖标的值勤老头拦挡住了。这里不让住宿！

唉，不让住也有道理。如果这里可以过夜，那么揽工汉把这地方挤不破才怪哩！

他碰了一鼻子灰，只好离开了。

现在，他又重新踯躅在东关的街道上。夜幕下的城市看起来比昼间更为壮丽；辉煌的灯火勾勒出五光十色的景象，令人眩目。大街上，年轻的男女们拉着手，愉快地说笑着，纷纷向电影院走去。旁边一座灯火通明的家属楼上，不知哪个窗口飘出了录音机播放的音乐，一位女歌唱家正柔声曼气地唱着——

你是一朵向日葵，
遍体金黄比花美。
吐露芬芳为了谁，
你又为谁百折不回？

笑得是那样美，
从来不流辛酸泪！
但愿我和你长相随，
一生一世紧相依偎。

孙少平扛着自己的被褥，手里拎着那个破黄提包，回避着刺目的路灯光，顺着黑暗的墙根，又返回到了大桥头。这大桥无形中已经成了他的“家”。现在，揽活的人大部分都离开了这里，街头的人行道被小摊贩们占据了。

他走到桥中央，伏在水泥桥栏杆上，望着满河流泻的灯火，心绪像一团乱麻。他现在集中精力考虑他到什么地方去度过这个夜晚。

他突然想起，离家时父亲曾告诉过他，黄原城有他舅一个叔叔的儿子，住在北关的阳沟大队，有什么事可以去找他。尽管这亲戚关系很远，但总算还能扯上一点，比找纯粹的生人要强。要不要去找这位远亲舅舅呢？

但少平想，他人生路不熟，得边走边打听，赶天明都不一定能找见这家亲戚。

他简直走投无路了。现在才是阴历四月初，天气仍然不暖和；尤其是夜间，还相当冷。要不，他可以到周围的山野里去度过这一夜，街头上更不能过夜，万一让警察带走，会急忙说不下个明白的。而这城里的熟人他又不愿意去找啊……

他猛然想起了一个半生不熟的人：贾冰。

是的，或许可以去找他？贾老师是个诗人，说不定他会更理解人，而不至于笑话他的处境。他那年来黄原讲故事，和晓霞一块跟着当时的县文化馆杜馆长，应邀去贾老师家吃过一顿饭。记得他们家有好几孔窑洞，说不定能在那里凑合几个晚上呢！只要晚上有个住处，白天他就可以到大桥头来找活；只要找下活干，起码吃住就有了着落。

这么想的时候，孙少平已经起身往贾冰家走了。

贾冰家在南关一个小土坡上，他不一会就到了。

他刚一进贾冰家的院子，一条大黑狗“汪”一声蹿了出来，他吓得往旁边一跳，把手里的黄提包像手榴弹一样向狗扔去。

“男爵！”有人从窑里喊了一声，紧接着便走出窑洞来。

少平一眼认出这就是贾老师。

“男爵，回去！”贾冰对狗说。那位张牙舞爪的“男爵”便向旁边的窝里悻悻而去。

贾冰走过来，看定他，问：“你找谁？”

贾老师显然已经不认识他了。

［节选自路遥．平凡的世界（第二部）［M］．北京：北京十月文艺出版社，2013：79－101．］

★导读：

路遥（1949—1992年），原名王卫国，陕西省榆林市清涧县人。路遥出生于陕北山区一个贫困的农民家庭，中学毕业后于1969年回乡务农。1973年进入延安大学中文系学习。1980年发表《惊心动魄的一幕》，并获得第一届全国优秀中篇小说奖；1982年发表中篇小说《人生》；1988年完成百万字长篇小说《平凡的世界》，这部现实主义题材的小说为他赢得了第三届茅盾文学奖的荣誉。

《平凡的世界》以孙少安、孙少平与妹妹孙兰香的奋斗史为主要描写对象，展现出20世纪70年代中期到80年代中期中国发生的天翻地覆的变化。小说人物从省委书记到村干部，从劳动模范到不务正业的小偷，从知识分子到农民，从教师到工人，涉及人物阶层的方方面面。其中，孙氏兄妹虽然出身贫苦，但品质优良，在学校读书时勤奋刻苦，毕业后投身社会劳动时踏实肯干，对长辈孝顺有加，对兄弟姐妹温和友爱，体现出这一时期的年轻人宝贵的精神风貌。可以说，孙少安兄弟俩的创业之路是路遥对奋斗精神的追求，而对人物精神品性的刻画，更体现了路遥本人的价值观。

《平凡的世界》刻画了奋斗与友爱的价值。对于奋斗，路遥的态度是，奋斗不仅是孙氏兄弟实现人生价值的路径，也是小说中所有人物的精神外现，奋斗已经不再是个体的选择，而是一种时代的召唤。路遥正是用这种真诚的笔触，深刻地塑造了一个个处于社会变革时期、从农村走向城市的青年人，使这部作品奏出昂扬奋进的旋律。而在友爱层面，小说中善良的贺秀莲、田润叶、田晓霞，宽厚的金俊海、李向前，人性的光彩始终在他们身上闪烁，使小说透出一股温暖的情怀，并从字里行间看出作者对老百姓的极大尊重与认同。在《平凡的世界》中，财富、地位都要让位于勇敢、真诚、善良的道德品质，也正因为此，尽管有学者对《平凡的世界》所采用的现实主义写作手法不以为然，但这部被誉为“奋斗者的灯塔”的小说，依旧在出版面世以来的近四十年中，始终鼓舞着一批批青年人，使他们在人生的路途上奋勇向前。

（张栋）

受　戒

汪曾祺

明海出家已经四年了。

他是十三岁来的。

这个地方的地名有点怪，叫庵赵庄。赵，是因为庄上大都姓赵。叫作庄，可是人家住得很分散，这里两三家，那里两三家。一出门，远远可以看到，走起来得走一会，因为没有大路，都是弯弯曲曲的田埂。庵，是因为有一个庵。庵叫菩提庵，可是大家叫讹了，叫成荸荠庵。连庵里的和尚也这样叫。“宝刹何处?”——“荸荠庵。”庵本来是住尼姑的。“和尚庙”“尼姑庵”嘛。可是荸荠庵住的是和尚。也许因为荸荠庵不大，大者为庙，小者为庵。

明海在家叫小明子。他是从小就确定要出家的。他的家乡不叫“出家”，叫“当和尚”。他的家乡出和尚。就像有的地方出劁猪的，有的地方出织席子的，有的地方出箍桶的，有的地方出弹棉花的，有的地方出画匠，有的地方出婊子，他的家乡出和尚。人家弟兄多，就派一个出去当和尚。当和尚也要通过关系，也有帮。这地方的和尚有的走得很远。有到杭州灵隐寺的、上海静安寺的、镇江金山寺的、扬州天宁寺的。一般的就在本县的寺庙。明海家田少，老大、老二、老三，就足够种的了。他是老四。他七岁那年，他当和尚的舅舅回家，他爹、他娘就和舅舅商议，决定叫他当和尚。他当时在旁边，觉得这实在是在情在理，没有理由反对。当和尚有很多好处。一是可以吃现成饭。哪个庙里都是管饭的。二是可以攒钱。只要学会了放瑜伽焰口，拜梁皇忏，可以按例分到辛苦钱。积攒起来，将来还俗娶亲也可以；不想还俗，买几亩田也可以。当和尚也不容易，一要面如朗月，二要声如钟磬，三要聪明记性好。他舅舅给他相了相面，叫他前走几步，后走几步，又叫他喊了一声赶牛打场的号子：“格当嘚——”，说是“明子准能当个好和尚，我包了!”要当和尚，得下点本，——念几年书。哪有不认字的和尚呢！于是明子就开蒙入学，读了《三字经》《百家姓》《四言杂字》《幼学琼林》《上论、下论》《上孟、下孟》，每天还写一张仿。村里都夸他字写得好，很黑。

舅舅按照约定的日期又回了家，带了一件他自己穿的和尚领的短衫，叫明子娘改小一点，给明子穿上。明子穿了这件和尚短衫，下身还是在家穿的紫花裤子，赤脚穿了一双新布鞋，跟他爹、他娘磕了一个头，就随舅舅走了。

他上学时起了个学名，叫明海。舅舅说，不用改了。于是“明海”就从学名变成了法名。

过了一个湖。好大一个湖！穿过一个县城。县城真热闹：官盐店，税务局，肉铺里挂着成边的猪，一个驴子在磨芝麻，满街都是小磨香油的香味，布店，卖茉莉粉、梳头油的什么斋，卖绒花的，卖丝线的，打把式卖膏药的，吹糖人的，耍蛇的，……他什么都想看看。舅舅一劲地推他：“快走！快走！”

到了一个河边，有一只船在等着他们。船上有一个五十来岁的瘦长瘦长的大伯，船头蹲着一个跟明子差不多大的女孩子，在剥一个莲蓬吃。明子和舅舅坐到舱里，船就开了。

明子听见有人跟他说话，是那个女孩子。

“是你要到荸荠庵当和尚吗？”

明子点点头。

“当和尚要烧戒疤嗷！你不怕？”

明子不知道怎么回答，就含含糊糊地摇了摇头。

“你叫什么？”

“明海。”

“在家的时候？”

“叫明子。”

“明子！我叫小英子！我们是邻居。我家挨着荸荠庵。——给你！”

小英子把吃剩的半个莲蓬扔给明海，小明子就剥开莲蓬壳，一颗一颗吃起来。

大伯一桨一桨地划着，只听见船桨拨水的声音：

“哗——许！哗——许！”

…………

荸荠庵的地势很好，在一片高地上。这一带就数这片地势高，当初建庵的人很会选地方。门前是一条河。门外是一片很大的打谷场。三面都是高大的柳树。山门里是一个穿堂。迎门供着弥勒佛。不知是哪一位名士撰写了一副对联：

大肚能容容天下难容之事
开颜一笑笑世间可笑之人

弥勒佛背后，是韦驮。过穿堂，是一个不小的天井，种着两棵白果树。天井两边各有三间厢房。走过天井，便是大殿，供着三世佛。佛像连龛才四尺来高。大殿东边是方丈，西边是库房。大殿东侧，有一个小小的六角门，白门绿字，刻着一副对联：

一花一世界
三藐三菩提

进门有一个狭长的天井，几块假山石，几盆花，有三间小房。

小和尚的日子清闲得很。一早起来，开山门，扫地。庵里的地铺的都是箩底方砖，好扫得很，给弥勒佛、韦驮烧一炷香，正殿的三世佛面前也烧一炷香、磕三个头、念三声“南无阿弥陀佛”，敲三声磬。这庵里的和尚不兴做什么早课、晚课，明子这三声磬就全部代替了。然后，挑水，喂猪。然后，等当家和尚，即明子的舅舅起来，教他念经。

教念经也跟教书一样，师父面前一本经，徒弟面前一本经，师父唱一句，徒弟跟着唱一句。是唱哎。舅舅一边唱，一边还用手在桌上拍板。一板一眼，拍得很响，就跟教唱戏一样。是跟教唱戏一样，完全一样哎。连用的名词都一样。舅舅说，念经：一要板眼准，二要合工尺。说：当一个好和尚，得有条好嗓子。说：民国二十年闹大水，运河倒了堤，最后在清水潭合龙，因为大水淹死的人很多，放了一台大焰口，十三大师——十三个正座和尚，各大庙的方丈都来了，下面的和尚上百。谁当这个首座？推来推去，还是石桥——善因寺的方丈！他往上一坐，就跟地藏王菩萨一样，这就不用说了；那一声“开香赞”，围看的上千人立时鸦雀无声。说：嗓子要练，夏练三伏，冬练三九，要练丹田气！说：要吃得苦中苦，方为人上人！说：和尚里也有状元、榜眼、探花！要用心，不要贪玩！舅舅这一番大法要说得明海和尚实在是五体投地，于是就一板一眼地跟着舅舅唱起来：

“炉香乍爇——”

“炉香乍爇——”

“法界蒙薰——”

“法界蒙薰——”

“诸佛现金身……”

“诸佛现金身……”

…………

等明海学完了早经，——他晚上临睡前还要学一段，叫作晚经，——荸荠庵的师父们就都陆续起床了。

这庵里人口简单，一共六个人。连明海在内，五个和尚。

有一个老和尚，六十几了，是舅舅的师叔，法名普照，但是知道的人很少，因为很少人叫他法名，都称之为老和尚或老师父，明海叫他师爷爷。这是个很枯寂的人，一天关在房里，就是那“一花一世界”里。也看不见他念佛，只是那么一声不响地坐着。他是吃斋的，过年时除外。

下面就是师兄弟三个，仁字排行：仁山、仁海、仁渡。庵里庵外，有的称他们为大师父、二师父；有的称之为山师父、海师父。只有仁渡，没有叫他“渡师父”的，因为听起来不像话，大都直呼之为仁渡。他也只配如此，因为他还年轻，才二十多岁。

仁山，即明子的舅舅，是当家的。不叫“方丈”，也不叫“住持”，却叫“当家的”，是很有道理的，因为他确确实实干的是当家的职务。他屋里摆的是一张账桌，桌子上放的是账簿和算盘。账簿共有三本。一本是经账，一本是租账，一本是债账。和尚要做法事，做法事要收钱，——要不，当和尚干什么？常做的法事是放焰口。正规的焰口是十个人。一个正座，一个敲鼓的，两边一边四个。人少了，八个，一边三个，也凑合了。荸荠庵只有四个和尚，要放整焰口就得和别的庙里合伙。这样的时候也有过。通常只是放半台焰口。一个正座，一个敲鼓，另外一边一个。一来找别的庙里合伙费事；二来这一带放得起整焰口的人家也不多。有的时候，谁家死了人，就只请两个，甚至一个和尚咕噜咕噜念一通经，敲打几声法器就算完事。很多人家的经钱不是当时就给，往往要等秋后才还。这就得记账。另外，和尚放焰口的辛苦钱不是一样的。就像唱戏一样，有份子。正座第一份。因为他要领唱，而且还要独唱。当中有一大段“叹骷髅”，别的和尚都放下法器休息，只有首座一个人有板有眼地曼声吟唱。第二份是敲鼓的。你以为这容易呀？哼，单是一开头的“发擂”，手上没功夫就敲不出迟疾顿挫！其余的，就一样了。这也得记上：某月某日、谁家焰口半台，谁正座，谁敲鼓……省得到年底结账时赌咒骂娘。……这庵里有几十亩庙产，租给人种，到时候要收租。庵里还放债。租、债一向倒很少亏欠，因为租佃借钱的人怕菩萨不高兴。这三本账就够仁山忙的了。另外香烛、灯火、油盐“福食”，这也得随时记记账呀。除了账簿之外，山师父的方丈的墙上还挂着一块水牌，上漆四个红字“勤笔免思”。

仁山所说当一个好和尚的三个条件，他自己其实一条也不具备。他的相貌只要用两个字就说清楚了：黄，胖。声音也不像钟磬，倒像母猪。聪明么？难说，打牌老输。他在庵里从不穿袈裟，连海青直裰也免了。经常是披着件短僧衣，袒露着一个黄色的肚子。下面是光脚趿拉着一双僧鞋，——新鞋他也是趿拉着。他一天就是这样不衫不履地这里走走，那里走走，发出母猪一样的声音："嗨——嗨——"

二师父仁海。他是有老婆的。他老婆每年夏秋之间来住几个月，因为庵里凉快。庵里有六个人，其中之一，就是这位和尚的家眷。仁山、仁渡叫她嫂子，明海叫她师娘。这两口子都很爱干净，整天的洗涮。傍晚的时候，坐在天井里乘凉。白天，闷在屋里不出来。

三师父是个很聪明精干的人。有时一笔账大师兄扒了半天算盘也算不清，他眼珠子转两转，早算得一清二楚。他打牌赢的时候多，二三十张牌落地，上下家手里有些什么牌，他就差不多都知道了。他打牌时，总有人爱在他后面看歪头胡。谁家约他打牌，就说"想送两个钱给你"。他不但经忏俱通（小庙的和尚能够拜忏的不多），而且身怀绝技，会"飞铙"。七月间有些地方做盂兰会，在旷地上放大焰口，几十个和尚，穿绣花袈裟，飞铙。飞铙就是把十多斤重的大铙钹飞起来。到了一定的时候，全部法器皆停，只几十副大铙紧张急促地敲起来。忽然起手，大铙向半空中飞去，一面飞，一面旋转。然后，又落下来，接住。接住不是平平常常地接住，有各种架势，"犀牛望月""苏秦背剑"……这哪是念经，这是耍杂技。也许是地藏王菩萨爱看这个，但真正因此快乐起来的是人，尤其是妇女和孩子。这是年轻漂亮的和尚出风头的机会。一场大焰口过后，也像一个好戏班子过后一样，会有一个两个大姑娘、小媳妇失踪，——跟和尚跑了。他还会放"花焰口"。有的人家，亲戚中多风流子弟，在不是很哀伤的佛事——如做冥寿时，就会提出放花焰口。所谓"花焰口"就是在正焰口之后，叫和尚唱小调，拉丝弦，吹管笛，敲鼓板，而且可以点唱。仁渡一个人可以唱一夜不重头。仁渡前几年一直在外面，近二年才常住在庵里。据说他有相好的，而且不止一个。他平常可是很规矩，看到姑娘媳妇总是老老实实的，连一句玩笑话都不说，一句小调山歌都不唱。有一回，在打谷场上乘凉的时候，一伙人把他围起来，非叫他唱两个不可。他却情不过，说："好，唱一个。不唱家乡的。家乡的你们都熟，唱个安徽的。"

姐和小郎打大麦，
一转子讲得听不得。
听不得就听不得，
打完了大麦打小麦。

唱完了，大家还嫌不够，他就又唱了一个：

姐儿生得漂漂的，
两个奶子翘翘的。
有心上去摸一把，
心里有点跳跳的。
…………

这个庵里无所谓清规，连这两个字也没人提起。

仁山吃水烟，连出门做法事也带着他的水烟袋。

他们经常打牌。这是个打牌的好地方。把大殿上吃饭的方桌往门口一搭，斜放着，就是牌桌。桌子一放好，仁山就从他的方丈里把筹码拿出来，哗啦一声倒在桌上。斗纸牌的时候多，搓麻将的时候少。牌客除了师兄弟三人，常来的是一个收鸭毛的，一个打兔子兼偷鸡的，都是正经人。收鸭毛的担一副竹筐，串乡串镇，拉长了沙哑的声音喊叫：

“鸭毛卖钱——！”

偷鸡的有一件家什——铜蜻蜓。看准了一只老母鸡，把铜蜻蜓一丢，鸡婆子上去就是一口。这一啄，铜蜻蜓的硬簧绷开，鸡嘴撑住了，叫不出来了。正在这鸡十分纳闷的时候，上去一把薅住。

明子曾经跟这位正经人要过铜蜻蜓看看。他拿到小英子家门前试了一试，果然！小英子的娘知道了，骂明子：

“要死了！儿子！你怎么到我家来玩铜蜻蜓了！”

小英子跑过来：

“给我！给我！”

她也试了试，真灵，一个黑母鸡一下子就把嘴撑住，傻了眼了！

下雨阴天，这二位就光临荸荠庵，消磨一天。

有时没有外客，就把老师叔也拉出来，打牌的结局，大都是当家和尚气得鼓鼓的：“×妈妈的！又输了！下回不来了！”

他们吃肉不瞒人。年下也杀猪。杀猪就在大殿上。一切都和在家人一样，开水、水桶、尖刀。捆猪的时候，猪也是没命地叫。跟在家人不同的，是多一道仪式，要给即将升天的猪念一道“往生咒”，并且总是老师叔念，神情很庄重：

“……一切胎生、卵生、息生，来从虚空来，还归虚空去，往生再世，皆当欢喜。南无阿弥陀佛！”

三师父仁渡一刀子下去，鲜红的猪血就带着很多沫子喷出来。

…………

明子老往小英子家里跑。

小英子的家像一个小岛，三面都是河，西面有一条小路通到荸荠庵。独门独户，岛上只有这一家。岛上有六棵大桑树，夏天都结大桑椹，三棵结白的，三棵结紫的；一个菜园子，瓜豆蔬菜，四时不缺。院墙下半截是砖砌的，上半截是泥夯的。大门是桐油油过的，贴着一副万年红的春联：

向阳门第春常在
积善人家庆有余

门里是一个很宽的院子。院子里一边是牛屋、碓棚；一边是猪圈、鸡窠，还有个关鸭子的栅栏。露天地放着一具石磨。正北面是住房，也是砖基土筑，上面盖的一半是瓦，一半是草。房子翻修了才三年，木料还露着白茬。正中是堂屋，家神菩萨的画像上贴的金还没有发黑。两边是卧房。隔扇窗上各嵌了一块一尺见方的玻璃，明亮亮的，——这在乡下是不多见的。房檐下一边种着一棵石榴树，一边种着一棵栀子花，都齐房檐高了。夏天开了花，一红一白，好看得很。栀子花香得冲鼻子。顺风的时候，在荸荠庵都闻得见。

这家人口不多。他家当然是姓赵。一共四口人：赵大伯、赵大妈，两个女儿，大英子、小英子。老两口没得儿子。因为这些年人不得病，牛不生灾，也没有大旱大水闹蝗虫，日子过得很兴旺。他们家自己有田，本来够吃的了，又租种了庵上的十亩田。自己的田里，一亩种了荸荠，——这一半是小英子的主意，她爱吃荸荠，一亩种了茨菇。家里喂了一大群鸡鸭，单是鸡蛋鸭毛就够一年的油盐了。赵大伯是个能干人。他是一个“全把式”，不但田里场上样样精通，还会罩鱼、洗磨、凿砻、修水车、修船、砌墙、烧砖、箍桶、劈篾、绞麻绳。他不咳嗽，不腰疼，结结实实，像一棵榆树。人很和气，一天不声不响。赵大伯是一棵摇钱树，赵大娘就是个聚宝盆。大娘精神得出奇。五十岁了，两个眼睛还是清亮亮的。不论什么时候，头都是梳得滑滴滴的，身上衣服都是格挣挣的。像老头子一样，她一天不闲着。煮猪食，喂猪，腌咸菜，——她腌的咸萝卜干非常好吃，舂粉子，磨小豆腐，编蓑衣，织芦篚。她还会剪花样子。这里嫁闺女，陪嫁妆，磁坛子、锡罐子，都要用梅红纸剪出吉祥花样，贴在上面，讨个吉利，也才好看：“丹凤朝阳”呀、“白头到老”呀、“子孙万代”呀、“福寿绵长”呀。二三十里的人家都来请她：“大娘，好日子是十六，你哪天去呀？”——“十五，我一大清早就来！”

“一定呀！”——“一定！一定！”

两个女儿，长得跟她娘像一个模子里托出来的。眼睛长得尤其像，白眼珠鸭蛋青，黑眼珠棋子黑，定神时如清水，闪动时像星星。浑身上下，头是头，脚是脚。头发滑滴滴的，衣服格挣挣的。——这里的风俗，十五六岁的姑娘就都梳上头了。这两个丫头，这一头的好头发！通红的发根，雪白的簪子！娘女三个去赶集，一集的人都朝她们望。

姐妹俩长得很像，性格不同。大姑娘很文静，话很少，像父亲。小英子比她娘还会说，一天咭咭呱呱地不停。大姐说：

“你一天到晚咭咭呱呱——”

“像个喜鹊！”

“你自己说的！——吵得人心乱！”

“心乱？”

“心乱！”

“你心乱怪我呀！”

二姑娘话里有话。大英子已经有了人家。小人她偷偷地看过，人很敦厚，也不难看，家道也殷实，她满意。已经下过小定，日子还没有定下来。她这二年，很少出房门，整天赶她的嫁妆。大裁大剪，她都会。挑花绣花，不如娘。她可又嫌娘出的样子太老了。她到城里看过新娘子，说人家现在绣的都是活花活草。这可把娘难住了。最后是喜鹊忽然一拍屁股：“我给你保举一个人！”

这人是谁？是明子。明子念“上孟下孟”的时候，不知怎么得了半套《芥子园》，他喜欢得很。到了荸荠庵，他还常翻出来看，有时还把旧账簿子翻过来，照着描。小英子说：

“他会画！画得跟活的一样！”

小英子把明海请到家里来，给他磨墨铺纸，小和尚画了几张，大英子喜欢得了不得：

“就是这样！就是这样！这就可以乱孱！”——所谓“乱孱”是绣花的一种针法：绣了第一层，第二层的针脚插进第一层的针缝，这样颜色就可由深到淡，不露痕迹，不像娘那一代绣的花是平针，深浅之间，界限分明，一道一道的。小英子就像个书童，又像个参谋：

“画一朵石榴花！”

“画一朵栀子花！”

她把花掐来，明海就照着画。

到后来，凤仙花、石竹子、水蓼、淡竹叶、天竺果子、腊梅花，他都能画。

大娘看着也喜欢，搂住明海的和尚头：

“你真聪明！你给我当一个干儿子吧！”

小英子捺住他的肩膀，说：

“快叫！快叫！”

小明子跪在地下磕了一个头，从此就叫小英子的娘作干娘。

大英子绣的三双鞋，三十里方圆都传遍了。很多姑娘都走路坐船来看。看完了，就说：“啧啧啧，真好看！这哪是绣的，这是一朵鲜花！”她们就拿了纸来央大娘求了小和尚来画。有求画帐檐的，有求画门帘飘带的，有求画鞋头花的。每回明子来画花，小英子就给他做点好吃的，煮两个鸡蛋，蒸一碗芋头，煎几个藕团子。

因为照顾姐姐赶嫁妆，田里的零碎生活小英子就全包了。她的帮手，是明子。

这地方的忙活是栽秧、车高田水，薅头遍草，再就是割稻子、打场了。这几茬重活，自己一家是忙不过来的。这地方兴换工。排好了日期，几家顾一家，轮流转。不收工钱，但是吃好的。一天吃六顿，两头见肉，顿顿有酒。干活时，敲着锣鼓，唱着歌，热闹得很。其余的时候，各顾各，不显得紧张。

薅三遍草的时候，秧已经很高了，低下头看不见人。一听见非常脆亮的嗓子在一片浓绿里唱：

栀子哎开花哎六瓣头哎……

姐家哎门前哎一道桥哎……

明海就知道小英子在哪里，三步两步就赶到，赶到就低头薅起草来。傍晚牵牛“打汪”，是明子的事。——水牛怕蚊子。这里的习惯，牛卸了轭，饮了水，就牵到一口和好泥水的“汪”里，由它自己打滚扑腾，弄得全身都是泥浆，这样蚊子就咬不透了。低田上水，只要一挂十四轧的水车，两个人车半天就够了。明子和小英子就伏在车杠上，不紧不慢地踩着车轴上的拐子，轻轻地唱着明海向三师父学来的各处山歌。打场的时候，明子能替赵大伯一会，让他回家吃饭。——赵家自己没有场，每年都在荸荠庵外面的场上打谷子。他一扬鞭子，喊起了打场号子：

“格当嘚——”

这打场号子有音无字，可是九转十三弯，比什么山歌号子都好听。赵大娘在家，听见明子的号子，就侧起耳朵：

“这孩子这条嗓子！”

连大英子也停下针线：

"真好听!"

小英子非常骄傲地说:

"一十三省数第一!"

晚上，他们一起看场。——荸荠庵收来的租稻也晒在场上。他们并肩坐在一个石磙子上，听青蛙打鼓，听寒蛇唱歌，——这个地方以为蝼蛄叫是蚯蚓叫，而且叫蚯蚓叫"寒蛇"，听纺纱婆子不停地纺纱，"吵——"，看萤火虫飞来飞去，看天上的流星。

"呀！我忘了在裤带上打一个结!"小英子说。

这里的人相信，在流星掉下来的时候在裤带上打一个结，心里想什么好事，就能如愿。

…………

(节选自汪曾祺. 汪曾祺文集·小说卷［M］. 南京：江苏文艺出版社，1993：158－172.)

★导读:

汪曾祺（1920—1997年），江苏高邮人，1939年考入西南联大中国文学系，曾任职于中学、博物馆、杂志社、京剧团等机构。1949年，上海文化生活出版社出版其短篇小说选集《邂逅集》。20世纪80年代初，"旧稿重写"的《异秉》、"旧梦重温"的《受戒》和随后发表的《大淖记事》为文坛带来了清新的空气。他出版了《羊舍的夜晚》《晚饭花集》《寂寞和温暖》《茱萸集》等小说集。1989年，作家出版社出版其第一部散文集《蒲桥集》。另著有文学评论集《晚翠文谈》。

汪曾祺的小说多以家乡高邮及居住过的昆明、上海、北京、张家口等地为背景，人物描写则依据原型"移花接木"或"杂取种种人"。他在《汪曾祺自选集·自序》中自言："我的一部分作品的感情是忧伤，比如《职业》《幽冥钟》；一部分作品则有一种内在的欢乐，如《受戒》《大淖记事》；一部分作品则由于对命运的无可奈何转化出一种常有苦味的嘲谑，比如《云致秋行状》《异秉》。在有些作品里这三者是混合在一起的，比较复杂。但是总起来说，我是一个乐观主义者。……我的作品不是悲剧。我的作品缺乏崇高的、悲壮的美。我所追求的不是深刻，而是和谐。"《受戒》正是一篇有着内在的欢乐及和谐美的小说。

题为"受戒"，但"受戒"的情节在小说的最后才出现，此前关于荸荠庵的描写倒是时时处处在“破戒”：娶妻、杀猪、放债、打牌、私奔、唱山歌小调。小英子一家的乡村生活富足、兴旺、平静、美好，父母健康勤劳，两个女儿样貌出众。和尚也好，俗人也罢，人人自由自在，相互之间其乐融融，明子和小英子情窦初开，两情相悦，一切仿佛沐浴在日光之下，自然坦荡。人物生活的环境亦如人间仙境、世外桃源，小船、流水、花香，“房檐下一边种着一棵石榴树，一边种着一棵栀子花，都齐房檐高了。夏天开了花，一红一白，好看得很。栀子花香得冲鼻子。顺风的时候，在荸荠庵都闻得见”。《受戒》继承了笔记小说的传统，不重情节，以闲笔写各种见闻及风俗人情。语言轻淡、灵动，随物赋形，因人而异，既有书面语的优雅，又有口语的鲜活。

（陈翠平）

马桥词典

韩少功

江

马桥人的“江”，发音 gāng，泛指一切水道，包括小沟小溪，不限于浩浩荡荡的大水流。如同北方人的“海”，把湖泊池塘也包括在内，在南方人听来有些不可思议。重视大小，似乎是后来人的事。

英语中的 river（江）与 stream（溪），就是以大小来分的。而近在海峡对面的法国，fleuve 指入海的河流，riviere 则表示内陆河或流入另一条河流的支流，与大小无涉。可见四海之内名理多异，不是一一对应的。

马桥人后来也明白了大小，只是重视得似乎不太够，仅在声调上作一点区分。“江”发平声时指大河，发入声时则指小沟小溪，外人须听得次数足够多了，才不会搞错。我刚到马桥时，就发生过这样的误会，按照当地人的指点，兴冲冲寻江而去。走到那里，才发现眼下哗啦啦的“江”窄得可以一步飞越两岸。里面有一些幽暗的水草，有倏忽而逝的水蛇，根本不适合洗澡和游泳。

入声的江不是平声的江。沿着入声走了一阵，一下走进了水的喧哗，一下走进水的宁静，一下又重入喧哗，身体也有忽散忽聚的感觉，不断地失而复得。碰到一个放牛的老人，他说莫看这条江子小，以前的水很腻，烧得，可以拿来点油灯。

罗　江

马桥的水流入罗江，村子距江边有小半天的步行路程。过渡有小划子，若船公不在，过河人自己把划子摆过去就是。若船公在，五分钱一个人，船公把划子靠到对岸了，稳稳地插住船头篙，站在岸上一一收钱。点一张票子，就蘸一下口水。

攒下大一点的票子了，他就垫进一顶破旧的呢子帽，稳稳地戴在头上。

过河钱无论冬夏都是一样。其实，夏天的江面要宽得多，水要急得多。若遇到洪水时节，漫漫黄汤遮天盖地而下，昏黄了一切倒影，向岸边排挤一叠又一叠的秽物，还有一堆堆泡沫塞在水缓的浅弯，沤积出酸臭。但越是这个时候，岸边的人倒越多，一心一意等待着从上游漂下来的死鸡、死猪、破桌子或者旧木盆，还有散了排的竹木，打捞出来捡回家去，这叫发大水财。

当然，有时候也可能有一个女人或者娃崽，泡成了巨大的白色肉球，突然从波涛中滚出来，向你投射直愣愣的呆目，骇得人们惊叫着逃散。

也有一些胆大的娃崽，找来一根长长的竹篙，戳着白色的肉球，觉得好玩。

江边的人也打鱼，下吊网，或者下线钩。有一次我还没有走到江边，突然看见几个走在前面的女人，尖叫着慌慌张张回头就跑，好像发生了什么事。再仔细看，她们的来处，男人无论老少，也不管刚才正在挑担还是在放牛，刹那间全脱光了裤子，一顺溜十几颗光屁股朝河里跳跟而去，大吼大叫。我这才想起，刚才闷闷地响了一声，是炮声。这就是说，河里放炮了，炸鱼了，他们闻声而脱是去捞鱼的。他们舍不得湿了自己的裤子，也不觉得这种不约而同的紧急行动会吓着什么人。

在马桥的六年里，我与罗江的关系并不多，只是偶尔步行去县城时得在那里过渡。说起过渡，五分钱常常成了大事。知青手里的钱都不多，男的一旦聚成了团，也有一种当当日本鬼子横行霸道的冲动，过渡总是想赖账。有一个叫黑相公的，在这些事情上特别英雄，上岸以后拿出地下工作者舍己救人的做派，一个劲丢眼色，要我们都往前走，钱由他一个人来付。他摸左边的口袋，掏右边的口袋，装模作样拖延够了，看见我们都走远，这才露出狰狞面孔，说他没有钱，就是有钱也不给，老鳖，你要如何搞？然后拔腿就跑。他以为他是篮球运动员，摆渡的老倌子是无论如何也赶不上的。不料老人不觉得快慢是个什么问题，扛上一条长桨，虽然跑得慢，离我们越来越远，但决不停下步来，追了一里，追了两里，追了三里，追了四里……直到我们一个个都东倒西歪了挂涎水了，小小的黑点还是远远地咬住我们。谁都相信，只要没有杀了他，他今天不讨回这三角多钱，即便挥舞长桨追到天边，断不会回头的。他一点也没有我们聪明，根本不打算算账，不会觉得他丢下船，丢下河边一大群待渡的客人，有什么可惜。

我们无路可走，只有乖乖地凑了钱，由黑相公送上前去以绝后患。我远远看见老人居然给黑相公找还了零钱，嘴里大张大合，大概是骂人，但逆着风一句也没有送过来。

我再也没有看见过这位老人。清查反革命运动开始的时候，我们的一支手枪成了重点追查的问题。枪是在城里文化大革命时搞到手的，打完了子弹，还舍不得丢，偷偷带到乡下。后来风声一紧，怕招来窝藏武器的罪名，才由黑相公在过渡的时候丢到河里，而且相约永远守口如瓶。这件事是怎么暴露的，我至今仍不清楚。我只是后悔当时太自作聪明，以为丢到河里就干净了。我们没料到上面不找到这支枪，根本不可能结案，相反，还怀疑我们把这支枪继续窝藏，有不可告人的目的。没完没了的审问和交代之后，好容易熬到了冬天，罗江的水退了，浮露出大片的沙滩。我们操着耙头，到丢枪的方位深挖细找，一心想挖出我们的清白。我们在河滩上足足挖了五天，挖出了越来越阔大的范围，差不多在刺骨寒风中垦出了人民公社的万顷良田，就是没有听到耙头下丁当的金属声。

一支沉沉的枪，是不可能被水冲走的。沉在水底，也不可能什么人把它捡走。奇怪的是，它到哪里去了呢?

我只能怀疑，这条陌生的江不怀好意，为了一个我们不知道的理由，一心要把我们送到监狱里去。

只有在这个时候，我们才感觉到它的神秘，也才第一次认真地把它打量。它披挂着冬天第一场大雪，反射出刺眼的白光，像一道闪电把世界突然照亮，并且久久凝固下来。河滩上有一行浅浅足迹，使几只白色的水鸟不安地上下惊飞，不时滑入冰雪的背景里让人无法辨别，不时又从我想不到的地方钻了出来，几道白线划过暗绿色的狭窄水面。我的眼睛开始在一道永久的闪电里不由自主地流泪。

没有什么人过渡。摆渡的不是以前那个老倌子了，换成了一个年轻些的中年人。我们笼着袖子在岸边蹲了一阵，就回去了。

我猛回头，岸上还是空的。

蛮　子（以及“罗家蛮”）

壮年男人别名“汉子”，是较为普遍的情况。马桥人更习惯把男人叫作“蛮子”“蛮人”“蛮人三家”。其中“三家”的来历不可考。古代有“楚虽三户亡秦必楚”一语，其中“三户”似乎并非特指男人。

明明是一个人，却带着“三家”的标记，承担着“三家”的使命，这是不是楚地先人的传统，也不得而知。我曾经有一个想象：如果一个人的血缘来自父母两人，而父母的血缘又来自祖父母一辈的四人，祖父母的血缘又来自太祖父母一辈的八人……照此几何级数往上推算，只须几十代，全人类的巨大数目都可统括在先辈的范围之内，都是每个人共同的祖先。“四海之内皆兄弟”的美好愿望，在这则简单的运算里完全不是虚言，竟有了生理学的可靠依据。从理论上说，每一个人都是全人类的后裔，每一个人身上都收聚和总结了全人类穿越了几十代的遗传因素。那么一个人还是一个人吗？还仅仅是一个人吗？我在一篇文章里说过，“个人”的概念是不完整的，每个人也是“群人”。我希望马桥的“蛮人三家”中的“三”只是传统中“多”的同义词。这样，“蛮人三家”就差不多是“群人”的别名，强调着个人的群类背景，也就暗合了我的奇想。

“蛮”字流行于南方，很长时间内是南人的统称。有关的资料记载，春秋时代（公元前七〇〇年）有罗国，即罗家蛮。《左传》说：“鲁桓公十二年，楚师分涉于彭，罗人欲伐之。”算是最早的痕迹。罗人曾定居今天的湖北宜城县西南，与西南方的巴国为邻，后称罗川城，见于《水经注》卷二八。罗家蛮又叫罗子国，曾以彭水为天然屏障，抗拒北方强敌，一见楚兵南渡，是不能不抵抗的，而且居然也取得过胜利。但楚罗大小悬殊，后者终非敌手。我们在《左传》中看到，罗人后来两次逃亡，第一次逃到枝江县，就是历史上“巴人”的发祥地；第二次是二十年左右以后的楚文王时代，再次逃到湘北，即现在的岳阳、平江、湘阴县一带。

江以人名，罗江就是这样获得了名号。

很难想象当年扶老携幼的长途迁徙。从史料上看，罗人到达这里以后重建了“罗城”，但今天已经了无痕迹。我怀疑罗江边上的长乐镇，就是当年的罗城。“乐”与“罗”大体谐音，可算一个线索。这是一个依山傍水的小镇，也是我进山挑竹木之类的必经之地。它有贯串全镇的麻石街，有流淌于麻石上的甜酒香和木屐声，通向热闹而且湿漉漉的码头，也有一些似乎永远不会探出人面来的紧闭门窗。当地人说，码头下有铁柱，水退时才可以看见，上面还有很多模糊的古文。我当时没有考古的兴致，从没有去看过。每次都是累得两眼发黑，喝下一碗甜酒之后，倒在街边和衣而睡，准备继续赶路。好几次我都是被深冬的寒风冻醒的，一睁眼，只有头上摇晃欲落的疏星。

如果长乐不是罗城，那么可供查考的还有落铺、珞山、抱落、铜锣峒，它们也有一字谐音于“罗”，也都与我有过一面之交。这些村或镇至今在我的印象中还可浮现出古老的墙基和阶石，浮现出男女们眼中一闪即逝的躲避和戒备。

罗人与巴人有亲密的关系。“下里巴人”在这里是很通用的成语，意指他们的古歌。罗江的终端便是“巴陵”，即现在的岳阳。《宋史》卷四九三，说到哲宗元祐三年（公元一〇八八年），“罗家蛮”曾一度“寇钞”，后来由土家的先辈首领出来加以约束，才告平静，可见土家与罗人是颇为合作的——而土家族被认定为巴人的后裔，已成史学家们的公论。另一个可以注意的证据是，土家传说里，经常出现有关“罗家兄妹”的故事，显示出“罗”与土家族先民有不解之缘。

奇怪的是，我在罗江两岸从没有找到过名以“罗”字村镇，也很少听说有姓罗的人家——除了我所在村子里一位姓罗的老村长，出身长工，是个地地道道的外来户。我不能不设想，一次残酷的迫害浪潮，一次我们今天已经无法知道也无从想象的腥风血雨，使“罗”字成为了这里的禁忌，罗人不得不改变自己的姓氏，隐没自己的来历，或者远遁他方，就像某些史学家描写的那样，成群结伙，餐风宿露，去了湘西、黔、桂、滇以及东南亚的崇山峻岭，再也没有归来。从那以后，罗江有名而无实，只剩下没有内容的名号，成了一张不再发出声音的嘴，只是喷放出来无边的寂静。即便这张嘴被我们从墓穴里找出来，我们也不知道它曾经说过什么。

事实上，他们的国家已经永远失去了，万劫不复。只留下一些青铜器，已经粉化，一捏就碎。我在那里挖荒时，多次挖出大批的箭镞和矛头，只是都非常小，比书上看到的要小得多，显示出当年金属的稀贵，必须用得十分俭省。这些出土物被本地人见多不怪，不当回事，全都弃之地边道旁，小崽子们装上一篮篮的，拿来打架玩耍而已。我后来见到博物馆里一些森严保护下的青铜器的展品，总是有点不以为然。这些东西算什么呢？我在马桥的时候，随便踩一脚，都踩到汉代以前去了，脚下吱吱吱不知要踩掉多少文物珍品。

老　表

比起“莲匪”之乱，规模更大范围更广的动乱则发生在明朝末年：张献忠在陕西拉竿子造反，屡次与官军中的湖南杀手“耙头军”相遇，伤亡颇重，迁恨于所有的湖南人，后来数次率军入湘，杀人无数，被人们叫作“张不问”——即杀人不问来由和姓名的意思。当时他们的马鞍下总是挂着人头，士兵的腰间总是一串串的人耳，作为计功邀赏的凭据。

“十万赣人填湘”，就是这一血案后的景观。据说就是因为这一段历史，湖南人后来把江西人一律叫作“老表”，显得很亲近。

湘赣之间没有太大的地理阻隔，人口往来不难。湘人至少也有一次填赣的浪潮，则是在本世纪的六十年代初。我初到马桥时，在地上干活，蛮人们除了谈女人，最喜欢谈的就是吃。说到“吃”字，总是用最大强度的发音，用上古的 qià（恰）音，而不用中古的 qì（契），不用近代以来的 chī。这个“吃”作去声，以奔放浩大的开口音节，配上斩决干脆的去声调，最能表现言者的激情。吃鸡肉鸭肉牛肉羊肉狗肉鱼肉，还有肉——这是对猪肉的简称。

吃包子馒头油饼油糕面条米粉糍粑，当然还有饭，就是米饭。他们谈得津津有味，不厌其烦，不厌其详也不厌其旧，常谈常新常谈常乐，一直谈得手舞足蹈，面生红光，振振有词，一个个字都在充盈的口水里浸泡得湿漉漉的，才被舌头恶狠狠弹出口外，在阳光下爆炸得余音袅袅。

这种谈话多是回忆，比方回忆某次刻骨铭心的寿宴或丧宴。谈着谈着就会变成假设和吹嘘。刚有人宣布自己可以一次吃下三斤饭，马上就有人宣布自己可以一次吃下二十个包子。这不算什么，更有强中强哼了一声，断言自己一次可以吃下十斤猪板油外加两斤面条等等。为此当然会发生争吵，发生探讨和研究。有人不信，有人要打赌，有人志愿出任裁判，有人提议比赛规则，有人机警地防止参赛者作弊，比方防止他把猪板油煎成油渣子再吃，如此等等。这种差不多千篇一律的热闹，总是在离吃饭早得很的时候就超前出现。

在这种时候，本地人也常常说起“办食堂”那一年，这是他们对“大跃进”的俗称和代指——他们总是用胃来回忆以往的，使往事变得有真切的口感和味觉。正像他们用“吃粮”代指当兵，用“吃国家粮”代指进城当干部或当工人，用“上回吃狗肉”代指村里的某次干部会议，用“吃新米”代指初秋时节，用“打粑粑”或“杀年猪”代指年关，用“来了三四桌人”代指某次集体活动时的人数统计。

他们说起“办食堂”，那时吃不饱饭，一个个饿得眼珠发绿，还要踏着冰雪去修水库，连妇女也被迫光着上身，奶子吊吊地担土，配合着红旗、锣鼓、标语牌以示不畏严寒的革命干劲。继三爹（我没有见过的人）一口气没接上，就栽倒在工地上死了。更多的青壮年则不堪其苦，逃窜江西，一去就是多年。

我后来碰见过一位从江西回马桥探亲的人，叫本仁，约摸四十来岁。他给我敬纸烟，对我“老表”相称。在我好奇地打听之下，他说他当年跑江西就是因为一罐包谷浆（参见词条“浆”）——他从集体食堂领回一罐包谷浆，是全家人的晚饭，等着老婆从地上回来，等着两个娃崽从学校里回来。他太饿，忍不住把自己的一份先吃了。听到村口有了自己娃崽的声音，便兴冲冲往碗里分浆，一揭盖子才发现，罐里已经空了。他急得眼睛发黑。刚才一罐包谷浆到哪里去了？莫非是自己不知不觉之间已经一口口吃光了？

他不相信，慌慌地在屋里找了一遍，到处都没有浆，所有的碗里、盆里、锅里都是空的。在这个年头，也不会有狗和猫来偷食，甚至地上的蚯蚓和蝗虫也早被人们吃光了。

娃崽的脚步声越来越近，从来没有这么可怕的声音。

他觉得自己无脸面见人，更无法向婆娘交代，慌慌跑到屋后的坡上，躲进了草丛里。

他隐隐听到了家里的哭泣，听到婆娘四处喊他的名字。他不敢回答，不敢哭出自己的声音，他再也没有进自己的家门。他说，他现在在赣南的一个峒里砍树、烧炭，当然……现在十多年已经过去啦，他在那里有了新的一窝娃崽。

他原来的婆娘也已经改嫁，而且不怪罪他，这次还接他去家里吃了一顿肉饭。只是两个娃崽认生，在岭上耍，天黑了还没有回来。

我问他还打不打算回迁。

我说完以后就知道自己问得很蠢。

他浅笑了一下，摇摇头。

他说一样的，在那边过日子也是一样的。他说在那边可望转为林场的正式工。他还说他和另外几个从马桥去的人，在那边结伙而居，村名也叫“马桥”。那边的人把湖南人也叫作“老表”。

过了两天，他回江西去了。走那天下着小雨，他走在前面，他原来的婆娘跟在后面，相隔约十来步，大概是送他一程。他们只有一把伞，拿在女人手里，却没有撑开。过一条沟的时候，他拉了女人一把，很快又分隔十来步远，一前一后冒着霏霏雨雾往前走。

我再没有见过他。

小　哥（以及其他）

“小哥”意指姐姐。显然是出于同一原则，“小弟”是指妹妹，“小叔”和“小伯”是指姑姑，“小舅”是指姨妈，如此等等。

我很早就注意到，马桥以及附近的地方较为缺少关于女人的亲系称谓，大多只是在男性称谓的前面冠以一个“小”字，以作区分。女人与“小”字永远连在一起，女人几乎就是小人。这种规则与孔子“唯女人与小人难养也”之类的古训是否有关，不得而知。

语言看来并不是绝对客观的、中性的。语言空间在某种观念的引力之下，总是要发生扭曲。女人无名化的现象，让人不难了解到这里女人们的地位和处境，不难理解她们为何总是把胸束得平平的，把腿夹得紧紧的，目光总是怯怯低垂落向檐阶或小草，对女人的身份深感恐慌或惭愧。

获得命名是生命的权利，是尊爱的结果。人们对家养宠物，总是给它们命名，叫“小咪”或“露露”或“比尔”。只有对罪囚，才常常忽略他们的姓名，只叫他们数字化的编号，就像清点货物。只有对我们极其厌恶的人，我们才会无视他们的名谓，称之为“那个东西”“你这个家伙”等等，剥夺他们在语言中的地位。所谓无名鼠辈，就是他们的名字在公共生活中毫无用处，纯属多余，使用频率太低以致可以完全取消。这正像在文化大革命当中，“教授”“工程师”“博士”“艺术家”一类的名字也曾经被没收了。当局并不是要废除这些行业和职位，也无意消灭这样的人。事实上，当局是渴望各项事业以革命的名义高速发展的。当局只是有一种强烈的心理冲动，要削弱乃至完全扫荡这些人的名谓权——因为任何一种名谓，都可能成为一种思维和一整套观念体系的发动。

中国古代以名理学统纳一切哲学。任何理都以名为支点，为出发点，为所有论证的焦聚和凝结。

马桥的女人的无名化，实际上是男名化。这当然不是特别稀罕的一种现象。即使历经人性启蒙风潮洗礼几百年的英语，只把男人（man）看作人（man），“主席（chairman）”“部长（minister）”一类显赫的词也都男性化，至今仍被女权主义者诟病。但英语还没有男性化到马桥语言的这种程度——女性词全面取消。这种语言的篡改是否影响到马桥女人们的性心理甚至性生理，是否在一定程度上变更了现实，我很难进一步深究。从表面上看，她们大多数习惯于粗门大嗓，甚至学会了打架骂娘。一旦在男人面前占了上风，就有点沾沾自喜。她们很少有干净的脸和手，很少有鲜艳的色彩，她们总是藏在男性化的着装里，用肥大的大筒裤或者僵硬粗糙的棉袄，掩盖自己女性的线条。她们也耻于谈到月经，总是说“那号事”。“那号事”——同样没有名谓。我在水田里劳动，极少看见女人请例假。她们可以为赶场、送猪、帮工等等事情请假，但不会把假期留给自己的身体。我猜想她们为了确证自己“小哥”一类的男性角色，必须消灭自己的例假。

（节选自韩少功．马桥词典［M］．北京：人民文学出版社，2004：1－29.）

★导读：

韩少功，1953 年出生于湖南长沙。1968 年到湖南省汨罗县（今湖南省汨罗市）当知青，1978 年就读于湖南师范学院中文系，1988 年举家迁至海南，1995 年任《天涯》杂志社社长。《作家》1985 年第 4 期发表的《文学的“根”》引发了对“文化寻根”的讨论，《人民文学》1985 年第 6 期发表的《爸爸爸》则成为“寻根文学”的代表作之一。《西望茅草地》《马桥词典》《山南水北》等作品在发表后均引起较大反响。

词典体的小说虽然有《哈扎尔辞典》（作者为塞尔维亚作家米洛拉德·帕维奇，译文刊发于《外国文艺》1994 年第 2 期）珠玉在前，《马桥词典》在文体上的探索和创新仍然值得肯定。《马桥词典》以词条的形式讲述了马桥地区的历史趣闻、民俗风情、方言土语及人情事理等，有着民俗学、语言学、地理学等多方面的意义和价值。小说以“条目首字笔画索引”开篇，但叙述的顺序并不按照词条首字笔画的排列顺序，读者既可随意翻开某个词条阅读，也可以从头到尾阅读。作者将词典和小说巧妙融合，数十个人物的故事散见于 115 个方言词汇中，每个词条类似于一个短篇小说或一篇散文，以散点透视的方法描绘出马桥地区的人情世态图卷。知青“我”是词典的编纂者和故事的讲述者，“我”因下放经历而熟悉马桥的方言土语，但“我”又是一个带着旁观立场的外来者。“我”的身份决定了故事在时间上以知青年代为主，上至不同历史时期，下及改革开放以后。叙述者的双重立场引发了关于语言的思考，如方言和普通话之间的差异，民间话语、官方话语和个体话语之间的差异等，如汉语词典中的“醒”具有明白、聪慧的含义，马桥人却以“醒”来表示愚行。在作者看来，语言不仅是思维和意识的工具或载体，也影响着人的感觉和意识，如马桥人把杀猪宰牛称为“放转生”，以此“缓解甚至消除人们在屠宰场上的悲悯，对淋漓的污血和肉案上一双双直愣愣没有闭上的眼睛从此无动于衷”。归根究底，《马桥词典》探寻的仍然是人的生存状态。作者认为“每个人都需要一本自己特有的词典”，马桥活在马桥话里，人也生存在自己的话语中。

（陈翠平）

棋 王

阿 城

一

车站是乱得不能再乱，成千上万的人都在说话。谁也不去注意那条临时挂起来的大红布标语。这标语大约挂了不少次，字纸都折得有些坏。喇叭里放着一首又一首的语录歌儿，唱得大家心更慌。

我的几个朋友，都已被我送走插队，现在轮到我了，竟没有人来送。我虽无父无母，孤身一人，却算不得独子，不在留城政策之内。父母生前颇有些污点，运动一开始即被打翻死去。家具上都有机关的铝牌编号，于是统统收走，倒也名正言顺。我野狼似的转悠一年多，终于还是决定要走。此去的地方按月有二十几元工资，我便很向往，争了要去，居然就批了。因为所去之地与别国相邻，斗争之中除了阶级，尚有国际，出身孬一些，组织上不太放心。我争得这个信任和权利，欢喜是不用说的，更重要的是，每月二十几元，一个人如何用得完？只是没人来送，就有些不耐烦，于是先钻进车厢，想找个地方坐下，任凭站台上千万人话别。

车厢里靠站台一面的窗子已经挤满各校的知青，都探出身去说笑哭泣。另一面的窗子朝南，冬日的阳光斜射进来，冷清清地照在北边儿众多的屁股上。两边儿行李架上塞满了东西，令人担心。我走动着找我的座位号，却发现还有一个精瘦的学生孤坐着，手拢在袖管儿里，隔窗望着车站南边儿的空车皮。

我的座位恰与他在一个格儿里，是斜对面儿，于是就坐下了，也把手拢在袖里。那个学生瞄了我一下，眼里突然放出光来，问："下棋吗？"倒吓了我一跳，急忙摆手说："不会！"他不相信地看着我说："这些细长的手指头，就是个捏棋子儿的，你肯定会。来一盘吧，我带着家伙呢。"说着就抬身从窗钩上取下书包，往里掏着。我说："我只会马走日，象走田。你没人送吗？"他已把棋盒拿出来，放在茶几上。塑料棋盘却搁不下，他想了想，就横摆了，说："不碍事，一样下。来来来，你先走。要不，让你车、马、炮？"我笑起来，说："你没人送吗？这么乱，下什么棋？"他一边码好最后一个棋子，一边说："我他妈要谁送？去的是有饭吃的地方，闹得这么哭哭啼啼的。来，你先走。”我奇怪了，可还是拈起炮，往当头上一移。我的棋还没移到，他的马却“啪”的一声跳好，比我还快。我就故意将炮移过当头的地方停下。他很快地看了一眼我的下巴，说：“你还说不会？这炮二平六的开局，我在郑州遇见一个人，就是这么走，险些输给他。炮二平五当头炮，是老开局，可有气势，而且是最稳的。嗯？你走。”我倒不知怎么走了，手在棋盘上游移着。他不动声色地看着整个棋盘，又把手袖起来。

就在这时，车厢乱了起来。好多人拥进来，隔着玻璃往外招手。我就站起身，也隔着玻璃往北看月台上。站上的人都拥到车厢前，都在叫，乱成一片。车身忽地一动，人群“嗡”地一下，哭声四起。我的背被谁捅了一下，回头一看，他一手护着棋盘，说：“没你这么下棋的，走哇!”我实在没心思下棋，而且心里有些酸。就硬硬地说：“我不下了。这是什么时候!”他很惊愕地看着我，忽然像明白了，身子软下去，不再说话。

车开了一会儿，车厢开始平静下来。有水送过来，大家就掏出缸子要水。我旁边的人打了水，说：“谁的棋？收了放缸子。”他很可怜的样子，问：“下棋吗？”要放缸子的人说：“反正没意思，来一盘吧。”他就很高兴，连忙码好棋子。对手说：“这横着算怎么回事儿？没法儿看。”他搓着手说：“凑合了。平常看棋的时候，棋盘不等于是横着的？你先走。”对手很老练地拿起棋子儿，嘴里叫着：“当头炮。”他跟着跳上马。对手马上把他的卒吃了，他也立刻用马吃了对方的炮。我看这种简单的开局没有大意思，又实在对象棋不感兴趣，就转了头。

这时一个同学走过来，像在找什么人，一眼望到我，就说：“来来来，四缺一，就差你了。”我知道他们是在打牌，就摇摇头。同学走到我们这一格，正待伸手拉我，忽然大叫：“棋呆子，你怎么在这儿？你妹妹刚才把你找苦了，我说没见啊。没想到你在我们学校这节车厢里，气儿都不吭一声儿。你瞧你瞧，又下上了。”

棋呆子红了脸，没好气儿地说：“你管天管地，还管我下棋？走，该你走了。”就又催促我身边的对手。我这时听出点音儿来，就问同学：“他就是王一生？”同学睁了眼，说：“你不认识他？唉呀，你白活了。你不知道棋呆子？”我说：“我知道棋呆子就是王一生，可不知道王一生就是他。”说着，就仔细看着这个精瘦的学生。王一生勉强笑一笑，只看着棋盘。

王一生简直大名鼎鼎。我们学校与旁边几个中学常常有学生之间的象棋厮杀，后来拼出几个高手。几个高手之间常摆擂台，渐渐地，几乎每次冠军就都是王一生了。我因为不喜欢象棋，也就不去关心什么象棋冠军，但王一生的大名，却常被班上几个棋篓子供在嘴上，我也就对其事迹略闻一二，知道王一生外号棋呆子，棋下得很神不用说，而且在他们学校那一年级里数理成绩总是前数名。我想棋下得好而且有个数学脑子，这很合情理，可我又不信人们说的那些王一生的呆事，觉得不过是大家“寻逸闻鄙事，以快言论”罢了。后来运动起来，忽然有一天大家传说棋呆子在串连时犯了事儿，被人押回学校了。我对棋呆子能出去串连表示怀疑，因为以前大家对他的描述说明他不可能解决串连时的吃喝问题。可大家说呆子确实去串连了，因为老下棋，被人瞄中，就同他各处走，常常送他一点儿钱，他也不问，只是收下。后来才知道，每到一处，呆子必要挤地头看下棋。看上一盘，必要把输家挤开，与赢家杀一盘。初时大家看他其貌不扬，不与他下。他执意要杀，于是就杀。几步下来，对方出了小汗，嘴却不软。呆子也不说话，只是出手极快，像是连想都不想。待到对方终于闭了嘴，连一圈儿观棋的人也要慢慢思索棋路而不再支招儿的时候，与呆子同行的人就开始摸包儿。大家正看得紧张，哪里想到钱包已经易主？待三盘下来，众人都摸头。这时呆子倒成了棋主，连问可有谁还要杀？有哪位不服，就坐下来杀，最后仍是无一盘得利。后来常常是众人齐坐一方，七嘴八舌与呆子对手。呆子也不忙，反倒促众人快走，因为师傅多了，常为一步棋如何走自家争吵起来。就这样，在一处呆子可以连杀上一天。后来有那观棋的人发觉钱包丢了，闹嚷起来。慢慢有几个有心计的人暗中观察，看见有人掏包，也不响，之后见那人晚上来邀呆子走。就发一声喊，将扒手与呆子一齐绑了，由造反队审。呆子糊糊涂涂，只说别人常给他钱，大约是可怜他，也不知钱如何来，自己只是喜欢下棋。审主看他呆相，就命人押了回来，一时各校传为逸事。后来听说呆子认为外省马路棋手高手不多，不能长进，就托人找城里名手近战。有个同学就带他去见自己的父亲，据说是国内名手。名手见了呆子，也不多说，只摆一副据说是宋时留下的残局，要呆子走。呆子看了半晌，一五一十道来，替古人赢了。名手很惊奇，要收呆子为徒。不料呆子却问：“这残局你可走通了？”名手没反应过来，就说：“还未通。”呆子说：“那我为什么要做你的徒弟？”名手只好请呆子开路，事后对自己的儿子说：“你这同学倨傲不逊，棋品连着人品，照这样下去，棋品必劣。”又举了一些最新指示，说若能好好学习，棋锋必健。后来呆子认识了一个捡烂纸的老头儿，被老头儿连杀三天而仅赢一盘。呆子就执意要替老头儿去撕大字报纸，不要老头儿劳动。不料有一天撕了某造反团刚贴的“檄文”，被人拿获，又被这造反团栽诬于对立派，说对方“施阴谋，弄诡计”，必讨之，而且是可忍，孰不可忍！对立派又阴使人偷出呆子，用了呆子的名义，对先前的造反团反戈一击。一时呆子的大名“王一生”贴得满街都是，许多外省来取经的革命战士许久才明白王一生原来是个棋呆子，就有人请了去外省会一些江湖名手。交手之后，各有胜负，不过呆子的棋据说是越下越精了。只可惜全国忙于革命，否则呆子不知会有什么造就。

这时我旁边的人也明白对手是王一生，连说不下了。王一生便很沮丧。我说："你妹妹来送你，你也不知道和家里人说说话儿，倒拉着我下棋！"王一生看着我说："你哪儿知道我们这些人是怎么回事儿？你们这些人好日子过惯了，世上不明白的事儿多着呢！你家父母大约是舍不得你走了？"我怔了怔，看着手说："哪儿来父母，都死尿了。"我的同学就添油加醋地叙了我一番，我有些不耐烦，说："我家死人，你倒有了故事了。"王一生想了想，对我说："那你这两年靠什么活着？"我说："混一天算一天。"王一生就看定了我问："怎么混？"我不答。呆了一会儿，王一生叹一声，说："混可不易。一天不吃饭，棋路都乱。不管怎么说，你父母在时，你家日子还好过。"我不服气，说："你父母在，当然要说风凉话。"我的同学见话不投机，就岔开说："呆子，这里没有你的对手，走，和我们打牌去吧。"呆子笑一笑，说："牌算什么，瞌睡着也能赢你们。"我旁边儿的人说："据说你下棋可以不吃饭？"我说："人一迷上什么，吃饭倒是不重要的事。大约能干出什么事儿的人，总免不了有这种傻事。"王一生想一想，又摇摇头，说："我可不是这样。"说完就去看窗外。

一路下去，慢慢我发觉我和王一生之间，既开始有互相的信任和基于经验的同情，又有各自的疑问。他总是问我与他认识之前是怎么生活的，尤其是父母死后的两年是怎么混的。我大略地告诉了他，可他又特别在一些细节上详细地打听，主要是关于吃。例如讲到有一次我一天没有吃到东西，他就问："一点儿也没吃到吗？"我说："一点儿也没有。"他又问："那你后来吃到东西是在什么时候？"我说："后来碰到一个同学。他要用书包装很多东西，就把书包翻倒过来腾干净，里面有一个干馒头，掉在桌上就碎了。我一边儿和他说话，一边儿就把这些碎馒头吃下去。不过，说老实话，干烧饼比干馒头解饱得多，而且顶时候儿。"他同意我关于干烧饼的见解，可马上又问："我是说，你吃到这个干馒头的时候是几点？过了当天夜里十二点吗？"我说："噢，不。是晚上十点吧。"他又问："那第二天你吃了什么？"我有点心不耐烦。讲老实话，我不太愿意复述这些事情，尤其是细节。我觉得这些事情总在腐蚀我，它们与我以前对生活的认识不太合辙，总好像就在嘲笑我的理想。我说："当天晚上我睡在那个同学家。第二天早上，同学买了两个油饼，我吃了一个。上午我随他去跑一些事，中午他请我在街上吃。晚上嘛，我不好意思再在他那儿吃，可另一个同学来了，知道我没什么着落，硬拉了我去他家，当然吃得还可以。怎么样？还有什么不清楚？"他笑了，说："你才不是你刚才说的什么‘一天没吃东西’，你十二点以前吃了一个馒头，没有超过二十四小时。更何况第二天你的伙食水平不低，平均下来，你两天的热量还是可以的。”我说：“你恐怕还是有些呆！要知道，人吃饭，不但是肚子的需要，而且是一种精神需要。不知道下一顿在什么地方，人就特别想到吃，而且，饿得快。”他说：“你家道尚好的时候，有这种精神压力吗？恐怕没有什么精神需求吧？有，也只不过是想好上再好，那是馋。馋是你们这些人的特点。”我承认他说得有些道理，禁不住问他：“你总在说你们、你们，可你是什么人？”他迅速看着其他地方，只是不看我，说：“我当然不同了。我主要是对吃要求得比较实在。唉，不说这些了，你真的不喜欢下棋？‘何以解忧？唯有象棋’。”我瞧着他说：“你有什么忧？”他仍然不看我，“没有什么忧，没有。‘忧’这玩意儿，是他妈文人的作料儿。我们这种人，没有什么忧，顶多有些不痛快。何以解不痛快？唯有象棋。”

我看他对吃很感兴趣，就注意他吃的时候。列车上给我们这儿节知青车厢送饭时，他若心思不在下棋上，就稍稍有些不安。听见前面大家拿饭时铝盒的碰撞声，他常常闭上眼，嘴巴紧紧收着，倒好像有些恶心。拿到饭后，马上就开始吃，吃得很快，喉结一缩一缩的，脸上绷满了筋。常常突然停下来，很小心地将嘴边或下巴上的饭粒儿和汤水油花儿用整个儿食指抹进嘴里。若饭粒儿落在衣服上，就马上一按，拈进嘴里。若一个没按住，饭粒儿由衣服上掉下地，他也立刻双脚不再移动。转了上身找。这时候他若碰上我的目光，就放慢速度。吃完以后，他把两只筷子吮净，拿水把饭盒冲满，先将上面一层油花吸净，然后就带着安全达到彼岸的神色小口小口地呷。有一次，他在下棋，左手轻轻地叩茶几。一粒干缩了的饭粒儿也轻轻地小声跳着。他一下注意到了，就迅速将那个干饭粒儿放进嘴里，腮上立刻显出筋络。我知道这种干饭粒儿很容易嵌到槽牙里，巴在那儿，舌头是赶它不出的。果然，呆了一会儿，他就伸手到嘴里去抠。终于嚼完，和着一大股口水，“咕”的一声儿咽下去，喉结慢慢移下来，眼睛里有了泪花。他对吃是虔诚的，而且很精细。有时你会可怜那些饭被他吃得一个渣儿都不剩，真有点儿惨无人道。我在火车上一直看他下棋，发现他同样是精细的，但就有气度得多。他常常在我们还根本看不出已是败局时就开始重码棋子，说：“再来一盘吧。”有的人不服输，非要下完，总觉得被他那样暗示死刑存些侥幸。他也奉陪，用四五步棋逼死对方，略带嘲讽地说：“给你棋脸，非要听‘将’，有瘾？”

我每看到他吃饭，就回想起杰克·伦敦的《热爱生命》，终于在一次饭后他小口呷汤时讲了这个故事。我因为有过饥饿的经验，所以特别渲染了故事中的饥饿感觉。他不再喝汤，只是把饭盒端在嘴边儿，一动不动地听我讲。

我讲完了，他呆了许久，凝视着饭盒里的水，轻轻吸了一口，才很严肃地看着我说："这个人是对的。他当然要把饼干藏在褥子底下。照你讲，他是对失去食物发生精神上的恐惧，是精神病？不，他有道理，太有道理了。写书的人怎么可以这么理解这个人呢？杰……杰什么？嗯，杰克·伦敦，这个小子他妈真是饱汉子不知饿汉子饥。"我马上指出杰克·伦敦是一个如何如何的人。他说："是呀，不管怎么样，像你说的，杰克·伦敦后来出了名，肯定不愁吃的，他当然会叼着根烟，写些嘲笑饥饿的故事。"我说："杰克·伦敦丝毫也没有嘲笑饥饿，他是……"他不耐烦地打断我说："怎么不是嘲笑？把一个特别清楚饥饿是怎么回事儿的人写成发了神经，我不喜欢。"我只好苦笑，不再说什么。可是一没人和他下棋了，他又问我："嗯？再讲个吃的故事？其实杰克·伦敦那个故事挺好。"我有些不高兴地说："那根本不是个吃的故事，那是一个讲生命的故事。你不愧为棋呆子。"大约是我脸上有种表情，他于是不知怎么办才好。我心里有一种东西升上来，我还是喜欢他的，就说："好吧，巴尔扎克的《邦斯舅舅》听过吗？"他摇摇头。我就又好好儿描述了一下邦斯这个老饕。不料他听完，马上就说："这个故事不好，这是一个馋的故事，不是吃的故事。邦斯这个老头儿若只是吃而不馋，不会死。我不喜欢这个故事。"他马上意识到这最后一句话，就急忙说："倒也不是不喜欢。不过洋人总和咱们不一样，隔着一层。我给你讲个故事吧。"我马上感了兴趣：棋呆子居然也有故事！他把身体靠得舒服一些，说："从前哪，"笑了笑，又说："老是他妈从前，可这个故事是我们院儿的五奶奶讲的。嗯——老辈子的时候，有这么一家子，吃喝不愁。粮食一囤一囤的，顿顿想吃多少吃多少，嘿，可美气了。后来呢，娶了个儿媳妇。那真能干，就没说把饭做糊过，不干不稀，特解饱。可这媳妇，每做一顿饭，必抓出一把米藏好……"听到这儿，我忍不住插嘴："老掉牙的故事了，还不是后来遇了荒年，大家没饭吃，媳妇把每日攒下的米拿出来，不但自家有了，还分给穷人？"他很惊奇地坐直了，看着我说："你知道这个故事？可那米没有分给别人，五奶没有说分给别人。"我笑了，说："这是教育小孩儿要节约的故事，你还拿来有滋有味儿地讲，你真是呆子。这不是一个吃的故事。"他摇摇头，说："这太是吃的故事了。首先得有饭，才能吃，这家子有一囤一囤的粮食。可光穷吃不行，得记着断顿儿的时候，每顿都要欠一点儿。老话儿说'半饥半饱日子长'嘛。"我想笑但没笑出来，似乎明白了一些什么。为了打消这种异样的感触，就说："呆子，我跟你下棋吧。"他一下高兴起来，紧一紧手脸，啪啪啪就把棋码好，说："对，说什么吃的故事，还是下棋。下棋最好，何以解不痛快？唯有下象棋。啊？哈哈哈！你先走。"我又是当头炮，他随后把马跳好。我随便动了一个子儿，他很快地把兵移前一格儿。我并不真心下棋，心想他念到中学，大约是读过不少书的，就问："你读过曹操的《短歌行》?"他说："什么《短歌行》?"我说："那你怎么知道'何以解忧，唯有杜康'?"他愣了，问："杜康是什么?"我说："杜康是一个造酒的人，后来也就代表酒，你把杜康换成象棋，倒也风趣。"他摆了一下头，说："啊，不是。这句话是一个老头儿说的，我每回和他下棋，他总说这句。"我想起了传闻中的捡烂纸的老头儿，就问："是捡烂纸的老头儿吗?"他看了我一眼，说："不是。不过，捡烂纸的老头儿棋下得好，我在他那儿学到不少东西。"我很感兴趣地问："这老头儿是个什么人?怎么下得一手儿好棋还捡烂纸?"他很轻地笑了一下，说："下棋不当饭。老头儿要吃饭，还得捡烂纸。可不知他以前是什么人。有一回，我抄的几张棋谱不知怎么找不到了，以为当垃圾倒出去了，就到垃圾站去翻。正翻着，这个老头儿推着筐过来了，指着我说，'你个大小伙子，怎么抢我的买卖?'我说不是，是找丢了的东西，他问什么东西，我没搭理他。可他问个不停，'钱?存折儿?结婚帖子?'我只好说是棋谱，正说着，就找着了。他说叫他看看。他在路灯底下挺快就看完了，说'这棋没根哪'。我说这是以前市里的象棋比赛。可他说，'哪儿的比赛也没用，你瞧这，这叫棋路?狗脑子'。我心想怕是遇上异人了，就问他当怎么走。老头儿哗哗说了一通谱儿，我一听，真的不凡，就提出要跟他下一盘。老头儿让我先走。我们俩就在垃圾站下盲棋，我是连输五盘。老头儿棋路猛，听头几步，没什么，可着子真阴真狠，打闪一般，网得开，收得又紧又快。后来我们见天儿在垃圾站下盲棋，每天回去我就琢磨他的棋路，以后居然跟他平过一盘，还赢过一盘。其实赢的那盘我们一共才走了十几步。老头儿用铅丝扒子敲了半天地面，叹一声，'你赢了'。我高兴了，直说要到他那儿去看看。老头儿白了我一眼，说，'撑的?!'告诉我明天晚上再在这儿等他。第二天我去了，见他推着筐远远来了。到了跟前，从筐里取出一个小布包，递到我手上，说这也是谱儿，让我拿回去，看瞧得懂不。又说哪天有走不动的棋，让我到这儿来说给他听听，兴许他就走动了。我赶紧回到家里，打开一看，还真他妈看不懂。这是本异书，也不知是哪朝哪代的，手抄，边边角角儿，补了又补。上面写的东西，不像是说象棋，好像是说另外的什么事儿。我第二天又去找老头儿，说我看不懂，他哈哈一笑，说他先给我说一段儿，提个醒儿。他一开说，把我吓了一跳。原来开宗明义，是讲男女的事儿。我说这是四旧。老头儿叹了，说'什么是旧?我这每天捡烂纸是不是在捡旧?可我回去把它们分门别类，卖了钱，养活自己，不是新?'又说咱们中国道家讲阴阳，这开篇是借男女讲阴阳之气。阴阳之气相游相交，初不可太盛，太盛则折，折就是'折断'的'折'。"我点点头。"'太盛则折，太弱则泻。'老头儿说我的毛病是太盛。又说，若对手盛，则以柔化之。可要在化的同时，造成克势。柔不是弱，是容，是收，是含。含而化之，让对手入你的势。这势要你造，需无为而无不为。无为即是道，也就是棋运之大不可变，你想变，就不是象棋，输不用说了，连棋边儿都沾不上。棋运不可悖，但每局的势要自己造。棋运和势既有，那可就无所不为了。玄是真玄，可细琢磨，是那么个理儿。我说，这么讲是真提气，可这下棋，千变万化，怎么才能准赢呢？老头儿说这就是造势的学问了。造势妙在契机。谁也不走子儿，这棋没法儿下。可只要对方一动，势就可入，就可导。高手你入他很难，这就要损。损他一个子儿，损自己一个子儿，先导开，或找眼钉下，止住他的入势，铺排下自己的入势。这时你万不可死损，势式要相机而变。势势有相因之气，势套势，小势导开，大势含而化之，根连根，别人就奈何不得。老头儿说我只有套，势不太明。套可以算出百步之远，但无势，不成气候。又说我脑子好，有琢磨劲儿，后来输我的那一盘，就是大势已破，再下，就是玩了。老头儿说他日子不多了，无儿无女，遇见我，就传给我吧。我说你老人家棋道这么好，怎么干这种营生呢。老头儿叹了一口气，说这棋是祖上传下来的，但有训——'为棋不为生'，为棋是养性，生会坏性，所以生不可太盛。又说他从小没学过什么谋生本事，现在想来，倒是训坏了他。"我似乎听明白了一些棋道，可很奇怪，就问："棋道与生道难道有什么不同么？"王一生说："我也是这么说，而且魔症起来，问他天下大势。老头儿说，棋就是这么几个子儿，棋盘就这么大，无非是道同势不同，可这子儿你全能看在眼底。天下的事，不知道的太多。这每天的大字报，张张都新鲜，虽看出点道儿，可不能究底。子儿不全摆上，这棋就没法儿下。"

我就又问那本棋谱。王一生很沮丧地说："我每天带在身上，反复地看。后来你知道，我撕大字报被造反团捉住，书就被他们搜了去，说是四旧，给毁了，而且是当着我的面儿毁的。好在书已在我脑子里，不怕他们。"我就又和王一生感叹了许久。

火车终于到了。所有的知识青年都又被用卡车运到农场。在总场，各分场的人上来领我们。我找到王一生。说："呆子，要分手了，别忘了交情，有事儿没事儿，互相走动。"他说当然。

[节选自阿城．棋王[M]//洪子诚．中国当代文学史作品选（修订版）．北京：北京大学出版社，2008：377－384.]

★导读：

阿城，原名钟阿城，1949 年出生于北京，祖籍重庆。著有《棋王》《树王》《孩子王》等短篇小说，担任电影《大明星》《芙蓉镇》《棋王》《小城之春》《吴清源》《刺客聂隐娘》等的编剧。已出版《遍地风流》《威尼斯日记》《闲话闲说》《好说歹说》《常识与通识》《洛书河图：文明的造型探源》等文集。2016 年，江苏凤凰文艺出版社推出由阿城亲自编选的七卷本《阿城文集》。

阿城的《棋王》一直与韩少功的《爸爸爸》并称为 20 世纪 80 年代中期兴起的“寻根文学”的代表作。小说讲述主人公王一生痴迷于“吃”和“棋”的故事，前者道出了物质贫乏年代人的生存本能，后者体现出精神匮乏时期人的内在力量，而王一生的棋道正是道家文化中的阴阳、刚柔、有无之道。《棋王》采用第一人称的叙述视角，这是现代小说的典型技巧，王一生及周遭环境的种种均出自“我”的视角，又返回到“我”的认知感悟之中，小说由此形成了一种复调效果。与此同时，《棋王》又吸收了中国古典小说的精华，舍弃现代小说的心理描写，代之以白描，这种处理使得如何解读王一生的形象和意义具有了不确定性。

小说开头寥寥数语，却意味深长，以精简而老练的笔墨既交代了故事发生的年代和背景，又以喧闹的环境衬托出王一生出场的平静。“我”与王一生相逢相识于前往下乡之地的知青车厢里。王一生绝不浪费一个饭粒的吃相和无时无刻不在下棋的场景，给“我”留下了深刻印象。后来，王一生到农场看“我”，两人发展成知心好友。王一生在以一对九车轮战中的表现，不只是表现了其棋艺和人品，也使得“我”悟出了人生的真谛——即使是在贫乏困难的环境中，如果能以淡泊之心面对，亦能在对艺术和志趣的热爱中获得乐趣和幸福。由“我”和王一生构成的两种声音暗示王一生的棋道或者说其背后的道家文化恰是其生存之道。

（陈翠平）

一地鸡毛

刘震云

二

小林的老婆叫小李，没结婚之前，是一个文静的、眉清目秀的姑娘。别看个头小，小显得小巧玲珑，眼小显得聚光，让人见了从心里怜爱。那时她言语不多。打扮不时髦，却很干净。头发长长的。通过同学介绍，小林与她恋爱。她见人有些腼腆。与她在一起，让人感到轻松、安静，甚至还有一点淡淡的诗意。那时连小林都开始注意言语、注意身体卫生了。哪里想到几年之后，这位安静的富有诗意的姑娘，会变成一个爱唠叨、不梳头、还学会夜里滴水偷水的家庭妇女呢？两人都是大学生，谁也不是没有事业心，大家都奋斗过，发奋过，挑灯夜读过，有过一番宏伟的理想，单位的处长局长，社会上的大大小小机关，都不在眼里，哪里会想到几年之后，他们也跟大家一样，很快淹没到黑压压的千篇一律千人一面的人群之中呢？你也无非是买豆腐、上班下班、吃饭睡觉洗衣服、对付保姆弄孩子，到了晚上你一页书也不想翻，什么宏图大志，什么事业理想，狗屁，那是年轻时候的事，大家都这么混，不也活了一辈子？有宏图大志怎么了？有事业理想怎么了？“古今将相在何方，荒冢一堆草没了！”一辈子下来谁还知道谁！有时小林想想又感到心满意足，虽然在单位经过几番折腾，但折腾之后就是成熟，现在不就对各种事情应付自如了？只要有耐心，能等，不急躁，不反常，别人能得到的东西，你最终也能得到。譬如房子，几年下来，通过与人合居，搬到牛街贫民窟；贫民窟要拆迁，搬到周转房；几经折腾，现在不也终于混上了一个一居室的单元？别人家一开始有冰箱彩电，小林家没有，让小林感到惭愧，后来省着攒着，现在不也买了？当然现在还没组合家具和音响，但物质追求哪里有个完。一切不要急，耐心就能等到共产主义。倒是使人不耐心的，是些馊豆腐之类的日常生活琐事。过去总说，老婆孩子热炕头，是农民意识，但你不弄老婆孩子弄什么？你把老婆孩子热炕头弄好是容易的？老婆变了样，孩子不懂事，工作量经常持久，谁能保证炕头天天是热的？过去老说单位如何复杂不好弄，老婆孩子炕头就是好弄的？过去你有过宏伟理想，可以原谅，但那是幼稚不成熟，不懂得事物的发展规律。千里之行，始于足下，小林，一切还是从馊豆腐开始吧。第二天早上六点，小林照例爬起来，去公家副食店前排队买豆腐。这时老婆已经睡醒，大睁着两眼在看天花板。老婆入睡快，醒来脑子清醒得也快，不像小林，睡觉起来头半天是木的，得半个小时才缓过劲儿来，老婆只要五分钟就可以清醒，续上入睡前的思路。这是优点，也是缺点，如果两个人正闹矛盾，老婆早晨醒来，又会迅速续上昨天的事情，继续补课。看今天老婆发呆的样子，又回到了昨天入睡前坐在床沿上想心思的模样，小林心里就有些打鼓，不知老婆又要搞什么名堂。但老婆见他起床，并没有搭理他。小林就有些放心，赶忙刷牙洗脸，拿上塑料袋悄悄出门。但等小林刚要去拉门，老婆在床上发了言：

“我说你，今天的豆腐就别买了！”

原来老婆并没有放过他，仍要续昨天的豆腐事件。小林心里就“嘟嘟”地冒火，一斤馊豆腐，已经扔了，又过了一夜，还真纠缠个没完了？于是说：

“馊了一斤豆腐，还至于今后不买了？今天买回放到冰箱里不就结了！你还要纠缠多少年？”

老婆向他摆摆手：

“我不是跟你说豆腐，昨天我想了一夜，我再也不能在这个单位待了，我一定得调，你得跟我来商量商量这事！你不能对我的事漠不关心！”

原来并不是豆腐事件，小林有些放心。但老婆说的是调工作，调工作也是个让人窝心烦躁的事，比馊豆腐事件还复杂。本来老婆的工作单位不错，大学毕业坐办公室，每天也就是摘摘文件，写写工作总结，余下的时间是喝茶看报纸。但老婆性格很直，像小林初到单位一样，各方面关系一开始没处理好，留下后遗症。后来觉悟了，改正了，但以前总留下伤疤，免不了有磕磕碰碰的时候。在单位不愉快，回来就向小林唠叨，说要换个单位。小林就拿自己现身说法，说只要将幼稚不懂事的毛病改掉，时间长了自然会适应，换什么单位，天下单位都一样。再说换个单位是容易的？我们都无权无势，两眼一抹黑，哪个单位会要你？老婆就说小林没本领，看着老婆在水深火热之中，一点帮不上忙。小林说，外边帮不上忙，内里不也帮了？不也向你解释了？解释不也是帮忙？就把老婆劝下了。老婆唠叨一顿，怨气出了，第二天就不说了，仍照常上班。如果这样下去，老婆慢慢也会适应，没有单位非换不可的烦恼。但小林家搬了几次，搬来搬去，住得离小林老婆单位越来越远。当初搬家时，因房子越搬越好，老婆很高兴，说咱们终于也在北京有个房子，把主要精力花在布置房子上，怎么装窗帘，怎么布局，怎么摆冰箱和电视，还差什么东西，苦恼主要在这个方面。等家伙收拾得差不多了，老婆就不满意了，怪这个地方离她单位太远，因她的单位在这条线上没有班车，她得挤公共汽车上班，往返一趟，得三四个小时。清早六点起床，晚上七八点回来，顶着星星出去，戴着月亮回来，天天如此，车又挤，老婆就受不了，觉得是非换单位不可了。小林看着老婆每天下班疲惫不堪的样子，也觉得这和在单位不愉快不同，在单位不愉快可以忍耐、改正，离单位太远无法人为缩短距离，是得换个离家近一点的单位。真要决定换单位，两人才感到面前的困难像山一样，因为换不换单位，并不是小林和小林老婆能决定的。瞎猫撞老鼠，小林和小林老婆找了几个单位，人家都是一口回绝，连个商量的余地都不留，弄得小林和小林的老婆挺丧气。小林说：

“算了算了，别跑了，再跑也是瞎跑，你凑合着吧，北京还有比你上班更远的呢！别光想路程，想想纺织女工，人家上一天班，站着干一天活，你上班是喝茶看报纸，还不知足吗？”

小林老婆发了火：

“你没有本事，就让我凑合。你天天有班车坐，我挤四个小时车的滋味你哪里有体验？我非换单位不可，要不换单位，我明天就不上班，你挣钱养活我们娘儿俩！”

第二天就真不去上班，把小林急坏了。急了一次真管用，小林开动脑筋，真想出一个办法。前三门有一个单位，听有人说，那单位管人事的头头，和小林单位的副局长老张是同学。小林帮老张搬过家，十分卖力，老张对小林看法不错。老张自与女老乔犯过作风问题以后，夹着尾巴做人，对下边同志特别关心，肯帮助人，只要有事去求他，他都认真帮忙。小林觉得这事如去找老张，老张不至于一口回绝。通过老张介绍说不定前三门那个单位倒有些希望。前三门那个单位虽离小林家也很远，如坐公共汽车，也得两个小时，但前三门那里和小林家连地铁，地铁跑得快，四十分钟就够了，况且地铁不像公共汽车那么挤，有时上车还有座位。小林将这想法向小林老婆说了，老婆也很高兴，同意去那个单位，让小林去找老张。小林找到老张，将老婆的困难摆出来，又提出前三门那个单位，听说老领导在那里有熟人，想请老领导帮帮忙。老张果然痛快，说：

“可以，可以，单位那么远，是应该换一换！”

又说：

“前三门那个单位，我也不熟，但管人事的同志，是我的同学，我给他写一封信，你找他，看他能不能给办！”

小林又大着胆子说：

“最好老领导再给他打一个电话！”

老张摸着胖脑袋“哈哈”笑了，照小林头上打了一巴掌：

“现在的年轻人，比我们那时精明多了！好，好，我给你打一个电话！”

老张打了一个电话，又给小林写了一封信。小林捧到这封信，如同捧到圣旨一样高兴。小林老婆看到信，也很高兴。小林拿着这信到前三门的单位去，果然管用。管人事的头头接见了他，看了那封信说：

“老张是我的老同学，当年在大学，我们两个都爱搞田径！”

小林斜欠着身子坐在头头办公桌前，忙接上去说：

“现在老张也爱锻炼！”

头头看他一眼，突然又问起老张前一段出事的事，让小林讲一讲细节。小林感到有些为难，讲不好，不讲也不好，于是只拣些重要的讲了讲，说老张也只是和女老乔在办公室里坐了一坐，并没有真正在一起，其他一切都是谣传。那头头听后“哈哈”笑了，说：

“这个老张，还是那么可爱！”

最后才谈起小林老婆调动的事。那头头情绪正好，说：

“行，行，老张托的事，就是我的事，我看看下边哪个单位缺人！”

这不等于答应了？小林回来向老婆一汇报，老婆马上抱着他在脸上乱亲。两人度过了一个愉快的夜晚。如果就这样等着，小林老婆一定能调成，能每天坐着地铁到前三门那个单位上班，但这时小林和小林老婆聪明反被聪明误，自己把事情办坏了。本来人家管人事的头头正在努力，小林和小林老婆仍不放心，小林老婆打听出一个熟人的丈夫，也在前三门那个单位工作，而且是一个处长，就同小林商量，单是一个管人事的头头是否太单薄，是否也找一找这个处长？当时小林也没犯考虑，觉得多一个人就多一份力量，找一找总没什么坏处。于是就又找了这个处长。谁知这一找不要紧，让人家管人事的头头知道了，管人事的头头马上停止了努力。小林再去找他，他比以前冷淡了，说：

“你不是也找某某了，让他给办办看吧！”

小林这才着了急，知道自己犯了路线性错误。找人办事，如同在单位混事，只能投靠一个主子，人家才死力给你办；找的人多了，大家都不会出力；何况你找多了，证明你认识的人多，显得你很高明，既然你高明能再找人，何必再找我？这时除了不帮忙不说，还容易产生抵触心理，说不定背后再给你帮点倒忙，看你不依靠我依靠别人这事能办成！小林和小林老婆认识到这个道理，明白过来，事情已经晚了。两个人一开始是互相埋怨，埋怨以后，又共同想补救的方法。但这时能想出什么补救办法？小林只能再找老张，让他给同学再打电话。但老张又不是你的亲兄弟，人家是单位的副局长，老找人家也不好。于是小林老婆调工作的事，就这样不上不下地放着。时间一长，小林事情一忙就暂时把这件事给忘记了，但小林老婆忘不了，时常一个人坐在那里想心思。昨天发生了馊豆腐事件，馊豆腐事件过去以后，她没洗脚坐在床边想的，就是这件事，今天早上起来，她将这话题又重新向小林提出。小林一开始以为老婆又让他找老张，但再找老张小林已很怵头，于是说：

“事情已经让咱们办坏了，光让我找老张有什么用？”

小林老婆说：

“这次不让你找老张，还让你找前三门单位那个管人事的头头。”

再找管人事的头头，比让他找老张还怵头，小林说：

“因为找你那个熟人的丈夫，人家态度都冷淡了，如何有脸面再找人家？再找作用也不大！”

小林老婆说：

“为什么作用不大，这事我想了，你也别光怪我那个熟人的丈夫，这不是问题的关键，关键还是功夫下得不够。现在在社会上办事，光动嘴皮子如何行？我考虑，咱得给他上个供。现在苍蝇没有不见血的，你不出血，他能给你来真的？还是得出血！”

小林说：

“只和人家见过几次面，熟都不熟，连人家家在哪里住都不知道，这供如何上？”

小林老婆发了火：

“看你说话的口气，就是对我的事情漠不关心！上次你要入党，给女老乔送了什么？那时咱家那么困难，孩子吃奶都没有钱，我不照样让你送了？轮到我的事，你怎么就这么推三挡四的，你这存的是什么心！”

说着说着脸就变白了。小林见她越说话越多，真生气了，忙说：

“好，好，咱送，咱送，看送了能起什么作用！”

（节选自刘震云．一地鸡毛［M］//人民文学出版社编辑部．芳菲遍野．北京：人民文学出版社，2009：6－12.）

★导读：

刘震云，1958年出生于河南新乡，中国人民大学文学院教授。2018年获法国艺术及文学勋章骑士勋位。从最开始的《塔铺》《单位》到《一地鸡毛》，从《故乡天下黄花》到《温故一九四二》，从《手机》到《一句顶一万句》，刘震云的小说创作展现出他对生活细致入微的观察，对人性的体贴、同情和理解，对丰富的生活场景的描摹，以及对深厚的历史土壤的了解。

《一地鸡毛》写城市小公务员小林的生活烦恼，围绕着大学毕业走上工作岗位的年轻人的一系列境遇展开故事，他们的烦恼有如每一个普通读者：入党延迟、同事提职、老家来人、孩子入托、老婆工作调动等。小说中“卖鸭子的”战胜了“写诗的”，金钱的实际帮助战胜了心理上的不适，主人公小林似乎在日复一日的生活中放弃了“宏图大志”“事业理想”，觉得“大家都这么混，不也活了一辈子”，这是刘震云揭示出的无情真相，是生活对人性的压榨，也是岁月对理想的腐蚀。写的是凡人小事，却是人人都要面对的生活哲学、现实与理想之间的矛盾、日常生活与精神世界之间的冲突。刘震云凭借着一种对人生的通透理解，在对无奈庸常的人生书写中依然透着理想主义的微光，这使得他的作品从一般的写实主义作品中跳脱出来，呈现出宝贵的精神追求。

2011 年 8 月，刘震云的作品《一句顶一万句》获茅盾文学奖。这部作品以演绎的方式讲述最平凡的人物、最朴实的故事，但内核指向了一个形而上的思考，即人与人之间的互相理解，以及语言、对话的重要性。事实上早在 2003 年出版并被冯小刚改编为同名电影的小说《手机》中，刘震云已经把目光聚焦在人类的语言上。但相较而言，《手机》更多地关注浮躁社会中人们扭曲的价值观，而《一句顶一万句》以回归传统的叙事方式与内容，传达了作者对语言与人类思想的一种理解与坚持。

（刘茉琳）

冈底斯的诱惑

马　原

当然，信不信都
由你们，打猎的
故事本来是不能
强要人相信的
——拉格洛乎

一

我知道这么晚来找你你要骂我，要骂你就骂吧。这次我是非来不可，知道要挨骂我还是来了，我说你到底开不开门？啊？！下雨呢，我不骗你，你到窗前来听听。不是我屙尿，一泡尿哪有这么长久的？哎哎，起来嘛。真的有要紧事，天字第一号重要的大事，是世界最大的事。快开门，我都给淋透了，我打哆嗦呢，别装睡了，我停自行车你才关灯的，你知道我又来找你了。不是扰你，是真有事，真的。

我也是刚刚听说，听了就睡不着了，我激动得心里一个劲儿发抖。这事太重大了，我不能站在雨地里隔着门板告诉你，隔墙有耳。谁故弄玄虚？！骗你是那个。哎呀！我三十来岁的人跟你起誓还想怎么的？我直说了吧，是叫你参加我的探险队，我是组织者也是队长，还有个顾问，我们需要几条枪，两架好一点的照相机，几个有胆子的汉子。你是我头一个想到也头一个来相邀的。我知道你是个有种的，我看过关于你和你弟弟的那篇传奇故事，陆高是那些血性男儿的偶像——你看我在当面捧你了，本来我讨厌这样。我们认识十年，时间不算很短了，我没有当面说过你一句好听的。现在我来找你，你不开门我才说了这句话。也许你以为我也是个姚亮吧。是又怎么样呢？虽然我不是。姚亮讲了关于你和陆二的故事，姚亮使我们知道了你，为了这一点我感谢姚亮。

可我一直闹不清楚，姚亮为什么要说——《海边也是一个世界》呢？我不明白这个“也”字是什么意思。莫非姚亮早知道陆高将来要上大学？知道你大学毕业要到西藏？知道注定还有一个关于陆高的故事：《西部是一个世界》？

不然为什么姚亮要说：海边（东部）“也”是个世界呢？姚亮肯定知道一切。天呐，姚亮是谁？

二

这是穷布。穷布不会说汉话，而你们不会说藏话。你们喝茶。晚上我刚把这件事讲给姚亮（为什么又是姚亮），他就向我讲了你和你那条狗的故事，那是个很动人的故事。我们还是谈眼前这件事。你们连夜来了，说明你们很激动，我也一样。我五十岁，常言道已经是知命之年，我是老十八军的，五〇年进藏，不用细算你们也知道有三十三年了。进藏的时候我还是个小鬼，刚穿上军装，穷布你喝茶。不，我不想回去。第二次内调名额就有我，我不打算回去，我要求留下了。我有胃病，没有老伴儿，我没结婚。你们看，头发也快掉光啦，说好听一点要叫谢顶，其实我知道人家背后叫我什么。大秃瓢。人到这个年纪叫什么也没有关系。我在这习惯了，这里安静，可以完全不受干扰地看书写东西。我知道你们笑我，笑我是个徒有虚名的作家。是的，我有很多年拿不出作品了，我的剧都是五十年代的，用你们的话说是唱颂歌的。我文化水平很低，当兵前只读过三年私塾，当兵以后又补了补文化课。我也是穷人家出身，是共产党把我教育成人，我当然要为共产党唱颂歌。这是心里话。喝茶。

我不抽烟，也没预备烟来招待你们。我知道现在的年轻人都抽烟。刚才扯远啦。在自治区里，我也算个所谓老作家了。是年龄老了，作品可不多。开始在部队文化工作队编节目，相声快板书都搞过，是关于部队生活的。后来搞过一个独幕剧，得了军区文艺汇演二等奖。转业以后就留在自治区文化局当创作员，也完成了一个三幕剧，那是五七年的事。七百年谷子八百年糠，都是老仓底子。这些年，除了日记我什么都没写过，说来你们也许不信，我连信都没写过。没有人好写，小时候爹妈就都死了，还有个姥姥不识字，我从小跟姥姥长大。你们看，这些年写了十三本日记，没有社会上的大事，都是我个人的琐碎事。我不愿意找麻烦，谁知道哪次运动搞到我头上，抄家给抄去可就不是闹着玩的了。

前年我收拾旧东西，找出张国华军长和我们文工队的合影照片，也找出那张奖状，我觉得该写点东西了。我这些年白吃了人民的粮了。我又开始写东西，可是不知道写什么，我过去写的是剧本，我还是想写剧本。那不，搞了两年还没有眉目。我写了七遍稿，连自己也不满意，也许还要写七遍。这是我这辈子最后一部作品了，我力争写好它。我写的是强曲坚赞，是历史剧，我很喜欢这个藏民族的英雄。他是元朝皇帝册封的大司徒。这些年我唯一的收获是学会了藏语藏文，接触了藏族各阶层的人，大贵族，热巴艺人，农民，牧民，商人。我在各阶层人士中都有朋友。穷布是我猎人中的朋友，是个典型的西部硬汉。我征求了穷布的意见，他同意我把这件事讲给几个可以信赖的青年朋友。姚亮是队长，穷布是第一个队员。

三

你就生在那山里。山势多半是平缓的，只有地衣和矮棵的几种叫不出名字的植物是标志季节变化的自然色彩。平缓的山坡覆满地衣。每当六月份地衣开始泛绿，山也就变成一派青翠。过了十月地衣重又变得褐黄，山又恢复了它本来的颜色。谷地是碱土，既然是碱土，作物就不能愉快地生长，所以小片草地是不能养活大群牲畜的。你和父亲一样靠山吃山。草地上最多的是老鼠，老鼠洞一个挨一个，你掮着枪走过草地，老鼠们一个个缩进洞子向你挤眉弄眼儿，你从不因此生它们的气，你和它们一样世代在这里繁衍生息，你们自然相安无事。

草地和不长草的碱滩通常给一些弯弯曲曲的涓流分割开，谷地因此逐渐丰饶。是流水洗涤了土里的碱，使碱地逐渐变成草地因而养育了牲畜。你常在两道溪水之间和野兔遭遇，你的火枪从来都是斜挎在左肩，你只对它们会意地吹吹口哨。

更多的时候你逆流而上，在黄褐或者青绿的山岗缓慢地踱步。你当然不是陶醉在高地的景色当中，你是冈底斯山的猎人，你是山的儿子。你不是不知道麝香很值钱，可以卖好多钱换好多子弹，可是你为什么看着那只漂亮的雄獐在你近处疑神疑鬼地走过，你甚至连枪也不碰一下？你的火枪从来都是装满火药和铁霰弹的。你对雄獐肚脐这块珍贵的药材完全不感兴趣吗？山坡是一直向上的，看上去覆盖雪顶的山巅并不算高，像就在前面不远处。你知道那只是由于这里空气稀薄、能见度太好的缘故。你是这山的儿子，你从来不曾到过这山最高处，从来没有人到过。那块在阳光下白得耀眼的所在远着呢，而且其间充满凶险和神秘，特异的气候和雪崩，还有深不可测的冰川裂缝。你知道这些，这是座神山，这是冈底斯主脉上的一座。在这块地球上最高也是最大的高地上，虽然没有葱茏繁茂的森林草地，却同样生息着更有活力的生物。人是其中最聪明的，也有小动物和各种猛兽。你是猛兽的天敌，正如你父亲一样——然而你父亲还是死在他斗了一辈子的猞猁的爪下。你从小就记下了你父亲的话，“有棕熊和雪豹，有最凶恶最狡诈的猞猁，那些小家伙们已经够难的了。我们不要再去打扰它们。我们还是来对付棕熊雪豹和猞猁吧”。你因此在接过你父亲的枪成为一个正式猎手之后没打过任何小动物，哪怕是人们讨厌的狐狸。对狼你是不客气的，但你更有兴致的是更凶残的熊豹猞猁这些猛兽。那些远在拉萨的皮毛贩子以及更远的来自尼泊尔、印度的商人都知道你，都来到这大山里找神猎手穷布。

三百颗火枪弹壳等于一张老棕熊皮，一个熊胆是一对象牙手镯，四只熊掌换三大把铁霰弹。你腰上那柄镂花银鞘藏刀是刚刚咽气的黑花白底大尾巴雪豹。那豹子是你平生见过的最大的一个。当它从十几步远的一块石头向你迎头扑下，你沉住气完全不躲闪，对准它两条前腿中间的又软又白的长毛扣了扳机。它在空中毙命，在死时也仍然是斗势扑下来，死豹的前爪击伤了你的额头，使你脸上留下大块标志勇气的伤疤。那个早讲好价的贩子就在村子里等你。那把刀实在太漂亮了，你心里说要两头豹子我也答应。你不知道，那贩子可以用豹骨去换三把同样的刀子，不要说还有豹皮豹肉了。那是头像虎一样大的雪豹呵！

我不说你猎熊的故事，有那么多好作家讲过猎熊的故事。美国人福克纳，瑞典人拉格洛孚，还有一部写猎熊老人的日本影片。可是村里人、邻村人都不会忘了你是怎样治服了那头使百里震慑的山地之王。那是你一生最辉煌的时刻，那张熊皮你留下了，盖满你石砌的小屋整整一面墙壁。你不会忘了两个伙伴给它拍成肉团，你不会忘了二十天追击的疲惫和放松。我说了我不说你猎熊的故事。

你和你父亲不一样，你父亲一生和猞猁打交道，而你似乎更喜欢熊。你没有继承父亲那熊一样硕大的体魄，也许因此你喜欢熊。你深知这些看上去笨拙的巨兽其实聪颖灵巧，这次你开始以为还是一头棕熊。只有熊才这样：你这样认为，那些喊你来的牧民也这样认为。他们是把你当作猎熊人请来的。

“这头熊好大，有这么高——”

说话的人用手臂高扬起比画着，唯恐不能说清熊的高度，又翘起脚跟。他是很老实的牧牛人，他给熊吓坏啦。你这么想。

“它很瘦，可是力气特别大，手掌也大——”

他是给吓坏啦。你比他更清楚熊和熊掌。

“开始我听见牛群发惊，我心里也突然害怕了。我从地上拿起火枪往四下看。等我看到它已经晚啦，它从老远的地方不知怎么一下就到了我眼前，我的枪口还没抬起来就被它抢去了。我看得清清楚楚，它手指比我手指长这么多；喏，有这么长。”

他用自己的手比量着，说那熊的手指有他手指两倍那么长；他是吓坏了，这个老实人。

"它跑得太快啦，从老远一下就到跟前了——我完全来不及把枪口抬起来瞄准——"

他是怕别的牧羊牧牛的伙伴们笑他胆小，他吓坏啦，也难怪他。你比这些牧人更知道熊是怎么跑的，追击的时候和被追击的时候。

"它力气真大，把我的火枪像一根干树枝似的折断了枪柄，连枪管也弄弯啦。"

你不想要他把折断枪柄的火枪拿来看看，你知道他没有，他会说给那长着长手指的熊扔掉了，你知道他准会这么说。然而他返身到帐篷里把折断了枪柄弄弯了枪管的火枪拿给你，当时你的确惊愕了，完全没料到会是这样。你是个有经验的猎熊人，你马上找到的解释说明你是有经验的。是熊把火枪在石上砸断的，熊最恨火枪。你没有把这解释给他听，你不想使他脸红。并不是每个人都不怕熊的，害怕不是什么过错，是他自己觉得见不得人才编出这许多神话的。你知道熊，你从心里宽宥了他。

他也讲了那熊奇怪地没有伤害他。

"它不再理会我，转身冲进牛群，抓过我最大的一头牦牛的角。那牛角又粗又长，那头牛哞叫着用力挣扭着牛头，我心里想它也许会顶穿那熊的肚皮。可是我当时几乎吓死啦！它一扭索性把牛扭倒了，它显然动了气。这次它干脆拽住牛的两支角用力掰，它居然把整个牛头掰成两半！白花花的脑子和血掺在一起顺着脖子淌下来，一个有小拳头那么大的眼珠也挤出来啦，我简直吓死啦，我就一边站着看着。"

你不知道他为什么编排这些话讲给人们，这是你认识的牧人里最多话的一个。他看上去很老实，牧人一般都不多话。

"那牛有六七百斤，我肯定有六七百斤。它拽过两条后腿往身上一搭就背走了，掰成两半的牛头牛角垂在它屁股后面，血和脑子滴滴答答往下淌，它一点也不在乎。"

"半个月以后，平措在一个崖下看到那个掰成两半的带角的头骨，看到脊骨腿骨都给弄断了，骨油也给吃干净了。"

你不是他找来的，他讲的也都是前两个月的事。他是作为目击者讲这头又瘦又高长着长手指的熊。据他说它从不爬行，一直都是直立着行走的，而且奔走起来连看都来不及。他不是唯一的目击者，在这以后两个月里看到这熊的有四个人。

"就是像他说的，那熊跑起来真快，一眨眼的工夫就到跟前啦，真的快。我还没明白怎么回事，它一下抢过我手里赶羊的棍子折断啦。它像来时一样一眨眼就去了；它有那么高，直着身子，一下就不见啦。”

“过去这地方也闹熊，就没看过这么瘦的熊，又瘦又高，还长着那么长的手指头。开始年轻人说，我没信他们。这一辈子熊我见多啦，我要不是亲眼看着，说什么也不会信的。那天半夜狗突然乱叫成一团，我听声音不对，就出去了。快七十岁的人我什么也不怕，我知道准是又闹熊啦。那天有月亮，熊就在羊栏跟前。透着月亮我看到它伸出长指头，我就没看过长着长指头的熊，就像大手似的。它也看见我出来了，它抓起羊就走啦，一点也不着急，不像他们说的跑得那么快。它太瘦啦，准饿坏了。”

（节选自马原．冈底斯的诱惑［M］．杭州：浙江文艺出版社，2019：3－12.）

★导读：

马原，1953年出生于辽宁锦州，中国当代著名先锋派作家。《冈底斯的诱惑》发表于《上海文学》1985年第2期，是由马原等作家开启的小说叙事实验的代表作品。以马原为代表的先锋作家不再把写一个什么样的故事作为叙事的重心，而是尝试开拓小说叙事的方法，即在“写什么”之外，探索出“怎么写”的小说创作路径。这种叙事形式上的自觉，在当代文坛产生了革命性的效果，并引领了一股小说叙事实验的革新热潮。

《冈底斯的诱惑》创作的源起，是马原在西藏的生活经历。雪域高原本身具有的强烈神秘性及神话特征，“天葬”习俗的原始性，以及藏族人民的丰富情感，使马原笔下的西藏具有了浓厚的地域文化属性。在描述西藏的自然与文化景观之外，马原也着重表现了在西藏大地上行走的人。他们既包括神猎手穷布、漂亮姑娘央金、具有传奇性的顿珠顿月兄弟，也有像陆高、姚亮这些去“发现”西藏的人。他们虽然属于不同的民族，但有着同样的命运轨迹，生命也往往带有苦难与孤独的色彩，与此同时又依恋着西藏，并在西藏这片大地上迸发出探求的勇气、磨炼出生存的毅力。

藏民对现实生活的超越性认知，使马原更着重表现人之命运的偶然性，以及人对现实世界认识的不确定性。作家的这种认识影响了小说的整体结构和布局，同时突出了作家在小说中的“存在”位置。马原似乎并不把精力放在故事情节的构造上，他把故事发生的时间、地点等一般性要素进行弱化，重点表现叙事对象的随机性、偶然性特征。第一、第二、第三人称在叙事中的交叉出现，使小说呈现一种众声喧哗的效果，多元的声音背后，又隐藏着作家对整体叙事的把控。马原在小说结尾说："故事到这里已经讲得差不多了，但是显然会有读者提出一些技术以及技巧方面的问题。我们来设想一下……"这种极具冲击力与开放性的叙事方式，显然与读者既往阅读体验是不同的，从更深层的角度来说，这种叙事不仅重塑了读者的阅读与审美体验，而且也深刻影响了当代小说未来的叙事走向。

（张栋）

红高粱

莫 言

一

一九三九年古历八月初九，我父亲这个土匪种十四岁多一点。他跟着后来名满天下的传奇英雄余占鳌司令的队伍去胶平公路伏击敌人的汽车队。奶奶披着夹袄，送他们到村头。余司令说："立住吧。"奶奶就立住了。奶奶对我父亲说："豆官，听你干爹的话。"父亲没吱声，他看着奶奶高大的身躯，嗅着从奶奶的夹袄里散出的热烘烘的香味，突然感到凉气逼人。他打了一个战，肚子咕噜噜响一阵。余司令拍了一下父亲的头，说："走，干儿。"

天地混沌，景物影影绰绰，队伍的杂沓脚步声已响出很远。父亲眼前挂着蓝白色的雾幔，挡住了他的视线，只闻队伍脚步声，不见队伍形和影。父亲紧紧扯住余司令的衣角，双腿快速挪动。奶奶像岸愈离愈远，雾像海水愈近愈汹涌，父亲抓住余司令，就像抓住一条船舷。

父亲就这样奔向了耸立在故乡通红的高粱地里属于他的那块无字的青石墓碑。他的坟头上已经枯草瑟瑟，曾经有一个光屁股的男孩牵着一只雪白的山羊来到这里，山羊不紧不慢地啃着坟头上的草，男孩站在墓碑上，怒气冲冲地撒上一泡尿，然后放声高唱：高粱红了——日本来了——同胞们准备好——开枪开炮——

有人说这个放羊的男孩就是我，我不知道是不是我。我曾经对高密东北乡极端热爱，曾经对高密东北乡极端仇恨，长大后努力学习马克思主义，我终于悟到：高密东北乡无疑是地球上最美丽最丑陋、最超脱最世俗、最圣洁最龌龊、最英雄好汉最王八蛋、最能喝酒最能爱的地方。生存在这块土地上的我的父老乡亲们，喜食高粱，每年都大量种植。八月深秋，无边无际的高粱红成洸洋的血海，高粱高密辉煌，高粱凄婉可人，高粱爱情激荡。秋风苍凉，阳光很旺，瓦蓝的天上游荡着一朵朵丰满的白云，高粱上滑动着一朵朵丰满白云的紫红色影子。一队队暗红色的人在高粱棵子里穿梭拉网，几十年如一日。他们杀人越货，精忠报国，他们演出过一幕幕英勇悲壮的舞剧，使我们这些活着的不肖子孙相形见绌，在进步的同时，我真切地感到种的退化。

出村之后，队伍在一条狭窄的土路上行进，人的脚步声中夹着路边碎草的窸窣声响。雾奇浓，活泼多变。我父亲的脸上，无数密集的小水点凝成大颗粒的水珠，他的一撮头发，粘在头皮上。从路两边高粱地里飘来的幽淡的薄荷气息和成熟高粱苦涩微甘的气味，我父亲早已闻惯，不新不奇。在这次雾中行军里，我父亲闻到了那种新奇的、黄红相间的腥甜气息。那味道从薄荷和高粱的味道中隐隐约约地透过来，唤起父亲心灵深处一种非常遥远的回忆。

七天之后，八月十五日，中秋节。一轮明月冉冉升起，遍地高粱肃然默立，高粱穗子浸在月光里，像蘸过水银，汩汩生辉，我父亲在剪破的月影下闻到了比现在强烈无数倍的腥甜气息。那时候，余司令牵着他的手在高粱地里行走，三百多个乡亲叠股枕臂，陈尸狼藉，流出的鲜血灌溉了一大片高粱，把高粱下的黑土地浸泡成稀泥，使他们拔脚迟缓。腥甜的气味令人窒息，一群前来吃人肉的狗，坐在高粱地里，目光炯炯地盯着父亲和余司令。余司令掏出自来得手枪，甩手一响，两只狗眼灭了；又一甩手，灭了两只狗眼。群狗一哄而散，坐得远远的，呜呜地咆哮着，贪婪地望着死尸。腥甜味愈加强烈，余司令大喊一声："日本狗！狗娘养的日本！"他对着那群狗打完了所有的子弹，狗跑得无影无踪。余司令对我父亲说："走吧，儿子！"一老一小，便迎着月光，向高粱深处走去。那股弥漫着田野的腥甜味浸透了我父亲的灵魂，在以后更加激烈更加残忍的岁月里，这股腥甜味一直伴随着他。

高粱的茎叶在雾中滋滋乱叫，雾中缓慢地流淌着在这块低洼平原上穿行的墨河水明亮的喧哗，一阵强一阵弱，一阵远一阵近。赶上队伍了，父亲的身前身后响着踢踢踏踏的脚步声和粗重的呼吸。不知谁的枪托撞到另一个谁的枪托上了。不知谁的脚踩破了一个死人的骷髅什么的。父亲前边那个人吭吭地咳嗽起来，这个人的咳嗽声非常熟悉。父亲听到他咳嗽就想起他那两扇一激动就充血的大耳朵。透明单薄布满血管的大耳朵是王文义头上引人注目的器官。他个子很小，一颗大头缩在耸起的双肩中。父亲努力看去，目光刺破浓雾，看到了王文义那颗一边咳一边颠动的大头。父亲想起王文义在演练场上挨打时，那颗大头颠成那般可怜模样。那时他刚参加余司令的队伍，任副官在演练场上对他也对其他队员喊：向右转——王文义欢欢喜喜地跺着脚，不知转到哪里去了。任副官在他腚上打了一鞭子，他嘴咧开叫一声：孩子他娘！脸上表情不知是哭还是笑。围在短墙外看光景的孩子们都哈哈大笑。

余司令飞起一脚，踢到王文义的屁股上。

"咳什么？"

"司令……"王文义忍着咳嗽说，"嗓子眼儿发痒……"

"痒也别咳！暴露了目标我要你的脑袋！"

“是，司令。”王文义答应着，又有一阵咳嗽冲口而出。

父亲觉出余司令的手从王文义的后颈皮上松开了，父亲还觉得王文义的脖子上留下两个熟葡萄一样的紫手印，王文义幽蓝色的惊惧不安的眼睛里，飞迸出几点感激与委屈。

很快，队伍钻进了高粱地。我父亲本能地感觉到队伍是向着东南方向开进的。适才走过的这段土路是由村庄直接通向墨水河边的唯一的道路。这条狭窄的土路在白天颜色青白。路原是由乌油油的黑土筑成，但久经践踏，黑色都沉淀到底层，路上叠印过多少牛羊的花瓣蹄印和骡马毛驴的半圆蹄印，马骡驴粪像干萎的苹果，牛粪像虫蛀过的薄饼，羊粪稀拉拉像震落的黑豆。父亲常走这条路，后来他在日本炭窑中苦熬岁月时，眼前常常闪过这条路。父亲不知道我的奶奶在这条土路上主演过多少风流悲喜剧，我知道。父亲也不知道在高粱阴影遮掩着的黑土上，曾经躺过奶奶洁白如玉的光滑肉体，我也知道。

拐进高粱地后，雾更显凝滞，质量更大，流动感少，在人的身体与人负载的物体碰撞高粱秸秆后，随着高粱嚓嚓啦啦的幽怨鸣声，一大滴一大滴的沉重水珠扑簌簌落下。水珠冰凉清爽，味道鲜美，我父亲仰脸时，一滴大水珠准确地打进他的嘴里。父亲看到舒缓的雾团里，晃动着高粱沉甸甸的头颅。高粱沾满了露水的柔韧叶片，锯着父亲的衣衫和面颊。高粱晃动激起的小风在父亲头顶上短促出击，墨水河的流水声愈来愈响。

父亲在墨水河里玩过水，他的水性好像是天生的，奶奶说他见了水比见了亲娘还急。父亲五岁时，就像小鸭子一样潜水，粉红的屁股眼儿朝着天，双脚高举。父亲知道，墨水河底的淤泥乌黑发亮，柔软得像油脂一样。河边潮湿的滩涂上，丛生着灰绿色的芦苇和鹅绿色车前草，还有贴地生的野葛蔓，支支直立的接骨草。滩涂的淤泥上，印满螃蟹纤细的爪迹。秋风起，天气凉，一群群大雁往南飞，一会儿排成个“一”字，一会儿排成个“人”字，等等。高粱红了，西风响，蟹脚痒，成群结队的、马蹄大小的螃蟹都在夜间爬上河滩，到草丛中觅食。螃蟹喜食新鲜牛屎和腐烂的动物的尸体。父亲听着河声，想着从前的秋天夜晚，跟着我家的老伙计刘罗汉大爷去河边捉螃蟹的情景。夜色灰葡萄，金风串河道，宝蓝色的天空深邃无边，绿色的星辰格外明亮。北斗勺子星——北斗主死，南斗簸箕星——南斗司生，八角玻璃井——缺了一块砖，焦灼的牛郎要上吊，忧愁的织女要跳河……都在头上悬着。刘罗汉大爷在我家工作了几十年，负责我家烧酒作坊的全面工作，父亲跟着罗汉大爷脚前脚后地跑，就像跟着自己的爷爷一样。

父亲被迷雾扰乱的心头亮起了一盏四块玻璃插成的罩子灯，洋油烟子从罩子灯上盖的铁皮、钻眼的铁皮上钻出来。灯光微弱，只能照亮五六米方圆的黑暗。河里的水流到灯影里，黄得像熟透的杏子一样可爱，但可爱一霎霎，就流过去了，黑暗中的河水倒映着一天星斗。父亲和罗汉大爷披着蓑衣，坐在罩子灯旁，听着河水的低沉呜咽——非常低沉的呜咽。河道两边无穷的高粱地不时响起寻偶狐狸的兴奋鸣叫。螃蟹趋光，正向灯影聚拢。父亲和罗汉大爷静坐着，恭听着天下的窃窃秘语，河底下淤泥的腥味，一股股泛上来。成群结队的螃蟹团团围上来，形成一个躁动不安的圆圈。父亲心里惶惶，跃跃欲起，被罗汉大爷按住了肩头。“别急!”大爷说，“心急喝不得热黏粥。”父亲强压住激动，不动。螃蟹爬到灯光里就停下来，首尾相衔，把地皮都盖住了。一片青色的蟹壳闪亮，一对对圆杆状的眼睛从凹陷的眼窝里打出来。隐在倾斜的脸面下的嘴里，吐出一串一串的五彩泡沫。螃蟹吐着彩沫向人挑战，父亲身上披着大蓑衣长毛起。罗汉大爷说：“抓!”父亲应声弹起，与罗汉大爷抢过去，每人抓住一面早就铺在地上的密眼罗网的两角，把一块螃蟹抬起来，露出了螃蟹下的河滩地。父亲和罗汉大爷把两角系起扔在一边，又用同样的迅速和熟练抬起网片。每一网都是那么沉重，不知网住了几百几千只螃蟹。

父亲跟着队伍进了高粱地后，由于心随螃蟹横行斜走，脚与腿不择空隙，撞得高粱棵子东倒西歪。他的手始终紧扯着余司令的衣角，一半是自己行走，一半是余司令牵着前进，他竟觉得有些瞌睡上来，脖子僵硬，眼珠子生涩呆板。父亲想，只要跟着罗汉大爷去墨水河，就没有空手回来的道理。父亲吃螃蟹吃腻了，奶奶也吃腻了。食之无味，弃之可惜，罗汉大爷就用快刀把螃蟹斩成碎块，放到豆腐磨里研碎，加盐，装缸，制成蟹酱，成年累月地吃，吃不完就臭，臭了就喂罂粟。我听说奶奶会吸大烟但不上瘾，所以始终面如桃花，神清气爽。用螃蟹喂过的罂粟花朵肥硕壮大，粉、红、白三色交杂，香气扑鼻。故乡的黑土本来就是出奇的肥沃，所以物产丰饶，人种优良。民心高拔健迈，本是我故乡心态。墨水河盛产的白鳝鱼肥得像肉棍一样，从头至尾一根刺。它们呆头呆脑，见钩就吞。父亲想着的罗汉大爷去年就死了，死在胶平公路上。他的尸体被割得零零碎碎，扔得东一块西一块。躯干上的皮被剥了，肉跳，肉蹦，像只褪皮后的大青蛙。父亲一想起罗汉大爷的尸体，脊梁沟就发凉。父亲又想起大约七八年前的一个晚上，我奶奶喝醉了酒，在我家烧酒作坊的院子里，有一个高粱叶子垛，奶奶倚在草垛上，搂住罗汉大爷的肩，呢呢喃喃地说：“大叔……你别走，不看僧面看佛面，不看鱼面看水面，不看我的面子也要看豆官的面子上，留下吧，你要我……我也给你……你就像我的爹一样……”父亲记得罗汉大爷把奶奶推到一边，晃晃荡荡走进骡棚，给骡子拌料去了。我家养着两头大黑骡子，开着烧高粱酒的作坊，是村子里的首富。罗汉大爷没走，一直在我家担任业务领导，直到我家那两头大黑骡子被日本人拉到胶平公路修筑工地上去使役为止。

这时，从被父亲他们甩在身后的村子里，传来悠长的毛驴叫声。父亲精神一振，眼睛睁开，然而看到的，依然是半凝固半透明的雾气。高粱挺拔的秆子，排成密集的栅栏，模模糊糊地隐藏在气体的背后，穿过一排又一排，排排无尽头。走进高粱地多久了，父亲已经忘记，他的神思长久地滞留在远处那条喧响着的丰饶河流里，长久地滞留在往事的回忆里，竟不知这样匆匆忙忙拥拥挤挤地在如梦如海的高粱地里蹭进是为了什么。父亲迷失了方位。他前年有一次迷途在高粱地的经验，但最后还是走出来了，是河声给他指引了方向。现在，父亲又谛听着河的启示，很快明白，队伍是向正东偏南开进，对着河的方向开进。方向辨清，父亲也就明白，这是去打伏击，打日本人，要杀人，像杀狗一样。他知道队伍一直往东南走，很快就要走到那条南北贯通，把偌大个低洼平原分成两半，把胶县平度县两座县城连在一起的胶平公路。这条公路，是日本人和他们的走狗用皮鞭和刺刀催逼着老百姓修成的。

高粱的骚动因为人们的疲惫困乏而频繁激烈起来，积露连续落下，淋湿了每个人的头皮和脖颈。王文义咳嗽不断，虽连遭余司令辱骂也不改正。父亲感到公路就要到了，他的眼前昏昏黄黄地晃动着路的影子。不知不觉，连成一体的雾海中竟有些空洞出现，一穗一穗被露水打得精湿的高粱在雾洞里忧悒地注视着我父亲，父亲也虔诚地望着它们。父亲恍然大悟，明白了它们都是活生生的灵物。它们扎根黑土，受日精月华，得雨露滋润，上知天文下知地理。父亲从高粱的颜色上，猜到了太阳已经被高粱遮挡着的地平线烧成一片可怜的艳红。

忽然发生变故，父亲先是听到耳边一声尖厉呼啸，接着听到前边发出什么东西被迸裂的声响。

余司令大声吼叫：“谁开枪？小舅子，谁开的枪？”

父亲听到子弹钻破浓雾，穿过高粱叶子高粱秆，一颗高粱头颓落地。一时间众人都屏气息声。那粒子弹一路尖叫着，不知落到哪里去了。芳香的硝烟迷散进雾。王文义惨叫一声：“司令——我没有头啦——司令——我没有头啦——”

余司令一愣神，踢了王文义一脚，说：“你娘个蛋！没有头还会说话！”

余司令撇下我父亲，到队伍前头去了。王文义还在哀嚎。父亲凑上前去，看清了王文义奇形怪状的脸。他的腮上，有一股深蓝色的东西在流动。父亲伸手摸去，触了一手黏腻发烫的液体。父亲闻到了跟墨水河淤泥差不多、但比墨水河淤泥要新鲜得多的腥气。它压倒了薄荷的幽香，压倒了高粱的甘苦，它唤醒了父亲那越来越迫近的记忆，一线穿珠般地把墨水河淤泥、把高粱下黑土、把永远死不了的过去和永远留不住的现在联系在一起，有时候，万物都会吐出人血的味道。

“大叔，”父亲说，“大叔，你挂彩了。”

“豆官，你是豆官吧，你看看大叔的头还在脖子上长着吗？”

“在，大叔，长得好好的，就是耳朵流血啦。”

王文义伸手摸耳朵，摸到一手血，一阵尖叫后，他就瘫了：“司令，我挂彩啦！我挂彩啦，我挂彩啦。”

余司令从前边回来，蹲下，捏着王文义的脖子，压低嗓门说：“别叫，再叫我就毙了你！”

王文义不敢叫了。

“伤着哪儿啦？”余司令问。

“耳朵……”王文义哭着说。

余司令从腰里抽出一块包袱皮样的白布，嚓一声撕成两半，递给王文义，说：“先捂着，别出声，跟着走，到了路上再包扎。”

余司令又叫：“豆官。”父亲应了，余司令就牵着他的手走。王文义哼哼唧唧地跟在后边。

适才那一枪，是扛着一盘耙在头前开路的大个子哑巴不慎摔倒，背上的长枪走了火。哑巴是余司令的老朋友，一同在高粱地里吃过“扦饼”的草莽英雄，他的一只脚因在母腹中受过伤，走起来一颠一颠，但非常快，父亲有些怕他。

黎明前后这场大雾，终于在余司令的队伍跨上胶平公路时滤散下去。故乡八月，是多雾的季节，也许是地势低洼土壤潮湿所致吧。走上公路后，父亲顿时感到身体灵巧轻便，脚步利索有劲，他松开了抓住余司令衣角的手。王文义用白布捂着血耳朵，满脸哭相。余司令给他粗手粗脚包扎耳朵，连半个头也包住了。王文义痛得龇牙咧嘴。

余司令说：“你好大的命！”

王文义说：“我的血流光了，我不能去啦！”

余司令说：“屁，蚊子咬了一口也不过这样，忘了你那三个儿子啦吧！”

王文义垂下头，嘟嘟哝哝说：“没忘，没忘。”

他背着一支长筒子鸟枪，枪托儿血红色。装火药的扁铁盒斜吊在他的屁股上。

那些残存的雾都退到高粱地里去了。大路上铺着一层粗沙，没有牛马脚踪，更无人的脚印。相对着路两侧茂密的高粱，公路荒凉，荒唐，令人感到不祥。父亲早就知道余司令的队伍连聋带哑连瘸带拐不过四十人，但这些人住在村里时，搅得鸡飞狗跳，仿佛满村是兵。队伍摆在大路上，三十多人缩成一团，像一条冻僵了的蛇。枪支七长八短，土炮、鸟枪、老汉阳，方六方七兄弟俩抬着一门能把小秤砣打出去的大抬杆子。哑巴扛着一盘长方形的平整土地用的、周遭二十六根铁尖齿的耙，另有三个队员各扛着一盘。父亲当时还不知道打伏击是怎么一回事，更不知道打伏击为什么还要扛上四盘铁齿耙。

二

为了为我的家族树碑立传，我曾经跑回高密东北乡，进行了大量的调查，调查的重点，就是这场我父亲参加过的、在墨水河边打死鬼子少将的著名战斗。我们村里一个九十二岁的老太太对我说："东北乡，人万千，阵势列在墨河边。余司令，阵前站，一举手炮声连环。东洋鬼子魂儿散，纷纷落在地平川。女中魁首戴凤莲，花容月貌巧机关，调来铁耙摆连环，挡住鬼子不能前……"老太婆头顶秃得像一个陶罐，面孔都朽了，干手上凸着一条条丝瓜瓤子一样的筋。她是一九三九年八月中秋节那场大屠杀的幸存者，那时她因脚上生了疮跑不动，被丈夫塞进地瓜窖子里藏起来，天凑地巧活了下来。老太婆所唱快板中的戴凤莲，就是我奶奶的大号。听到这里，我兴奋异常。这说明，用铁耙挡住鬼子汽车退路的计谋竟是我奶奶这个女流想出来的。我奶奶也应该是抗日的先锋，民族的英雄。

提起我的奶奶，老太太话就多了。她的话破碎零乱，像一群随风遍地滚的树叶。她说起我奶奶的脚，是全村最小的脚。我们家的烧酒后劲好大。说到胶平公路时，她的话连贯起来："路修到咱这地盘时哪……高粱齐腰深了……鬼子把能干活的人都赶去了……打毛子工，都偷懒磨滑……你们家里那两头大黑骡子也给拉去了……鬼子在墨水河上架石桥……罗汉，你们家那个老长工……他和你奶奶不大清白咧，人家都这么说……呵呀呀，你奶奶年轻时花花事儿多着咧……你爹多能干，十五岁就杀人，杂种出好汉，十个九个都不善……罗汉去铲骡子腿……被捉住零刀子剐啦……鬼子糟害人呢，在锅里拉屎、盆里撒尿。那年，去挑水，挑上来一个什么呀，一个人头呀，扎着大辫子……"

刘罗汉大爷是我们家历史上的一个重要人物。关于他与我奶奶之间是否有染，现已无法查清。诚然，从心里说，我不愿承认这是事实。

道理虽懂，但陶罐头老太太的话还是让我感到难堪。我想，既然罗汉大爷对待我父亲像对待亲孙子一样，那他就像我的曾祖父一样；假如这位曾祖父竟与我奶奶有过风流事，岂不是乱伦吗？这其实是胡想。因为我奶奶并不是罗汉大爷的儿媳而是他的东家，罗汉大爷与我的家族只有经济上的联系而无血缘上的联系，他像一个忠实的老家人点缀着我家的历史而且确凿无疑地为我们家的历史增添了光彩。我奶奶是否爱过他，他是否上过我奶奶的炕，都与伦理无关。爱过又怎么样？我深信，我奶奶什么事都敢干，只要她愿意。她老人家不仅仅是抗日的英雄，也是个性解放的先驱，妇女自立的典范。

我查阅过县志，县志载：民国二十七年，日军捉高密、平度、胶县民夫累计四十万人次，修筑胶平公路，毁稼禾无数。公路两侧村庄中骡马被劫掠一空。农民刘罗汉，乘夜潜入，用铁锹铲伤骡蹄马腿无数，被捉获。翌日，日军在拴马桩上将刘罗汉剥皮零割示众。刘面无惧色，骂不绝口，至死方休。

三

确实是这样，胶平公路修筑到我们这里时，遍野的高粱只长到齐人腰高。长七十里宽六十里的低洼平原上，除了点缀着几十个村庄，纵横着两条河流，曲折着几十条乡间土路外，绿浪般招展着的全是高粱。平原北边的白马山上，那块白色的马状巨石，在我们村头上看得清清楚楚。锄高粱的农民们抬头见白马，低头见黑土，汗滴禾下土，心中好痛苦！风传着日本人要在平原里修路，村里人早就惶惶不安，焦急地等待着大祸降临。

日本人说来就来。

日本鬼子带着伪军到我们村里抓民夫拉骡马时，我父亲还在睡觉。他是被烧酒作坊那边的吵闹声惊醒的。奶奶拉着父亲的手，颠着两只笋尖般的小脚，跑到烧酒作坊院里去。当时，我家烧酒作坊院子里，摆着十几口大瓮，瓮里满装着优质白酒，酒香飘遍全村。两个穿黄衣的日本人端着上了刺刀的步枪在院子里站着。两个穿黑衣的中国人肩背着枪，正要解拴在楸树上的两头大黑骡子。罗汉大爷一次一次地扑向那个解缰绳子的小个子伪军，但一次一次地都被那个大个子伪军用枪筒子戳退。初夏天气，罗汉大爷只穿着一件单衫，袒露的胸膛上布满被枪口戳出的紫红圆圈。

罗汉大爷说：“弟兄们，有话好说，有话好说。”

大个子伪军说：“老畜生，滚到一边去。”

罗汉大爷说：“这是东家的牲口，不能拉。”

伪军说：“再吵嚷就毙了你个小舅子！”

日本兵端着枪，像泥神一样。

奶奶和我父亲一进院，罗汉大爷就说："他们要拉咱的骡子。"

奶奶说："先生，我们是良民。"

日本兵眯着眼睛对奶奶笑。

小个子伪军把骡子解开，用力牵扯，骡子倔强地高昂着头，死死不肯移步。大个子伪军上去用枪戳骡子屁股，骡子愤怒起蹄，明亮的蹄铁趵起泥土，溅了伪军一脸。

大个子伪军拉了一下枪栓，用枪指着罗汉大爷，大叫："老混蛋，你来牵，牵到工地上去。"

罗汉大爷蹲在地上，一气不吭。

一个日本兵端着枪，在罗汉大爷眼前晃着，鬼子说："呜哩哇啦哑啦哩呜！"罗汉大爷看着在眼前乱晃的贼亮的刺刀，一屁股坐在地上。鬼子兵把枪往前一送，锋快的刺刀下刃在罗汉大爷光溜溜的头皮上豁开一条白口子。

奶奶哆嗦成一团，说："大叔，你，给他们牵去吧。"

一个鬼子兵慢慢向奶奶面前靠。父亲看到这个鬼子兵是个年轻漂亮的小伙子，两只大眼睛漆黑发亮，笑的时候，嘴唇上翻，露出一口黄牙。奶奶跌跌撞撞地往罗汉大爷身后退。罗汉大爷头上的白口子里流出了血，满头挂色。两个日本兵笑着靠上来。奶奶在罗汉大爷的血头上按了两巴掌，随即往脸上两抹，又一把撕散头发，张大嘴巴，疯疯癫癫地跳起来。奶奶的模样三分像人七分像鬼。日本兵愕然止步。小个子伪军说："太君，这个女人，大大的疯了的有。"

鬼子兵咕噜着，对着我奶奶的头上开了一枪。奶奶坐在地上，呜呜地哭起来。

大个子伪军把罗汉大爷用枪逼起来。罗汉大爷从小个子伪军手里接过骡子缰绳。骡子昂着头，腿抖着，跟着罗汉大爷走出院子。街上乱纷纷跑着骡马牛羊。

奶奶没疯。鬼子和伪军刚一出院，奶奶就揭开一只瓮的木盖子，在平静如镜面的高粱烧酒里，看到一张骇人的血脸。父亲看到泪水在奶奶腮上流过，就变红了。奶奶用烧酒洗了脸，把一瓮酒都洗红了。

罗汉大爷跟骡子一起，被押上了工地。高粱地里，已开出一截路胎子。墨水河南边的公路已差不多修好，大车小车从新修好的路上挤过来，车上载着石头黄沙，都卸在河南岸。河上只有一座小木桥，日本人要在河上架一座大石桥。公路两侧，好宽大的两片高粱都被踩平，地上像铺了一层绿毡。河北的高粱地里，在刚用黑土弄出个模样的路两边，有几十匹骡马拉碌碡，从海一样的高粱地里，压出两大片平坦的空地，破坏着与工地紧密相连的青纱帐。骡马都有人牵着，在高粱地里来来回回地走。鲜嫩的高粱在铁蹄下断裂、倒伏，倒伏断裂的高粱又被带棱槽的碌碡和不带棱槽的石磙子反复碾轧。各色的碌碡和磙子都变成了深绿色，高粱的汁液把它们湿透了。一股浓烈的青苗子味道笼罩着工地。

罗汉大爷被赶到河南往河北搬运石头。他极不情愿地把骡子缰绳交给了一个烂眼圈的老头子。小木桥摇摇晃晃，好像随时要塌。罗汉大爷过了桥，站在河南，一个工头模样的中国人，用手中持着的紫红色藤条，轻轻戳戳罗汉大爷的头，说："去，往河北搬石头。"罗汉大爷抹一把眼睛——头上流下的血把眉毛都浸湿了。他搬着一块不大不小的石头，从河南到河北。那个接骡的老头还未走，罗汉大爷对他说："你珍贵着使唤，这两头骡子，是俺东家的。"老头儿麻木地垂着头，牵着骡子，走进开辟通道的骡马大队。黑骡子光滑的屁股上反映阳光点点。头上还在流血，罗汉大爷蹲下，抓起一把黑土，按在伤口上。头顶上沉重的钝痛一直传导到十个脚趾，他觉着头裂成了两半。

工地的边缘上稀疏地站着持枪的鬼子和伪军，手持藤条的监工，像鬼魂一样在工地上转来转去。罗汉大爷在工地上走，民夫们看着他血泥模糊的头，吃惊得眼珠乱颤。罗汉大爷搬起一块桥石，刚走了几步，就听到背后响起一阵利飕的小风，随即有一道长长的灼痛落到他的背上。他扔下桥石，见那个监工正对着他笑。罗汉大爷说："长官，有话好说，你怎么举手就打人？"

监工微笑不语，举起藤条又横着抽了一下他的腰。罗汉大爷感到这一藤条几乎把自己打成两半，两股热辣辣的泪水从眼窝里凸出来。血冲头顶，那块血与土凝成的嘎痂，在头上嘣嘣乱跳，似乎要迸裂。

罗汉大爷喊："长官！"

长官又给了他一藤条。

罗汉大爷说："长官，打俺是为了啥？"

长官抖着手里的藤条，笑眯眯地说："让你长长眼色，狗娘养的。"

罗汉大爷气噎咽喉，泪眼模糊，从石堆里搬起一块大石头，踉踉跄跄地往小桥上走。他的脑袋膨胀，眼前白花花一片。石头尖硬的棱角刺着他的肚腹和肋骨，他都觉不出痛了。

监工拄着藤条原地不动，罗汉大爷搬着石头，胆战心惊地从他眼前走过。监工在罗汉大爷脖子上抽了一藤条。罗汉大爷一个前趴，抱着大石，跪倒在地上。石头砸破了他的双手，他的下巴在石头上碰得血肉模糊。罗汉大爷被打得六神无主，像孩子一样糊糊涂涂地哭起来。这时，一股紫红色的火苗，也在他空白的脑子里缓缓地亮起来。

他费力地从石头下抽出手，站起来，腰半弓着，像一只发威的老瘦猫。

一个约有四十岁出头的中年人，满脸堆着笑，走到监工面前，从口袋里摸出一包烟，捏出一支，敬到监工嘴边。监工张嘴叼了烟，又等着那人替他点燃。

中年人说："您老，犯不着跟这根糟木头生气。"

监工把烟雾从鼻孔里喷出来，一句话也不说。大爷看到他握藤条的焦黄手指在紧急地扭动。

中年人把那盒烟装进监工口袋里。监工好像全无觉察，哼了一声，用手掌压住口袋，转身走了。

"老哥，你是新来的吧？"中年人问。

罗汉大爷说："是。"

他问："你没送他点见面礼？"

罗汉大爷说："不讲理，狗！不讲理，他们硬抓我来的。"

中年人说："送他点钱，送他盒烟都行，不打勤的，不打懒的，单打不长眼的。"中年人扬长进入民工队伍。

整整一个上午，罗汉大爷就跟没魂一样，死命地搬着石头。头上的血痂遭阳光晒着，干硬干硬地痛。手上血肉模糊。下巴上的骨头受了伤，口水不断流出来。那股紫红色的火苗时强时弱地在他脑子里燃着，一直没有熄灭。

（节选自莫言．红高粱［M］．北京：作家出版社，2012：3－16.）

★导读：

莫言，原名管谟业，1955年出生于山东高密，中国当代著名作家。2011年，凭借《蛙》获得茅盾文学奖，2012年成为中国首位诺贝尔文学奖获得者。《红高粱》发表于《人民文学》1986年第3期，是莫言早期最具影响力的作品。莫言以颇具创新性的叙事方式，完成了对山东高密东北乡文化之根的探寻，而莫言融合小说叙事形式与内容的特殊能力，使《红高粱》本身散发出极具魅力的艺术与文化特质，并使莫言较早地形成了一种独特的创作风格。

在莫言笔下，高密东北乡是一个充满野性的地域，在这片长满红高粱的土地上，浸染着民间英雄的血液。粗暴与温婉、狂乱与平静、野性与驯服，以杂糅的形态遍布东北乡的土地上。莫言更注重去发掘被所谓正史遮蔽的历史内容，"我"爷爷作为土匪与抗日英雄的双重身份、为爱而杀人及为义而杀人的双重行为，“我”奶奶敢爱敢恨而又深明大义的形象，与传统写作皆有差别，因此这些极具独创性的历史主体间接地呈现出了中国文化性格的另一面。这另一面是不规则的、反抗的、暴烈的，但代表了一种充沛的生命能量与强悍的精神力量，是在中国民间广泛存在的、支撑底层民众从深重历史中走出的文化根底。因此，对中国文化另一层面特质的表现，成为莫言创作《红高粱》的主要目的。

莫言对民间精神的发现，使《红高粱》在叙事层面具有极强的探索性。首先是“红高粱”本身具备的象征性。“红高粱”在小说中被塑造为一种民间生命形态的象征物，余占鳌与戴凤莲在高粱地中的肉体狂欢，以及余占鳌在高粱地中对日本侵略者的伏击，都彰显了“红高粱”的强悍生命伟力。其次，民间生命的强烈感染力，使莫言并未按照严格的时间顺序组织故事，而是刻意打乱故事讲述的秩序，按照生命感觉的逻辑重新构造。在“我”父亲跟随余占鳌在高粱地伏击日本人的过程中，叙事者的讲述往往会随着“我”父亲的视角而发生随机的变化，在历史与现实的循环往复中，一段完整的历史得以呈现，因此，读者阅读的过程也成为自觉的不断发现历史的过程。

（张栋）

顽　主

王　朔

一

“我是个作家，叫宝康——您没听说过？”

“哦，没有，真对不起。”

在“三T”公司办公室里，经理于观正在接待上午的第三位顾客，一个大脑瓜儿细皮嫩肉的青年男子。

“我的笔名叫智清。”

“还是想不起来。您说吧，您有什么事，不是想在我们这儿体验生活吧？”

“不不，我生活底子不体验也足够厚。是这样的，我写了一些东西，很精彩很有分量的东西，都是冷门，任何人看了脑袋都‘嗡’一下，傻半天——我这么说没一点言过其实，很多看过的人都这么认为，认为起码可以得个全国奖，可是……”

“落了空？”

“准确地说我压根没参加评奖，我认为毫无希望。瞧，我是个有自知之明的人。也许你不太了解文学圈里的事，哪次评奖都是平衡的结果，上去了一些好作品，但一些同样好的作品偏偏上不去。”

“这个我们恐怕爱莫能助，我们目前和作协没什么业务联系，我们缺乏有魅力的女工作人员。”

“噢，我不是让你们去为我运动。我不在乎得不得全国奖，我对名利其实很淡泊的，我只希望我的劳动得到某种承认，随便什么奖都可以。”

“您的意思是说哪怕是个‘三T’奖？”

于观试探地问。

宝康紧张地笑起来：“真不好意思，真难为情，我是不是太露骨了？”

“不不，您恰到好处。您当然是希望规模大一点喽？”

“规模大小无所谓，但要隆重，奖品丰厚，租最豪华的剧场，请些民主党派的副主席——我有的是钱。”

“奖品定为每位获奖者一台空调怎么样？”

“每位？我可是为自己的事……”

"红花也得绿叶扶，您自个儿站在台上难道不寂寞？该找几个凑趣的。我想给您发奖的同时也给一些著名作家发奖，这样我们这个奖也就显得是那么回事，您也可一样跻身著名作家之列。和著名作家同台领奖，说起来多么令人羡慕。"

"一人一台空调，这要多少钱？虽然我很想有机会和著名作家并排站会儿，可也不想因此倾家荡产。"

"要是您不赞成奢侈，俭省的办法也有，把奖分为一二三等，特等奖为空调您自己得，其余各类为不同档次的'傻瓜'相机，再控制一下获奖人数，我们只选最有名的。"

"这样好，这样就合理多了。"宝康喜笑颜开，"我得空调，别人得'傻瓜'。你列个预算吧，回头我就交钱。"

"您来付钱时能不能把您的作品带来让我们拜读一下？当然，哪篇获奖我们不管，您自己定，我只是从来没这么近地和一个货真价实的作家脸儿对脸儿过，就是再和文学无缘也不得不受感动。"

"可以。"宝康既矜持又谦逊地说，"我甚至可以给你签个名儿呢。我最有名的作品是发在《小说群》上的《东太后传奇》和发在《作家林》上的《我要说我不想说但还是要说》。"

"了不起，一定很有意思，我简直都无心干别的了。"

"你说，那些名作家会不会端臭架子，拒绝领奖？"于观把青年作家送到门口，青年作家忽而有些忧心忡忡。

于观安慰他："不怕的，领不领是他们的事，不领我们硬发。"

"谢谢，太谢谢了。"青年作家转身和于观热情地握手，"灯不拨不明，您这一席话真使人豁然开朗。"

"不客气，我们公司的宗旨就是帮助像您这样素有大志却无计可施的人。"

在一条繁华商业街的十字路口，杨重正满面春风地大步向站在警察岗楼底下一个他从未见过面的姑娘走去。

"对不起我来晚了，我紧赶慢赶还是迟到了，你等半天了吧？"

"没关系，你用不着道歉。"刘美萍好奇地看着杨重，"反正我也不是等你，你不来也没关系。"

"你就是等我，不过你自己不知道就是了。今天除了我没别人来了。"

"是吗？你比我还知道我在干吗——别跟我打岔儿，警察可就在旁边。"

"难道我认错人了？"杨重仍然满脸堆笑，一点儿也不尴尬，"你不是叫刘美萍吗？是百货公司手绢柜台组长，在等肛门科大夫王明水，到底咱俩谁搞错了？”

“可王明水鼻子旁有两个痦子呀。”

“噢，他那两个痦子还在。今天早晨他被人从家里接去出急诊了，有个领导流血不止。因而匆匆给我公司打了个电话，委托我公司派员代他赴约，他不忍让你扫兴。我叫杨重，是‘三T’公司的业务员，这是名片。”

“‘三T’公司？”刘美萍犹疑地接过杨重递过来的名片，扫了一眼，“那是什么？听名儿像卖杀虫剂的。”

“‘三T’是替人解难替人解闷替人受过的简称。”

“居然有这种事，你们都是什么人？厚颜无耻的闲人？”

“我们是正派的生意人，目的是在社会服务方面拾遗补缺。您不觉得今天要没我您会多没趣儿吗？”

“可我不习惯，本来是在等自己的男朋友，却来了一个亲热的替身，让我和这个替身谈情说爱……像真的一样？”

“您完全不必移情，我们的职业道德也不允许我往那方面引诱您，我们对顾客是起了誓的。大概这么说您更好懂点儿，我只是要像王明水那样照料您一天，陪您一天。”

“您能有他那么温存体贴、善解人意吗？”

“不敢说丝毫不走样——那就乱了——我尽量遵循人之常情吧。你们今天原打算上哪儿玩？”

两个人并肩往街里走。

“他答应今天给我去买皮大衣的。”

“哦，这个他可没让我代劳。”

“我说不会一样嘛，我们明水历来都是慷慨大方的。”

“活着没劲。”

一个粗粗壮壮的汉子坐在于观办公桌对面沮丧地说。

“活着没劲。”于观心不在焉地附和说。

“那怎么办呀？”

“有什么办法？没劲也得活着呀。”于观抬起头。

“我不想活了。”汉子盯着于观说。

“别别，别不想活。”于观嘟囔着劝道，“好死不如赖活着。”

“那好，你让活那我就活。你给我找点事儿干，我烦了。”

“会玩牌吗？咱俩玩牌吧？”于观提议。

“没劲。”汉子摇摇头。

“那下象棋？”

“更没劲。”

“去公园，划船？看电影？”

“越说越没劲。”汉子来了气，“你也就是这些俗套儿。”

“那你说干什么？干什么我都陪着你。”

“跳楼你也陪着——我要你陪干吗？你也不是女的。”

“哦，我们这儿不给人拉皮条。有专门干这事的地方——婚姻介绍所。你要空闲时间太多，可以练练书法，欣赏欣赏音乐或者义务劳动。”

“见你的鬼，闹了半天我花两毛钱挂号你就给我出这些主意，这不是蒙人吗？”

“我也不是神仙，也不是美国大使馆管签证的，个人的幸福要依赖社会的进步，沉住气。”

“你觉着你活着有劲吗？”汉子目光灼灼地问。

于观看看汉子，看不出他是不是在挑衅。

“挺有劲。”

“我觉得你没劲，你这人特没劲，没劲得我都不想抽你了。”

“你这个不要脸的还回来干吗？接着和你那帮哥儿们‘砍’去呀！”

一个年轻的少妇在自己的公寓里横眉立目地臭骂马青。

“别回家了，和老婆在一起多枯燥，你就整宿地和哥儿们神‘砍’，没准还能‘砍’晕个把眼睛水汪汪的女学生，就像当初‘砍’晕我一样，卑鄙的东西！你说你是什么鸟变的？人家有酒瘾棋瘾大烟瘾，什么瘾都说得过去，没听说像你这样有‘砍’瘾的，往哪儿一坐就屁股发沉眼儿发光，抽水马桶似的一拉就哗哗喷水，也不管认识不认识听没听过，早知道有这特长，中苏谈判请你去得了。外头跟个八哥似的，回家见我就没词儿，跟你多说一句话就烦。”

“我改。”

“改屁！你这辈子改过什么？除了尿炕改了，生来什么模样现在还是什么模样。”少妇哭闹起来，“不过了，坚决不过了，没法过了，结婚前还见得着面儿，结婚后整个成了小寡妇。”

少妇一抬手把桌上的杯子扫到地上，接着把一托盘茶杯挨个摔在地上。马青也抓起烟灰缸摔在地上，接着端起电视机：“不过就不过！”

“别价。”少妇尖叫着扑过来按住他的手，“这个不能摔——你是来让我出气的还是来气我的？”

“你说过你丈夫急了逮什么摔什么。”马青理直气壮地说，“你又要求我必须像他。”

“可我丈夫急了也不摔贵重物品，你这是随意发挥。”

“你没交代清楚。”

“这是不言而喻的。”

“好吧，把电视机放回去。下边该什么词儿了？”

“真差劲，看来你们公司没经过良好的职业培训就把你派来了。下边是我爱……”

“我爱你。”

马青和少妇愣愣地互相看着。

“我爱你。”马青重复了一遍，看到少妇仍没反应，他十分别扭地又说，“别闹了，宝贝儿。”

少妇笑了起来。

马青涨红脸为自己辩解：“我没法再学得更像了，这词儿扎人。”

“好好，我不苛求你。”少妇笑着摆摆手，“意思到了就行。”

“其实我是心里对你好，嘴上不说。”

“你最好还是心里对我不好，嘴上说。”

“现在不是提倡默默地奉献吗？”马青的样子就像被武林高手攥住了裤裆，“你生起气来真好看。”

“好啦好啦，到此为止吧，别再折磨你了。”少妇笑得直打嗝地说，“真难为你了。”

“难为我没什么，只要您满意。”

“满意满意，”少妇拿出钱包给马青钞票，“整治我丈夫也没这么有意思，下回有事还找你。”

“咳，人生，”杨重吐着烟圈，眼望冷饮室的天花板，比画着说，“人生就是那么回事。就是踢足球，一大帮人跑来跑去，可能整场都踢不进去一个球，但还得玩命踢，因为观众在玩命地喝彩、打气。人生就是跑来跑去，听别人叫好。”

“我发觉你特深沉。”刘美萍手托腮着迷地盯着杨重，连酸奶都忘了喝，“你是不是平时特爱思考？”

“是。”杨重眼神儿空洞地说，“我平时特爱思考，特深沉。”

“你是不是上过大学？”

“唔，上过吧。”

“怪不得，上过大学的人都心事重重，若有所思。”

“你是不是也特爱思考?”

“啊，我特爱瞎想，我特爱琢磨人。像我这种职业吧，就是和人打交道的职业，每天都得和几千人说话，我就观察这几千人的特点。譬如说胖子吧，一般爱买大手绢，胖子鼻涕多嘛，瘦子就买小一点的。”

“腺体分泌和体重有关系吗?”

“当然有关系，世上万物谁和谁没关系?你和这个酸奶瓶要嚼起亲来没准还有点血缘关系呢，你先人死了，烧成骨灰，扬到地里，连土挖出来，烧成瓷器或者玻璃，装上酸奶，卖给你。”

“这就是辩证法吧?比较朴素的。”

“我也不知道是不是，我只知道凡事都有个理儿，打个喷嚏不也有人写了几十万字的论文，得了博士。”

“有这么回事，这论文我们上学时传阅过。人家不叫喷嚏，这是粗俗的叫法儿，人家叫‘鼻黏膜受到刺激而起的一种猛烈带声的喷气现象’。”

“你懂得真多。”

“哪里，还是你懂得多。”

“你懂得多。”

“惭愧惭愧。”

“谦虚谦虚。”

“咱们别争了，这样下去没个完，您爱才我心领。”

“我真是诚心诚意夸你。我觉得跟你特说得来，特知音。”

“别别，我这人经不住夸。”

“你老这么一味地谦虚我要生气了，好像我夸你是害你似的。”

“那就算我懂得多吧，其实我也觉得和你特谈得来特知音。”

“我特愉快。”

“我也特愉快。”

马青身心交瘁地回到办公室时，于观正被那汉子揪着脖领子在办公室里拖来拖去。

“你别这样，放开我，让人看见不体面。”

“你就成全我吧，就扇俩嘴巴，就两个。”

“不行，我吃不住，我体质弱。”

“你就让我干一件想干的事吧，我长这么大还没自个儿做过回主呢。”

“别的事可以商量，这件事坚决不行。我正告你，如果你动我一个手指头，我就和你拼了。”

“都这么自私，只顾自己不顾别人，什么替人解难替人解闷儿，一触到自己就不干了。”汉子松开于观，哭了起来，“我真不幸，真不自由。”

于观喘上一口气来，拉拉被揪皱的衣服，示意马青把手里的垒球棒放回门后。于观走回办公桌后坐下，对汉子说：

“别哭鼻子了，挂号费退给你，赶紧走吧。”

汉子哭泣着，从马青手里接过两毛钱，紧紧攥着一路走出门。

“胡大，咱们干的这是什么倒霉差使。”

门关上后，马青几步走过来，一屁股坐在于观的办公桌上，大声说：

“我每天挨家去让人骂，你又差点让人打了，就杨重享福，每天去大街吊膀子，当代用券。我要和他对换工种，种田还得休耕呢。”

“我们不是有君子协定在先，任人唯贤，因材施教。”于观仰在椅子靠背上疲倦地说，“你太温柔，让你去和别人的女友谈心，你每回都把临时帮工变成全面承包，我不能隔一天就让一个丈夫打上门一回。”

“依你说，我只能永远挨女人不歇气儿的暴骂而得不到机会和她们交流了？”

“别她们她们的，她，就一个，一个随便你怎么交流，饭要一口一口吃，仗要一个一个打。有时你那种老少咸宜、兼容并蓄的气魄使每个有正义感的人都感到气愤，那不道德……”

“可杨重也不是宦官。”

电话铃响了，于观边伸手去接边反驳：

“可他懂得荟萃，去粗取精，而你总是囫囵吞枣。他有耐性，可以胡扯一天仍津津有味，你三分钟端不了簸箕便拔腿去找下一个……喂，找谁？”

“就找你。”话筒传来嗡嗡的男声，“我是杨重，我坚持不住了，这女人缠得我受不了啦。”

“我刚刚还在夸你有耐性，会胡扯。”

“你不知道这女人是个现代派，爱探讨人生的那种，我没词儿了，我记住的所有的外国人名都说光了。”

“对付现代派是我的强项。”马青在一边说。

于观瞪了他一眼，对话筒说：“跟她说尼采。”

“尼采我不熟，而且我也不能再山‘砍’了，她已经把我引为第一知己，眼神已经不对了。”

“那可不行，我们要对那个肛门科大夫负责，你要退。”

“她不许我退，拼命架我。”

“这样吧，我们马上就去救你，你先把话题往低级引，改变形象，让她认

为 你是个粗俗的人。”

“你们可快来，我都懵了，过去光听说不信，这下可尝到现代派的厉害了……她向我走来了，我得挂电话了。”

“记住，用弗洛伊德过渡。”

“快来，我坚持不了多一会儿。”

马青嘻嘻笑着，从办公桌上跳下来，兴奋地在屋里转圈踱着步等立身收拾办公桌的于观。

“弗洛伊德我拿手，我就是弗洛伊德的中国传人。”

“你是弗洛伊德病例的中国自动复印版。”于观绕过办公桌走出来，“我不许你趁机卖弄。”

这是个阳光灿烂的中午，街上人群摩肩接踵，所有小餐馆、快餐店都挤满吃饭的人，有些没座的人还把饭菜端到街上站着吃。于观和马青费了半天劲儿，才在一家画着彩色广告的电影院门厅里的冷饮柜台旁找到杨重和女顾客。电影刚散场，门厅里人挤人，所有人都在大声说话，嘈杂喧闹，他们挤到杨重身边，他也没发现。杨重显然已经才尽，面对滔滔不绝、神采飞扬的手绢柜台组长显得精神恍惚。

“你一定特想和你妈妈结婚吧？”

“不不，和我妈妈结婚的是我爸爸，我不可能在我爸爸和我妈妈结婚前先和我妈妈结婚，错不开。”

“我不是说你和你妈结了婚，那不成体统，谁也不能和自个儿的妈结婚，近亲。我是说你想和你妈结婚可是结不成，因为有你爸，除非你爸被阉了，但就是你爸被阉了也无济于事，因为有伦理道德，所以你痛苦，你看谁都看不上，只想和你妈结婚，可是结不成，因为有你爸，怎么又说回来了，我也说不明白了，反正就是这么回事，人家外国语录上说过，你挑对象其实就是挑你妈。”

“可我妈是独眼龙。”

“他妈不是独眼龙他也不会想和他妈结婚给自己生个弟弟或者妹妹，因为没等他把他爸阉了他爸就会先把他阉了，因为他爸一顿吃八个馒头二斤猪头肉，又在配种站工作，阉猪阉了几万头都有了，不用刀手一挤就是一对，像挤丸子，日本人都尊敬地叫他爸睾丸太郎。”马青斜刺里杀出来傍着刘美萍坐下，对着她脸连珠炮地说了一通，直到使她目瞪口呆不知所措才停下来露出微笑。

“这是我的同事，马青，这是我们经理于观。”杨重还了魂似的活跃起来，把不错眼珠地盯着刘美萍微笑的马青和刚拖过一把椅子坐下的于观介绍给刘美萍，“他们都是我老师，交大砍系即食面专业的高材生，中砍委委员。”

“是么？可我很少跟三个人同时谈人生。”

“没关系。”马青侧身挡住于观和杨重，“你主要和我谈就行了，没谈透的地方再让他们俩补充。”

“你别跟我这么近乎，我还不了解你呢。”

“那个肛门科大夫是不是特像你爸，他活儿好吗？”

“你说的什么呀？我听不懂你的话……”

于观笑着转脸对杨重说：“你们就在这儿耗了一上午？没进去看电影？”

“看了，《奥比多斯驴在行动》。”

“外国片？”

“哪儿呀，国产片，你不知道现在国产片都起洋名儿？”

“对，我也觉得特空虚，结婚特没劲。”马青拿腔拿调地说，“找来找去不是找着自己爹就是找着自己妈。哪像人家外国，谁跟谁都能睡觉，人家也方便，都有房子，你自个儿有房子吗？”

于观和杨重一起笑起来，杨重掏出烟递给于观一支，两个人头凑在一起点火。

“……我就特钦佩人家外国女的，怎么睡也不拧着男的胳膊去商店买这买那……我没被人拧过，杨重老被人拧，脱臼好几回了。”

马青扭过头眨着眼儿笑着问杨重：“是不是杨重？”

杨重磕磕烟灰笑着说：“你就拿我开心吧。”

“咱们走吧杨重。”刘美萍伸着脖子从马青头后露出脸。

“再坐会儿再坐会儿。”杨重说。

“你甭老拉我们哥儿们走，你我已经接管了，今儿下午杨重还有别的约会。”

“是么杨重？”

“是。”杨重点点头，对刘美萍笑笑，“身不由己。”

“你就踏踏实实跟我聊着吧，我想和你说的话多着呢。”

“你没正经的，要不你请我吃饭去吧，我这儿坐着听你说话都听饿了。”

“要是咱俩单独约会我肯定请你吃，这会儿我是办公呢，要请你吃饭得请示我们经理。经理，我能请美萍吃顿便饭么？”

“可以，不过你得自个儿掏腰包。”

“毁我？”马青回头对刘美萍说，“要不我请你玩碰碰车得了，那也贵着呢，不过特好玩，玩完你就不饿了。”

“不去，我见车就晕。”

“去吧去吧，那不是一般的车，你玩回试试，保你上去就不爱下来，你们俩也动动。”马青硬把刘美萍从座位上拉起来，搀着，招呼在一旁乐的于观和杨重。

一行人出了电影院，穿街来到街口一家游乐场。刘美萍立刻被花花绿绿的游乐设施吸引了，马青去售票房买了四张碰碰车票，手护着嘴对于观和杨重说：“过会儿咱哥仨一起撞她，撞晕了算。”

碰碰车场里空空荡荡没什么人，三个男人忍着笑进场各选了一辆车坐进去，马青还扬着嗓子叫也往车里坐的刘美萍，“等一通电你就胡撞一气。”

管理员接通了碰碰车的电源，四辆车立刻发疯似的打起转儿，四散驶开，接着纷纷掉头回来，接二连三地猛撞在一起。刘美萍没玩过碰碰车，根本不能得心应手地操纵、规避，瞪眼瞧那三位从不同方向向自己冲来束手无策，被撞得连连从座位上蹦起来。碰碰车在急剧旋转，高速滑行，三个男人咧着嘴大笑，一次又一次驱车冲撞刘美萍，只见四辆车隆隆吼叫着叠错在一堆儿，刘美萍不时飞在空中。

一场玩完，刘美萍已是脸色苍白，又惊又气，她腿软软地从车上爬下来，一时话都说不出来。

“还行吧？”马青跑过来假惺惺地说，“人家外国人就爱玩这个，刺激。”

“还行。”刘美萍硬撑着说，随即话里带了哭腔，“可我们明水从没让我不吃饭就从事剧烈运动。”

“那你快找你们明水去吧，他一定也想你了。”马青拥着刘美萍脚不沾地一阵风地往街上走，刘美萍挣扎着扭过头冲刚出碰碰车场的杨重喊：“再见。”

丁小鲁和林蓓坐在无轨电车里由南向北通过街口，从车窗看到于观和两个人站在路边眉飞色舞地说话，电车经过他们身边时，她露脸喊了一声。

“有人叫你。”杨重对于观说。

于观回头往身后川流的人群张望：“哪儿呢？我好像也听见一声。”

“过去了，前面电车里。”

电车在街边车站停下，几乎下空了，又在顷刻间塞满，摇摇晃晃开走，满街仍是熙熙攘攘的人群。

“管他是谁呢，走吧。”

三个人正要转身走，有人又在很近的地方叫了声于观。三人转过身，丁小鲁和她的女伴随着人流走到他们跟前。

“嘿，碰上你了，真是少见。”于观高兴地说。

“叫你都听不见。”丁小鲁对杨重、马青点点头，笑着问于观，“干吗呢站在街上？打算去哪儿？”

“找地方吃饭去。”于观把杨重、马青介绍给丁小鲁，丁小鲁也把林蓓介绍给他们。

“演员？啊，好职业。”于观敷衍地说。

“我看你们别在街上晃着找饭馆了。”丁小鲁建议道，“到我家去一起做吧，我们也没吃。”

“你家有人吗？”杨重问。

“就我妈妈。”丁小鲁转脸看着杨重，“不过不碍事。”

“她妈不碍事。”于观也说，“还挺神。”

“那咱就走吧。”马青探头插嘴，“别像老百姓似的站在街上说个没完。坐几路车？”

“接着坐电车。”丁小鲁笑着挽起林蓓，领头在前面走。

“你们下午没事吧？”在电车上，丁小鲁小声问于观。

“没事。”于观说，“本来下午也没事。”

丁小鲁家是五十年代苏联援建期间盖的那种俄国风格的笨重结实的灰砖楼房，厚屋顶，窗户巨大，每套单元开间不多但面积宽阔。家具也都是那时公家配发的，式样陈旧，油漆剥落，皮沙发的弹簧已经塌陷。老太太正抱着一只大白猫坐在重新绑过的旧藤椅上怡然自得，看到一大群人呼啦啦进来，大白猫跳下地跑了。一大群人乱七八糟地叫了通“阿姨”，老太太矜持得体地招呼年轻人们坐下。看得出来，老太太是受过教育，经过残酷斗争考验的，既平和又保持着尊严。

“他们是来吃饭的，妈。”丁小鲁说，“家里现在还有什么吃的？”

“我给你看看去。”老太太站起来，往厨房走，一边对于观说，“你好长时间没来了。”

“我这段挺忙。”

“哦，于观也忙了。”

于观不好意思地笑，追着老太太说：“阿姨您别忙，吃什么我们自己弄。”

“我给你看看有什么，反正你到阿姨这儿也得凑合，只能管饱。”

一会儿，老太太从厨房回来对丁小鲁说：“冰箱里只有一点肉馅了，厨房里也就是土豆白菜了。”

“我去买。”丁小鲁说着站起来。

“千万别去。”于观按住丁小鲁掏钱包的手，“这点就够，咱们包饺子。”

“很近的。”老太太说，“楼下就有一个菜市场。”

“我知道，那也别去。我们什么也不想吃，包饺子挺好。”

“不用去不用去。”杨重、马青也说，“甭麻烦，咱们就随便吃点。”

“还是去买点。”老太太对女儿说，“男孩子可以将就，姑娘得有点可口的。”

“我也不用。”林蓓说，“我爱吃带馅的。”

“真的别去了。”于观对丁小鲁说，“你太客气我们就走了。”

“那好，那咱们就包饺子吧。”丁小鲁对她妈说，“反正也不是外人。”

“这就对了，我和面小鲁拌馅，老太太您歇着什么都甭管净等着吃——杨重别光自个儿抽烟，给老太太一棵。”

“哎哟，我不知道阿姨也吸烟，您来这棵。”刚把烟叼上嘴的杨重忙拎着根烟递给老太太。

老太太点着烟看了看牌子：“现在年轻人净抽好烟。”

“我们也不置房子置地，有钱就抽两棵烟玩玩。”

老太太吐了口烟，笑着点点头，坐回藤椅上：“现在年轻人没负担啊。”

“您抽烟够溜的。”

“我抽烟的历史比你年龄都长，那会儿天天开会天天熏，就会了。”

于观跟着丁小鲁来到厨房，丁小鲁找出个铝盆，从面口袋里舀出面让给于观，自己洗菜切菜。两个人很起劲儿地干着，一声不吭，客厅里的人聊得挺热闹，不时蓦地响起一阵笑声，老太太的笑声格外响亮。

“你妈精神真好。”

“不操心，不着急，自然精神好。”

“你呢，也挺好？”

“你呢？”丁小鲁甩了下耷下的头发，侧脸问。

“挺好。”于观专心致志地揉着面，脸上沁出了汗。

“我发觉你不太爱说话了。”

“谁说的？我说话时你没听见就是了，哦，有时话是少了。”

客厅传来马青一个人的快速说话声，当他停顿时，响起一片欢笑，笑声刚停，杨重又说了几句什么，笑声又起。

“你这两个同事挺逗的。”

“他们是我最好的朋友。”

丁小鲁手停了一下，又继续剁菜：“你终于有这样的朋友了。”

“和他们在一起我总是很快乐。”

笑声忽然大了，厨房门开了，林蓓走进来。

“你怎么来了？你们说什么呢这么乐？”丁小鲁抬头说。

“他们在说他们公司的顾客的事呢。”林蓓倚着门说，“我不爱听。”

“可我听见你跟着笑呢。”

“笑归笑，可我不喜欢。他们特坏，人家一个女顾客就是想跟他们探讨一下人生，也没什么不对，他们就把人家骗到游乐场，故意用碰碰车撞人家，把人家撞岔了气儿。”

“没说的，这坏点子准是于观出的。”丁小鲁笑着直起腰看着于观说。

“不是我，马青的主意。”于观也笑着说，使劲用手拍打着揉得光滑的面团。

“你们真不像话，那么过分。”林蓓噘着嘴说。

“她没察觉是故意的。”

“那也不好，对人一点儿也不真诚。”

“我们小蓓可有正义感了。”

“不是正义感不正义感，本来嘛，我就不爱跟这种人打交道，谁知道他什么时候是真的什么时候是拿你开心。”

“林蓓怎么跑这儿站着来啦？”马青笑嘻嘻地叼着烟进厨房找火，丁小鲁从煤气灶上把火柴拿给他，笑着对他说：

“正说你呢。”

“说我什么？”马青点着烟，把火柴扔回去。

“说你坏，干坏事。”林蓓直通通地说，眼睛瞪着马青。

马青把烟从嘴上拿下来，看了眼于观，对林蓓说：“我没敢得罪你呀，怎么就‘坏’了。”

“你对别人坏，我也是女的，不爱听你吹怎么捉弄人家女的。”

“就是，要尊重妇女。”丁小鲁把剁好的菜推进盛肉馅的盆，用力搅起来。

“可我不是老‘坏’。”马青对林蓓说，“我‘好’一个给你看行吗？你容我酝酿酝酿。”

“包饺子了包饺子了。”丁小鲁端着馅盆往堂屋走，“别贫啦，都去洗手。”

林蓓扭身去卫生间，马青吮着烟对于观说：“瞧我别扭——这姑娘。”

“她还没习惯你。”于观笑着端起面盆，“人家是好姑娘。”

“敢情咱们都是坏蛋。”

众人七手八脚包饺子时，老太太建议“给干活的人放点曲子”。丁小鲁拧了半天老式箱形收音机旋钮，调出一组豪迈、缠绵的出征歌曲，这些歌曲也是流行歌曲，大家都随着旋律摇头晃脑地哼哼。当歌手唱到：“如果是这样，你不要悲哀。”三个男人一齐昂首唱第二声部：“——我不悲哀！”

五

于观老丫的：

老子等你好几天了，想让你再带我找个好玩的地方去玩，可你老不来，害得我白等，现在老子去上班了，下班回来再收拾你。

“这是谁留的条子？”于观笑着说，“太野了。”

“刘美萍呗。”杨重笑着说，“这姑娘这几天跟长在这儿似的，天天来。你上次带她去什么圣地了？招得她念念不忘。”

“马青。”于观扭头对马青说，“我一看就知道你这几天没少熏陶刘美萍，把你那身武艺都传给她了。”

“没有没有。”马青从看着的小说中抬起头，“我这几天跟她说的都是新华字典上的词儿。”

“他嘴能闲着？”

“他？”杨重笑着说，“他要拉出的是金子银子倒奇了。”

“这两天还有谁来过？”

“老赵老来，一来就坐半天。我们跟他也没话说，就听他吹，吹得没劲了也不走，干坐着，那么大岁数我们也不好意思轰他，才尴尬呢。”

“他干吗瞟上我们？”

“谁知道，是不是觉得咱们特需要他？”

“再来我叫警察把他拘起来。”马青说，“太烦了，我妈什么时候给我生了这么一个哥……”

“啊，三位，好呵？今儿都在。”赵尧舜颇具儒者风度地进来，笑呵呵地和大家打招呼。

屋内三个人都不说话了，散开各回各桌。赵尧舜走到于观桌旁坐下，打开纸折扇扇着。

“于观，这几天怎么没来呀？”

于观看着他“嗳”了一声。没说什么。

“小马，给我来杯水。”赵尧舜回头说道，“你们今天很清闲。”

“下午我们要参加一个追悼会。”

马青把一杯白开水放到赵尧舜面前，走开回到自己桌后往这边看。

“谁死了？”

“一个不会水的孩子。”

“噢，这样的人也要开追悼会吗？看来你们每天的工作委实没有什么意思。”

“的确没意思。”

“这不奇怪。像你们这种年轻人，没受过什么教育，不可能再有什么发展，在社会上备受人歧视，内心很痛苦，但又只好如此，强颜欢笑。”

于观慢慢点着一根烟，抬脸凝视赵尧舜。

赵尧舜诚恳地望着于观：“这不公平，社会应该为你们再创造更好的条件。我要大声疾呼，让全社会都来关心你们。我已经不是青年了，但我身上仍流动着热血，仍爱激动，这些天，我一想到你、马青、杨重这些可爱的青年，我就不能自已，就睡不着觉。”

“你说我们内心痛苦？”

“当然，这太明显不过了，你不说我也能感觉到。”

“要是我们内心并不痛苦呢？”

“这不可能——这不合逻辑，你们应该痛苦，干吗不痛苦？痛苦才有救。”

“那我告诉你，我们不痛苦。”

“真的？”

“真的。”

“那只能让我感到可悲，那只能说明你们麻木不仁到了何等程度。这不是偷生而是沉沦！你们应该哭你们自己。”

“可我们不哭，我们乐着呢。”

“无产者挣脱的只是锁链……”

“听着，我们可以忍受种种不便并安适自得，因为我们知道没有完美无缺的玩意儿，哪儿都一样。我们对别人没有任何要求，就是我们生活有不如意我们也不想怪别人，实际上也怪不着别人，何况我们并没有觉得受了亏待，愤世嫉俗无由而来。达则兼济天下，穷则独善其身。既然不足以成事，我们宁愿安静地等到地老天荒。你知道要是讨厌一个人怎么能不失礼貌地请他走开吗？”

“最好是不说话，表示你已对他失去兴趣。”

“……”

“那我走了。”

（节选自王朔．顽主［M］．天津：天津人民出版社，2007：1－20，61－64.）

★导读：

王朔，1958年出生于江苏南京，祖籍辽宁，在北京长大。著有《空中小姐》《玩的就是心跳》《我是你爸爸》《过把瘾就死》《一点正经没有》等小说，出版有《王朔文集》《王朔自选集》《致女儿书》等。多部小说被改编为电影，如米家山执导的《顽主》、夏钢执导的《一半是火焰 一半是海水》、黄建新执导的《轮回》（改编自《浮出海面》）、叶大鹰执导的《大喘气》（改编自《橡皮人》）、姜文执导的《阳光灿烂的日子》（改编自《动物凶猛》）等，由于前四部电影都在1988年上映，这一年被文学界、影视界称为“王朔年”。王朔参与策划、编剧的电视连续剧《渴望》《编辑部的故事》等亦大获成功。

《顽主》讲述于观、马青、杨重开了一个“三T”公司，替人解难、替人解闷、替人受过，“在社会服务方面拾遗补缺”，工作内容包括替忙碌的医生陪女朋友、为三流作家操办颁奖大会、代丈夫被妻子臭骂等。三个主角的日常工作就是一场场自导自演的游戏，在表面荒诞不经的故事中，揭示了“顽主”们的精神状态。王朔擅长北京方言中的口头语，语言充满戏谑、调侃和反讽，《顽主》主要由对话体构成，以戏仿的语言解构主流意识形态，嘲讽知识精英和虚假道学。在顽主的嬉笑怒骂和玩世不恭背后，隐含着一种反叛的姿态，正如王蒙在《躲避崇高》（《读书》1993年第1期）中所说，王朔的“‘玩文学’，恰恰是对横眉立目、高踞人上的救世文学的一种反动”。

（陈翠平）

白鹿原

陈忠实

第六章

三、礼俗相交

…………

白嘉轩当晚回到白鹿村，把《乡约》的文本和朱先生写给徐先生的一封信一起交给学堂里的徐先生。徐先生看罢，击掌赞叹：“这是治本之道。不瞒你说，我这几天正在思量辞学农耕的事，徐某心灰意冷了；今见先生亲书，示我帮扶你在白鹿村实践《乡约》，教民以礼义，以正世风。”

白嘉轩又约请鹿子霖到祠堂议事。鹿子霖读罢《乡约》全文，感慨不止：“要是咱们白鹿村村民照《乡约》做人行事，真成礼仪之邦了。”三人当即商量拿出一个在白鹿村实践《乡约》的方案，由族长白嘉轩负责实施。当晚，徐先生把《乡约》全文用黄纸抄写出来，第二天一早张贴在祠堂门楼外的墙壁上；晚上，白鹿两姓凡十六岁以上的男人齐集学堂，由徐先生一条一款，一句一字讲解《乡约》。规定每晚必到，有病有事者须向白嘉轩请假；要求每个男人把在学堂背记的《乡约》条文再教给妻子和儿女；学生在学堂里也要学记《乡约》，恰如乡土教材。白嘉轩郑重向村民宣布：“学为用。学了就要用。谈话走路处世为人就要按《乡约》上说的做。凡是违犯《乡约》条文的事，由徐先生记载下来；犯过三回者，按其情节轻重处罚。”

处罚的条例包括罚跪，罚款，罚粮以及鞭抽板打。白鹿村的祠堂里每到晚上就传出庄稼汉们粗浑的背读《乡约》的声音。从此偷鸡摸狗摘桃掐瓜之类的事顿然绝迹，摸牌九搓麻将抹花花掷骰子等等赌博营生全踢了摊子，打架斗殴扯街骂巷的争斗事件再不发生，白鹿村人一个个都变得和颜可掬文质彬彬，连说话的声音都柔和纤细了。

白嘉轩从街巷里走过去，瞥见白满仓之妻坐在街门外的捶布石上给娃子喂奶，扯襟袒脯，两只猪尿泡一样肥大的奶子裸露出来，当晚就在众人聚集的祠堂里当作违反礼仪的事例讲了。白满仓羞得赤红着脸，当晚回去就抽了丢人现眼的女人两个耳光。从此，女人给孩子喂奶全都自觉囚在屋里。

白嘉轩又请来两位石匠，凿下两方青石板碑，把《乡约》全文镌刻下来，镶在祠堂正门的两边，与栽在院子里的“仁义白鹿村”竖碑互为映照。这镌刻工程继续多日，两个石匠叮叮咣咣凿石刻字，白嘉轩不管田间劳作多么紧张多么疲累，每天至少要到祠堂来查看一回。

这天后晌，他坐在一只小凳上看着石匠刻字，鹿子霖走进祠堂来，笑嘻嘻地告诉他：“嘉轩哥，县府任命兄弟为白鹿镇保障所乡约了。”白嘉轩问：“乡约怎的成了官名了？”鹿于霖说：“人家就这么称呼。”

第七章

鹿子霖一上任乡约就施展出非凡的办事能力和组织才能。他用白鹿仓拨给他的十分有限的经费，在白鹿镇买下一院破落户的民房。房屋已经破败不堪，庭院里散发着一股酸滋滋臭烘烘的气味。他雇请来卫木匠，向所辖的十个村子摊派小工，把三间大厅和两间厢房全部翻修一新。把临街的已经歪扭的门楼彻底拆除，用蓝色的砖头垒成两个粗壮的四方门柱，用雪白的灰浆勾饰了每一条砖缝，然后安上两扇漆成黑色的宽大门板。在右首的门柱上，挂出一块白底黑字的牌子：滋水县白鹿仓第一保障所。多年来一直破败不堪的居民小院，完全焕然一新了，在灰暗衰老的白鹿镇上，立即昭示出一种奇异的气质。

皇帝在位时的行政机构齐茬儿废除了，县令改为县长；县下设仓，仓下设保障所；仓里的官员称总乡约，保障所的官员叫乡约。白鹿仓原是清廷设在白鹿原上的一个仓库，在镇子西边三里的旷野里，丰年储备粮食，灾年赈济百姓，只设一个仓正的官员，负责丰年征粮和灾年发放赈济，再不管任何事情。现在白鹿仓变成了行使革命权力的行政机构，已不可与过去的白鹿仓同日而语了。保障所更是新添的最低一级行政机构，辖管十个左右的大小村庄。

当白鹿仓的总乡约田福贤要鹿子霖出任第一保障所的乡约那阵儿，鹿子霖听着别扭的“保障所”和别扭的“乡约”这些新名称满腹狐疑，拿不定主意，推诿说自己要做庄稼，怕没时间办保障所里的事。当他从县府接受训练回来以后，就对田福贤是一种知遇恩情的感激心情了。

鹿子霖在县府接受了为期半月的任职训练。受训结束的前一天，县长史维华再一次到场训示，发给每人一身青色制服，换上了一色一式制服的各仓总乡约和各保障所的乡约们一起同史县长合影留念，这无疑是滋水县历史上别开生面的一张历史性照片。鹿子霖脱下长袍马褂，穿上新制服到大镜前一照，自己先吓了一跳，几乎认不出自己了。停了片刻，他还是相信这个穿一身青色洋布制服的鹿子霖，仍是那个穿长袍马褂的鹿子霖：长条脸，高额头，深陷的眼睛，长长的眼睫毛，统直的鼻子，俊俏的嘴角，这个鹿子霖比那个鹿子霖显得更精神了。

一天后晌，两个正在朱先生的白鹿书院念书的儿子闻讯跑到县府来看望他，看见他一身制服就惊得愣呆呆地瞅着。鹿子霖哈哈笑着搂住儿子说："爸革命咧！"大儿子兆鹏说："爸！你都革命了，还让我念古书？我想到城里的新学堂去念书。科举考试早都废止了，再念老书没一点点儿用处了。"二儿子兆海也附和哥哥说："好几个生员都走了，到城里的新学堂念书去了。我跟哥哥一块去。"鹿子霖很爽快地说："去。你俩一搭去。史县长说来，咱县上也正筹划新学堂哩！"

鹿子霖日暮时回到白鹿村，在街巷里遇见熟人，全部认不出他来了。他对这种反应已不奇怪，作出无所谓的样子回答他们的询问："在县府受训。满了。十五天满了。这衣裳……制服嘛！"走进自家院子，他的女人端着一盆泔水正往牛圈走，吓得双手失措就把盆子扣到地上了。鹿子霖走进上房向父亲请安。泰恒老汉眨巴着眼睛把他从头到脚瞅盯了半晌，惊奇地问："你的辫子呢？"鹿子霖早有准备："凡是受训的人，齐茬儿都铰了。保障所是革命政府的新设机构，咋能容留清家的辫子？"泰恒老汉闭嘴闷声了。

白鹿仓总乡约田福贤邀请鹿子霖出任第一保障所乡约的时候，鹿泰恒出于自家在白鹿村处境的考虑，支持儿子到白鹿村外边去闯世事，现在自然不能为儿子丢掉辫子再说二话。鹿子霖恭恭敬敬向父亲汇报了在县府受训的情况，泰恒老汉听了说："甭忘了你老太爷的话。"鹿子霖说："那忘不了。"第二天鹿子霖就着手交办买房修房创建保障所的事。他在白鹿村和白嘉轩搭手修造祠堂，创立学堂，修补堡子围墙，结果却只是增加了族长白嘉轩的功德；现在他将第一次出面独立行事，就决心要办出个样子来。在白鹿村，他的财富可以累加，却与族长的位置无缘；现在，他是保障所的乡约，下辖包括白鹿村在内的十个村庄，起码不在白嘉轩之下了吧？他按照县府规定给保障所的编员人数，物色聘请了一位书手，姓王，是大王村的一位学子，写得一手好字，人也精干。到保障所修建完成，他和王书手就在厅房里坐下来摆出办公的架势了。

第一保障所创建成功，并举行了隆重的庆祝活动。鹿子霖首先约请了顶头上司总乡约田福贤，还邀请了第一保障所所辖管的十个村子里的官人——包括白嘉轩在内的各村的族长，又邀请了白鹿仓另外八个保障所的乡约；再就是镇子上的几位头面人物，中医堂的冷先生，杂货铺的葛掌柜，粮店的崔掌柜等；本保障所辖管的十个村子的绅士和财东，也都一个没有遗漏。第一项仪式是挂牌。白鹿仓总乡约田福贤把挽着红绸的木牌挂在右首的四方门柱上，然后鞭炮齐鸣，又三声铳响，把人们震得耳鸣心跳。在乱糟糟的恭贺气氛里，鹿子霖却想起老太爷的话："中了秀才放一串草炮，中了举人放雷子炮，中了进士放三声铳子。"他现在是保障所的乡约，草炮雷子铳子都放了，老太爷在天之灵便可得到慰藉了。

鹿子霖在镇子的饭馆包下五席饭菜，跑堂的掌着红漆木盘把菜送到保障所里。酒过三巡，鹿子霖致词欢迎，田总乡约作指示，各位同僚，各位头面人物相互祝贺恭维。白嘉轩坐在这里很难受，听这些人说话更难受，他怎么也消除不了心里的疑团："这些人在这儿吃谁的？"他几次想把姐夫朱先生写给张总督的民谣念出来，却又几次作罢。他清楚鹿子霖不是张总督，他自己也不是朱先生，念了也没有用。他应酬着坐了一阵子，再也坐不下去，就起身告辞了。鹿子霖捏着酒盅走过来，拉他再饮："嘉轩哥，日后还望你宽容兄弟之不周。"白嘉轩装出豁达的样子说："这话再不能往下说，再说就见外了。我有事得先走一步。"鹿子霖热情地拉住不放："啥事紧得要走？"白嘉轩挣脱了手臂，离开桌椅说："黄牛寻犊子咧，我得去配种。"鹿子霖扫兴地闭了嘴，再不挽留。

白嘉轩得到通知到保障所开会，十个村的官人全部到齐后，鹿子霖传达了县府史维华县长的命令，要对本县的土地和人口进行一次彻底清查，先由保障所逐村逐户核查造册，再由白鹿仓汇总之后统一到县府加盖印章，一亩一章，一丁一章，按土地亩数和人头收缴印章税。白嘉轩还没听完，就突然想到保障所挂牌吃喝那天自己没有说出口的话：这些人在这儿吃谁的？他然后做出一副轻松的样子，对鹿子霖开玩笑说："子霖兄弟，是不是挂牌那天吃下窟窿了？"鹿子霖正怀着上任后第一次执行公务的神圣和庄严，一时变不过脸来，虽然被这话噎得难受，却只能是玩笑且当它玩笑："嘉轩兄谝什么闲传，这是史县长的命令。"但心里却不由懊恼起来。印章税收齐后，县府、仓和保障所按七二一比例开成，上交县府七成，仓里抽取二成，保障所留下一成，作为活动经费以及官员们的俸禄。因为没有各村官人的份儿，所以此条属内部掌握，一律不朝下传达。鹿子霖恢复平静以后，就强烈地意识到，现在不能示弱，否则以后事情就难办了，于是说："各位，咱们官事官办，私事私了。属于兄弟和各位私人交情的事，咋都好说好办，属于官事，就得按县府的条律执行。史县长再三说，必须服从革命法令，建立革命新秩序。"有人问："谁要是实在没钱交咋办？"鹿子霖说："让他们自己想办法。"又有人说："要是想不下办法咋办？现在青黄不接，去年秋里遭了旱，村里多半人吃食接不上新麦……"鹿子霖说："办法只要想，总是能想到的。各位回村以后，牙口得放硬点。"

白嘉轩就不再说话，领了鹿子霖散发的通告，径直走回白鹿村。

白嘉轩从皂荚树上用铁锨铲下几束皂荚刺，把署有史维华县长名字的通告扎到祠堂外的墙壁上，然后敲锣，把通告的内容归纳成最简洁的几句话，从村子里一边敲过，一边喊："一亩一章，一人一章，按章纳税，月内交齐，抗拒不交者，以革命军法处治。"白嘉轩绕村一匝，回到祠堂放下大锣的时候，通告前已经围满了村民。大家议论纷纷，听不清楚，只听得一句粗话："这反正倒反成个毯子了！这县长倒是个毯子县长……"

祠堂门外的嘈杂声，搅扰了徐先生的安宁。后晌放学以后，孩子们背上竹笼，提上草镰去给牲口割草，徐先生就到河边去散步。杨柳泛出新绿，麦苗铺一层绿毡，河岸上绣织着青草，河川里弥散着幽幽的清新爽朗的气息。他一边踱着步，一边就吟诵出长短句来。待回到祠堂里，就书记到纸上。现在已有一厚摞了，题为《滋水集》。

徐先生到白鹿村来坐馆执教，免除了在家时沉重的田间劳作之苦，过一种平静无扰的清闲生活。他沿着河岸悠悠漫步，眼前总是飞舞着祠堂门外那张盖着县府大印署有县长姓名的通告，耳畔又响起村民们的议论和粗鲁的谩骂，心里竟然怦怦搏响。清廷的皇帝也没有征收过如此名目的赋税，只是缴纳皇粮就完了。"苛政猛于虎！"徐先生不觉说出口来，随之就吟出一首长短句词章。在他的吟诵山川风月的《滋水集》里，这是唯一一首讽喻时政的词作，别具一格。

徐先生保持着早睡早起的良好生活习惯。他刚刚吹灯躺下，就听到叩击祠堂大门铁环的响声。他穿戴整齐之后，又叠了被子才去开门。黑暗里听出是白嘉轩，忙引入室内。

白嘉轩说："我想起事。"徐先生忙问："你……起什么事？"白嘉轩说："给那个死（史）人一点颜色瞧瞧，臊一臊他的脸皮。"徐先生急问："咋样闹呢？造反？""我一个笨庄稼汉，一不会耍刀，二不会弄棒，快枪连见也没见过，造啥反哩！"白嘉轩说，"按人按亩收印章税，这明明是把刀架在农人脖子上搜腰哩嘛！这庄稼还能做吗？做不成了。既是做不成庄稼了，把农器耕具交给县府去，交给那个死（史）人去，不做庄稼喽！"徐先生沉默不语。白嘉轩接着说："你是知书识礼的读书人，你说，这样弄算不算犯上作乱？算不算不忠不孝？""不算！"徐先生回答，"对明君要尊，对昏君要反；尊明君是忠，反昏君是大忠。”“好哇！徐先生，我还担心你怕惹事哩！”白嘉轩说，“我想请你写一封传帖。” “鸡毛传帖？写。”徐先生竟是凛然慷慨的气度，“你说怎么写？我听老人们说过鸡毛传帖的事，可没见过。”“谁也没见过。我也是听老辈子人说过那年杀贼人就用的鸡毛传帖。”白嘉轩说，“你想着写吧。只要能把百姓煽起来就行咧。怕不能太长。”

徐先生取了一张黄纸，欣然命笔，似乎早已成竹在胸，一气呵成：“苛政猛于虎。灰狼啖肉，白狼吮血……”写罢装进一个厚纸信封，交给白嘉轩。白嘉轩说：“徐先生，这事由我担承，任死任活不连累你。”徐先生说：“什么话！君子取义舍生。既敢为之，亦敢当之。”

白嘉轩未进院门，直接走进对过儿的马号。鹿三悄声问：“写好了?" 白嘉轩说：“好了。”白嘉轩掏出三封同样的传帖，往开口里分别插进三根白色的公鸡翎毛，对鹿三说：“你先到神禾村，进村西头头一家，敲响门，从门缝把传帖塞进去，只给主家招呼一声‘货到了’就走，甭跟人家照面。记下了没？”鹿三说：“这好记。”白嘉轩接着吩咐：“剩下这两份，你送给贺家坊村的贺老大贺德敖，贺家村街心十字南巷西边第六家。下来你就甭管了。来回路上碰不见熟人不说，碰见熟人装作不认得低头快走。记下了没？”鹿三说：“贺家坊的贺氏兄弟我闭着眼都能摸到，你放心。”说着把三份传帖接过来，扎进蓝布腰带里，又在腰里缠了三匝，外边再套上一件夹衫，说：“我走了。你睡去。明早见话。”白嘉轩说：“我等你，就在这儿。听着，万一路上碰见熟人躲不过了，就说你给我舅送牛去了。”鹿三倒有点不耐烦：“哎呀嘉轩。你把我当成鼻嘴娃子，连个轻重也掂不出来？”说罢就走出马号去了。白嘉轩突然觉得浑身松软，像被人抽掉了筋骨，躺在鹿三的炕席上。

鹿三早已取掉了苇席下铺垫的麦草，土坯炕面上铺着被汗渍浸润得油光的苇席，散发着一股类似马尿的汗腥味儿。他枕着鹿三的被卷，被卷里也散发着类似马尿的男人的腥膻气息。他又想起老人们常说的鸡毛传帖杀贼人的事。一道插着白色翎毛的传帖在白鹿原的乡村里秘密传递，按着约定的时间，各个村庄的男人一齐拥向那几个匪贼居住的村庄，把行将就木的耄耋和褯子裹包着的婴儿全部杀死。房子烧了，牛马剥了煮了，粮食也烧了……

骡马已经卧圈，黄牛静静地扯着脖子倒沫儿，粗大的食管不断有吞下的草料返还上来，倒嚼的声音很响，像万千只脚在乡村土路上奔跑时的踢踏声，更像是夏季里突然卷起的暴风。白嘉轩沉静下来以后，就觉得那踢踏声令人鼓舞，令人神往了。

白嘉轩后来觉得终生遗憾的是没有听到万人涌动时的踢踏声。四月初八在期待中到来。初七日夜里，白嘉轩一宿未曾合眼。他把那个白铜水烟壶端到鹿三的马号里，俩人坐着抽了一夜烟。天刚麻明，鹿子霖领着田福贤堵在门口。田福贤说："嘉轩，赶快敲锣。给大声吆喝，一律不要上县，不要听逆贼煽动。"白嘉轩冷冷地说："那锣我不敢敲。"田福贤说："你是官人又是族长，怎不敢敲？"白嘉轩说："传帖上写得明明白白，谁不去县府交农具，谁阻挠去交农具，一律砸锅烧房。我不敢。我怕砸了锅烧了房。"田福贤说："谁敢！真的有谁烧了你的房，我让谁给你赔。"白嘉轩蔑视地说："你吹啥哩！传帖连县长都敢反敢弄，谁把你个总乡约当啥。"田福贤的脸臊红了。鹿子霖也觉得被轻视了不大自在。白嘉轩说："锣和锣槌在祠堂放着，要敲你们去敲。我今日个不敲。"这当儿村里传来三声惊天动地的铳响，临近村子也连续响起铳子的轰鸣。白鹿村一片开门关门门板磕碰的噼啪声，杂乱无章的脚步声在清晨寂静的村巷里回响，一个个扛着犁杖，夹着杈耙扫帚的男人，在蛋青色的晨光里跃进，匆匆朝村子北边的道路奔去。白嘉轩站在门外的场地上说："决堤洪水，怎么掩挡？谁这会敲锣阻挡……非把他捶成肉坨儿不可！"田福贤煞白着脸："硬挡挡不住，咱们好言相劝或许可以？走吧！"白嘉轩推诿不过，跟着鹿子霖和田福贤在村巷转着。村里已经变成女人的世界，没有一个成年男人了。没有男人的村巷就显出一种空虚和脆弱。白嘉轩心急如焚，那些被传帖煽动起来的农人肯定已经汇集到三官庙了，而煽动他们的头儿却拔不出脚来，贺家兄弟一怒之下还不带领众人来把他砸成肉坨！白嘉轩情急之下就拉下脸说："二位忙你们的公务，我失陪了。"说罢就走。田福贤跑上前来堵住说："嘉轩，实话实说吧！有人向县府告密，说你是起事的头儿。我给史县长拍了胸膛，说你绝对不会弄这号作乱的事。既然挡不住也劝不下，让他们去吧！你可万万去不得。"鹿子霖则笑嘻嘻地说："我根本不信嘉轩哥会跟那些人在一块闹事。走走走！嘉轩哥，到你屋里坐下，让嫂子给咱沏一壶茶。"

白嘉轩再也找不出借口，就硬着头皮回到屋里，心里只希望贺氏兄弟领头进县城交农器了。但他尚不知，贺氏兄弟跟他一样，此刻也被田福贤安排的几位官员和绅士缠住而不得出门。这原是史县长的精心安排。

时势和机运却促成了鹿三人生历程中的一次壮举。他扛着一架没有安装铁铧的犁杖，走出白鹿村就拥入从各个村子涌出的庄稼人当中，同认识的和不认识的都打起招呼。人往往就这样，一个人的时候是一种样子，好多人汇聚到一起又完全变成另一种样子。临近三官庙，从四面八方通三官庙的大道小路上，人群汇成一股股黑压压的洪流。三官庙小小的庭院早已挤得水泄不通，门外的场地上也拥挤着人群，齐腰高的麦子被踏倒在地，踩踏成烂泥的青苗散发着一股清幽幽的香气。鹿三刚停住脚就听到了一个可怖的流言，说起事的人被吓破了胆不敢出头了。又说起事的人收受了史县长的赏金被收买了。最可怕的是说不愿意收受贿赂的两个头儿被史县长抓走了，现在正捆绑在城墙上示众。谁也无法证实，因而也无法辨别其虚实，但举事的头目没有出面却是既成的事实。随之最粗野的不堪入耳的咒骂不再对着收印章税的史县长，而是集中到鸡毛传帖的起事人头上，但至今谁也搞不清究竟是哪个村的张三李四王麻子煽起了这场事件。于是，纷乱而愤怒的庄稼汉们哄哄嚷叫着要去惩治起事的人。人群开始骚乱，朝来时的大道小路上倒流。鹿三心里急得像火烧，却终究束手无策。

这时候，从三官庙的院墙里突然传出了欢呼声："起事的人出头露面了!"消息像风一样卷过去，倒流的人又从大道小路上折回来。鹿三看见人群从三官庙的大门里流水一样涌泄出来，农具被踩断的咔嚓声，夹杂着被踩倒的人的惨叫，围墙上不断有人翻跳下来。一伙人架着一个光头秃脑的和尚从庙门里卷到场地中间。和尚踩着两个人的肩膀，左手扶着举到空中的一把木叉，右手在空中大幅度挥舞着那只插着白色翎毛的传帖："苛政猛于虎！灰狼啖肉，白狼吮血……"和尚有一副好嗓门儿，朗诵起传帖，嗓音洪亮，抑扬顿挫，感情炽烈："贪官不道，天怒人怨，黎民百姓无计无路，罢种罢收……"众人鸦雀无声。鹿三忽然羡慕起和尚来了。和尚诵完传帖说："我一人孤掌难鸣。各位父老再举荐三个头儿，带领众人进城交农具去。有哪位好汉自告奋勇站出来更好……"鹿三听了大叫一声："白鹿村鹿三算一个。"话音未落，他立即被身旁的人抬了起来。鹿三站在陌生人的肩膀上，高高地俯视着乌压压的一片黑脑袋，忽然觉得自己不是鹿三而是白嘉轩了。直到死亡，鹿三都没有想透，怎么会产生那样奇怪那样荒唐的感觉。众人又推举出两个人来，和尚随之宣布包括自己在内的四个头目为东西南北四路领头儿。和尚吼道："东原的人进东门，西原的人进西门，南原的人进南门，北原的人进北门。史县长不收回成令，誓不回原。"嗷嗷嗷的吼声混合着咒骂，人流像洪水一样滚向县城，土路上扬起滚滚黄尘，大道两旁的麦子被踩踏得像牛嚼过的残渣。

鹿三赶到城墙下，城门已经关死，吼声震天。几十个人抱着一根木头撞击大门，门板被撞碎，却发现里头已经用砖封死了。鹿三喊着拆墙扒砖。人拥人挤，效率极低，有人把扒下的砖头掷进城墙里去，有的砖头掉下来砸破了自己人的脑袋。这时候，城墙上响起锣声，一个人敲着锣喊："县长向大家见礼。"一伙随员簇拥着史县长出现在城墙上，县长跪下了，作揖叩头。打锣的人大声宣布："史县长令，收盖印章税的通令作废。请父老兄弟回乡。"砖头飞上城墙，县长的随员们耍杂技似的凌空逮住砖块，保护着县长。史县长又带着随员们跟着敲锣的人顺城墙走了。鹿三倒不知该怎么办了，憋在胸间的怒气尚未完全爆发释放出来却已宣告完结。没有经过多少周折而顺利地达到目的取得胜利，反倒使人觉得意犹未尽不大过瘾。围在城墙下的人立即把矛头回转过来，纷纷吼喊着现在该当实践传帖上的戒律，立即惩治那些没有前来交农具的人，骂他们不冒风险而分享斗争的胜利果实比死（史）人更可憎。鹿三顺从了众人的意向，回原路上所过的村庄，凡是没有参与交农的人家都受到严厉的惩罚，锅碗被砸成碎片，房子被揭瓦捣烂（本应烧掉，只是怕殃及邻舍而没有点火）。有两家乡性恶劣的财东绅士也遭到同样的惩治。鹿三回到白鹿村，白嘉轩在街门口迎接他，深深地向他鞠了一躬："三哥！你是人!"

四月十三日，白鹿镇上贴出两张布告，一张是罢免史维华滋水县长的命令，同时任命一位叫何德治的人接任。布告是由省府张总督亲自签署的。白鹿镇逢集，围观的人津津乐道，走了一个死（史）人，换了一个活（何）人；死的到死也没维持（维华）得下，活的治得住（德治）治不住还难说。白鹿原人幽默的天性得到了一次绝好的表演机会。并贴的另一张布告的内容就不大妙了，那是逮捕拘押闹事主犯的告示，其中包括鹿三在内的领头进城的四个人，还有写传帖的徐先生，煽动起事的贺氏兄弟。围观的人看罢第二张告示的观感是，摔了一场平跤。

白嘉轩比起事以前更难受。一个最沉重的忧虑果然被传言证实了：他的起事人的身份早已不是秘密，而他幸免于坐牢的原因是他花钱买通了县府；说他一看事情不妙就把责任推到那七个人身上，还说他的姐夫朱先生的大脸面在县里楦着，等等。白嘉轩从早到晚阴沉着脸，明知枣芽发了却不去播种棉花。他走了一趟贺家，又走了一趟徐先生家，他对他们的苦楚的家人并不表示特别的热情，只是冷冷地重复着同一句话："我马上到县府去投案，我一定把他们换回来。"他对哭哭啼啼的鹿三的女人说："三嫂，你甭急，我要是救不下三哥就不来见你。"

白嘉轩第二天一早就起身奔县府。县府里的一位年轻的白面书生对他说："交农事件已经平息。余下的事由法院处理，你有事去法院说。"白嘉轩放下褡裢，掏出一条细麻绳说："我是交农的起事人。你们搞错了人。你们把我捆了让我去坐监。"白面书生先是一愣，随之就耐心地解释："交农事件没有错。"白嘉轩吃了一惊，又觉得抓住了对方的漏洞："没错为啥抓人?"白面书生笑着向他解释："而今反正了，革命了，你知道吧？而今是革命政府提倡民主自由平等，允许人民集会结社游行示威，已经不是专制独裁的封建统治了。交农事件是合乎宪法的示威游行，不犯法的。那七个人只是要对烧房子砸锅碗负责任。你明白了吗？快把麻绳装到褡裢去。你要还不明白，你去法院说吧。”白嘉轩不是不明白，而是愈加糊涂。他又去找了法院，又掏出麻绳来要法院的人绑他去坐监狱。法院的人说了与白面书生意思相同的话，宣传了一番新政府的民主精神，只是口吻严厉得多：“你开什么玩笑！快把你的麻绳收拾起来。谁犯了法抓谁，谁不犯法想坐监也进不来。快走快走！再不走就是无理取闹，破坏革命机关秩序。”白嘉轩收拾了麻绳，背起褡裢出了法院，就朝县城西边走来，决定去找姐夫朱先生想办法。

第二天微明，白嘉轩又背着褡裢走下白鹿原，胸口的内衫口袋里装着姐夫朱先生写给张总督的一封短信。总督府门前比县府严密得多，荷枪实弹的卫兵睁眼不认人。白嘉轩情急之中就掏出姐夫的信来。卫兵们几乎无人不晓朱先生劝退二十万清军的壮举，于是放他进去。一位中年人接了信说：“张总督不在。信我给你亲交。你回吧。”白嘉轩说：“我要等见张总督。”中年人说：“你等不住。总督不在城里。你有事给我说。”白嘉轩把抓人的事说了，并带着威胁的口吻说：“要是不放人，我就碰死到大门上。”中年人笑说：“碰死你十个也不顶啥，该放的放，不该放的还得押着。你快走，我还忙着。”白嘉轩急了：“不是我姐夫劝退方巡抚，你多半都成了乱葬坟里的野鬼。你们现在官儿坐稳了，用不着人了是不是？”中年人笑了，并不反感他的措辞，反倒诚恳地说：“旁人的事权且忘了，朱先生的事怎么能忘？你回吧。要是七天里不见动静，你再来。”白嘉轩当晚就宿在皮匠二姐夫家里。

（节选自陈忠实．白鹿原［M］．北京：人民文学出版社，2019：86－100.）

★导读：

陈忠实（1942—2016年），中国当代著名作家，陕西省西安市灞陵乡西蒋村人。1993年出版长篇小说《白鹿原》，并于1997年获得第四届茅盾文学奖。20世纪80年代中期“寻根文学”呈现出的对中国传统文化的认知，使90年代的历史小说创作既延续了对反思文学与寻根文学的思考，又在民族历史与民族文化精神的提炼方面达到了一个新的高度。陈忠实正是在这种文学思潮中，以近百年来关中平原这块广袤土地上所发生的历史事件为基础，完成了这部“民族史诗”般的作品。

《白鹿原》的创作主题主要是对儒家精神的再思考。作家的思考是自下而上的，作家怀着对中国农民的深切关怀，表达出自己对传统文化根源的理解。陈忠实显然是拥护儒家文化的，从他对圣人朱先生“居庙堂之高则忧其民，处江湖之远则忧其君”的描写，对白嘉轩“耕读传家”理念的赞许，能看出“仁、义、礼、智、信”等儒家文化信条仍具有鲜活的生命力。但是，陈忠实并没有因此而回避儒家文化中已经变形、扭曲的部分。他笔下的田小娥，就显现出一副与传统卫道士抗争的勇敢模样。在描写白嘉轩对田小娥不屑、侮辱和厌恶的态度时，作家实际上是采用了一种“寓褒于贬”的写作手法，这样一来，两位主人公的形象都变得立体且丰满，白嘉轩的仁义外表下却含有对女性的偏见，田小娥对道德古旧秩序的反抗也存在非理性的成分。

《白鹿原》是一部现实主义作品，但又有着浓重的神秘意味。作家将这些神秘情节置放于叙事的细节之中，是对传统文化神秘特点的独特发现，并通过这种“神秘性”揭示出中国传统农村的“现实性”。陈忠实力图展示生活的原本面目，并试图在这其中找寻传统文化的传承与流变。他在创作过程中，不自觉地运用了电影的蒙太奇手法，将交农、“白腿乌鸦”围城、民族运动与革命、瘟疫、战争等事件交错结合，把具体的人物命运和宏大的社会历史进程相联系，从而使历史呈现出一种生动的状态，对中国儒家文化的出路做出了深刻的反省与思考。

（张栋）

尘埃落定

阿　来

第二章

5. 心房上的花

班师回到官寨，麦其家大宴三天。

三天下来，连官寨前广场上都扔满了新鲜的牛羊骨头。家奴们把这些骨头堆成一座小小的山头。土司说，烧了吧。管家说，这么大的气味会引来饥饿的狼群。土司哈哈大笑："麦其家不是以前了，这么多好枪，狼群来了正好过过枪瘾！"土司还对黄特派员说："我请你多留几天，亲手打几只狼再回去吧。"

黄特派员皱皱鼻子，没有回答。在这之前，也没有谁听特派员说过要回去的话。

焦臭的烧骨头的气味在初春的天气里四处弥漫。当天黄昏，饥饿的狼群就下山来了。它们以为山下有许多食物，没想到是火堆等着它们，骨头里的油，没有留给它们品尝，而是在火里吱吱叫着，化作了熊熊的光芒。骨头上还有人牙剔除不尽的肉，也在火中化为了灰烬。狼群愤怒了，长嗥声在黄昏的空中凄厉地响起。骨头在广场右边燃烧。广场左侧，行刑柱上拴着两只羊，在狼群的嗥叫声里哀哀地叫唤。一只只狼在枪声里，倒在了两只羊的面前。这样过了三天，山上再也没有狼下来，燃烧骨头的气味也渐渐飘散。该是黄特派员启程的时候了，但他只字不提动身的事情。父亲说："我们要忙着播种，过了这几天就不能再陪你玩了。"

黄特派员说："这地方是个好地方！"

过后，他就借口害怕那些请求封赏的喇嘛们打扰，闭门不出。政府军士兵还把通向他住屋的那层楼面把守起来了。父亲不知该拿这个人怎么办。他想问我哥哥，可没人知道哥哥在什么地方。父亲不可能拿这种事问我，虽然说不定我会给他一点有用的建议。于是，他带着怨气请教我母亲："你当然知道你们汉人的脑壳里会想些什么，你说那个汉人脑壳里到底在想什么？"

母亲只是淡淡地问："我把你怎么了？"

父亲才发觉自己的话多有不得体。他搔搔脑袋，说："那个人还不走，他到底想对我们干什么？"

"你以为他来干好事？请神容易送神难！"

土司就和太太商量送神的办法，然后就依计而行。这天，父亲走在前面，后面的人抬了好几口箱子，里面装了八千个大洋。走到特派员住的楼梯口，站岗的士兵行了礼，一横枪，就把楼梯口挡住了。父亲正想给那士兵一个耳光，通司笑眯眯地从楼上下来，叫人把大洋一箱箱收过，却不放土司去见黄特派员。

通司说："等一会儿吧，特派员正在吟诗呢。"

"等一会儿，我在自己家里见谁还要等吗？"

"那就请土司回去，特派员一有空我就来请。"

土司回到自己的房间里连摔了三只酒杯，还把一碗茶泼在了侍女身上。他跺着脚大叫："看我不把这个家伙收拾了！"有史以来，在麦其土司的官寨里，都是人家来求见。现在，这个人作为我们家的客人，住在漂亮的客房里，却要出了这样的威风，不要说父亲，连我的脑袋也给气大了。我勇敢地站到父亲面前。可他却大叫着要人去找他的儿子，好像我不是他的儿子一样。

下人回来报告说，大少爷在广场上一出漫长而神圣的戏剧中扮演了一个角色，上场了。父亲高叫，叫演戏的和尚们去演戏，叫他回来学着做一个土司。这话一层楼一层楼传下去，又从官寨里面传到了外面。经过同样的顺序，话又从广场传回来，说是，场上妖魔和神灵混战正酣，再说，场上每个人都穿着戏装，戴上了面具，认不出来哪一个是我那了不起的哥哥。

麦其土司高叫："那就叫戏停下来！"

一向顺从土司意旨的喇嘛立即进言："不行啊，不能停，那会违背神的意志的啊！"

"神？"

"戏剧是神的创造，是历史和诗歌，不能停下来的。"

是的，我们经常被告知，戏剧、历史、诗歌等等诸如此类的东西都是僧侣阶级的特别权力。这种权力给了他们秉承天意的感觉。麦其土司也就只好把愤怒发泄到凡人身上了。他喊道："他以为只要会打仗就可以治理好一个国家吗？"注意，这里出现了国家这个字眼。但这并不表示他真的以为自己统领着一个独立的国家。这完全是因为语言的缘故。土司是一种外来语。在我们的语言中，和这个词大致对应的词叫"嘉尔波"，是古代对国王的称呼。所以麦其土司不会用领地这样的词汇，而是说"国家"。我觉得此时的父亲是那样的可怜。我攀住他的衣袖，意思当然是叫他不要过于愤怒。可他一下就把我甩开了，并且骂道："你怎么不去唱戏，难道你会学会治理一个国家？"

母亲冷冷一笑："未见得我的儿子就不行。"

说完，她就带着我去见黄特派员。父亲还在背后说，他不信我们会有比他更大的面子。很快我们就回来说黄特派员要见他了。父亲吃了一惊，他看出母亲的眼睛里露出了凶光。麦其土司用力抖了抖衣袖，去见特派员了。两个士兵在楼梯口向他敬礼。麦其土司哼了一声算是还礼。屋里，黄初民正襟危坐，双眼微闭，沉醉在什么看不见的东西里去了。

不等土司开口，下人就把指头竖在嘴唇前"嘘——"

土司垂手站立一阵，觉得这种姿势太过于恭谨，才气冲冲地一屁股坐在了地毯上。

黄特派员面对着一张白纸，麦其土司觉得那纸就在特派员的呼吸中轻轻抖动。黄特派员终于睁开了眼睛，竟像神灵附体一样抓起笔在纸上狂写一通。汗水打湿了他额角的头发。他掷了笔，长吁一口气，软在了豹皮垫子上。半晌，黄特派员才有气无力地对土司笑笑，说："我没有银子送给你，就送你一幅字吧。"

他把那张墨迹淋漓的纸在地毯上铺开，朗声念道：

春风猎猎动高旌，
玉帐分弓射虏营。
已收麦其云间戍，
更夺汪波雪外城。

麦其土司不懂诗词，更何况这诗是用他所不懂的异族文字写的。但他还是躬一躬身子，道了谢，并立即想到要把这张字纸挂在这间客房里，叫每一个客人都知道政府和以前的皇帝一样是支持麦其家族的。客房里还有一块前清皇帝亲赐的御匾，上书四个大字"导化群番"。

现在，黄特派员就端坐在那几个金闪闪的大字下面。炉里印度香气味强烈，沉闷。

麦其土司说："叫我怎么感谢政府和特派员呢？"

黄特派员就说："我本人是什么都不会要你的，政府也只有一点小小的要求。"说着便叫人取来一只口袋。黄特派员不只人瘦，还生着一双手掌很小，手指却很长的手。就是这只手，伸进布袋里抓出一把灰色细小的种子。父亲不知道那是什么种子。黄特派员一松手，那些种子就沙沙地从他指缝里漏回到口袋里。土司问是什么东西。黄特派员问土司，这么广大的土地都种粮食能吃完吗？说到粮食，气氛立即变得十分亲切了。父亲说，每年都有一批粮食在仓库里霉烂呢。

“我知道，你的寨子里满是这种味道。”

我这才明白每年春天里弥漫在官寨里的甘甜味道，竟是粮食悄然腐烂的味道。

黄特派员又问：“你们的银子也像粮食一样多吗？多到在仓库里慢慢烂掉也没有人心疼？”

“银子是不会嫌多的，银子不会腐烂。”

“那就好办了，我们不要你的银子。只要你们种下这些东西，收成我们会用银子来买。你就用刚夺下来的几个寨子那么宽的土地来种就够了。”

土司这才想到问：“这是什么东西？”

“就是我经常享用的大烟，非常值钱。”

麦其土司长吐一口气，满口答应了。

黄特派员走了。他对父亲说：“我们秋天再见吧。”

他把一套精雕细刻的鸦片烟具赠给了土司太太。母亲对此感到十分不安，她问侍女卓玛：“特派员为什么不把这东西送给土司？”

卓玛说：“是不是他爱上你了，说到底太太也是个汉人嘛。”

土司太太并不因为下人的嚣张而生气。她忧心忡忡地说：“我就是怕土司这样想啊。”

卓玛冷冷一笑。

土司太太已经不年轻了。除了一身华服，作为一个女人，她身上已经没有多少吸引人的地方。人们谈起土司太太时都说，她年轻的时候非常漂亮，可是她现在已经不年轻了。听人说，我那个姐姐也很漂亮，可我连她是什么样子都不知道。好久以前，她就跟着叔叔去了拉萨。又从拉萨去了加尔各答。又从加尔各答坐在漂在海上的漂亮房子里到英国去了。每年，我们都会得到一两封辗转数月而来的信件。信上的英国字谁也不认识，我们就只好看看随信寄来的那一两张照片。照片上，远在异国的姐姐穿着奇异的衣服。老实说，对这个在服装上和我们大异其趣的人，很难叫我判断她长得是否漂亮。

我问哥哥：“姐姐长得漂亮吗？”

“漂亮，怎么不漂亮。”见我盯着他的不相信的眼光，他笑了，“天哪，我也不知道，人人都这样说，我也就这样说了。”两兄弟为远在异国的亲人开怀大笑。

没有人认识姐姐的来信，没人知道她那些长长的信主要是请求家里准许她继续留在英国。她以为自己会被突然召回来，然后嫁给某一个土司的儿子。

这个人有可能成为土司，也有可能什么也不是。所以，她在我们读不懂的信里不断辩解。每一封信都是上一封信的延长。从土司家出身的人总是把自己看得十分重要，我的远在英国的姐姐也是一样，好像麦其家没有她就不能存在一样。在麦其家，只有我不认为自己于这个世界有多么重要。姐姐不知道她的信从来没人读过，我们只是把信里的照片在她的房间里挂起来。过一段时间，就有下人去把房间打扫一遍。所以，姐姐的房间不像是一个活人的房子，而是一个曾经活过的人的房子，像是一个亡灵活动的空间。

因为战争，这一年播种比以往晚了几天。结果，等到地里庄稼出苗时，反而躲过了一场霜冻。坏事变成了好事。也就是说，从我记事时起，事情的发展就开始越出通常的轨道了。在麦其土司辖地中心，围绕着官寨的土地上，全部播下了鸦片种子。

播种开始时，父亲，哥哥，还有我都骑在马上，在耕作的人们中间巡行。

让我们来看看这幅耕作图吧。两头牛并排着，在一个儿童的牵引下，用额头和肩胛的力量挽起一架沉重的木犁。木犁的顶尖有一点点珍贵的铁，就是这闪闪发光的一点坚硬的铁才导引着木犁深入土层，使春天的黑土水一样翻卷起来。扶犁的男人总是不断呼喊着身前拉犁的牛的名字或是身后撒种的女人的名字。撒种的女人们的手高高扬起，飘飘洒洒的种子落进土里，悦耳的沙沙声就像春雨的声音。

湿润的刚刚播下种子的泥土飘散着那么浓重的芬芳。地头的小憩很快变成了一场疯狂的游戏。女人们把一个男人摔倒在地上，撩起长袍，剥去宽大的裤头，把牛粪糊在那不想安分的东西上面。男人们的目标则是姑娘们的衣衫，要让她们在晴朗的天空下袒露美丽的乳房。春耕时的这种游戏，除了使人快乐，据说还会增加地里的收成。麦其土司对两个儿子说，古代的时候，人们还真要在地头上干那种男女之间的事情呢。

父亲吩咐人在地头上架起大锅，烧好了热茶，里面多放油脂和当时十分缺乏的盐巴。他说："让他们喝了多长一些气力。"

两个姑娘尖叫着，从我们马前跑过去了，一双乳房像鸽子一样在胸前扑腾。几个追赶的男人要在我们马前跪下，哥哥挥挥鞭子："不要行礼了，快去追吧！"

播种季节一过，人、阳光、土地，一下变得懒洋洋的。河里的水、山上的草便一天天懒洋洋地绿了。

大家都想知道黄特派员留下的种子会长出什么样的东西。

养尊处优的土司一家，也变得十分关心农事。每天，我们一家，带着长长一队由侍女、马夫、家丁、管家和各寨前来听候随时调用的值日头人组成的队伍巡行到很远的地方。罂粟还未长成，就用无边魔力把人深深吸引住了。我无数次撅起屁股，刨开浮土看种子怎样发芽。只有这时，没人叫我傻子。脑子正常的人们心里好奇，但却又要掩饰。这样的事情只好由我来干了。我把种子从土里刨出来，他们迫不及待地从我手中拿过那细细的种子，无数次地惊叹，小小的种子上竟然可以萌发出如此粗壮肥实的嫩茎。有一天，粗壮的芽从泥土中钻出来了。刚一出土，那嫩芽就展开成一对肥厚的叶子，像极了婴儿一对稚嫩的手掌。

两三个月的时间很快过去。

罂粟开花了。硕大的红色花朵令麦其土司的领地灿烂而壮观。我们都让这种第一次出现在我们土地上的植物迷住了。罂粟花是那么美丽！母亲说她头痛，在太阳穴两边贴满了片片大蒜。大蒜是我们一种有效的药物，烧了吃可以止拉肚子，生切成片，贴在太阳穴，对偏头痛有很好的效果。土司太太习惯叫人知道她处于痛苦之中，用她的怀乡病，用她的偏头痛，从头到脚都散发着不受欢迎的辛辣气息。

（节选自阿来．尘埃落定［M］．杭州：浙江文艺出版社，2020：41－49.）

★导读：

阿来，1959年出生于四川省阿坝藏族羌族自治州马尔康市，当代作家。1994年完成第一部长篇小说《尘埃落定》，2000年获第五届茅盾文学奖。2009年起任四川省作家协会主席，兼任中国作家协会第八届全国委员会主席团委员。

《尘埃落定》再现了西藏地区的土司制度，并把它作为叙事的中心，描绘了在特定历史时期西藏政治生活的基本样貌。小说中的麦其土司是“皇帝册封的辖制数万人的土司”，在辖区内，他的权力至高无上，拥有军队、官寨、书记官，甚至还有专为土司家族服务的活佛、喇嘛等宗教僧侣阶层。阿来在表现土司制度全貌的同时，也使其创作带有鲜明的民族生活烙印，并在作品中表达出一种独特的人文关怀。阿来认识到，权力是社会生活的轴心，支配着藏族人民的一切生产生活，无论是麦其土司维护自己的政治权力，或是活佛、书记官翁波意西维护自己的话语权力，还是傻少爷维护自己的认知、判断权力，以及农奴维护自己的生存权利，这些力量之间的矛盾与裂隙都在愈演愈烈的过程中达到了不可调和的境地，最终轰然瓦解，这象征着旧秩序的分崩离析，同时预示着新秩序的萌生。

阿来在小说中灌注着深刻的人生哲学，曾经尽享荣华富贵的麦其土司一家人走向了寂灭，他们曾经主宰着别人的生命，最终却无法主宰自己的生命，这是一种来自命运的嘲弄，也是一种历史因果律的展现。尘埃散尽之后，尘归尘，土归土，大地上曾经存在的已经不复存在，而曾经没有存在过的事物却以另一种方式出现。这种暗含着虚无的生命意义，最终被作为叙事者的傻子二少爷重新赋予了意义，他通过追问“我是谁”“我在哪里”“当上土司能得到什么”，敲开了小说的生命之门——人类主体意识的彰显。正是在这种追问与反思中，他得以继续存在下去，并表现出了一种与虚无相对抗的积极态度。另外，这种哲学观念也是通过象征意味鲜明的语言得以反映的。阿来在叙事中运用了大量的比喻、拟人等修辞手法，使叙事灵动而明快，并丰富了语言的语音层次和节奏变化，从而使小说揭示的理念具有了生动的外衣。

（张栋）

玉 米

毕飞宇

出了月子施桂芳把小八子丢给了大女儿玉米，除了喂奶，施桂芳不带孩子。按理说施桂芳应该把小八子衔在嘴里，整天肉肝心胆的才是。施桂芳没有。坐完了月子施桂芳胖了，人也懒了，看上去松松垮垮的。这种松松垮垮里头有一股子自足，但更多的还是大功告成之后的懈怠。施桂芳喜欢站在家门口，倚住门框，十分安心地嗑着葵花子。施桂芳一只手托着瓜子，一只手挑挑拣拣的，然后捏住，三个指头肉乎乎地翘在那儿，慢慢等候在下巴底下，样子出奇地懒了。施桂芳的懒主要体现在她的站立姿势上，施桂芳只用一只脚站，另一只却要垫到门槛上去，时间久了再把它们换过来。人们不太在意施桂芳的懒，但人一懒看起来就傲慢。人们看不惯的其实正是施桂芳的那股子傲气，她凭什么嗑葵花子也要嗑得那样目中无人？施桂芳过去可不这样。村子里的人都说，桂芳好，一点官太太的架子都没有。施桂芳和人说话的时候总是笑着的，如果正在吃饭，笑起来不方便，那她一定先用眼睛笑。现在看起来过去的十几年施桂芳全是装的，一连生了七个丫头，自己也不好意思了，所以敛着，客客气气的。现在好了，生下了小八子，施桂芳自然有了底气，身上就有了气焰。虽说还是客客气气的，但是客气和客气不一样，施桂芳现在的客气是支部书记式的平易近人。她的男人是村支书，她又不是，她凭什么懒懒散散地平易近人？二婶子的家在巷子的那头，她时常提着丫杈，站在阳光底下翻草。二婶子远远地打量着施桂芳，动不动就是一阵冷笑，心里说，大腿叉了八回才叉出个儿子，还有脸面做出女支书的模样来呢。

施桂芳二十年前从施家桥嫁到王家庄，一共为王连方生下了七个丫头。这里头还不包括掉的那三胎。施桂芳有时候说，说不定掉走的那三胎都是男的，怀胎的反应不大同，连舌头上的淡寡也不一样。施桂芳每次说这句话都要带上虚设往事般的侥幸心情，就好像只要保住其中的一个，她就能一劳永逸了。有一次到镇上，施桂芳特地去了一趟医院，镇上的医生倒是同意她的说法，那位戴着眼镜的医生把话说得很科学，一般人是听不出来的，好在施桂芳是个聪明的女人，听出意思来了。简单地说，男胎的确要娇气一些，不容易挂得住，就是挂住了，多少也要见点红。施桂芳听完医生的话，叹了一口气，心里想，男孩子的金贵打肚子里头就这样了。医生的话让施桂芳多少有些释怀，她生不出男孩也不完全是命，医生都说了这个意思了，科学还是要相信一些的。但是施桂芳更多的还是绝望，她望着码头上那位流着鼻涕的小男孩，愣了好大一会儿，十分怅然地转过了身去。

王连方却不信邪。支部书记王连方在县里学过辩证法，知道内因和外因、鸡蛋和石头的关系。关于生男生女，王连方有着极其隐秘的认识。女人只是外因，只是泥地、温度和墒情，关键是男人的种子。好种子才是男孩，种子差了则是丫头。王连方望着他的七个女儿，嘴上不说，骨子里头却是伤了自尊。

男人的自尊一旦受到挫败反而会特别地偏执。王连方开始和自己犟。他下定了决心，决定排除万难去争取胜利。儿子一定要生。今年不行明年，明年不行后年，后年不行大后年。王连方既不渴望速胜，也不担心绝种。他预备了这场持久战。说到底男人给女人下种也不算特别吃苦的事。相反，施桂芳倒有些恐惧了。刚刚嫁过来的那几年，施桂芳对待房事是半推半就的，这还是没过门的时候她的嫂子告诉她的。嫂子把她嘴里的热气一直哈到施桂芳的耳垂上，告诫桂芳一定要夹着一些，捂着一些，要不然男人会看轻了你，看贱了你。嫂子用那种通晓世故的神秘语气说，要记住桂芳，难啃的骨头才是最香的。嫂子的智慧实际上没有能够派上用场。连着生了几个丫头，事态反过来了，施桂芳不再是半推半就，甚至不是半就半推，确实是怕了。她只能夹着，捂着。夹来捂去的把王连方的火气都弄出来了。那一天晚上王连方给了她两个嘴巴，正面一个，反面一个。“不肯？儿子到现在都没叉出来，还一顿两碗饭的！”王连方的声音那么大，站在窗户的外面也一定能听得见。施桂芳“在床上不肯”，这话传出去就要了命了。光会生丫头，还“不肯”，绝对是丑女多作怪。施桂芳不怕王连方打，就是怕王连方吼。他一吼施桂芳便软了，夹也夹不紧，捂也捂不严。王连方像一个笨拙的赤脚医生，板着脸，拉下施桂芳的裤子就插针头，插进针头就注射种子。施桂芳怕的正是这些种子，一颗一颗地数起来，哪一颗不是丫头？

老天终于在一九七一年开眼了。阴历年刚过，施桂芳生下了小八子。这个阴历年不同寻常，有要求的，老百姓们必须把它过成一个“革命化”的春节。村子里严禁放鞭炮，严禁打扑克。这些严禁令都是王连方在高音喇叭里向全村老少宣布的。什么叫革命化的春节，王连方自己也吃不准。吃不准不要紧，关键是做领导的要敢说。新政策就是做领导的脱口而出。王连方站在自家的堂屋里，一手握着麦克风，一手玩弄着扩音器的开关。开关小小的，像一个又硬又亮的感叹号。王连方对着麦克风厉声说：“我们的春节要过得团结、紧张、严肃、活泼。”说完这句话王连方就把亮锃锃的感叹号揿了下去。

王连方自己都听出来了，他的话如同感叹号一般，紧张了，严肃了，冬天的野风平添了一股浩荡之气，严厉之气。

初二的下午王连方正在村子里检查春节，他披着旧大衣，手上夹了半截子飞马牌香烟。天气相当的阴冷，巷子里萧索得很，是那种喜庆的日子少有的冷清，只有零星的老人和孩子。男将们不容易看得到，他们一定躲到什么地方赌自己的手气去了。王连方走到王有庆的家门口，站住了，咳了几声，吐出一口痰。王有庆家的窗户慢慢拉开一道缝隙，露出了王有庆老婆的红棉袄。有庆家的面对着巷口，越过天井敞着的大门冲王连方打了一个手势。屋子里的光线太暗，她的手势又快，王连方没看清楚，只能把脑袋侧过去，认真地调查研究。这时候高音喇叭突然响了，传出了王连方母亲的声音，王连方的老母亲掉了牙，主要是过于急促，嗓音里夹杂了极其含混的气声，呼噜呼噜的。高音喇叭喊道："连方啊连方啊，养儿子了哇！家来呀！"王连方歪着脑袋，听到第二遍的时候听明白了。回过头去再看窗前的红棉袄，有庆家的已经垂下了双肩，脸却靠到了窗棂口，面无表情地望着王连方，看上去有些怨。这是一张好看的脸，红色的立领裹着脖子，对称地竖在下巴底下，像两只巴掌托着，格外地媚气了。高音喇叭里杂七杂八的，听得出王连方的堂屋里挤的都是人。后来唱机上放上了一张唱片，满村子都响起了《大海航行靠舵手》，村里的空气雄赳赳的，昂扬着，还一挺一挺的。有庆家的说："回去吧你，等你呢。"王连方用肩头簸了簸身上的军大衣，兀自笑起来，心里说："妈个巴子的。"

玉米在门口忙进忙出。她的袖口挽得很高，两条胳膊已经冻得青紫了。但是玉米的脸颊红得厉害，有些明亮，发出难以掩饰的光。这样的脸色表明了内心的振奋，却因为用力收住了，又有些说不出来路的害羞，绷在脸上，所以格外地光滑。玉米在忙碌的过程中一直咬着下嘴唇，就好像生下小八子的不是母亲，而是玉米她自己。母亲终于生儿子了，玉米实实在在地替母亲松了一口气，这份喜悦是那样地深入人心，到了贴心贴肺的程度。玉米是母亲的长女，而从实际情况来看，不知不觉已经是母亲的半个姐妹了。事实上，母亲生六丫头玉苗的时候，玉米就给接生婆做下手了，外人终究是有诸多不便的。到了小八子，玉米已经是第三次目睹母亲分娩了。玉米借助于母亲，亲眼目睹了女人的全部隐秘。对于一个长女来说，这实在是一份额外的奖励。二丫头玉穗只比玉米小一岁，三丫头玉秀只比玉米小两岁半，然而，说起通晓世事，说起内心的深邃程度，玉穗玉秀比玉米都差了一块。长幼不只是生命的次序，有时候还是生命的深度和宽度。说到底成长是需要机遇的，成长的进度只靠光阴有时候反而难以弥补。

玉米站在天井往阴沟里倒血水，父亲王连方走进来了。今天是一个大喜的日子，王连方以为玉米会和他说话的，至少会看他一眼。玉米还是没有。玉米没穿棉袄，只穿了一件薄薄的白线衫，小了一些，胸脯鼓鼓的，到了小腰那儿又有力地收了回去，腰身全出来了。王连方望着玉米的腰身和青紫的胳膊，意外地发现玉米已经长大了。玉米平时和父亲不说话，一句话都不说。个中的原委王连方猜得出，可能还是王连方和女人的那些事。王连方睡女人是多了一些，但是施桂芳并没有说过什么，和那些女人一样有说有笑的，有几个女人还和过去一样喊施桂芳嫂子呢。玉米不同。她嘴上也不说什么，背地里却有了出手。这还是那些女人在枕头边上告诉王连方的。好几年前了，第一个和王连方说起这件事的是张富广的老婆，还是个新媳妇。富广家的说："往后我们还是轻手轻脚的吧，玉米全知道了。"王连方说："她知道个屁，才多大。"富广家的说："她知道，我知道的。"富广家的没有嚼蛆，前两天她和几个女的坐在槐树底下纳鞋底，玉米过来了。玉米一过来富广家的脸突然红了。富广家的瞥了玉米一眼，目光躲开了。再看玉米的时候玉米还是看着她，一直看着她。就那么盯着。从头到脚，又从脚到头。旁若无人，镇定得很。那一年玉米才十四岁。王连方不相信。但是没过几个月，王大仁的老婆吓了王连方一大跳。那一天王连方刚刚上了王大仁老婆的身，大仁家的用两只胳膊把脸遮住了，身子不要命地往上拱，说："支书，你用劲，快弄完。"王连方还没有进入状态，稀里糊涂的，草草败了。大仁家的低着头，极慌张地擦换，什么也不说。王连方叉住她的下巴，再问，大仁家的跪着说："玉米马上来踢毽子了。"王连方眨巴着眼睛，这一回相信了。但是一回到家，玉米一脸无知，王连方反而不知道从哪儿说起了。玉米从那个时候开始不再和父亲说话了。王连方想，不说话也好，总不能多了一个蚊子就不睡觉。然而今天，在王连方喜得贵子的时刻，玉米不动声色地显示了她的存在与意义。这一显示便是一个标志，玉米大了。

王连方的老母垂着两条胳膊，还在抖动她的下嘴唇。她上了岁数，下嘴唇耷拉在那儿，现在光会抖。喜从天降对年老的女人来说是一种折磨，她们的表情往往很僵，很难将心里的内容准确及时地反映到脸上。王连方的老爹则沉稳得多，他选择了一种平心静气的方式，慢慢地吸着烟锅。这位当年的治保主任到底见过一些世面，反而知道在喜上心头的时刻不怒自威。

"回来啦？"老爹说。

"回来了。"王连方说。

"起个名吧。"

王连方在回家的路上打过腹稿，随即说："是我们家的小八子，就叫王八路吧。”

老爹说：“八路可以，王八不行。”

王连方忙说：“那就叫王红兵。”

老爹没有再说什么。这是老家长的风格。老家长们习惯于用沉默来表示赞许。

接生婆又在产房里高声喊玉米的名字了。玉米丢下水盆，小跑着进了西厢房。王连方看着玉米的背影，她在小跑的过程中已经知道将两边的胳肢窝夹紧了，而辫子在她的后背却格外地生动。这么多年来王连方光顾了四处莳弄，四处播种，再也没有留意过玉米，玉米其实也到了谈婚论嫁的岁数了。玉米的事其实是拖下来的，王连方是支书，到底不是一般的人家，不大有人敢攀这样的高枝。就是媒婆们见到玉米通常也是绕了过去。皇帝的女儿不愁嫁，哪一个精明的媒婆能忘得了这句话。玉米这样的家境，这样的模样，两条胳膊随便一张就是两只凤凰的翅膀。

-

农民的冬天并不清闲。用了一年的水车、槽桶、农船、丫杈、铁锹、钉耙、连枷、板锨，都要关照了。该修的要修，该补的要补，该淬火的要淬火，该上桐油的要上桐油。这些都是事，没有一件落得下来。最吃力气、最要紧的当然还是兴修水利。毛泽东主席都说了，水利是农业的命脉。主席做过农民，他老人家要是不到北京去，一定还是个好把式。主席说得对，水、肥、土、种、密、保、工、管，“八字方针”水为先。兴修水利大多选择在冬天，如果摊上一个大工程，农民们恐怕比农忙的时候还要劳累一些。冬天里还有一件事是不能忘记的，那就是过年。为了给过去的一年做一道总结，也为了给下一个来年讨一个吉祥，再懒散、再劳苦的人家也要把年过得像个样子。家家户户用力地洗、涮，炒花生、炒蚕豆、炒瓜子、爆米花、掸尘、泥墙、划糕、蒸馒头，直到把日子弄得香气缭绕的，还雾气腾腾的。赶上过年了当然又少不了一大堆的人情债、世故账，都要应酬好。所以，到了冬天，主要是腊月和正月，农活是没有了，人反而更忙了。“正月里过年，二月里赌钱，三月里种田。”这句话说得很明白了。农民们真正清闲的日子其实也只是阴历的二月，利用这段清闲的日子走一走亲戚，赌一赌自己的手气。到了阴历的三月，一过了清明，也就是阳历的四月五号，农民们又要向土地讨生活了。别的事再重要、再复杂，但农民的日子终究在泥底下，开了春你得把它翻过来，这样才过得下去。城里的人喜欢伤叹“春日苦短”，那里的意思要文化得多，心情里修饰的成分也多得多。农民们说这句话可是实打实的，说的就是这二三十天。春天里这二三十天的好时光实在是太短暂了，连伤叹的工夫都没有。

整个二月玉米几乎没有出门，她在替她的母亲照料小八子。没有谁逼迫玉米，带小八子完全出于玉米的自愿。玉米是一个十分讷言的姑娘，心却细得很，主要体现在顾家这一点上，最主要的一点又表现在好强上。玉米任劳，却不任怨，她绝对不能答应谁家比自家过得强。可是家里没有香火，到底是他们家的话把子。玉米是一个姑娘家，不好在这件事情上多说什么，但在心里头还是替母亲担忧着，牵挂着。现在好了，他们家也有小八子了，当然就不会留下什么缺陷和把柄了。玉米主动把小八子揽了过来，替母亲把劳累全包了，不声不响的，一举一动都显得专心致志。玉米在带孩子方面有些天赋，一上来就无师自通，没过几天已经把小八子抱得很像那么一回事了。她把小八子的秃脑袋放在自己的胳膊弯里，一边抖动，一边哼唧。开始还有些害羞，一些动作一下子做不出来，但害羞是多种多样的，有时候令人懊恼，有时候却又不了，反而叫人特别地自豪。玉米抱着小八子，专门往妇女们中间钻，而说话的对象大多是一些年轻的母亲。玉米和她们探讨，交流一些心得，诸如孩子打奶嗝之后的注意事项，婴儿大便的颜色，什么样的神态代表了什么样的需求，就这些，很琐碎，很细枝末节，却又十分地重大，相当地愉悦人心。抱得久了，玉米抱孩子的姿势和说话的语气再也不像一个大姐了。她抱得那样妥帖，又稳又让人放心，还那么忘我，表现出一种切肤的、扯拽着心窝子的情态。一句话，玉米通身洋溢的都是一个小母亲的气质。而"我们"小八子似乎也把大姐搞错了，只要喝足了，并不贪恋施桂芳。他漆黑的眼珠子总是对着玉米，毫无意义，却又全神贯注，盯着她。玉米和"我们"小八子对视着，时间久了，平白无故地陷入了恍惚，憧憬起自己的终身大事。玉米习惯于利用这样的间隙走走神，黑灯瞎火地谋划一下自己的将来。这是身不由己的。玉米至今没有婆家，村子里倒是有几个不错的小伙子，玉米当然不可能看上他们。但是他们和别的姑娘有说有笑，玉米一搀和进来，他们便局促了，眼珠子像受了惊吓的鱼，在眼眶子里头四处逃窜。这样的情形让玉米多少有些寥落。老人说，门槛高有门槛高的好，门槛高也有门槛高的坏，玉米相信的。村子里和玉米差不多大的姑娘已经"说出去"好几个了，她们时常背着人，拿着鞋样子为未来的男人剪鞋底。玉米看在眼里，并不笑话她们，习惯性地偷看几眼鞋底，依照鞋底的长宽估算一下小伙子的高矮程度。这样的心思在玉米的这一头实在有点情不自禁。好在她们在玉米的面前并不骄傲，反而当了玉米的面自卑了。她们说："我们也就这样了，还不知道玉米会找怎样好的人家呢。"玉米听了这样的话当然高兴，私下里相信自己的前程更要好些。但终究没有落到实处，那份高兴就难免虚空，有点像水底下的竹篮子，一旦提出水面都是洞洞眼眼的了。这样的时候玉米的心中不免多了几缕伤怀，绕过来绕过去的。好在玉米并不着急，也就是想想。瞎心思总归是有酸有甜的。

（节选自毕飞宇．玉米［M］．北京：作家出版社，2005：2－12.）

★**导读：**

毕飞宇，1964年出生于江苏兴化，中国当代作家。1987年毕业于扬州师范学院（现扬州大学）中文系，现为南京大学教授。20世纪80年代中期开始进行小说创作，作品被译成多国文字在国外出版。代表作品有《青衣》《平原》《慌乱的指头》《推拿》等，其中《推拿》获第八届茅盾文学奖。

中篇小说《玉米》与《玉秀》《玉秧》组成了系列小说，分别以三姐妹为故事核心，讲述农村女性的命运。从玉米的妈妈为生儿子拼了一辈子开始，到玉米以年轻的身体换取家族翻身的机会，以及玉秀被糟蹋、被抛弃，玉秧被欺负、被玩弄，女性的身体始终处于被窥视、被物化、被交换、被践踏的地位。从玉米的父亲王连方到革委会副主任郭家兴，甚至玉秧的中学体育老师，这些男性只要手握权力，哪怕只是一丁点权力，都可以置换为对女性的性特权。玉米的好强、自尊在这样的现实中只能沦为笑话，变成伤害，她选择嫁给革委会副主任成为填房，表面上是得到了她想要的对家庭的帮助与庇护，实际上是用她年轻的身体完成权力的交易。作品无情地点出这种权力与身体并置的现实，揭示女性的卑微处境。

毕飞宇描写人的欲望，也关注人的尊严，在他另一部关于女性的作品《青衣》中，主人公筱燕秋执着于舞台上的嫦娥角色，而她身处的社会背景、生活环境似乎也不断将她推入一个阴差阳错、难食人间烟火的境遇，她在生活中的种种“别扭”是性格的悲剧也是历史的悲剧。在长篇小说《推拿》中，毕飞宇又用自己在特殊学校当老师的经历，写活了盲人群体的生活与追求，用文字描述了他们的黑暗的世界，更呈现了他们内心的光亮与追求。

长恨歌

王安忆

10. 围炉夜话

天冷了，王琦瑶和毛毛娘舅商量在房间里装个烟囱炉取暖，大家来打牌喝茶，也不必缩手缩脚了。毛毛娘舅很同意，说着就要去买炉子和铅皮管，王琦瑶拿钱给他，他怎么也不要，说明明是大家受益，怎能让她一个人破费。第二天，毛毛娘舅就带了一个工人来了。那工人骑着黄鱼车，车上装着东西，毛毛娘舅指示他炉子安在什么位置，怎样通出烟囱，又朝哪个方向出烟，不到半天便完工了。因管子接得严密，一丝烟都不漏的，火还上得特别快，中午饭就在炉子上烧的。房间里暖和起来，飘着饭菜的香。王琦瑶又在炉膛里埋了块山芋，不一会儿，山芋也香了。下午来喝茶时，点心也不要了，围着炉子烤那山芋吃，都成了孩子似的。还抢着加煤球，人多手杂的，险些儿弄灭了，赶紧再添劈柴，火才又旺了起来。渐渐地天黑下来，屋里暗了，炉火映着人的脸，都有些变形，做梦似的，还像幻觉。似乎是为了同这炉子作对照，第二天就下起了雪，不是江南惯常的雨夹雪，而是真正的干雪，在窗台屋顶积起厚厚一层，连平安里都变得纯洁起来。

这是一九五七年的冬天，外面的世界正在发生大事情，和这炉边的小天地无关。这小天地是在世界的边角上，或者缝隙里，互相都被遗忘，倒也是安全。窗外飘着雪，屋里有一炉火，是什么样的良宵美景啊！他们都很会动脑筋，在这炉子上做出许多文章。烤朝鲜鱼干，烤年糕片，坐一个开水锅涮羊肉，下面条。他们上午就来，来了就坐到炉子旁，边闲谈边吃喝。午饭，点心，晚饭都是连成一片的。雪天的太阳，有和没有也一样，没有了时辰似的。那时间也是连成一气的。等窗外一片漆黑，他们才迟疑不决地起身回家。这时气温已在零下，地上结着冰，他们打着寒噤，脚下滑着，像一个半梦半醒的人。

围炉而坐，还滋生出一股类似亲情的气氛。他们像一家人似的。王琦瑶和严师母织毛线，毛毛娘舅和萨沙就为她们拿着毛线团，负责放线。她们一人一把汤匙在炉上做蛋饺，他们则把做好的蛋饺一圈圈排在盆里，排出花朵和宝塔的样子。他们说话也有些随便，开着玩笑。他们开玩笑的对象总是萨沙；把那苏联女人作材料，问他是不是永久性地吃苏联面包了。萨沙便说：苏联面包还可以，苏联的洋葱土豆却吃不消。大家听出他话中隐晦的意思，又是笑又是骂。萨沙厚着脸说，诸位若有兴趣，他可以提供苏联面包，但是要搭洋葱土豆。他们又骂他，他就委屈地说：这是资产阶级向无产阶级发起进攻。王琦瑶不平了，问：谁是资产阶级？要说无产，她是第一个无产，全靠两只手吃饭。萨沙便说：那你不帮我倒帮他们，我和你是一伙的呀！严师母说：产业都给了你们无产阶级，如今我们才是真正的无产，你们却是有产！王琦瑶说：我任凭有产无产也不帮你萨沙的，我们是吃中国饭，你是吃苏联面包，才是真正两路的人。严师母和毛毛娘舅都拍手称对，萨沙便做出可怜的样子，说他们联合起来欺他没爹没妈。听他这一说，别人还真惭愧起来，纷纷抚慰他。他却一把拉住王琦瑶的手，涎着脸说：让我叫你一声妈吧！王琦瑶甩开手，唾他一口道：你是拿亲爹亲妈都来取笑的。大家便笑，见他无所谓的样子，也就趁着开玩笑一味地追问。萨沙说：这有什么奇怪的，一句话，天要下雨娘要嫁。大家更是开怀。笑归笑，心里不免要把萨沙看轻，想他可算得上半个瘪三的。

萨沙见他们乐不可支，心里也是好笑，他暗暗说：看你们这些资产阶级，社会的渣滓，浑身散发出樟脑丸的陈旧气，过着苟且偷生的生活！可他确也喜欢他们，一是他们可提供他吃的，简直是变化无穷，层出不尽的吃的花样。萨沙有一张好嘴，大约也是肺结核的后遗症之一。他特别爱吃，没个够的时候，因为吃得多，便练出了品味。他是能吃出王琦瑶这里的好处的。他喜欢他们，二是他们可帮他消磨时光。正和他的没有钱相反，他的时间真是多得吓人，早上睁开眼就在想着如何打发时间。他们是一群和他时间一样多的人，且还挺有趣，有着另一路的见识，大可充实他的社会经验。萨沙是个重视经验的人，经验可帮助他去了解这个世界，在这世界里弄潮的。因为他们这两样无可取代的好处，萨沙便也愿意付出些代价。其实他也不把他们当真，趁着势胡来，什么样的浑话都敢出口。这些浑话里且有着些真货色，一古脑儿夹带出去，叫他们不收下也收下。什么叫作混，这就叫作混。一日复一日地厮混着，真中有假，假中有真的。知道的装不知道，不知道的装知道。太阳从东到西，再从西到东，月亮也是这样。这城市的夜和昼就是这么来去着。

有一日，大家又逗萨沙，要给萨沙介绍女朋友。萨沙谁也不要，只要严家女儿。严师母说她女儿还小得很，他就说情愿等，等白了头也不悔的。严师母说这样你就要叫我丈母娘了。萨沙说：有严师母做丈母娘很光荣。大家简直笑得不行，砂锅里的汤烧溢了，嗞嗞响着，汤里的蛋饺肉丸上下翻滚，也是乐开花的样子。萨沙忽而正色道：我倒是想给一个人做个介绍。大家问谁，萨沙说：就是他。将手指向毛毛娘舅。那两个就笑着问介绍的又是谁，心里却有些忐忑，想这人什么话都可说出口。萨沙笑而不答，她们就逼着，萨沙说：你们会骂我。在场的都有些心跳，脸上也有些绷起，却依然笑着，还是催问。萨沙说：你们保证不骂我？这时候，人们心里都有些明白，三个人脸上都有些异样，笑也勉强了。王琦瑶说：当然是要骂的，狗嘴里还能吐出象牙呀！萨沙说：这样说，王小姐已经知道我说的是谁了，要不怎么说一定要骂呢？王琦瑶不想一下子被他套住，窘得脸刷地红了，笑也挂不住了，带着几分真地说；你哪一句话不是找骂？萨沙还是涎着脸：要是说出来不骂呢？王琦瑶就有些气急交加，手里的瓷勺重重一放，那勺柄竟在砂锅沿上断了，气氛陡地紧张起来。这一日，无论萨沙再说了多少自轻自贱的话，毛毛娘舅再是及时及境地应和，却也缓不回来了。勉强坐到傍晚，屋里还没暗，便散了。外面正在化雪，叫人踩得东一摊西一摊，淌着污浊的泥水。天已经晴了，出奇地明亮着，彼此能看见脸上的毛孔似的。王琦瑶将大家送到楼下，互相说着再见的话。那热烈中都是存了心的，显出些虚张声势。

过后的一日，严师母私下和毛毛娘舅说，王琦瑶也忒没意思了，萨沙明明是开玩笑，有什么了不得的事，发这样的火，弄得大家都下不来台。毛毛娘舅息事宁人地说，王琦瑶也并没有发火，失手打碎了汤勺，也是常有的事。严师母说：我又不是指她弄断勺子的事，我是觉着，萨沙开玩笑是无意，她倒是有心。说罢，还往她表弟脸上看了一眼。毛毛娘舅有些不自然，笑着说：我看是表姐你多心，什么事情也没有的。严师母哼了一声：其实你心里都是知道的，你是聪敏人，我也不多说，我只告诉你一声，如今大家闲来无事，在一起做伴玩玩，伴也是玩的伴，切不可有别的心。毛毛娘舅笑道：表姐你说我能有什么心？严师母又哼了一声：你保证你没有别的心，却不能保证旁人没有。听她这话似是不肯放过王琦瑶的意思，又不便为她作辩解，就只有不做声。严师母见他沉默不语，以为是听进了她的劝告，便缓和下来，说道：你在表姐我这里玩，要出了事情我怎么向你爹爹姆妈交代。毛毛娘舅说：我这样一个大人，能出什么样的事情。严师母就点了他的额角说：等出了事就来不及了。两人说罢就下楼去王琦瑶处，到了那里，见萨沙早来了，在烤火，一双白瘦的手，在炉上烙饼似的翻着。王琦瑶在一边灌开水，两人没事人一样，有一句没一句地搭讪。阳光照进来，房间便有些灰的，有无数尘屑在飞舞。严师母和毛毛娘舅也围炉坐下，将那日的不快尽数忘记，开始新的一日。

临近过年，王琦瑶在炉边用一盘小磨磨糯米粉。她前一夜就将糯米泡上，这时米粒就胀得很鼓。萨沙自告奋勇往磨眼里舀米，半勺水半勺米的。毛毛娘舅摇磨，王琦瑶则用石臼舂芝麻，严师母什么也不做，只在嘴里发指令。

房间里洋溢着芝麻的香气，恨不能立刻就进嘴的。这时，萨沙体味到一种精雕细作的人生的快乐。这种人生是螺蛳壳里的，还是井底之蛙式的。它不看远，只看近，把时间掰开揉碎了过的，是可以把短暂的人生延长。萨沙有些感动，甚至变得有些严肃，很虚心地请教为什么要水浸了糯米磨粉的道理，还请教做黑洋酥的方法。她们便一一解释给他听，他一下子成了个乖孩子，人们把他以往的淘气都原谅了。她们向他约定过年时做种种好东西给他吃，糖年糕，炸春卷，核桃仁，松子糖，一件件，一宗宗，如数家珍一般。萨沙想：这真是一个吃的世界啊，每天忙着做忙着吃就不够的。他不禁感叹地念道：谁知盘中餐，粒粒皆辛苦！严师母嗤一声笑了，说这还只是辛苦的一半呢，还有身上衣的另一半，只怕你萨沙听也没有听说过。一说起衣服，那话就更没得完了。王琦瑶和严师母一人一件地说，眼前像有羽衣霓裳在飞舞。萨沙听得忘了手里的事情，那磨就一圈圈地空转，摇磨的毛毛娘舅也是出了神的。那穿是针针线线、丝丝缕缕织成的世界，多少的心细如发，才可连成周身的美轮美奂。严师母无限感慨地说：要说做人，最是体现在穿衣上的，它是做人的兴趣和精神，是最要紧的。萨沙就问：那么吃呢？严师母摇了一下头，说：吃是做人的里子，虽也是重要，却不是像面子那样，支撑起全局，作宣言一般，让人信服和器重的，当然，里子有它实惠的一面，是做人做给自己看，可是，假如完全不为别人看的做人，又有多少味道呢？说到这里，严师母不觉有些伤感，声音低了下来。方才还是热烈的劳动场面，这时也沉寂了，磨和石臼发出空洞的声响。芝麻的香气浓得腻人了，乳白的米浆也是腻人的颜色。墙壁和地板上沾着黑色的煤屑，空气污浊而且干燥，炉子里的火在日光下看来黯淡而苍白。一切都有着不洁之感。这不洁索性是一片泥淖倒也好了，而它不是那么脏到底的，而是斑斑点点的污迹，就像黄梅天里的霉。

不过，天黑却将这些遮住了。暮色流进窗户，像是温暖和稀薄的液体，一切都蒙上了一层膜。物体、空间、声音和气息，全变得隔膜、模糊，不很确定。唯有那炉膛里的火，陡地鲜明起来，热烈起来，激励人的身心。这是火炉边最温情脉脉的时刻，所有的欲望全化为一个相偎相依的需求，别的都不去管它了。哪怕天塌地陷，又能怎么样呢？昨天的事不想了，明天的事也不想了，想又有什么用呢？他们剥着糖炒栗子的壳，炒栗子的香也是深入肺腑。他们说着最最闲来无事的闲话，每一个字都是从心底里吐出来，带着肚腹间的暖意。他们在炉上放了铁锅，炒夏天晒干的西瓜子，掺着几颗大白果。白果的苦香，有一种穿透力，从许多种有名或无名的气息中脱颖而出，带着点醒世的意思，也不去管它。他们全都不计前嫌，好得像一个人似的，弄不懂为什么要彼此生隙，好都好不过来了。他们简直是柔情蜜意，互相体谅得要命，这真是善解的时刻，除了善解又能做什么呢？外面的冷和黑，都是在给这屋内加温加光的，雪还是不要化的好，要是化尽了，这炉火便也差不多到时候了。他们还是说话，轻言慢语，说的什么，都是说过就忘，这才是心声呢！无痕无迹，却绵绵不尽。他们说的不外乎是炒栗子的甜糯，瓜子的香，白果的苦是一笔带过。他们还说糯米圆子的细滑，酒酿的醇厚，还有酒酿汤里的嫩鸡蛋。好了，天已黑到底了，再黑下去便要亮起来；知心话儿也说到底了，再说下去难免又要隔起来。他们嘴里说着走、走的，就是不走，挪不动脚步似的。他们一边说明天见，一边心里不愿意今夜结束，明天再好，也是个未知未到。今夜就在眼前，抓一把则在手中。给时间做个漏真是对得没法再对，时间真是不漏也漏，转眼间不走也要走。

他们的白天都是打发过去的，夜晚是悉心过的。他们围了炉子猜谜语，讲故事，很多谜语是猜不出谜底的，很多故事没头没尾。王琦瑶说，他们这就像除夕夜的守岁，可他们天天守，夜夜守，也守不住这年月日的。毛毛娘舅说，他们是将夜当成昼的，可任凭他们如何唱反调，总还是日东月西。严师母说他们还像守灵，不过那死去的人是上几辈的高祖，丧事当喜事的。萨沙说他们像西伯利亚的狩猎者，到头却是一场空。他们各形容各的，总之都是爱这样的夜晚，有许多吃食在炉上发出细碎的声音和细碎的香味，将那世界的缝隙都填满的。这世界的整块砖和整块石头，全是叫这些细碎的填充物给砌牢的。他们在炉边还做着一些简单的游戏，用一根鞋底线系起来挑棚棚。那线棚棚在他们手里传递着，变着花样，最后不是打结便是散了。他们还用头发打一个结，再解开，有的解开，有的折断，还有的越解结越紧。他们有一个九连环，轮流着分来分去，最终也是纠成一团或是撒了一地。他们还有个七巧板，拼过来，拼过去，再怎么千变万化，也跳不出方框。他们动足脑筋，多少小机巧和小聪敏在此生出，又湮灭。这些小东西都是给大东西做肥料的，很多大东西是吃着小东西的尸骸成长的。可别小看这些细碎的小东西，它们哪怕是这世界上的灰尘，太阳一出来，也是有歌有舞的。

第三章

11. 康明逊

在这些混沌的夜晚里，人心都是明一半，晦一半的。毛毛娘舅，也就是康明逊，是王琦瑶心里的那一半明，也是那一半晦，虽是不敢想，却还是要去想。有一次，只有他们俩时，王琦瑶便问：康明逊何日婚娶呢？康明逊笑道：有谁家女儿肯嫁我这样无业的游民？王琦瑶也笑道：这才是得了便宜又卖乖呢！康明逊这样的人品、家底和门第，谁家女儿娶不到？康明逊就说：那么王小姐替我介绍一个。王琦瑶说：与你相配的人家，可不是我辈能够结识的。康明逊便也学了她先前的口气道：这才是得了便宜又卖乖呢！像王小姐这样的仪态举止，一看就是出自上流的社会，倒不是我辈可攀比的了。王琦瑶说：你这不是嘲笑我们小家小户的女儿吗？康明逊说：受嘲笑的分明不是你而是我。两人这么一句去一句来地斗嘴，康明逊虽然有问必有答，王琦瑶却没有听出她想要的意思，倒有人来了。再有一次，也是只他们俩在，康明逊问了同样的问题：王小姐佳期何时呢？王琦瑶也学着上回康明逊的口气：谁能娶我这样的。但不待她说出“这样的”是怎样的话来，却突然地缄了口。康明逊再要问，竟看见她眼里的泪了，赶紧地问：有什么不对，千万包涵，不知者不为罪的。王琦瑶摇头不语，停了一会儿，才又说了一遍：有谁能娶我这样的呢？康明逊就说：你这样的又怎样呢？王琦瑶反问：你说怎样呢？康明逊说：锦上添花。她说：你又嘲笑我。康明逊说：分明是你嘲笑我。这回，是康明逊挑起的问话，王琦瑶等着他追问到底，不料却没有问到她想要答的意思。

王琦瑶和康明逊的问与答，就像是捉迷藏。捉的只是一门心思去捉，藏的却有两重心，又是怕捉，又是怕不来捉，于是又要逃又要招惹的。有时大家都在的时候，他们的问与答便像双关语的游戏，面上一层意思，里头一层意思。这是在人多的地方捉迷藏，之间要有默契，特别的了解，才可一捉一藏地周旋。渐渐地，他们有了一些两人才知的用语，很平常的，在他们却另有一番意思，是指鹿为马的。他们能心领神会，还能于无声处听真言。别人都蒙在鼓里，他们自己也不挑明，说了也当没说。那回萨沙开玩笑要给康明逊介绍女朋友，着实把他俩唬了一跳，不怪王琦瑶要着急，把那瓷汤勺的柄也敲断了。过后严师母同她表弟的一番话，也叫康明逊慌神，说的话里到处是漏洞。不过显见得是虚惊一场，后来什么事也没有，再没有人提了。倒是王琦瑶自己向康明逊提了一回，问萨沙要给他介绍的女朋友到底是谁。康明逊说：我怎么知道，要问应当去问萨沙。她说：萨沙一定是有所指，你心里当然清楚。康明逊说：既是这样想知道，当时为什么不让萨沙说，千方百计堵住他的嘴？王琦瑶又急了，说她并没有堵萨沙的嘴，萨沙嘴里吐的什么，与悄又有何干？康明逊便说：与你无干，又追着问他干吗？王琦瑶一听这话，就好像揭开了伤疤，又痛又羞，脸都红了，憋了一会儿才说：反正你们是一伙，天下乌鸦一般黑的。康明逊说：要分敌我的话，萨沙才是另一伙，是吃苏联面包的。王琦瑶只好笑了，两人就算和解了。其实是兜了个圈子，又回到原地，因为方才兜远了，回到原地时便觉着近了一步似的，是个错觉。

错觉也有错觉的好处，那是架虚的一格。而这架虚的一格上兴许却能搭上一格实的，虽是还要退下来，但因有了那实的一格，也不是退到底，不过是两格并一格，或者三格并一格，也就是进两步退一步的意思吧！这就像是舞步里的快三步，进进退退，退退进进，也能从池子的这边舞到那边，即使再舞回来，也有些人事皆非似的。一支舞曲奏完，心里便蓄了些活跃和满足。与康明逊捉迷藏，王琦瑶有一些是错觉，也有一些是有意将对当错，将错就错。她明知是错，还是按着错的来，倒叫康明逊没办法了。有时候，王琦瑶将她与康明逊叫作我们，严师母和萨沙叫成他们，虽然也是混着叫的，不定是特别的意思，康明逊心里也会一跳，不知这样是好是坏。有一回，他说：王琦瑶，你怎把我表姐算作萨沙的人了，她又不吃苏联面包。王琦瑶笑道：他们不是丈母娘和女婿吗？怎么不是一家人？大家都笑。王琦瑶这么解释，康明逊也不知是称心还是不称心。这时候，他们俩又有些像三岔口了，又要摸着对方，又怕被对方摸着，推来挡去地暗中对付，也是用错觉做文章。这文章有些连篇累牍，重复冗长。事后，两个人一处时，王琦瑶还得再回一回：你为什么问我把你表姐推给萨沙？康明逊再进一步问：你问我这个做什么？有些纠缠不清，还啰里啰嗦。把个问题连环套似的，一个一个接起来。还像那种武术里的推手，一推一让，看似循环往复，其实用的是内功，还是有输赢胜负，强弱高低的。

其实，他俩积极筹备下午茶什么的，是有些以公济私，为了做这种双关语和三岔口的游戏，这还像浑水摸鱼，在一下午或者一晚上的废话中间，确实会有那么一两句有实质性意义的话，就看你怎么去听了。不过，即便是有实质性意义，那话也滑得很，捉也捉不住，所以说是“浑水摸鱼”嘛。他们两人话里来话里去，说的其实只是一件事。这件事他们都知道，却都要装不知道；但只能自己装不知道，不许对方也装不知道；他们既要提醒对方知道，又要对方承认自己的不知道。听起来就像绕口令，还像进了迷魂阵，只有当事人才搞得清楚。因为是这样的当事人，头脑都是清楚，想糊涂也糊涂不了。他们了解形势，目标明确，要什么不要什么，心里都有一本明白账。在这方面，他们是旗鼓相当，针尖对麦芒，这场游戏对双方的智能都是挑战。他们难免会沉迷游戏的技巧部分，自我欣赏和互相欣赏。但这沉迷只是一瞬，很快就会醒来，想起各自的目的。在这场貌似无聊，还不无轻薄的游戏之下，其实却埋着两人的苦衷。这苦衷不仅是因为自己，还为了对方，是含了些善解和同情的，只是自己的利益要紧，就有些顾不过来了。

康明逊其实早已知道王琦瑶是谁了，只是口封得紧。第一次看见她，他便觉得面熟，却想不起来在哪里见过。又见她过着这种寒素的避世的生活，心里难免疑惑。后来再去她家，房间里那几件家具，更流露出些来历似的。他虽然年轻，却是在时代的衔接口度过，深知这城市的内情。许多人的历史是在一夜之间中断，然后碎个七零八落，四处皆是。平安里这种地方，是城市的沟缝，藏着一些断枝碎节的人生。他好像看见王琦瑶身后有绰约的光与色，海市蜃楼一般，而眼前的她，却几乎是庵堂青灯的景象。有一回，打麻将时，灯从上照下来，脸上罩了些暗影，她的眼睛在暗影里亮着，有一些幽深的意思，忽然她一扬眉，笑了，将面前的牌推倒。这一笑使他想起一个人来，那就是三十年代的电影明星阮玲玉。可是，王琦瑶当然不会是阮玲玉，王琦瑶究竟是谁呢？其实他已经接触到谜底的边缘了，可却滑了过去。还有一次，他走过一家照相馆，见橱窗里有一张披婚纱的新娘照。他心里一亮。这照片有一种似曾相识的样子，使他想起很久以前也是在这里的一张照片。倘若这时他能想起王琦瑶，大约便可解开疑团，可他却没有，于是又一次从谜底的边缘滑过去。和王琦瑶接触越多，这个疑团就越是频繁地来打扰。他在王琦瑶的素淡里，看见了极艳，这艳洇染了她四周的空气，云烟氤氲，他还在王琦瑶的素淡里看见了风情，也是洇染在空气中。她到底是谁呢？这城市里似乎只有一点昔日的情怀了，那就是有轨电车的当当声。康明逊听见这声音，便伤感满怀。王琦瑶是那情怀的一点影，绰约不定，时隐时现。康明逊在心里发狠：一定要找出她的过去，可是到哪里去找呢？

最终却是得来全不费工夫。一天，在家和大妈二妈聊天，说起十年前上海的盛况一幕，那就是竞选上海小姐，他母亲竟还记得那几位小姐的芳名，第三位就叫王琦瑶。他这才如梦初醒。他想起那酷似阮玲玉的眉眼，照相馆里似曾相识的照片，还想起旧刊物《上海生活》上的“沪上淑媛”，以及后来的做了某要人外室的风闻，这所有的记忆连贯起来，王琦瑶的历史便出现在了眼前。这历史真是有说不尽的奇情哀艳。现在，王琦瑶从谜团中走出来了，凸现在眼前，音容笑貌，栩栩如生。这是一个新的王琦瑶，也是一个旧的王琦瑶。他好像不认识她了，又好像太认识她了。他怀了一股失而复得般的激动和欢喜。他想，这城市已是另一座了，路名都是新路名。那建筑和灯光还在，却只是个壳子，里头是换了心的。昔日，风吹过来，都是罗曼蒂克，法国梧桐也是使者。如今风是风，树是树，全还了原形。他觉着他，人跟了年头走，心却留在了上个时代，成了个空心人。王琦瑶是上个时代的一件遗物，她把他的心带回来了。

他连着几天没有去王琦瑶处，严师母来电话约，他都说家里有事推掉了。他想：该对王琦瑶说什么呢？后来，他决定什么也不说，一如既往。因此，当他再看见王琦瑶时，就和什么也没发生过的一样。王琦瑶问他怎么几天不来，他说有事。王琦瑶就说什么有事，一定有了新去处，比这里更有趣的。他笑笑没说话，把带来的东西放到了桌上。他带来的是老大昌的奶油蛋糕，王琦瑶便去拿碟子。刚给人打过针，王琦瑶手上带着酒精的气味。她穿一件家常的毛线对襟衫，里面是一身布的夹旗袍，脚下是双搭袢布鞋，忙进忙出地准备着茶点。他忽然间想起初与王琦瑶相识，在表姐家吃暖锅，胡乱测字玩。王琦瑶说了个“地”字，康明逊指了右边的“也”说是个“他”，她则指了左边的“土”说，“岂不是入土了”。她那脱口而出然后油然哀起的样子，这时又一次出现眼前，却是有根有由的了。他心里生出怜悯，又生出惋惜，怜悯和惋惜是为王琦瑶，也是为自己。这时，康明逊被一股忧伤笼罩着，他话不多，有些走神，还有些答非所问。他望着窗外对面人家窗台上的裂纹与水迹，想这世界真是残破得厉害，什么都是不完整的，不是这里缺一块，就是那里缺一块。这缺又不是月有圆缺的那个缺，那个缺是圆缺因循，循环往复。而这缺，却是一缺再缺，缺缺相承，最后是一座废墟。也许那个缺是大缺，这个则是小缺，放远了眼光看，缺到头就会满起来，可惜像人生那么短促的时间，倘若不幸是生在一个缺口上，那是无望看到满起来的日子的。

康明逊是二房所生的孩子，却是他家唯一的男孩，是家庭的正宗代表，所以他不得不在大房与二房之间来回周旋。一些较为正式的场合，由他和大妈跟了父亲出席；另一些比较亲密的社交，则是和二妈跟了父亲参加。大妈是个厉害人，正房本就是占着理的，还占着委屈，十分理加上三分委屈，大妈便有了十三分的权利，二妈却是倒欠了三分的。父亲是个老派人，宠归宠，爱归爱，却不越规矩半步，上下长幼，主次尊卑，各得其份。康明逊是康家的正传，他从小就是在大妈房里比在二妈房里多。他和两个同父异母的姐妹打得火热，比同胞还同胞，无意中他还有些讨好她们，好像怕受到她们的排斥。他隐隐地觉出，大妈的爱是需争取，二妈的爱则不要也在，没有也有。所以，他对大妈便悉心得多，而对二妈怎么也可以，甚至有时故意冷淡二妈好叫大妈欢喜。他的一颗小小的心里，其实全是倚强凌弱，也是适者生存的道理。有一回，他和两个姐妹玩捉迷藏，他循声上了三楼二妈的房间，推门而进，一眼看见垂地的床罩在波动，分明是藏了人的。他悄悄地走过去，这时却见靠里的床沿上，背着身坐着二妈，低了头，肩膀抽搐着。他不由站住了，床底下嗖地蹿出妹妹，一阵风地从他身边跑过，并且发出尖锐的快乐的叫声。他没有去追，施了定身术似的，站在原地。是个阴天，房间里的柚木家具发出幽暗的光，打蜡地板也是幽暗的光。二妈脸朝着窗口，有暗淡的光流淌进来，勾出她的背影。她头发蓬乱着，就像一个鸟巢，肩膀特别窄小，而且单薄。她觉察出后面有人，一边抽泣一边转过身体，不等她看见，他拔腿跑出了房间。他的心怦怦跳着，怜悯和嫌恶的情绪攫住了他，使他有说不出的难过。他以更大声的快乐尖叫来克服这难过，这天他是有些过分了，招来大妈的喝斥。大妈喝斥他的时候，便看见二妈乱蓬蓬的头从三楼楼梯上探下来。这时，他心里生出对二妈的说不出的恨意。这恨意为消除痛楚而生的，这痛楚有多深，这恨就有多大。随了成年，他应付这复杂环境渐渐熟练，可说得心应手，那痛楚和恨意便也消除，积留在心里的只是一些烟尘般的印象。可就是这些烟尘般的印象，却是能够决定某种事情。

（节选自王安忆．长恨歌［M］．北京：人民文学出版社，2014：167－180.）

★**导读：**

王安忆，1954 年出生于江苏南京。1976 年开始发表作品。前期以“雯雯系列小说”为代表，主要内容是少女时代的个体经验。1985 发表的《小鲍庄》获得第四届全国优秀中篇小说奖，与《大刘庄》共同被视为“寻根文学”的代表作品。2000 年长篇小说《长恨歌》获第五届茅盾文学奖。2005 年《发廊情话》获第三届鲁迅文学奖优秀短篇小说奖。2013 年获法兰西文学艺术骑士勋章。

长篇小说《长恨歌》以王琦瑶的一生为线索，书写从民国到改革开放初期，上海这座城市所经历的半世纪的风雨兴衰。一个弄堂里的女学生不经意地走上了大舞台，但又迅速地在历史的浪潮中成为被遗忘的浪花。她被追捧、被玩弄、被利用、被遗忘，她的一生就像一件被收在柜底的旗袍，曾经光鲜亮丽，却迅速地不合时宜，在不见天日的角落里生活着、矜持着。不管生活怎样艰难，环境怎样变化，她始终固执地坚持自己的态度，但这并不是理想，也许只是一种生活的惯性，是一种怀旧的延续，故事尾声她近乎滑稽离奇地死去，结束了一个传奇。这是一个从弄堂里生长出来的故事，虽然有短暂的大舞台，终归回到逼仄的空间，逃不开命运的捉弄。小说中贯穿着鸽子的视角，一方面从永远狭窄阴暗的弄堂超脱出来，另一方面也使《长恨歌》成为寓言，成为象征，这是关于上海的传奇。

王安忆的创作一直在变化，一方面是王德威、李欧梵等人评价的“海派传人”，另一方面她的创作显然超出“上海经验”，呈现出多样化追求，不受限制，这是她创作的生命力持久旺盛的原因，也使她在当代文学作家林中具有独特的价值。

（刘茉琳）

散文

社稷坛抒情

秦 牧

北京有座美丽的中山公园，公园里有个用五色土砌成的社稷坛。

社稷坛是北京九坛之一，它和坐落在南城的天坛遥遥相对。古代的帝王们，在天坛祭天，在社稷坛祭地。祭天为了要求风调雨顺，祭地为了要求土地肥沃。祭天祭地的终极目的只有一个：就是五谷丰登，可以“聚敛贡城阙”。五谷是从地里长出来的，因此，人们臆想的稷神（五谷）就和社神（土地）同在一个坛里受膜拜了。

穿过古柏参天、处处都是花圃的园林，来到这个社稷坛前，突然有一种寥廓空旷的感觉。在庄严的宫殿建筑之前，有这么一个四方的土坛，屹立在地面，它东面是青土，南面是红土，西面是白土，北面是黑土，中间嵌着一大块圆形的黄土。这图案使人沉思，使人怀古。遥想当年帝王们穿着衮服，戴着冕旒，在礼乐声中祭地的情景，你仿佛看到他们在庄严中流露出来的对于“天命”畏惧的眼色，你仿佛看到许多人慑服在大自然脚下的神情。

这社稷坛现在已经没有一点儿神秘庄严的色彩了。它只是一个奇特的历史遗迹。节日里，欢乐的人群在上面舞狮，少年们在上面嬉戏追逐。平时则有三三两两的游人在那里低徊。对，这真是一个激发人们思古幽情的好所在！作为一个中国人，可以让这种使人微醉的感情发酵的去处可真多呢！你可以到泰山去观日出，在八达岭长城顶看日落。可以在西湖荡画舫，到南京鸡鸣寺听钟声。可以在华北平原跑马，在戈壁滩上骑骆驼。可以访寻古代宫殿遗迹，听一听燕子的呢喃，或者到南方海神庙旁看浪涛拍岸……这些节目你随便可以举出一百几十种来，但在这里面千万不能遗漏掉这个社稷坛！这坛后的宫殿是华丽的，飞檐、斗拱、琉璃瓦、白石阶……真是金碧辉煌！而坛呢，却很荒凉，就只有五色的泥土。然而这种对照却也使人想起：没有这泥土所代表的土地，没有在大地上胼手胝足的劳动者，根本就不会有这宫殿，不会有一切人类的文明。你在这个土坛上走着走着，仿佛走进古代去，走到一望无际的原野上，在那里，莽莽苍苍，风声如吼。一个戴着高冠，穿着芒鞋的古代诗人正在用他的悲悯深沉的眼睛眺望大地，吟咏着这样的诗句：

朝东西眺望没有边际，
朝南北眺望没有头绪，
朝上下眺望没有依归，
我的驱驰不知何所底止！
…………
九州究竟安放在什么上面？
河床何以洼陷？
地面，从东至西究竟多少宽，从南至北多少长？
南北要比东西短些，短的程度究竟是怎样？

——屈原：《悲回风》和《天问》，引自郭沫若译诗。

这不仅仅是屈原的声音，也是许许多多古代诗人瞭望原野时曾经涌起的感情。这种“大地茫茫”的心境，是和对于自然之谜的探索和对于人间疾苦的愤慨联结在一起的。

想一想这些肥沃土地的来历，你不由得涌起一种遥接万代的感情。我们居住的这个星球，最古时代，原是一个寂寞的大石球，上面没有一株草，一只虫，也没有一层土壤。经过了多少亿万年，太阳风雨的力量，原始生物的尸骸，才给地球造成了一层层的土壤，每经历千年万年，土壤才增加薄薄的一层。想一想我们那土壤厚达五十公尺的华北黄土高原吧！那该是大自然在多长的时间里的杰作！但这还不算，劳动者开辟这些土地，是和大自然进行过多么剧烈的斗争呀！这种斗争一代接连一代继续着，我们仿佛又会见了古代的唱着《诗经》里怨愤之歌的农民，像敦煌壁画上面描绘的辛勤劳苦的农民，驾着那种和古墓里挖掘出来的陶制高轮牛车相似的车子，奔驰在原野上，辛苦开辟着田地。然而他们一代代穿着破絮似的衣服，吃着极端粗劣的食物。你仿佛看到他们在田野里仰天叹息，他们一家老小围着幽幽的灯光在饮泣。看到他们画红了眉毛，或者在头上包一块黄布揭竿起义，看到他们大批地陈尸在那吸尽了他们的汗水然后又吸尽了他们鲜血的土地。想一想在原始社会中他们怎样匍匐在鬼神脚下，在阶级社会中他们又怎样挣扎在重重枷锁之中。啊，这些给荒凉的大地铺上了锦绣花巾的人们，这些从狗尾草、蟋蟀草中给我们选出了稻麦来的人们，我们该多么感念他们！想象的羽翼可以把我们带到古代去，在一家家的门口清清楚楚看到他们在劳动，在饮食，在希望，在叹息，可惜隔着一道历史的门限，我们却不能和他们作半句的交谈！但怀古思今，想起了我们这个时代的农民是几千年历史中第一次真正挣脱了枷锁，逐渐离开了鬼神天命的羁绊的农民，我们又仿佛走出了黑暗的历史的隧洞，突然见到耀眼的阳光了。

你在这个五色土坛上面走着走着，仿佛又回到公元前几千年去，会见了古代的思想家。他们白发苍苍，正对着天上的星辰，海里的潮汐，陶窑的火光，大地的泥土沉思。那时的思想家没有什么书籍可以阅读参考，日月经天，江河行地，四时代谢，万物死生的现象，都使他们抱头苦思。他们还远不能给世界的现象写出一个较完整的答案。但是他们终究也看出一点道理来了，世间的万物万事，有因有果，有主有从，它们互相错综地关联着……正是由于古代有这样的思想家这样地思想过，才给后来的历史创造了这样一座五色的土坛。

“五行”的观念和我们这个民族一样的古老，东、南、西、北是人们很早就知道的，人们总以为自己所处是大地的中间，于是在四方之外又加上了一个“中心”，东、南、西、北、中凑成了五方五土的观念，直到今天我们还看到好些人家的屋角有“五方五土龙神”的牌位。烧陶方法和冶铜技术发明了，人们在熊熊火光旁边，看到火把泥土变成了陶器，把矿石烧成溶液，木头燃烧发出了火光，水又能够把火熄灭。这种现象使古代的思想家想到木、火、金、水、土（依照《左传》的排列次序）是万物的本源。于是木、火、金、水、土把五行的观念充实起来了。

烧制陶器这件事使人类向文明跨前一大步，在埃及，在希腊，都由此产生了神祇用泥土造人的神话。在中国，却大大地发扬了“五行”的观念。根据木、火、金、水、土五种东西彼此的作用，又产生了五行相克相生的理论。根据这几种东西的颜色：树木是苍翠的，火光是红艳艳的，金属是亮晶晶的，深深的水潭是黝黑的，中原的泥土是黄色的。于是青、赤、白、黑、黄五种颜色就被拿来配木、火、金、水、土，成为颜色上的五行了。

这个四方、五行的观念被古代思想家用来分析许许多多的事物，音乐上的宫、商、角、徵、羽五个音阶，天上二十八宿的分隶青龙、朱雀、白虎、玄武（乌龟）四方，都是和这种观念紧密地联结起来的。

把世界万物的本源看作是木、火、金、水、土五种东西相互作用产生出来的，这和古代印度哲学家把万物说成是由地、火、水、风所构成，古代希腊哲学家说万物的本源是水或者火……那思想的脉络是多么的近似啊。

尽管这种说法在几千年后的今天看来是奇特甚至好笑的，然而那里面不也包含着光辉的真理吗：万物的本源都是物质，物质彼此起着错综的作用……哦！我们遇见的对着泥土沉思的思想家，他们正是古代的略具雏形的唯物主义者！

没有这些古代思想家，我们就不会有这个五色的土坛。审视这五种颜色吧，端详这个根据“天圆地方”的古代观念构筑起来的四方坛吧！它和我们民族的古代文化存在多么密切的关系啊！

我们汉民族的摇篮在黄河的中上游，那里绵亘的是一望无际的黄土高原。因此，黄色被用来配“土”，用来配“中心”，成为我们民族传统中高贵的颜色。中心是不同于四方的，能够生长五谷的土地是不同于其他东西的，黄色是不同于其他颜色的。在这个土坛的中心，黄土被特别砌成了一个圆形，审视这个黄色的圆圈吧！它使我们想起奔腾澎湃的黄河，想起在地层下不断被发掘出来的古代村落，也想起那古木参天的黄帝的陵墓。

我多么想去抱一抱那些古代的思想家，没有他们的艰苦探索，就没有今天人类的智慧。正像没有勇敢走下树来的猿人，就不会有人类一样。多少万年的劳动经验和生活智慧积累起来，才有了今天的人类文明。每一个人在人类智慧的长河旁边，都不过像一只饮河的鼹鼠。在知识的大森林里面，都不过像一只栖于一枝的鷦鷯。这河是多少亿万滴水汇成的啊，这森林是多少亿万株草木构成的啊！

瞧着这个社稷坛，你会想起了中国的泥土，那黄河流域的黄土，四川盆地的红壤，肥沃的黑土，洁白的白垩土……你会想起文学里许许多多关于泥土的故事：有人包起一包祖国的泥土藏在身旁到国外去；有人临死遗嘱必须用祖国的泥土撒到自己胸上；有人远适异国归来俯身去吻一吻自己国门的土地。这些动人的关于泥土的故事，使人对五色土发生了奇异的感情，仿佛它们是童话里的角色，每一粒土壤都可以叙述一段奇特的故事或者唱一首美好的诗歌一样。

瞧着这个紧紧拼合起来的五色土坛，一个人也会想起了国土的统一，在我们的土地上为了统一而发生的战争该有多少万次呀，然而严格说来，历史上的中国从来没有高度统一过。四分五裂，豪强纷纷划地称王的时代不去说它了，可怜的郡主像傀儡似的整天送猪肉、龟肉慰问跋扈的诸侯的时代不去说它了，就是号称强盛统一的时代，还不是有许多拥兵自重的藩镇，许多专权用事的贵戚，许多地方的豪霸，在他们的领地里当着小皇帝，使中央号令不行，使国中还有许许多多的小国。中国历史上没有一个时期像今天这样高度统一过，等我们解放了台湾和一些沿海岛屿以后，这种统一的规模就更加空前了。古代思想家的预言：“不嗜杀人者能一之。”由于不剥削人的无产阶级登上了历史舞台，竟使这一句话在两千多年后空前地应验了。

我在这个土坛上低徊漫步，想起了许许多多的事情。我们未必“前不见古人，后不见来者”，凭着思想和感情的羽翼，我们尽可去会一会古人，见一见来者。我仿佛曾经上溯历史的河流，看见了古代的诗人、农民、思想家、志士，看他们的举动，听他们的声音，然后又穿过历史的隧洞，回到阳光灿烂的现实。啊，做一个历史悠久的民族的子孙是多么值得自豪的一回事！做今天的一个中国的子民是多么值得快慰的一回事！回溯过去，瞻望未来，你会觉得激动，很想深深呼吸一口新鲜的空气，想好好地学习和劳动，好好地安排在无穷的时间中一个人仅有一次，而我们又恰恰生逢其时的宝贵的生命。

啊，这座发人深思的社稷坛！

1956 年

（秦牧．花城［M］．广州：广东人民出版社，2009：10－14．）

★导读：

秦牧（1919—1992 年），出生于香港，祖籍广东澄海，当代散文家。原名林觉夫，乳名阿书，别名派光、顽石。《社稷坛抒情》发表于 1956 年，是最能代表秦牧创作风格的散文作品。作家注重在写作中糅合知识性、思想性与趣味性，使散文既发挥为读者普及知识的作用，也能启发读者对历史与现实的思考。秦牧为中国当代散文的创作提供了一种新的“智性散文”的路径。

秦牧选择以“社稷坛”为抒情的对象，是出于对中华民族悠久历史文化的追忆，以及表达爱国情感与民族自豪感的需要。社、稷本为中国古代神话传说中的神祇，封建帝王通过建筑社稷坛并举行祭祀土地神与五谷神的仪式，祈求风调雨顺、五谷丰登。当秦牧面对社稷坛这样一个文化意味极其浓厚的象征物时，内心便涌动着对中国传统文化精神的体认。社稷坛不仅唤起了作家对中华民族艰苦创业历程的怀思，而且使作家联想到自己流离的经历，由此，作家个人的经历与家国的历史命运经由社稷坛而有了关联。读者在对社稷坛的象征作用，以及对中华民族历史命运变迁的深刻体悟中，能够感受到自己作为中华民族一分子的自信心与自豪感，以及身上所承担的历史重任。

作家对散文创作有着知识性与思想性的侧重，使散文整体呈现出严密的逻辑性，读者能够按照作家的思维路径层层深入。散文从整体上可分为四个结构。首先，作家由社稷坛的象征意义，联想到泥土对于人类文明的意义，继而追根溯源，思考泥土对中华民族起源的滋养意义。其次，由社稷坛的五色土出发，考察人类文明的演进过程，并借用五行观念，提炼出中华民族古代智者的伟大智慧。再次，由社稷坛不同颜色土壤的拼合形态，联想到国土的完整与民族的团结对复兴中华文明的重要意义。最后，表达自己身为中华儿女骄傲、自豪的心情，以及对中华民族美好未来的期待。这几个部分层层递进，情感不断增强，作家的视界在历史与现实之中不断穿梭，而读者也跟随作家的描述浏览了中华民族的伟大历史，迸发出中华儿女的豪情壮志。

（张栋）

怀念萧珊

巴　金

一

今天是萧珊逝世的六周年纪念日。六年前的光景还非常鲜明地出现在我的眼前。那天我从火葬场回到家中，一切都是乱糟糟的，过了两三天我渐渐地安静下来了，一个人坐在书桌前，想写一篇纪念她的文章。在五十年前我就有了这样一种习惯：有感情无处倾吐时，我经常求助于纸笔。可是一九七二年八月里那几天，我每天坐三四个小时望着面前摊开的稿纸，却写不出一句话。我痛苦地想，难道给关了几年的“牛棚”，真的就变成“牛”了？头上仿佛压了一块大石头，思想好像冻结了一样。我索性放下笔，什么也不写了。

六年过去了，林彪、“四人帮”及其爪牙们的确把我搞得很“狼狈”，但我还是活下来了，而且偏偏活得比较健康，脑子也并不糊涂，有时还可以写一两篇文章。最近我经常去龙华火葬场，参加老朋友们的骨灰安放仪式。在大厅里我想起许多事情。同样地奏着哀乐，我的思想却从挤满了人的大厅转到只有二三十个人的中厅里去了，我们正在用哭声向萧珊的遗体告别。我记起了《家》里面觉新说过的一句话：“好像珏死了，也是一个不祥的鬼。”四十七年前我写这句话的时候，怎么想得到我是在写自己！我没有流眼泪，可是我觉得有无数锋利的指甲在搔我的心。我站在死者遗体旁边，望着那张惨白色的脸、那两片咽下了千言万语的嘴唇，我咬紧牙齿，在心里唤着死者的名字。我想，我比她大十三岁，为什么不让我先死？我想，这是多么不公平！她究竟犯了什么罪？她也给关进“牛棚”，挂上“牛鬼”的小牌子，还扫过马路。究竟为什么？理由很简单，她是我的妻子。她患了病，得不到治疗，也因为她是我的妻子。想尽办法一直到逝世前三个星期，靠开后门她才住进了医院。但是癌细胞已经扩散，肠癌变成了肝癌。

她不想死，她要活，她愿意改造思想，她愿意看到社会主义建成。这个愿望总不能说是痴心妄想吧。她本来可以活下去，倘使她不是“黑老 K”的“臭婆娘”。一句话，是我连累了她，是我害了她。

在我靠边的几年中间，我所受到的精神折磨，她也同样受到。但是我并未挨过打，她却挨了“北京来的红卫兵”的铜头皮带，留在她左眼上的黑圈好几天以后才退尽。她挨打只是为了保护我，她看见那些年轻人深夜闯了进来，害怕他们把我揪走，便溜出大门，到对面派出所去，请民警同志出来干预，那里只有一人值班，不敢管。当着民警的面她被他们用铜头皮带狠狠地抽了一下，给押了回来，同我一起关在马桶间里。

她不仅分担了我的痛苦，还给了我不少的安慰和鼓励。在“四害”横行的时候，我在原单位给人当作“罪人”和“贱民”看待，日子十分难过，有时到晚上九十点钟才能回家。我进了门看到她的面容，满脑子的乌云都消散了。我有什么委屈、牢骚都可以向她尽情倾吐。有一个时期我和她每晚临睡前服两粒眠尔通才能够闭眼，可是天刚刚发白就都醒了。我唤她，她也唤我，我诉苦般地说：“日子难过啊！”她也用同样声音回答：“日子难过啊！”但是她马上加一句：“要坚持下去。”或者再加一句：“坚持就是胜利。”我说“日子难过”，因为在那一段时间里我每天在“牛棚”里面劳动、学习、写交代、写检查、写思想汇报。任何人都可以责骂我、教训我、指挥我，从外地到作协来串连的人可以随意点名叫我出去“示众”，还要自报罪行。上下班不限时间，由管“牛棚”的“监督组”随意决定。任何人都可以闯进我家里来，高兴拿什么就拿走什么。这个时候大规模的群众性批斗和电视批斗大会还没有开始，但已经越来越逼近了。

她说“日子难过”，因为她给两次揪到机关，靠边劳动，后来也常常参加陪斗。在淮海中路大批判专栏上张贴着批判我的罪行的大字报，我一家人的名字都给写出来“示众”，不用说“臭婆娘”的大名占着显著的地位。这些文字像虫子一样咬痛她的心。她让上海戏剧学院“狂妄派”学生突然袭击、揪到作协去的时候，在我家大门上还贴了一张揭露她的所谓罪行的大字报。幸好当天夜里我儿子把它撕毁，否则这一张大字报就会要了她的命！

人们的白眼、人们的冷嘲热骂蚕食着她的身心，我看出来她的健康逐渐遭到损害，表面上的平静是虚假的。内心的痛苦像一锅煮沸的水，她怎么能遮盖住！怎么能使它平静！她不断地给我安慰，对我表示信任，替我感到不平。然而她看到我的问题一天天地变得严重，上面对我的压力一天天地增加，她又非常担心，有时同我一起上班或者下班，走近巨鹿路口、快到作家协会，或者走到湖南路口、快到我们家，她总是抬不起头。我理解她，同情她，也非常担心她经受不起沉重的打击。我还记得有一天到了平常下班的时间，我们没有受到留难，回到家里，她比较高兴，到厨房去烧菜。我翻看当天的报纸，在第三版上看到当时做了作协的“头头”的两个工人作家写的文章《彻底揭露巴金的反革命真面目》。真是当头一棒！我看了两三行，连忙把报纸藏起来，我害怕让她看见。她端着烧好的菜出来，脸上还带笑容，吃饭时她有说有笑。饭后她要看报，我企图把她的注意力引到别处。但是没有用，她找到了报纸。她的笑容一下子完全消失。这一夜她再没有讲话，早早地进了房间。我后来发现她躺在床上小声哭着。一个安静的夜晚给破坏了。今天回想当时的情景，她那张满是泪痕的脸还历历在我眼前。我多么愿意让她的泪痕消失，笑容在她那憔悴的脸上重现，即使减少我几年的生命来换取我们家庭生活中一个宁静的夜晚，我也心甘情愿！

二

我听周信芳同志的媳妇说，周的夫人在逝世前经常被打手们拉出去当作皮球推来推去，打得遍体鳞伤，有人劝她躲开，她说："我躲开，他们就要这样对付周先生了。"萧珊并未受到这种新式体罚。可是她在精神上给别人当皮球打来打去。她也有这样的想法：她多受一点精神折磨，可以减轻对我的压力。其实这是她的一片痴心，结果只苦了她自己。我看见她一天天地憔悴下去，我看见她的生命之火逐渐熄灭，我多么痛心，我劝她，安慰她，我想把她拉住，一点也没有用。

她常常问我："你的问题什么时候才解决呢？"我苦笑地说："总有一天会解决的。"她叹口气说："我恐怕等不到那个时候了。"后来她病倒了，有人劝她打电话找我回家，她不知从哪里得来的消息，她说："他在写检查，不要打岔他，他的问题大概可以解决了。"等到我从五·七干校回家休假，她已经不能起床。她还问我检查写得怎样，问题是否可以解决。我当时的确在写检查，而且已经写了好些次了。他们要我写，只是为了消耗我的生命。但她怎么能理解呢？

这时离她逝世不过两个多月，癌细胞已经扩散。可是我们不知道，想找医生给她认真检查一次，也毫无办法。平日去医院挂号看门诊，等了许久才见到医生或者实习医生，随便给开个药方就算解决问题。只有在发烧到摄氏三十九度才有资格挂急诊号，或者还可以在病人拥挤的观察室里待上一天半天。当时去医院看病找交通工具也很困难，常常是我女婿借了自行车来，让她坐在车上，他慢慢地推着走。有一次她雇到小三轮车去，看好门诊回家，雇不到车，只好同陪她看病的朋友一起慢慢地走回来，走走停停，走到街口，她快要倒下了，只得请求行人到我们家通知。她一个表侄正好来探病，就由他去背了她回家。她希望拍一张X光片子查一查肠子有什么病，但是办不到。后来靠了她一位亲戚帮忙，开后门两次拍片，才查出她患肠癌。以后又靠朋友设法开后门住进了医院。她自己还高兴，以为得救了。只有她一个人不知真实的病情。她在医院里只活了三个星期。

我休假回家，假期满了，我又请过两次假留在家里照料病人，最多也不到一个月。我看见她病情日趋严重，实在不愿意把她丢开不管，我要求延长假期的时候，我们那个单位一个“工宣队”头头逼着我第二天就回干校去。我回到家里，她问起来，我无法隐瞒，她叹了一口气，说：“你放心去吧。”她把脸掉过去，不让我看她。我女儿、女婿看到这种情景自告奋勇跑到巨鹿路去向那位“工宣队”头头解释，希望他同意我在市区多留些日子照料病人。可是那个头头“执法如山”，还说：“他不是医生，留在家里有什么用！留在家里对他改造不利。”他们气愤地回到家中，只说机关不同意，后来才对我传达了这句“名言”，我还能讲什么呢？明天回干校去！

整个晚上她睡不好，我更睡不好。出乎意外，第二天一早我那个插队落户的儿子在我们房间里出现了，他是昨天半夜里到的。他得到了家信，请假回家看母亲，却没有想到母亲病成这样。我见了他一面，把他母亲交给他，就回干校去了。

在车上我的情绪很不好。我实在想不通为什么会有这样的事情。我在干校待了五天，无法同家里通消息。我已经猜到她的病不轻了。可是人们不让我过问她的事。这五天是多么难熬的日子！到第五天晚上在干校的造反派头头通知我们全体第二天一早回市区开会。这样我才又回到了家，见到了我的爱人。靠了朋友帮忙她可以住进中山医院肝癌病房，一切都准备好，她第二天就要住院了。她多么希望住院前见我一面，我终于回来了，连我也没有想到她的病情发展得这么快。我们见了面，我一句话也讲不出来，她说了一句：“我到底住院了。”我答说：“你安心治疗吧。”她父亲也来看她，老人家双目失明，去医院探病有困难，可能是来同他的女儿告别了。

我吃过中饭就去参加给别人戴上反革命帽子的大会，受批判、戴帽子的人不止一个，其中有一个我的熟人王若望同志，过去，也是作家，不过比我年轻。我们一起在“牛棚”里关过一个时期，他的罪名是“摘帽右派”。他不服，不肯听话，他贴出大字报，声明“自己解放自己”，因此罪名越搞越大，给捉去关了一个时期不算，还戴上了反革命的帽子监督劳动。在会场里我一直在做怪梦。开完会回家，见到萧珊我感到格外亲切，仿佛重回人间。可是她不舒服，不想讲话，偶尔讲一句半句，我还记得她讲了两次：“我看不到了。”我连声问她看不到什么。她后来才说：“看不到你解放了。”我还能回答什么呢？

我儿子在旁边，垂头丧气，精神不好，晚饭只吃了半碗，像是患感冒。她忽然指着他小声说：“他怎么办呢？”他当时在安徽山区农村插队落户已经待了三年半，政治上没有人管，生活上不能养活自己，而且因为是我的儿子给剥夺了好些公民权利。他先学会沉默，后来又学会抽烟。我怀着内疚的心情看看他，我后悔当初不该写小说，更不该生儿育女。我还记得前两年在痛苦难熬的时候她对我说："孩子们说爸爸做了坏事，害了我们大家。"这好像用刀子在割我身上的肉，我没有出声，我把泪水全吞在肚里。她睡了一觉醒过来，忽然问我："你明天不去了？"我说："不去了。"就是那个"工宣队"头头在今天通知我不用再去干校，就留在市区。他还问我："你知道萧珊是什么病吗？"我答说："知道。"其实家里瞒住我，不给我知道真相，我还是从他这句问话里猜到的。

［节选自巴金．怀念萧珊［M］//朱栋霖，汪文顶．中国现代文学作品选：1917—2015(第四卷)．北京：高等教育出版社，2016：132－135.］

★导读：

巴金（1904—2005 年），四川成都人，原名李尧棠，字芾甘，中国作家、翻译家、社会活动家、无党派爱国民主人士。巴金出生成长于封建官僚大家族，五四运动后接受新思潮的影响，尤其是无政府主义的影响走上反封建斗争的道路。巴金被誉为"二十世纪中国文学的良心"，其在 1950 年代以前的小说创作是现代文学史上的重镇。散文集《随想录》用朴实的内容、真挚的感情打动读者，其中作者真诚的忏悔与严苛的自省更是使人动容、发人深思，是新时期之后反思文学走向人道主义的重要作品。

散文《怀念萧珊》是巴金悼念亡妻萧珊之作，写的是自己最亲近的人，一字一句都是真实的重锤，敲击在读者的心间，完全没有任何技巧的叙述，剖肝泣血的深沉情感，无法释怀的愧疚与永恒的依恋交织在字里行间。作者自述这篇文章写于萧珊去世的六年之后，既是六年思念的释放，也是近三十年生死相依的沉淀。文本大半部分笔墨详细描述萧珊在最后的岁月里的无助、对巴金的担心、对家庭的关爱。面对席卷全国的运动，她是胆怯担忧的，但是站在巴金的身边，她又是勇敢坚强的；文本中的她是沉默的，我们却仿佛能听见她内心千言万语的爱与依恋。文本的后半部分巴金叙述了与萧珊相识、相恋、相守的过程，从前部分的戚戚焉走向后部分的坚强，朴素的语言承载着厚重的情感，文章写的是作者的枕边人，展现的却是最普遍的人道主义精神。

《怀念萧珊》与《小狗包弟》都是巴金《随想录》中充满感情的随笔。《随想录》之后，巴金又陆续写下《探索集》《真话集》《病中集》《无题集》，共一百五十篇文章，统称为“随想录”。他的《“遵命文学”》《说真话》《灌输和宣传》《人道主义》《“文革”博物馆》深刻地反思历史，直面十年运动带来的劫难；他以《解剖自己》的精神将《家》中对觉新的批判投射到自己身上，反思自己、批判自己，他始终坚持着“没有神，也就没有兽。大家都是人”的精神，是一位用笔与封建思想、黑暗现实斗争的勇士。晚年的巴金用《随想录》为自己、为中国文学立下了最宝贵的属于知识分子的丰碑。

（刘茉琳）

干校六记

杨　绛

一　下放记别

中国社会科学院，以前是中国科学院哲学社会科学部，简称学部。我们夫妇同属学部；默存在文学所，我在外文所。一九六九年，学部的知识分子正在接受“工人、解放军宣传队”的“再教育”。全体人员先是“集中”住在办公室里，六、七人至九、十人一间，每天清晨练操，上下午和晚饭后共三个单元分班学习。过了些时候，年老体弱的可以回家住，学习时间渐渐减为上下午两个单元。我们俩都搬回家去住，不过料想我们住在一起的日子不会长久，不日就该下放干校了。干校的地点在纷纷传说中逐渐明确，下放的日期却只能猜测，只能等待。

我们俩每天各在自己单位的食堂排队买饭吃。排队足足要费半小时；回家自己做饭又太费事，也来不及。工、军宣队后来管束稍懈，我们经常中午约会同上饭店。饭店里并没有好饭吃，也得等待；但两人一起等，可以说说话。那年十一月三日，我先在学部大门口的公共汽车站等待，看见默存杂在人群里出来。他过来站在我旁边，低声说：“待会儿告诉你一件大事。”我看看他的脸色，猜不出什么事。

我们挤上了车，他才告诉我：“这个月十一号，我就要走了。我是先遣队。”

尽管天天在等待行期，听到这个消息，却好像头顶上着了一个焦雷。再过几天是默存虚岁六十生辰，我们商量好：到那天两人要吃一顿寿面庆祝。再等着过七十岁的生日，只怕轮不到我们了。可是只差几天，等不及这个生日，他就得下干校。

“为什么你要先遣呢?”

“因为有你，别人得带着家眷，或者安顿了家再走；我可以把家撂给你。”

干校的地点在河南罗山，他们全所是十一月十七号走。

我们到了预定的小吃店，叫了一个最现成的沙锅鸡块——不过是鸡皮鸡骨。我舀些清汤泡了半碗饭，饭还是咽不下。

只有一个星期置备行装，可是默存要到末了两天才得放假。我倒借此赖了几天学，在家收拾东西。这次下放是所谓“连锅端”——就是拔宅下放，好像是奉命一去不复返的意思。没用的东西、不穿的衣服、自己宝贵的图书、笔记等等，全得带走，行李一大堆。当时我们的女儿阿圆、女婿得一，各在工厂劳动，不能叫回来帮忙。他们休息日回家，就帮着收拾行李，并且学别人的样，把箱子用粗绳子密密缠捆，防旅途摔破或压塌。可惜能用粗绳子缠捆保护的，只不过是木箱铁箱等粗重行李；这些木箱、铁箱，确也不如血肉之躯经得起折磨。

经受折磨，就叫锻炼；除了准备锻炼，还有什么可准备的呢。准备的衣服如果太旧，怕不经穿；如果太结实，怕洗来费劲。我久不缝纫，胡乱把耐脏的绸子用缝衣机做了个毛毯的套子，准备经年不洗。我补了一条裤子，坐处像个布满经线纬线的地球仪，而且厚如龟壳。默存倒很欣赏，说好极了，穿上好比随身带着个座儿，随处都可以坐下。他说，不用筹备得太周全，只需等我也下去，就可以照看他。至于家人团聚，等几时阿圆和得一乡间落户，待他们迎养吧。

转眼到了十一号先遣队动身的日子。我和阿圆、得一送行。默存随身行李不多，我们找个旮旯儿歇着等待上车。候车室里，闹嚷嚷、乱哄哄人来人往；先遣队的领队人忙乱得只恨分身无术，而随身行李太多的，只恨少生了几双手。得一忙放下自己拿的东西，去帮助随身行李多得无法摆布的人。默存和我看他热心为旁人效力，不禁赞许新社会的好风尚，同时又互相安慰说：得一和善忠厚，阿圆有他在一起，我们可以放心。

得一掮着、拎着别人的行李，我和阿圆帮默存拿着他的几件小包小袋，排队挤进月台，挤上火车，找到个车厢安顿了默存。我们三人就下车，痴痴站着等火车开动。

我记得从前看见坐海船出洋的旅客，登上摆渡的小火轮，送行者就把许多彩色的纸带抛向小轮船；小船慢慢向大船开去，那一条条彩色的纸带先后迸断，岸上就拍手欢呼。也有人在欢呼声中落泪；迸断的彩带好似迸断的离情。这番送人上干校，车上的先遣队和车下送行的亲人，彼此间的离情假如看得见，就决是不彩色的，也不能一迸就断。

默存走到车门口，叫我们回去吧，别等了。彼此遥遥相望，也无话可说。我想，让他看我们回去还有三人，可以放心释念，免得火车驰走时，他看到我们眼里，都在不放心他一人离去。我们遵照他的意思，不等车开，先自走了。几次回头望望，车还不动，车下还是挤满了人。我们默默回家；阿圆和得一接着也各回工厂。他们同在一校而不同系，不在同一工厂劳动。

过了一两天，文学所有人通知我，下干校的可以带自己的床，不过得用绳子缠捆好，立即送到学部去。粗硬的绳子要缠捆得服贴，关键在绳子两头；不能打结子，得把绳头紧紧压在绳下。这至少得两人一齐动手才行。我只有一天的期限，一人请假在家，把自己的小木床拆掉。左放、右放，怎么也无法捆在一起，只好分别捆；而且我至少还欠一只手，只好用牙齿帮忙。我用细绳缚住粗绳头，用牙咬住，然后把一只床分三部分捆好，各件重复写上默存的名字。小小一只床分拆了几部，就好比兵荒马乱中的一家人，只怕一出家门就彼此失散，再聚不到一处去。据默存来信，那三部分重新团聚一处，确也害他好生寻找。

文学所和另一所最先下放。用部队的辞儿，不称“所”而称“连”。两连动身的日子，学部敲锣打鼓，我们都放了学去欢送。下放人员整队而出；红旗开处，俞平老和俞师母领队当先。年逾七旬的老人了，还像学龄儿童那样排着队伍，远赴干校上学，我看着心中不忍，抽身先退；一路回去，发现许多人缺乏欢送的热情，也纷纷回去上班。大家脸上都漠无表情。

我们等待着下干校改造，没有心情理会什么离愁别恨，也没有闲暇去品尝那“别是一般”的“滋味”。学部既已有一部分下了干校，没下去的也得加紧干活儿。成天坐着学习，连“再教育”我们的“工人师傅”们也腻味了。有一位二十二三岁的小“师傅”嘀咕说：“我天天在炉前炼钢，并不觉得劳累；现在成天坐着，屁股也痛，脑袋也痛，浑身不得劲儿。”显然炼人比炼钢费事；“坐冷板凳”也是一项苦功夫。

炼人靠体力劳动。我们挖完了防空洞——一个四通八达的地下建筑，就把图书搬来搬去。捆，扎，搬运，从这楼搬到那楼，从这处搬往那处；搬完自己单位的图书，又搬别单位的图书。有一次，我们到一个积尘三年的图书室去搬出书籍、书柜、书架等，要腾出屋子来。有人一进去给尘土呛得连打了二十来个嚏喷。我们尽管戴着口罩，出来都满面尘土，咳吐的尽是黑痰。我记得那时候天气已经由寒转暖而转热。沉重的铁书架、沉重的大书橱、沉重的卡片柜——卡片屉内满满都是卡片，全都由年轻人狠命用肩膀扛，贴身的衣衫磨破，露出肉来。这又使我惊叹，最经磨的还是人的血肉之躯！

弱者总占便宜；我只干些微不足道的细事，得空就打点包裹寄给干校的默存。默存得空就写家信；三言两语，断断续续，白天黑夜都写。这些信如果保留下来，如今重读该多么有趣！但更有价值的书信都毁掉了，又何惜那几封。

他们一下去，先打扫了一个土积尘封的劳改营。当晚睡在草铺上还觉得燠热。忽然一场大雪，满地泥泞，天气骤寒。十七日大队人马到来，八十个单身汉聚居一间屋里，分睡在几个炕上。有个跟着爸爸下放的淘气小男孩儿，临睡常绕炕撒尿一匝，为炕上的人“施肥”。休息日大家到镇上去买吃的：有烧鸡，还有煮熟的乌龟。我问默存味道如何；他却没有尝过，只悄悄做了几首打油诗寄我。

罗山无地可耕，干校无事可干。过了一个多月，干校人员连同家眷又带着大堆箱笼物件，搬到息县东岳。地图上能找到息县，却找不到东岳。那儿地僻人穷，冬天没有燃料生火炉子，好多女同志脸上生了冻疮。洗衣服得蹲在水塘边上“投”。默存的新衬衣请当地的大娘代洗，洗完就不见了。我只愁他跌落水塘；能请人代洗，便赔掉几件衣服也值得。

在北京等待上干校的人，当然关心干校生活，常叫我讲些给他们听。大家最爱听的是何其芳同志吃鱼的故事。当地竭泽而渔，食堂改善伙食，有红烧鱼。其芳同志忙拿了自己的大漱口杯去买了一份；可是吃来味道很怪，愈吃愈怪。他捞起最大的一块想尝个究竟，一看原来是还未泡烂的药肥皂，落在漱口杯里没有拿掉。大家听完大笑，带着无限同情。他们也告诉我一个笑话，说钱锺书和丁××两位一级研究员，半天烧不开一锅炉水！我代他们辩护：锅炉设在露天，大风大雪中，烧开一锅炉水不是容易。可是笑话毕竟还是笑话。

他们过年就开始自己造房。女同志也拉大车，脱坯，造砖，盖房，充当壮劳力。默存和俞平伯先生等几位“老弱病残”都在免役之列，只干些打杂的轻活儿。他们下去八个月之后，我们的“连”才下放。那时候，他们已住进自己盖的新屋。

我们“连”是一九七〇年七月十二日动身下干校的。上次送默存走，有我和阿圆还有得一。这次送我走，只剩了阿圆一人；得一已于一月前自杀去世。

得一承认自己总是“偏右”一点，可是他说，实在看不惯那伙“过左派”。他们大学里开始围剿“五一六”的时候，几个有“五一六”之嫌的“过左派”供出得一是他们的“组织者”，“五一六”的名单就在他手里。那时候得一已回校，阿圆还在工厂劳动；两人不能同日回家。得一末了一次离开我的时候说：“妈妈，我不能对群众态度不好，也不能顶撞宣传队；可是我决不能捏造个名单害人，我也不会撒谎。”他到校就失去自由。阶级斗争如火如荼，阿圆等在厂劳动的都返回学校。工宣队领导全系每天三个单元斗得一，逼他交出名单。得一就自杀了。

阿圆送我上了火车，我也促她先归，别等车开。她不是一个脆弱的女孩子，我该可以放心撇下她。可是我看着她踽踽独归的背影，心上凄楚，忙闭上眼睛；闭上了眼睛，越发能看到她在我们那破残凌乱的家里，独自收拾整理，忙又睁开眼。车窗外已不见了她的背影。我又合上眼，让眼泪流进鼻子，流入肚里。火车慢慢开动，我离开了北京。

干校的默存又黑又瘦，简直换了个样儿，奇怪的是我还一见就认识。

我们干校有一位心直口快的黄大夫。一次默存去看病，她看他在签名簿上写上钱锺书的名字，怒道："胡说！你什么钱锺书！钱锺书我认识！"默存一口咬定自己是钱锺书。黄大夫说："我认识钱锺书的爱人。"默存经得起考验，报出了他爱人的名字。黄大夫还待信不信，不过默存是否冒牌也没有关系，就不再争辩。事后我向黄大夫提起这事，她不禁大笑说："怎么的，全不像了。"

我记不起默存当时的面貌，也记不起他穿的什么衣服，只看见他右下颔一个红包，虽然只有榛子大小，形状却峥嵘险恶：高处是亮红色，低处是暗黄色，显然已经灌脓。我吃惊说："啊呀，这是个疽吧？得用热敷。"可是谁给他做热敷呢？我后来看见他们的红十字急救药箱，纱布上、药棉上尽是泥手印，默存说他已经生过一个同样的外疹，领导上让他休息几天，并叫他改行不再烧锅炉。他目前白天看管工具，晚上巡夜。他的顶头上司因我去探亲，还特地给了他半天假。可是我的排长却非常严厉，只让我跟着别人去探望一下，吩咐我立即回队。默存送我回队，我们没说得几句话就分手了。得一去世的事，阿圆和我暂时还瞒着他，这时也未及告诉。过了一两天他来信说：那个包儿是疽，穿了五个孔。幸亏打了几针也渐渐痊愈。

我们虽然相去不过一小时的路程，却各有所属，得听指挥、服从纪律，不能随便走动，经常只是书信来往，到休息日才许探亲。休息日不是星期日；十天一次休息，称为大礼拜。如有事，大礼拜可以取消。可是比了独在北京的阿圆，我们就算是同在一处了。

六　误传记妄

我寄寓杨村的时候，房东家的猫儿给我来了个恶作剧。我们屋里晚上点一只油盏，挂在门口墙上。我的床离门最远，几乎全在黑影里。有一晚，我和同屋伙伴儿在井边洗漱完毕，回房睡觉，忽发现床上有两堆东西。我幸未冒冒失失用手去摸，先打开手电一照，只见血淋淋一只开膛破肚的死鼠，旁边是一堆粉红色的内脏。我们谁也不敢拿手去拈。我战战兢兢移开枕被，和同伴提着床单的四角，把死鼠抖在后院沤肥的垃圾堆上。第二天，我大老清早就起来洗单子，汲了一桶又一桶的井水，洗了又洗，晒干后又洗，那血迹好像永远洗不掉。

我遇见默存，就把这桩倒霉事告诉他，说猫儿“以腐鼠‘饷’我”。默存安慰我说：“这是吉兆，也许你要离开此处了。死鼠内脏和身躯分成两堆，离也；鼠者，处也。”我听了大笑，凭他运用多么巧妙的圆梦术或拆字法，也不能叫我相信他为我编造的好话。我大可仿效大字报上的语调，向他大喝一声：“你的思想根源，昭然若揭！想离开此地吗？休想！”说真话，他虽然如此安慰我，我们都懂得“自由是规律的认识”；明知这扇门牢牢锁着呢，推它、撞它也是徒然。

这年年底，默存到菜园来相会时，告诉我一件意外的传闻。

默存在邮电所，帮助那里的工作同志辨认难字，寻出偏僻的地名，解决不少问题，所以很受器重，经常得到茶水款待。当地人称煮开的水为“茶”，款待他的却真是茶叶沏的茶。那位同志透露了一个消息给他。据说北京打电报给学部干校，叫干校遣送一批“老弱病残”回京，“老弱病残”的名单上有他。

我喜出望外。默存若能回京，和阿圆相依为命，我一人在干校就放心释虑；而且每年一度还可以回京探亲。当时双职工在息县干校的，尽管夫妻不在一处，也享不到这个权利。

过了几天，他从邮电所领了邮件回来，破例过河来看我，特来报告他传闻的话：回北京的“老弱病残”，批准的名单下来了，其中有他。

我已在打算怎样为他收拾行李，急煎煎只等告知动身的日期。过了几天，他来看我时脸上还是静静的。我问：

“还没有公布吗？”

公布了。没有他。

他告诉我回京的有谁、有谁。我的心直往下沉。没有误传，不会妄生希冀，就没有失望，也没有苦恼。

我陪他走到河边，回到窝棚，目送他的背影渐远渐小，心上反复思忖。

默存比别人“少壮”吗？我背诵着韩愈《八月十五夜赠张功曹》诗：“赦书一日行万里……州家申名使家抑”，感触万端。

我第一念就想到了他档案袋里的黑材料。这份材料若没有“伟大的文化大革命”，我们永远也不会知道。

文化大革命初期，有几人联名贴出大字报，声讨默存轻蔑领导的著作。略知默存的人看了就说：钱某要说这话，一定还说得俏皮些；这语气就不像。有人向我通风报信；我去看了大字报不禁大怒。我说捕风捉影也该有个风、有个影，不能这样无因无由地栽人。我们俩各从牛棚回家后，我立即把这事告知默存。我们同拟了一份小字报，提供一切线索请实地调查；两人忙忙吃完晚饭，就带了一瓶浆糊和手电到学部去，把这份小字报贴在大字报下面。第二天，我为此着实挨了一顿斗。可是事后知道，大字报所控确有根据：有人告发钱某说了如此这般的话。这项“告发”显然未经证实就入了档案。实地调查时，那“告发”的人否认有此告发。红卫兵的调查想必彻底，可是查无实据。默存下干校之前，军宣队认为“告发”的这件事情节严重，虽然查无实据，料必事出有因，命默存写一份自我检讨。默存只好婉转其辞、不着边际地检讨了一番。我想起这事还心上不服。过一天默存到菜园来，我就说：“必定是你的黑材料作祟。”默存说我无聊，事情已成定局，还管它什么作祟。我承认自己无聊：妄想已属可笑，还念念在心，洒脱不了。

回京的人动身那天，我们清早都跑到广场沿大道的那里去欢送。客里送人归，情怀另是一般。我怅然望着一辆辆大卡车载着人和行李开走，忽有女伴把我胳膊一扯说：“走！咱们回去！”我就跟她同回宿台；她长叹一声，欲言又止。我们各自回房。

回京的是老弱病残。老弱病残已经送回，留下的就死心塌地，一辈子留在干校吧。我独往菜园去，忽然转念：我如送走了默存，我还能领会“咱们”的心情吗？只怕我身虽在干校，心情已自不同，多少已不是“咱们”中人了。我想到解放前夕，许多人惶惶然往国外跑，我们俩为什么有好几条路都不肯走呢？思想进步吗？觉悟高吗？默存常引柳永的词：“衣带渐宽终不悔，为伊消得人憔悴。”我们只是舍不得祖国，撇不下“伊”——也就是“咱们”或“我们”。尽管亿万“咱们”或“我们”中人素不相识，终归同属一体，痛痒相关，息息相连，都是甩不开的自己的一部分。我自惭误听传闻，心生妄念，只希望默存回京和阿圆相聚，且求独善我家，不问其它。解放以来，经过九蒸九焙的改造，我只怕自己反不如当初了。

默存过菜园，我指着窝棚说：“给咱们这样一个棚，咱们就住下，行吗？”

默存认真想了一下说：“没有书。”

真的，什么物质享受，全都罢得；没有书却不好过日子。他箱子里只有字典、笔记本、碑帖等等。

我问：“你悔不悔当初留下不走？”

他说：“时光倒流，我还是照老样。”

默存向来抉择很爽快，好像未经思考的；但事后从不游移反复。我不免思前想后，可是我们的抉择总相同。既然是自己的选择，而且不是盲目的选择，到此也就死心塌地，不再生妄想。

干校迁往明港，默存和我的宿舍之间，只隔着一排房子，来往只需五六分钟。我们住的是玻璃窗、洋灰地的大瓦房。伙食比我们学部食堂的好。厕所不复是苇墙浅坑，上厕也不需排队了。居处宽敞，箱子里带的工具书和笔记本可以拿出来阅读。阿圆在京，不仅源源邮寄食物，还寄来各种外文报刊。同伙暗中流通的书，都值得再读。宿舍四周景物清幽，可资流连的地方也不少。我们俩每天黄昏一同散步，更胜于菜园相会。我们既不劳体力，也不动脑筋，深惭无功食禄；看着大批有为的青年成天只是开会发言，心里也暗暗着急。

干校实在不干什么，却是不准离开。火车站只需一小时多的步行就能到达，但没有军宣队的证明，买不到火车票。一次默存牙痛，我病目。我们约定日子，各自请了假同到信阳看病。医院新发明一种“按摩拔牙”，按一下，拔一牙。病人不敢尝试，都逃跑了。默存和我溜出去游了一个胜地——忘了名称。山是一个土墩，湖是一个半干的水塘，有一座破败的长桥，山坳里有几畦药苗。虽然没什么好玩的，我们逃了一天学，非常快活。后来我独到信阳看眼睛，泪道给楦裂了。我要回北京医治，军宣队怎么也不答应。我请事假回京，还须领到学部的证明，医院才准挂号。这大约都是为了防止干校人员借看病回京，不再返回干校。

在干校生了大病，只好碰运气。我回京治了眼睛，就带阿圆来干校探亲。我们母女到了明港，料想默存准会来接；下了火车在车站满处找他不见，又到站外找，一路到干校，只怕默存还在车站找我们。谁知我回京后他就大病，犯了气喘，还发高烧。我和阿圆到他宿舍附近才有人告知。他们连里的医务员还算不上赤脚医生；据她自己告诉我，她生平第一次打静脉针，紧张得浑身冒汗，打针时结扎在默存臂上的皮带，打完针都忘了解松。可是打了两针居然见效，我和阿圆到干校时，他已退烧。那位医务员常指着自己的鼻子、晃着脑袋说：“钱先生，我是你的救命恩人！”真是难为她。假如她不敢或不肯打那两针，送往远地就医只怕更糟呢。

阿圆来探过亲，彼此稍稍放松了记挂。只是饱食终日，无所用心，人人都在焦急。报载林彪“嗝儿屁着凉”后，干校对“五一六”的斗争都泄了气。可是回北京的老弱病残呢，仍然也只是开会学习。

据说，希望的事，迟早会实现，但实现的希望，总是变了味的。一九七二年三月，又一批老弱病残送回北京，默存和我都在这一批的名单上。我还没有不希望回北京，只是希望同伙都回去。不过既有第二批的遣送，就该还有第三批第四批……看来干校人员都将分批遣归。我们能早些回去，还是私心窃喜。同伙为我们高兴，还为我们俩饯行。当时宿舍里炉火未撤，可以利用。我们吃了好几顿饯行的汤团，还吃了一顿荠菜肉馄饨——荠菜是野地里拣的。人家也是客中，比我一年前送人回京的心情慷慨多了。而看到不在这次名单上的老弱病残，又使我愧汗。但不论多么愧汗感激，都不能压减私心的忻喜。这就使我自己明白：改造十多年，再加干校两年，且别说人人企求的进步我没有取得，就连自己这份私心，也没有减少些。我还是依然故我。

回京已八年。琐事历历，犹如在目前。这一段生活是难得的经验，因作此六记。

（节选自杨绛．杨绛作品集［M］．北京：中国社会科学出版社，1993：5－12，44－49.）

★导读：

杨绛（1911—2016年），本名杨季康，江苏无锡人，作家、翻译家、学者。著有剧本《称心如意》《弄真成假》《风絮》，小说《倒影集》《洗澡》《洗澡之后》，散文集《干校六记》《将饮茶》《杂忆与杂写》《从丙午到“流亡”》《我们仨》《走到人生边上——自问自答》，论文集《春泥集》等，译作有《堂吉诃德》《小癞子》《斐多》等。2004年，人民文学出版社推出八卷本《杨绛文集》。在1994年浙江文艺出版社出版的《杨绛散文》扉页上，杨绛录下了自己翻译的英国诗人蓝德的诗以明志：“我和谁都不争，和谁争我都不屑；我爱大自然，其次就是艺术；我双手烤着，生命之火取暖；火萎了，我也准备走了。”

散文集《干校六记》由《下放记别》《凿井记劳》《学圃记闲》《“小趋”记情》《冒险记幸》《误传记妄》六篇组成，集子名称、各篇题目及笔法等均可见与清代沈复《浮生六记》有某种渊源。散文集中记述的是杨绛和钱锺书1969年11月至1972年3月下放到河南息县五七干校进行劳动改造的种种琐事，以个人化的记忆再现了荒谬时代知识分子的日常生活和情怀操守，文笔从容平和、真挚幽默。《干校六记》自问世以来，最为人称道的是作者表现出的那种“哀而不伤，怨而不怒”的人生态度，以及在《将饮茶·隐身衣》中所说的“唯有身处卑微的人，最有机缘看到世态人情的真相，而不是面对观众的艺术表演”的人生姿态及世事洞察。即便是生离死别的大悲大痛，在杨绛笔下也只是简单的一句“上次送默存走，有我和阿圆还有得一。这次送我走，只剩了阿圆一人；得一已于一月前自杀去世”。白发人送黑发人的那种凄楚、感伤，对独生女儿的怜惜、心疼，自己的爱莫能助，万般滋味皆在其中，欲语还休。

作者没有控诉，只是坚忍地去面对和承受生命中的伤痛和磨难。自甘边缘的立场，以及不争的哲学，使得作者能够与正在发生的一切保持着某种距离，这种距离赋予其笔下的文字一种特别的冷静与节制，并产生一种动人的生命力量。

（陈翠平）

商州初录

贾平凹

桃　冲

从商洛进入关中，本来只有一条正道：过武关，涉五百里河川，仰观山高月小，俯察水落石出，在蓝田县的峪口里拐六六三十六个转角弯儿才挣脱而去。但是，谁也没有想到，就在西岳华山的脚下竟有了一条暗道，使这个保守如瓶的商洛从此开了后门：这就是由北而南的石门河了。天地永远平行，平行使它们天长地久，日月相随相附，日月使圆缺盈亏；河流肆流，总会交合，所以本来很伟大的、很有个性的河道水流，便大的纳了小的，浊的混了清的。这石门河原来是一流莹亮的玻璃，河底的一颗石子都藏不住，偏偏在一处叫尖角的地方，就与混浊不堪的洛河相遇了。清浊交汇，流量骤然增大，又偏偏右有石崖，左有石崖，相搏相激的水声就惊涛裂岸，爆发出极大的仇恨。先是一边清，一边浊，再是全然混混，那一尺多厚的白沫、枯枝、败叶、死猫臭狗，就浮在两边石崖根下，整日整夜，扑上来，又退下去，吃水线一层一层蚀在那崖壁上，软的东西就这么一天一天将硬的石崖咬得坑坑洼洼。而靠近水面的地方，暗洞就淘成了，水在里边酝酿、激荡，发出如瓮一样嗡嗡韵声。冬日，或天旱之夏，水落下去，那石洞就全然裸露，像一间一间房屋，沿河边过往的人，有雨在那里避淋，有日在那里歇凉。一到涨水，远近的人就站在石洞顶上突出的地方，将粗长麻绳一头系在身上，一头拴在石嘴，探身在那里捞取上游冲下来的原木、柴草，或者南瓜、红薯。此时节，女人是禁止到那里去的，男人皆脱个精光，一身上下的青泥，常常有粗大木料漂下来，有人就沉浮中流，骑在木料上向岸边划游。结果就有发了横财的，但也有从此再没有上岸的，使老婆、儿女沿岸奔跑哭号，将大量的纸钱、烧酒抛在水中。但是，到了初夏，或者秋末，水势大却平稳，上游七里地的地方，洛河面架有几十丈长的双木绑成的板桥，石门河则以石头支成六十多个的列石，“紧过列石慢过桥”，一般老人、妇女、孩子是不能胜任的，那下游就从这边石崖上到那边石崖上接一道铁丝，一只渡船就牵着铁丝悠悠往返。摆渡的是一个老汉，因此挣了好多零钱，当这一带人都还没有穿上凡立丁布的时候，老汉就第一个穿了，见风就飘，无风也颤；他的一个儿子，一个小女，甚至连那个红眼老婆，也都穿上了灯芯绒衣裤。并且没事一家人都到船上来，一边摆渡，一边将最稀罕的收音机放在船头，咿咿呀呀地唱。没有不热羡老汉的，“他怎么就这般好过呢?!”有人就有了嫉恨，盼望老汉某一日船突然破了，或许失脚掉在水里。

老汉是桃冲人，活该要发财。他身体很好，能吃能睡，还能喝酒。河里涨大水了，就收了船去，系在门前的一株弯身老桃树下，要么父子抬起来，一直停搁在台阶上。有人想趁大水将那缆绳砍断，或者推下去让水冲走，却毫无办法，因为老汉是住在桃冲的。

桃冲就在两河相汇处。这简直是个不可思议的地方，两水交合的中间竟夹出一个小小的两头尖的滩。滩四边很平，中间才突然隆起一个高地，周围用石头砌了，成一个平台。老汉的家就住在平台上。先是房屋并不多，三间“五檩四椽”明檐上厅，两边各两间茅草厦舍，门前是一个土场，堆一座两座麦草，蹲三个四个碌碡。后来就有了两户本家，借着老汉父辈的交情也搬住过来，横七竖八地也盖了些房，那场地就移在平台下的滩上。这台上台下，滩里滩外，都种植了桃花。三月天里，桃花开得夭夭的，房子便只能看出黑的瓦顶，到了桃花败的时候，红英坠落，河里就一道一溜红的花瓣兜着漩涡向下流去。环境如此美好，自然都是主人日月宽绰所致。而且到了后来，为了使这块地方常年有颜色，又在桃林中植了竹子。这方圆竹子是极稀少的，但在这里却极快繁衍开来，几年光景，一片碧绿，一片清韵，桃花也显得更红更艳得可爱了。

年年河里涨水，两岸的石崖洞口都全淹了，但从未有水淹过这滩，滩边也从不曾以石筑堰。最大程度，这水可以浸没了场地，但平台依然无事。两边捞木料、柴火的人，眼瞧着台上的人毫不费力地站在门前用长长的捞兜就可轻易收获，更是气得咒骂。于是到处都在传说：这滩是龙的脊背，水涨，滩也在涨。

但是，这滩上的人家毕竟和左岸的人家是一个生产队，他们要干活，就都要到左岸去或到右岸去。左岸的石崖下是一个村庄，房子依崖而筑，门前修一洼水田，前边用偌大的石头摞成滚水形大堤，堤上密密麻麻长满了柳树。因为水气的原因吧，这石崖是铁黑色的，这树也是铁黑色的，房屋四墙特高特高，又被更高更高的柳树罩了上空，日光少照，瓦就也成了铁黑色，上边落满了枯叶，地面常年水浸浸的潮湿，生出一种也是铁黑色的苔绒。铁黑色成了这里统一的调子，打远处看，几乎山、林、房不可分辨，只感觉那浓浓的一团铁黑色的地方，就是村庄了。从村庄往下湾去，便是淤沙地，肥得插筷子都能出芽的土。村子里的人都孤立滩上的人，富使他们失去了人缘。在涨大水的时候，滩上人不得过去，村里分柴分菜，就没有他们的份儿。滩上人也不计较，反倒穿着清楚，说话口大气粗，常常当着众人面掏烟袋，总要随便带出一角二角钱来，接着又那么随便地胡乱往口袋一塞。而村子里的人在桃熟时，夜夜有过来偷桃吃的，或许一到夏天，就来偷采嫩竹叶去熬茶。滩上人看见了，从不撵打，反倒还请进家去，尽饱去吃，只要求留下桃核，说积多砸仁，一斤可卖得五角多人民币呢。

右岸却比左岸峻峭多了，河边没有一溜可耕种的田，水势倒过去，那边河槽极低，平日不涨水也潭深数丈。遇到冬天，水清起来，将石片丢下去，并不立即下沉，如树叶一般，悠悠地旋，数分钟才悄然落底。太阳是从来照不到那里去的，水边的崖壁上就四季更换着苔衣。有一条路可到山顶，那里向阳处是一丛细高细高的散子柏，顶上着一朵小三角形叶冠，如无数根立直的长矛，再后，一片如卧牛一般的黑顽石，间隙处被开掘了种地，一户人家就住在那石后。这人家是属于另一个生产队的。滩上的人却与这户人家极好，桃熟了送桃，竹叶泡制了送茶。因为仄着这户人家往右斜去，便是山崖最陡的地方，稀稀落落长些如桩如柱的刺柏，半壁有一个石洞，洞内住满了成千上万的扑鸽，平日飞出来，旋风般地在崖前河上空起落，一片白影，满空哨音。那深潭的水面清风徐来，被日光一照，洞下的石壁上就浮幻出一片奇丽的光影，像云在翻滚，像海在涨潮，像万千银蛇在舞。滩上的人在午饭时，个个端了碗坐在门前往这边看，说是看电影。那扑鸽就整天绕着光影激动，后来发现，石洞里有几尺厚的扑鸽粪，滩上人就经山上人家同意，将绳系在山上树根，慢慢吊身下去，进洞扫粪，每年扫一次可得十三四筐哩。这肥料施给烟和辣子，收获极好，这又给滩上人家增加了一份不少的收入。摆渡老汉曾一次进洞，大胆地往深处走，出来说：洞大可容数百人，行进五十步后洞往下，视之莹光如瑶室，石壁间乳脂结长数尺，或如狮而踞，或如牛而卧，或如柱如塔，如栏杆，如葡萄挂，又有小如翎眼、薄如蝉翼的东西散布，像是飞霜在林木上。再往下，竟有了水池，水中石头皆软，捡出则坚，击之，皆成钟声。如此绝妙，逗人兴趣，但却再无一人敢缚绳进洞。

这黑石崖更有无比好处，表面铁黑，凿开却尽是石灰石，白得刺眼。老汉的儿子长大了，比老汉更精明，又多了一层文化，就第一个动手开石，私人在那里烧石灰：将石灰石和炭块一层隔一层垒起，外用土坯砌了，泥巴涂了，在下点火烧炼，一直烧七天八夜，泥巴干裂，扒掉土坯，即是白面一般的石灰了。石灰销路很广，两岸人争相来烧，从此那里就成了石灰窑场，一家接一家，日夜烟火不熄。大家都烧起来了，老汉一家却偃旗息鼓，只是加紧摆渡，从右到左运人，从左到右载灰。滩上人越发富了，左岸右岸的人的腰包也都鼓囊囊的了。

但是，这窑烧过一年，烟火就熄了，窑坑也坍了，老汉的渡船横在滩前的浅水里，水鸟在上边屙下一道一道的白屎，不久，老汉也悄悄在这桃冲消失了。

那是社教一开始，干部人人“下楼”，生产队的队长、会计都下台了，老汉成了走资本主义道路的尖子，鸡毛蒜皮一律算上，老汉一家要交出五千元的“黑钱”。结果，变卖了一切家具，又溜了四间厦子房上的瓦，一家就穷得干腿打得炕沿子响了。这个生产队家家没了来路钱，但心里倒还乐哉了：因为老汉垮了，一个令人起嫉妒火的角色从此没有了。要富都富，要穷都穷，这是他们的人生理想。老汉带着一家人就出了山，跑到远远的河南去落脚了。

十年过去了，十八年过去了，石门河和洛河依然流动，依然相汇，桃冲依然没有被水冲去。只是洛河上游建了好多电站、水库，河水渐渐小多了。那只小小的渡船，再也没有了。人们又在上走七里的地方恢复那长长的列石和长长的双木绑成的板桥。大胆的依然从上面经过，胆小的就又绕十里地去过那一条水泥大桥。人们再也不穿当年最时兴的凡立丁布了，全穿上了的确良和涤卡。桃冲的桃树花开花落，村里人不免想起了老汉一家，觉得那家是委屈了，后悔当时那么嫉恨人家，而怀念起老汉的精明和能干，说那船摆得好，费也收得不多。“现在的政策是用着老汉那种人了，他要活着不走，该是万元户，要上县城戴花领奖了呢！”

也就在这一日，老汉突然回来了，依然带着一个老婆，一个儿子，一个小女。当出现在河畔的时候，人们都惊喜了，一起围上去，叫着老汉的名字，但又万分惊讶：近二十年过去了，老汉竟还是当年的样子?！老汉说：他并不是那老汉，而是老汉的儿子。人们才真的发觉果然是老汉的儿子；儿子也长成老汉了！儿子再说，他的父亲早去世了，娘也死了三年，老两口临死都念叨桃冲是好地方，让儿子将来一定把他们的骨头带回去，埋在滩上。众人捧着儿子背上的红布包儿，里边是一口精制的匣子，装着老两口的碎骨，装着一对桃冲主人的鬼魂，热泪全流下来了。他们欢迎老汉的后辈回来，帮他们在桃冲修整了房舍，老汉就在门楣上贴了一副对联：

经去归来只因世事变治
老安少怀共叙天伦之乐

儿子长着老子的模样，也有着老子的秉性，善眉善眼儿，却心底刚强，体力虽然不济了，却一定要造起一个渡船来，继承父亲的工作。儿子水中的功夫似乎比老子更高一着，不用铁丝，船只也可自由往来，不管刮风下雨，不论白日黑夜，这边岸上有人吆喝，船便开动了，汩汩地从桃花丛里推出船，一篙点地，船就箭一般嗖嗖而去。而且一张嘴十分诙谐，喜欢和晚一辈的小女子，俊媳妇戏说趣话，船上作伴的小女就拿眼瞪着，说："爹……！"做爹的倒更高兴，遇着好男孩子，总要说让这小男孩将来到桃冲招女婿，小女就羞得脸红，拿水撩他。

儿子的儿子，又是一个当年老汉的儿子，一身的疙瘩肉，就整日整夜在左边岸上放炮开石，挖窑烧灰。到了初冬，小伙就特别喜欢捕鱼，将竹子砍下来，解起竹筏，涉水中流，又倚崖傍石挂网，又常常没进水里，捕上一筐一筐鱼来，当地人是不大吃鱼的，就卖给县城机关去，八角钱一斤，一次可获六七十元。落雪时节，河边结了冰，就凿冰垂钓，赤脚踩水，冻得嘴脸乌青，口不能言，就在石崖下生火取暖，但又不敢近火边，唯恐寒气入腹。老娘和小媳妇都叫他不要干这种营生，他只是笑笑：倒不是为钱，却为着乐趣。

那做娘的和小媳妇，全是河南人。河南的地方产白麻，她们都是种白麻的能手，就在桃冲滩移植，果然丰收。一时两岸人就兴起种白麻，一到冬日，河滩就挖出大大小小的浅坑沤麻。常常又哼河南坠子，两岸人都叫着好听，那河南的土话就人人都能说出三四句了。

日子一天天又富起来。人人都富，所有的人心就齐了：谁也不嫉恨桃冲的人，桃冲的人家又大种桃花和青竹。五月时节，这平台上就又只能看得见黑色的瓦顶了，一到黄昏，人们歇息的时候，那黑石崖上的扑鸽又旋风似的在河面上空飞动，石壁上的离离奇奇的光影又演起来，桃冲滩上的人就都瞧着好看。摆渡的老汉却悠闲了，就在水边的桃花林里，舟船自横，他坐在那里戴着硬式石头镜看起书来。他看的是陶渊明的诗：

采菊东篱下，
悠然见南山。

一抬头，就看见河对面的石崖下，石灰窑的烟雾正袅袅而上，日光照在水面，又反映过去，烟雾却再也不是白的、灰的，却成了一种淡淡的综合色，他眼睛不好，终没有分辨出那里边是有红的，还是有蓝的，白的，黄的？

（节选自贾平凹．人极［M］．北京：人民文学出版社，2018：169－178.）

★导读：

贾平凹，1952 出生于陕西丹凤，本名贾平娃。其代表作有《废都》《秦腔》《古炉》《带灯》《老生》《极花》《商州三录》等。他曾获法兰西金棕榈文学艺术骑士勋章，其作品曾获得茅盾文学奖、鲁迅文学奖等国家级文学奖，被翻译成多种语言出版，并被改编为电影、电视、话剧、戏剧等。

贾平凹小说创作中的景物以及对环境的描写有着鲜明的散文特征，他笔下的商州，除了通过描写朴素的乡民、传奇般的故事来打动人，还用大量笔墨细致地描写了乡土环境，构成了人文故事的重要背景，甚至成为“前景”。文本详细地书写山里渡口，仔细地描画滩上生活，环境描写的篇幅之多几乎盖过了主人公老汉的故事，换句话说，老汉的故事必须发生在桃冲这个环境里；老汉与妻儿的故事虽三言两语，却是贾平凹标志性的中国古典小说的凝练语句，带着几分桃花源的意境，留下一个美好的结尾让读者回味。

贾平凹 1984 年创作《商州初录》，1985 年创作《商州又录》，1986 年将包括了《商州再录》的《商州三录》出版。值得注意的是，在“初录”与“又录”中，贾平凹毫不吝啬自己对故土的热爱、对乡民的亲切，可是到“再录”时，作者开始思考乡村变化背后的原因。从《商州三录》可以清楚地感受到由于作者在城市生活的时间日益增长，对乡村生活日益疏远，对城市价值观不自觉地认同，对乡村却渐渐仅剩残存的情谊。随着社会生活的变化，乡村中他认为最可贵的旧的、善的、美的东西被打破了，而新的却未必是好的，可能是丑的、恶的，新旧、善恶、美丑交织在一起，伴随写作中必须面对的思考的深入，贾平凹不自觉地产生焦点位移、价值矛盾，这些都在文本中诚实地保留了下来。可以说贾平凹的文学创作轨迹以“三录”为代表呈现，他的城乡书写是真正关注到了中国当下的城乡问题等，这也正是其作品在当代文学作品林中所具有的宝贵秉性与价值。

（刘茉琳）

风雨天一阁

余秋雨

一

已经决定，明天去天一阁。

没有想到，这天晚上，台风袭来，暴雨如注，整个宁波城都在柔弱地颤抖。第二天上午来到天一阁时，只见大门内的前后天井、整个院子，全是一片汪洋。打落的树叶在水面上翻卷，重重砖墙间透出湿冷冷的阴气。

是宁波市文化局副局长裴明海先生陪我去的。看门的老人没想到局长会在这样的天气陪着客人前来，慌忙从清洁工人那里借来半高筒雨鞋要我们穿上，还递来两把雨伞。但是，院子里积水太深，才下脚，鞋筒已经进水，唯一的办法是干脆脱掉鞋子，挽起裤管蹚水进去。

本来浑身早已被风雨搅得冷飕飕的了，赤脚进水立即通体一阵寒噤。就这样，我和裴明海先生相扶相持，高一脚低一脚地向藏书楼走去。

我知道天一阁的分量，因此愿意接受上苍的这种安排，剥除斯文，剥除悠闲，脱下鞋子，卑躬屈膝，哆哆嗦嗦，恭敬朝拜。今天这里没有其他参观者，这个朝拜仪式显得既安静，又纯粹。

二

作为一个藏书楼，天一阁的分量已经远远超过它的实际功能。它是一个象征，象征意义之大，不是几句话所能说得清楚的。

人类成熟文明的传承，主要是靠文字。文字的选择和汇集，就成了书籍。如果没有书籍，那么，我们祖先再杰出的智慧、再动听的声音，也早已随风飘散，杳无踪影。大而言之，没有书籍，历史就失去了前后贯通的缆索，人群就失去了远近会聚的理由；小而言之，没有书籍，任何个体都很难超越庸常的五尺之躯，成为有视野、有见识、有智慧的人。

中国最早发明了纸和印刷术。书，已经具备了一切制作条件的书，照理应该大量出版、大量收藏、大量传播。但是，实际情况并不是这样，它遇到了太多太多的生死冤家。

例如，朝廷焚书。这是一些统治者为了实行思想专制而采取的野蛮手段。可叹的是，早在纸质书籍出现之前，焚书的传统已经形成，那时焚的是竹简、木牍、帛书。自秦始皇、李斯开头，隋炀帝、蔡京、秦桧、明成祖都有焚书之举，更不必说清代文字狱的毁书惨剧了。

又如，战乱毁书。中国历史上战火频频，逃难的人要烧书，占领的人也要烧书。史籍上出现过这样的记载：董卓之乱，毁书六千余车；西魏军攻破江陵时，一日之间焚书十四万卷；隋朝末年农民起义，焚书三十七万卷；唐朝末年农民起义，焚书八万卷……

再如，水火吞书。古代运书多用船只，汉末和唐初都发生过大批书籍倾覆在黄河中的事件。大水也一次次地淹没过很多藏书楼。比水灾更严重的是火灾，宋代崇文院的火灾，明代文渊阁的火灾，把皇家藏书烧成灰烬。至于私家藏书毁于火灾的，更是数不胜数。除水火之外，虫蛀、霉烂也是难于抵抗的自然因素，成为书的克星。

凡此种种，说明一本书要留存下来，非常不易。它是那样柔弱脆薄，而扑向它的灾难，一个个都是那么强大、那么凶猛、那么无可抵挡。

二百年的积存，可散之于一朝；三千里的搜聚，可焚之于一夕。这种情景，实在是文明命运的缩影。在血火刀兵的历史主题面前，文明几乎没有地位。在大批难民和兵丁之间，书籍的功用常常被这样描写：“藉裂以为枕，爇火以为炊。”也就是说，书只是露宿时的垫枕、做饭时的柴火。要让它们保存于马蹄烽烟之间，几乎没有可能，除非，有几个坚毅文人的人格支撑。

说起来，皇家藏书比较容易，规模也大，但是，这种藏书除了明清时期编辑辞书时有用外，平日无法惠泽文人学士，几乎没有实际功能，又容易毁于改朝换代之际。因此，民间藏书就成了一种重要的文化传承方式。民间藏书，搜集十分艰难，又没有足够力量来抵挡多种灾祸，因此注定是一种悲剧行为。明知悲剧还勇往直前，这便是民间藏书家的人格力量。这种人格力量又不仅仅是他们的，而是一种希冀中华文明长久延续的伟大意愿，通过他们表现出来了。

天一阁，就是这种意愿的物态造型。在现存的古代藏书楼中，论时间之长，它是中国第一，也是亚洲第一。由于意大利有两座文艺复兴时代的藏书楼也保存下来了，比它早一些，因此它居于世界第三。

三

天一阁的创始人范钦，诞生于十六世纪初期。

如果要在世界坐标中作比较，那么，我们不妨知道：范钦出生的前两年，米开朗琪罗刚刚完成了雕塑《大卫》；范钦出生的同一年，达·芬奇完成了油画《蒙娜丽莎》。

范钦的一生，当然不可能像米开朗琪罗和达·芬奇那样踏出新时代的步伐，而只是展现了中国明代优秀文人的典型历程。他在很年轻的时候就通过一系列科举考试而做官，很快尝到了明代朝廷的诡谲风波。他是一个正直、负责、能干的官员，到任何一个地方做官都能打开一个局面，却又总是被牵涉到高层的人事争斗。我曾试图用最简明的语言概述一下他的仕途升沉，最后却只能放弃，因为那一个接一个的政治旋涡太奇怪，又太没有意义了。我感兴趣的只有这样几件事——

他曾经被诬告而“廷杖”入狱。廷杖是一种极度羞辱性的刑罚。在堂堂宫廷的午门之外，在众多官员的参观之下，他被麻布缚曳，脱去裤子，按在地上，满嘴泥土，重打三十六棍。受过这种刑罚，再加上几度受诬、几度昭雪，一个人的“心理筋骨”就会出现另一种模样。后来，他作为一个成功藏书家所表现出来的惊人意志和毅力，都与此有关。

他的仕途，由于奸臣的捉弄和其他原因，一直在频繁而远距离地滑动。在我的印象中，他做官的地方，至少有湖北、江西、广西、福建、云南、陕西等地，当然还要到北京任职，还要到宁波养老。大半个中国，被他摸了个遍。

在风尘仆仆的奔波中，他已开始搜集书籍，尤其是以地方志、政书、实录、历科试士录为主。当时的中国，经历过了文化上登峰造极的宋代，刻书、印书、藏书，在各地已经形成风气，无论是朝廷和地方府衙的藏书，书院、寺院的藏书，还是私人藏书，都相当丰富。这种整体气氛，使范钦有可能成为一个成熟的藏书家，而他的眼光和见识，又使他找到了自己的特殊地位。那就是，不必像别人藏书那样唯宋是瞻、唯古是拜，而是着眼当代，着眼社会资料，着眼散落各地而很快就会遗失的地方性文件。他的这种选择，使他成了中国历史上一名不可替代的藏书家。

一个杰出的藏书家不能只是收藏古代，后代研究者更迫切需要的，是他生存的时代和脚踩的土地，以及他在自己最真切的生态环境里做出的文化选择。

官，还是认认真真地做。朝廷的事，还是小心翼翼地对付。但是，作为一名文官，每到一地他不能不了解这个地方的文物典章、历史沿革、风土习俗，那就必须找书了。见到当地的官员缙绅，需要询问的事情大多也离不开这些内容。谈完正事，为了互表风雅，更会集中谈书，尤其是当地的文风书讯。平时巡视察访，又未免以斯文之地为重。这一切，大抵是古代文官的寻常生态，不同的是，范钦把书的事情做认真了。

一天公务，也许是审问了一宗大案，也许是理清了几笔财务，衙堂威仪，朝野礼数，不一而足。而他最感兴趣的，是差役悄悄递上的那个蓝布包袱，是袖中轻轻拈着的那份待购书目。他心里明白，这是公暇琐事、私人爱好，不能妨碍了朝廷正事。但是当他历尽宦海风浪终于退休之后就产生了疑惑：做官和藏书，究竟哪一项更重要？

我们站在几百年后远远看去则已经毫无疑惑：对范钦来说，藏书是他的生平主业，做官则是业余。

甚至可以说，历史要当时的中国出一个杰出的藏书家，于是把他放在一个颠覆九州的官位上来成全他。

范钦给了我们一种启发：一生都在忙碌的所谓公务和事业，很可能不是你对这个世界最主要的贡献；请密切留意你自己也觉得是不务正业却又很感兴趣的那些小事。

四

范钦对书的兴趣，显然已到了痴迷的程度。痴迷，带有一种非功利的盲目性。正是这种可爱的盲目性，使文化在应付实用之外还拥有大批忠诚的守护者，不倦地吟诵着。

痴迷是不讲理由的。中国历史上痴迷书籍的人很多，哪怕忍饥挨冻，也要在雪夜昏暗的灯光下手不释卷。这中间，因为喜欢书中的诗文而痴迷，那还不算真正的痴迷；不问书中的内容而痴迷，那就又上了一个等级。在这个等级上，只要听说是书，只要手指能触摸到薄薄的宣纸，就兴奋莫名、浑身舒畅。

我觉得范钦对书的痴迷，属于后一种。他本人的诗文，我把能找到的都找来读了，甚觉一般，因此不认为他会对书中的诗文有特殊的敏感。他所敏感的，只是书本身。

于是，只有他，而不是才情比他高的文学家，才有这么一股粗拙强硬的劲头，把藏书的事业做得那么大、那么好、那么久。

他在仕途上的历练，尤其是在工部具体负责各种宫府、器杖、城隍、坛庙的营造和修理的实践，使他把藏书当作了一项工程，这又是其他藏书家做不到的了。

不讲理由的痴迷，再加上工程师般的精细，这就使范钦成了范钦，天一阁成了天一阁。

五

藏书家遇到的真正麻烦大多是在身后。范钦面临的最大问题是如何把自己的意志行为变成一种不可动摇的家族遗传。不妨说，天一阁真正堪称悲壮的历史，开始于范钦死后。我不知道保住这座楼的使命对范氏家族来说，算是一种光耀门庭的荣幸，还是一场绵延久远的苦役。

范钦在退休归里之后，一方面用比从前更大的劲头搜集书籍，使藏书数量大大增加，一方面则冷静地观察着自己的儿子能不能继承这些藏书。

范钦有两个儿子：范大冲和范大潜。他对这两个儿子都不太满意，但比较之下还是觉得范大冲要好得多。他早就暗下决心，自己死后，什么财产都可以分，唯独这一楼的藏书却万万不可分。书一分，就不成气候，很快就会耗散。但是，所有的亲属都知道，自己毕生最大的财富是书，如果只给一个儿子，另一个儿子会怎么想？

范钦决定由大儿子范大冲单独继承全部藏书，同时把万两白银给予小儿子范大潜，作为他不分享藏书的代价。没想到，范大潜在父亲范钦去世前三个月先去世了，因此万两白银就由他的妻子陆氏分得。陆氏受人挑拨还想分书，后来还造成了一些麻烦，但是，“书不可分”已成了范钦的不二家法。

范大冲得到一楼藏书，虽然是父亲的毕生心血，江南的一大文书薮，但实际上既不能变卖，又不能开放，完全是把一项沉重的义务扛到了自己肩上。父亲花费了万两白银来保全他承担这项义务的纯粹性，余下的钱财没有了，只能靠自己另行赚取，来苦苦支撑。

一五八五年的秋天，范钦在过完自己八十大寿后的第九天离开人世。藏书家在弥留之际一再打量着范大冲的眼睛，觉得自己实在是给儿子留下了一件骇人听闻的苦差事。他不知道儿子能不能坚持到最后，如果能，那么，孙子呢？孙子的后代呢？

他不敢想下去了。

一个再自信的人，也无法对自己的儿孙有过多的奢望。

他知道，自己没有理由让自己的后人一代代都做藏书家，但是如果他们不做，天一阁的命运将会如何？如果他们做了，其实也不是像自己一样的藏书家，而只是一个守楼人。

儿孙，书；书，儿孙……

范钦终于闭上了迷离的眼睛。

六

就这样，一场没完没了的接力赛开始了：多少年后，范大冲也会有遗嘱，范大冲的儿子又会有遗嘱……

家族传代，本身是一个不断分裂、异化、自立的生命过程，让后代接受一个需要终生投入的强硬指令，十分违背生命的自在状态。让几百年之后的后裔不经自身体验就来沿袭几百年前某位祖先的生命冲动，也难免有许多憋气的地方。不难想象，天一阁藏书楼对于许多范氏后代来说几乎成了一个宗教式的朝拜对象，只知要诚惶诚恐地维护和保存，却不知是为什么。

我可以肯定，此间埋藏着许多难以言状的心理悲剧和家族纷争。这个在藏书楼下生活了几百年的家族，非常值得同情。

后代子孙免不了会产生一种好奇，楼上究竟是什么样的呢？到底有哪些书，能不能借来看看？亲戚朋友更会频频相问，作为你们家族世代供奉的这个秘府，能不能让我们看上一眼呢？

范钦和他的继承者们早就预料到这种可能，而且预料藏书楼就会因为这种点滴可能而崩塌，因而已经预防在先。他们给家族制定了一个严格的处罚规则，处罚内容是当时视为最大屈辱的不许参加祭祖大典。因为这种处罚意味着在家族血统关系上亮出了“黄牌”，比杖责鞭笞之类还要严重。

处罚规则标明：子孙无故开门入阁者，罚不与祭三次；私领亲友入阁及擅开书橱者，罚不与祭一年；擅将藏书借出外房及他姓者，罚不与祭三年；因而典押事故者，除追惩外，永行摈逐，不得与祭。

在这里，不得不提到那个我每次想起都感到难过的故事了。据谢堃《春草堂集》记载，范钦去世后两百多年，宁波知府丘铁卿家里发生了一件事情。他的内侄女是一个酷爱诗书的女子，听说天一阁藏书宏富，两百余年不蛀，全靠夹在书页中的芸草。她只想做一枚芸草，夹在书本之间。于是，她天天用丝线绣刺芸草，把自己的名字也改成了“绣芸”。

父母看她如此着迷，就请知府做媒，把她嫁给了范家后人。她原想做了范家的媳妇总可以登上天一阁了，不让看书也要看看芸草。但她哪里想到，范家有规矩，严格禁止妇女登楼。

由此，她悲怨成疾，抑郁而终。临死前，她连一个“书”字也不敢提，只对丈夫说：“连一枚芸草也见不着，活着做甚？你如果心疼我，就把我葬在天一阁附近，我也可瞑目了！”

今天，当我抬起头来仰望天一阁这栋楼的时候，首先想到的是钱绣芸那抑郁的目光。在既缺少人文气息又没有婚姻自由的年代，一个女孩子想借着婚姻来多读一点书，其实是在以自己的脆弱生命与自己的文化渴求斡旋。她失败了，却让我非常感动。

七

从范氏家族的立场来看，不准登楼，不准看书，委实也出于无奈。只要开放一条小缝，终会裂成大缝。但是，永远地不准登楼、不准看书，这座藏书楼存在于世的意义又何在呢？这个问题，每每使范氏家族陷入困惑。

范氏家族规定，不管家族繁衍到何等程度，开阁门必得各房一致同意。阁门的钥匙和书橱的钥匙由各房分别掌管，组成一环也不可缺少的连环。如果有一房不到，就无法接触到任何藏书。

就在这时，传来消息，大学者黄宗羲先生想要登楼看书！这对范家各房无疑是一个震撼。

黄宗羲是“吾乡”余姚人，与范氏家族没有任何血缘关系，照理是不能登楼的。但无论如何，他是靠自己的人品、气节、学问而受到全国思想学术界深深钦佩的巨人，范氏家族也早有所闻。尽管当时的信息传播手段非常落后，但由于黄宗羲的行为举止实在是奇崛响亮，一次次在朝野之间造成非凡的轰动效应。他的父亲本是明末东林党重要人物，被魏忠贤宦官集团所杀，后来宦官集团受审，十九岁的黄宗羲在朝廷对质时，竟然义愤填膺地锥刺和痛殴漏网余党，后又追杀凶手，警告阮大铖，一时大快人心。清兵南下时他与两个弟弟在家乡组织数百人的子弟兵“世忠营”英勇抗清，抗清失败后便潜心学术，边著述边讲学，把民族道义、人格力量融化在学问中启世迪人，成为中国古代学术领域中第一流的思想家和历史学家。他在治学过程中已经到绍兴钮氏“世学楼”和祁氏“澹生堂”去读过书，现在终于想来叩天一阁之门了。他深知范氏家族的森严规矩，但他还是来了，时间是康熙十二年，即一六七三年。

出乎意料，范氏家族竟一致同意黄宗羲登楼，而且允许他细细地阅读楼上的全部藏书。黄宗羲长衣布鞋，悄然登楼了。铜锁在一具具打开，一六七三年成为天一阁历史上特别有光彩的一年。

黄宗羲在天一阁翻阅了全部藏书，把其中流通未广者编为书目，并另撰《天一阁藏书记》留世。由此，这座藏书楼便与一位大学者的名字联结起来，广为传播。

从此以后，天一阁有了一条可以向真正的大学者开放的新规矩，但这条规矩的执行还是十分苛严。在此后近两百年的时间内，获准登楼的大学者也仅有十余名，其中有万斯同、全祖望、钱大昕、袁枚、阮元、薛福成等。他们的名字，都上得了中国文化史。

这样一来，天一阁终于显现了本身的存在意义，尽管显现的机会是那样小。

直到乾隆决定编纂《四库全书》，天一阁的命运发生了重大变化。

乾隆谕旨各省采访遗书，要各藏书家，特别是江南的藏书家积极献书。天一阁进呈珍贵古籍六百余种，其中有九十六种被收录在《四库全书》中，有三百七十余种列入存目。乾隆非常感谢天一阁的贡献，多次褒扬奖赐，并授意新建的南北主要藏书楼都仿照天一阁的格局营建。

天一阁因此而大出其名，尽管上献的书籍大多数没有发还，但在国家级的“百科全书”中，在钦定的藏书楼中，都有了它的生命。我曾看到好些著作文章中称乾隆下令为《四库全书》献书是天一阁的一大浩劫，颇觉言之有过。连堂堂皇家编书都不得不大幅度地动用天一阁的珍藏，家族性的收藏变成了一种行政性的播扬，这证明天一阁获得了大成功，范钦获得了大成功。

八

天一阁终于走到了近代，这座古老的藏书楼开始了自己新的历险。

先是太平军进攻宁波时当地小偷趁乱拆墙偷书，然后当作废纸论斤卖给造纸作坊。曾有一人高价从作坊买去一批，却又遭大火焚毁。

这就成了天一阁此后命运的先兆，它现在遇到的问题已不是让不让某位学者上楼的问题了，竟然是窃贼和偷儿成了它最大的对手。

一九一四年，一个叫薛继渭的偷儿奇迹般地潜入书楼，白天无声无息，晚上动手偷书，每日只以所带枣子充饥，东墙外的河上有小船接运所偷书籍。这一次几乎把天一阁的一半珍贵书籍给偷走了，它们渐渐出现在上海的书铺里。

薛继渭的这次偷窃与太平天国时的那些小偷不同，不仅数量巨大、操作系统，而且最终与上海的书铺挂上了钩。近代都市的书商用这种办法来侵吞一个古老的藏书楼，我总觉得其中蕴涵着某种象征意义。

一架架书橱空了，钱绣芸小姐哀怨地仰望终身而未能上的楼板，黄宗羲先生小心翼翼地踩踏过的楼板，现在，只留下偷儿吐出的一大堆枣核在上面。

当时主持商务印书馆的张元济先生听说天一阁遭此浩劫，并得知有些书商正准备把天一阁藏本卖给外国人，便立即拨巨资抢救。他所购得的天一阁藏书，保存于东方图书馆的“涵芬楼”里。涵芬楼因有天一阁藏书的润泽而享誉文化界，当代不少文化大家都在那里汲取过营养。但是，众所周知，它最终竟又全部焚毁于日本侵略军的炸弹之下。

没有焚毁的，是天一阁本身。这幢楼像一位见过世面的老人，再大的灾难也承受得住。但它又不仅仅是承受，而是以满脸的哲思注视着一切后人，姓范的和不是姓范的，看得他们一次次低下头去又仰起头来。

只要自认是中华文化的后裔，总想对这幢老楼做点什么，而不忍让它全然沦为废墟。因此，二十世纪三十年代、五十年代、六十年代、八十年代，天一阁被一次次大规模地修缮和完善着。它，已经成为现代文化良知的见证。

登天一阁的楼梯时，我的脚步非常缓慢。我不断地问自己：你来了吗？你是哪一代的中国书生？

（余秋雨．文化苦旅［M］．武汉：长江文艺出版社，2016：172－183.）

★导读：

余秋雨，1946年出生于浙江余姚，中国当代著名作家、学者。20世纪90年代开始系统考察中国的重要文化遗址，并以《文化苦旅》《山河之书》等“文化大散文”闻名于世，《风雨天一阁》即收录于余秋雨的散文集《文化苦旅》。作家往往以某一历史物象起笔，通过对其历史演变过程的梳理，表现个体在这一段历史中所发生的作用。由此，微小的个体与宏大的历史、现实与历史便在余秋雨的文字中产生了交集，而作家个人的文化思考与哲思也在这种文化韵味浓厚的文字中得到了清晰的呈现。

宁波天一阁取“天一生水、地六成之”之义，是民间最古老也最负盛名的藏书楼。余秋雨之所以选择天一阁作为中国之旅的重要一站，是因为天一阁的意义早已超越了藏书楼，而成为中国文化在民间存续的重要表征。与皇家的藏书不同，范钦的行为不只是一种个人行为，更具有重要的文化史意义。天一阁在范氏族人手中的流传，则象征了一种文化精神的传递。当余秋雨在几百年后站在天一阁之上时，一种现代知识分子的良知与责任感使他不由地去回味天一阁的历史，思考它在中国历史中的命运变迁，以及它独特的文化意义。

《风雨天一阁》中有一条核心的线索，即作家考察中国文脉在民间的延续及其重大意义。余秋雨在正式进入天一阁之前，通过描述文字、书籍对于人类进步发挥的重大作用，表达书籍重要的存在价值，这种立意使余秋雨在行文中虽然是从历史的视角进入天一阁，却使天一阁所蕴藏的精神意义尤为突出。范钦创建天一阁，范氏族人对天一阁的保护，钱绣芸对天一阁的向往，黄宗羲对天一阁的拜访，乃至天一阁在近代遭遇的劫难，都不再仅仅是发生在历史中的独立事件，而成为探讨人类文明演进的象征性事件。余秋雨发现，中国的文脉其实正是依靠范钦、范大冲、张元济这样的文化人，以及黄宗羲这样的学者而得以延续的，而天一阁本身也不再只是一座建筑，而是在中国民间矗立的一座文化丰碑，一种文化精神力量的象征，一段难以磨灭的属于中国人的文化印迹。

（张栋）

我与地坛

史铁生

一

我在好几篇小说中都提到过一座废弃的古园，实际就是地坛。许多年前旅游业还没有开展，园子荒芜冷落得如同一片野地，很少被人记起。

地坛离我家很近。或者说我家离地坛很近。总之，只好认为这是缘分。地坛在我出生前四百多年就坐落在那儿了，而自从我的祖母年轻时带着我父亲来到北京，就一直住在离它不远的地方——五十多年间搬过几次家，可搬来搬去总是在它周围，而且是越搬离它越近了。我常觉得这中间有着宿命的味道：仿佛这古园就是为了等我，而历尽沧桑在那儿等待了四百多年。

它等待我出生，然后又等待我活到最狂妄的年龄上忽地残废了双腿。四百多年里，它一面剥蚀了古殿檐头浮夸的琉璃，淡褪了门壁上炫耀的朱红，坍圮了一段段高墙又散落了玉砌雕栏，祭坛四周的老柏树愈见苍幽，到处的野草荒藤也都茂盛得自在坦荡。这时候想必我是该来了。十五年前的一个下午，我摇着轮椅进入园中，它为一个失魂落魄的人把一切都准备好了。那时，太阳循着亘古不变的路途正越来越大，也越红。在满园弥漫的沉静光芒中，一个人更容易看到时间，并看见自己的身影。

自从那个下午我无意中进了这园子，就再没长久地离开过它。我一下子就理解了它的意图。正如我在一篇小说中所说的："在人口密聚的城市里，有这样一个宁静的去处，像是上帝的苦心安排。"

两条腿残废后的最初几年，我找不到工作，找不到去路，忽然间几乎什么都找不到了，我就摇了轮椅总是到它那儿去，仅为着那儿是可以逃避一个世界的另一个世界。我在那篇小说中写道："没处可去我便一天到晚耗在这园子里。跟上班下班一样，别人去上班我就摇了轮椅到这儿来。""园子无人看管，上下班时间有些抄近路的人们从园中穿过，园子里活跃一阵，过后便沉寂下来。""围墙在金晃晃的空气中斜切下一溜荫凉，我把轮椅开进去，把椅背放倒，坐着或是躺着，看书或者想事，撅一杈树枝左右拍打，驱赶那些和我一样不明白为什么要来这世上的小昆虫。""蜂儿如一朵小雾稳稳地停在半空；蚂蚁摇头晃脑捋着触须，猛然间想透了什么，转身疾行而去；瓢虫爬得不耐烦了，累了祈祷一回便支开翅膀，忽悠一下升空了；树干上留着一只蝉蜕，寂寞如一间空屋；露水在草叶上滚动，聚集，压弯了草叶轰然坠地摔开万道金光。”“满园子都是草木竞相生长弄出的响动，窸窸窣窣窸窸窣窣片刻不息。”这都是真实的记录，园子荒芜但并不衰败。

除去几座殿堂我无法进去，除去那座祭坛我不能上去而只能从各个角度张望它，地坛的每一棵树下我都去过，差不多它的每一米草地上都有过我的车轮印。无论是什么季节，什么天气，什么时间，我都在这园子里呆过。有时候呆一会儿就回家，有时候就呆到满地上都亮起月光。记不清都是在它的哪些角落里了，我一连几小时专心致志地想关于死的事，也以同样的耐心和方式想过我为什么要出生。这样想了好几年，最后事情终于弄明白了：一个人，出生了，这就不再是一个可以辩论的问题，而只是上帝交给他的一个事实；上帝在交给我们这件事实的时候，已经顺便保证了它的结果，所以死是一件不必急于求成的事，死是一个必然会降临的节日。这样想过之后我安心多了，眼前的一切不再那么可怕。比如你起早熬夜准备考试的时候，忽然想起有一个长长的假期在前面等待你，你会不会觉得轻松一点？并且庆幸并且感激这样的安排？

剩下的就是怎样活的问题了。这却不是在某一个瞬间就能完全想透的，不是能够一次性解决的事，怕是活多久就要想它多久了，就像是伴你终生的魔鬼或恋人。所以，十五年了，我还是总得到那古园里去，去它的老树下或荒草边或颓墙旁，去默坐，去呆想，去推开耳边的嘈杂理一理纷乱的思绪，去窥看自己的心魂。十五年中，这古园的形体被不能理解它的人肆意雕琢，幸好有些东西是任谁也不能改变它的。譬如祭坛石门中的落日，寂静的光辉平铺的一刻，地上的每一个坎坷都被映照得灿烂；譬如在园中最为落寞的时间，一群雨燕便出来高歌，把天地都叫喊得苍凉；譬如冬天雪地上孩子的脚印，总让人猜想他们是谁，曾在哪儿做过些什么，然后又都到哪儿去了；譬如那些苍黑的古柏，你忧郁的时候它们镇静地站在那儿，你欣喜的时候它们依然镇静地站在那儿，它们没日没夜地站在那儿从你没有出生一直站到这个世界上又没了你的时候；譬如暴雨骤临园中，激起一阵阵灼烈而清纯的草木和泥土的气味，让人想起无数个夏天的事件；譬如秋风忽至，再有一场早霜，落叶或飘摇歌舞或坦然安卧，满园中播散着熨帖而微苦的味道。味道是最说不清楚的，味道不能写只能闻，要你身临其境去闻才能明了。味道甚至是难于记忆的，只有你又闻到它你才能记起它的全部情感和意蕴。所以我常常要到那园子里去。

二

现在我才想到，当年我总是独自跑到地坛去，曾经给母亲出了一个怎样的难题。

她不是那种光会疼爱儿子而不懂得理解儿子的母亲。她知道我心里的苦闷，知道不该阻止我出去走走，知道我要是老呆在家里结果会更糟，但她又担心我一个人在那荒僻的园子里整天都想些什么。我那时脾气坏到极点，经常是发了疯一样地离开家，从那园子里回来又中了魔似的什么话都不说。母亲知道有些事不宜问，便犹犹豫豫地想问而终于不敢问，因为她自己心里也没有答案。她料想我不会愿意她跟我一同去，所以她从未这样要求过，她知道得给我一点独处的时间，得有这样一段过程。她只是不知道这过程得要多久，和这过程的尽头究竟是什么。每次我要动身时，她便无言地帮我准备，帮助我上了轮椅车，看着我摇车拐出小院；这以后她会怎样，当年我不曾想过。

有一回我摇车出了小院，想起一件什么事又返身回来，看见母亲仍站在原地，还是送我走时的姿势，望着我拐出小院去的那处墙角，对我的回来竟一时没有反应。待她再次送我出门的时候，她说："出去活动活动，去地坛看看书，我说这挺好。"许多年以后我才渐渐听出，母亲这话实际上是自我安慰，是暗自的祷告，是给我的提示，是恳求与嘱咐。只是在她猝然去世之后，我才有余暇设想。当我不在家里的那些漫长的时间，她是怎样心神不定坐卧难宁，兼着痛苦与惊恐与一个母亲最低限度的祈求。现在我可以断定，以她的聪慧和坚忍，在那些空落的白天后的黑夜，在那不眠的黑夜后的白天，她思来想去最后准是对自己说："反正我不能不让他出去，未来的日子是他自己的，如果他真的要在那园子里出了什么事，这苦难也只好我来承担。"在那段日子里——那是好几年长的一段日子，我想我一定使母亲作过了最坏的准备了，但她从来没有对我说过："你为我想想。"事实上我也真的没为她想过。那时她的儿子还太年轻，还来不及为母亲想，他被命运击昏了头，一心以为自己是世上最不幸的一个，不知道儿子的不幸在母亲那儿总是要加倍的。她有一个长到二十岁上忽然截瘫了的儿子，这是她唯一的儿子；她情愿截瘫的是自己而不是儿子，可这事无法代替；她想，只要儿子能活下去哪怕自己去死呢也行，可她又确信一个人不能仅仅是活着，儿子得有一条路走向自己的幸福；而这条路呢，没有谁能保证她的儿子终于能找到。——这样一个母亲，注定是活得最苦的母亲。

有一次与一个作家朋友聊天，我问他学写作的最初动机是什么。他想了一会说："为我母亲。为了让她骄傲。"我心里一惊，良久无言。回想自己最初写小说的动机，虽不似这位朋友的那般单纯，但如他一样的愿望我也有，且一经细想，发现这愿望也在全部动机中占了很大比重。这位朋友说："我的动机太低俗了吧？"我光是摇头，心想低俗并不见得低俗，只怕是这愿望过于天真了。他又说："我那时真就是想出名，出了名让别人羡慕我母亲。"我想，他比我坦率。我想，他又比我幸福，因为他的母亲还活着。而且我想，他的母亲也比我的母亲运气好，他的母亲没有一个双腿残废的儿子，否则事情就不这么简单。

在我的头一篇小说发表的时候，在我的小说第一次获奖的那些日子里，我真是多么希望我的母亲还活着。我便又不能在家里呆了，又整天整天独自跑到地坛去，心里是没头没尾的沉郁和哀怨，走遍整个园子却怎么也想不通：母亲为什么就不能再多活两年？为什么在她儿子就快要碰撞开一条路的时候，她却忽然熬不住了？莫非她来此世上只是为了替儿子担忧，却不该分享我的一点点快乐？她匆匆离我去时才只有四十九岁呀！有那么一会，我甚至对世界对上帝充满了仇恨和厌恶。后来我在一篇题为《合欢树》的文章中写道："我坐在小公园安静的树林里，闭上眼睛，想，上帝为什么早早地召母亲回去呢？很久很久，迷迷糊糊的我听见了回答：'她心里太苦了，上帝看她受不住了，就召她回去。'我似乎得了一点安慰，睁开眼睛，看见风正从树林里穿过。"小公园，指的也是地坛。

只是到了这时候，纷纭的往事才在我眼前幻现得清晰，母亲的苦难与伟大才在我心中渗透得深彻。上帝的考虑，也许是对的。

摇着轮椅在园中慢慢走，又是雾罩的清晨，又是骄阳高悬的白昼，我只想着一件事：母亲已经不在了。在老柏树旁停下，在草地上在颓墙边停下，又是处处虫鸣的午后，又是鸟儿归巢的傍晚，我心里只默念着一句话：可是母亲已经不在了。把椅背放倒，躺下，似睡非睡挨到日没，坐起来，心神恍惚，呆呆地直坐到古祭坛上落满黑暗然后再渐渐浮起月光，心里才有点明白：母亲不能再来这园中找我了。

曾有过好多回，我在这园子里呆得太久了，母亲就来找我。她来找我又不想让我发觉，只要见我还好好地在这园子里，她就悄悄转身回去，我看见过几次她的背影。我也看见过几回她四处张望的情景，她视力不好，端着眼镜像在寻找海上的一条船，她没看见我时我已经看见她了，待我看见她也看见我了我就不去看她，过一会我再抬头看她就又看见她缓缓离去的背影。我单是无法知道有多少回她没有找到我。有一回我坐在矮树丛中，树丛很密，我看见她没有找到我；她一个人在园子里走，走过我的身旁，走过我经常呆的一些地方，步履茫然又急迫。我不知道她已经找了多久还要找多久，我不知道为什么我决意不喊她——但这绝不是小时候的捉迷藏，这也许是出于长大了的男孩子的倔强或羞涩？但这倔只留给我痛悔，丝毫也没有骄傲。我真想告诫所有长大了的男孩子，千万不要跟母亲来这套倔强，羞涩就更不必，我已经懂了可我已经来不及了。

儿子想使母亲骄傲，这心情毕竟是太真实了，以致使“想出名”这一声名狼藉的念头也多少改变了一点形象。这是个复杂的问题，且不去管它了罢。随着小说获奖的激动逐日暗淡，我开始相信，至少有一点我是想错了：我用纸笔在报刊上碰撞开的一条路，并不就是母亲盼望我找到的那条路。年年月月我都到这园子里来，年年月月我都要想，母亲盼望我找到的那条路到底是什么。母亲生前没给我留下过什么隽永的哲言，或要我恪守的教诲，只是在她去世之后，她艰难的命运，坚忍的意志和毫不张扬的爱，随光阴流转，在我的印象中愈加鲜明深刻。

有一年，十月的风又翻动起安详的落叶，我在园中读书，听见两个散步的老人说：“没想到这园子有这么大。”我放下书，想，这么大一座园子，要在其中找到她的儿子，母亲走过了多少焦灼的路。多年来我头一次意识到，这园中不单是处处都有过我的车辙，有过我的车辙的地方也都有过母亲的脚印。

三

如果以一天中的时间来对应四季，当然春天是早晨，夏天是中午，秋天是黄昏，冬天是夜晚。如果以乐器来对应四季，我想春天应该是小号，夏天是定音鼓，秋天是大提琴，冬天是圆号和长笛。要是以这园子里的声响来对应四季呢？那么，春天是祭坛上空漂浮着的鸽子的哨音，夏天是冗长的蝉歌和杨树叶子哗啦啦地对蝉歌的取笑，秋天是古殿檐头的风铃响，冬天是啄木鸟随意而空旷的啄木声。以园中的景物对应四季，春天是一径时而苍白时而黑润的小路，时而明朗时而阴晦的天上摇荡着串串杨花；夏天是一条条耀眼而灼人的石凳，或阴凉而爬满了青苔的石阶，阶下有果皮，阶上有半张被坐皱的报纸；秋天是一座青铜的大钟，在园子的西北角上曾丢弃着一座很大的铜钟，铜钟与这园子一般年纪，浑身挂满绿锈，文字已不清晰；冬天，是林中空地上几只羽毛蓬松的老麻雀。以心绪对应四季呢？春天是卧病的季节，否则人们不易发觉春天的残忍与渴望；夏天，情人们应该在这个季节里失恋，不然就似乎对不起爱情；秋天是从外面买一棵盆花回家的时候，把花搁在阔别了的家中，并且打开窗户把阳光也放进屋里，慢慢回忆慢慢整理一些发过霉的东西；冬天伴着火炉和书，一遍遍坚定不死的决心，写一些并不发出的信。还可以用艺术形式对应四季，这样春天就是一幅画，夏天是一部长篇小说，秋天是一首短歌或诗，冬天是一群雕塑。以梦呢？以梦对应四季呢？春天是树尖上的呼喊，夏天是呼喊中的细雨，秋天是细雨中的土地，冬天是干净的土地上的一只孤零的烟斗。

因为这园子，我常感恩于自己的命运。

我甚至现在就能清楚地看见，一旦有一天我不得不长久地离开它，我会怎样想念它，我会怎样想念它并且梦见它，我会怎样因为不敢想念它而梦也梦不到它。

四

现在让我想想，十五年中坚持到这园子来的人都有谁呢？好像只剩了我和一对老人。

十五年前，这对老人还只能算是中年夫妇，我则货真价实还是个青年。他们总是在薄暮时分来园中散步，我不大弄得清他们是从哪边的园门进来，一般来说他们是逆时针绕这园子走。男人个子很高，肩宽腿长，走起路来目不斜视，胯以上直至脖颈挺直不动；他的妻子攀了他一条胳膊走，也不能使他的上身稍有松懈。女人个子却矮，也不算漂亮，我无端地相信她必出身于家道中衰的名门富族；她攀在丈夫胳膊上像个娇弱的孩子，她向四周观望似总含着恐惧，她轻声与丈夫谈话，见有人走近就立刻怯怯地收住话头。我有时因为他们而想起冉阿让与柯赛特，但这想法并不巩固，他们一望即知是老夫老妻。两个人的穿着都算得上考究，但由于时代的演进，他们的服饰又可以称为古朴了。他们和我一样，到这园子里来几乎是风雨无阻，不过他们比我守时。我什么时间都可能来，他们则一定是在暮色初临的时候。刮风时他们穿了米色风衣，下雨时他们打了黑色的雨伞，夏天他们的衬衫是白色的、裤子是黑色的或米色的，冬天他们的呢子大衣又都是黑色的，想必他们只喜欢这三种颜色。他们逆时针绕这园子一周，然后离去。他们走过我身旁时只有男人的脚步响，女人像是贴在高大的丈夫身上跟着漂移。我相信他们一定对我有印象，但是我们没有说过话，我们互相都没有想要接近的表示。十五年中，他们或许注意到一个小伙子进入了中年，我则看着一对令人羡慕的中年情侣不觉中成了两个老人。

曾有过一个热爱唱歌的小伙子，他也是每天都到这园中来，来唱歌，唱了好多年，后来不见了。他的年纪与我相仿，他多半是早晨来，唱半小时或整整唱一个上午，估计在另外的时间里他还得上班。我们经常在祭坛东侧的小路上相遇，我知道他是到东南角的高墙下去唱歌，他一定猜想我去东北角的树林里做什么。我找到我的地方，抽几口烟，便听见他谨慎地整理歌喉了。他反反复复唱那么几首歌。文化革命没过去的时侯，他唱“蓝蓝的天上白云飘，白云下面马儿跑……”我老也记不住这歌的名字。“文革”后，他唱《货郎与小姐》中那首最为流传的咏叹调。“卖布——卖布嘞，卖布——卖布嘞!”我记得这开头的一句他唱得很有声势，在早晨清澈的空气中，货郎跑遍园中的每一个角落去恭维小姐。“我交了好运气，我交了好运气，我为幸福唱歌曲……”然后他就一遍一遍地唱，不让货郎的激情稍减。依我听来，他的技术不算精到，在关键的地方常出差错，但他的嗓子是相当不坏的，而且唱一个上午也听不出一点疲惫。太阳也不疲惫，把大树的影子缩小成一团，把疏忽大意的蚯蚓晒干在小路上。将近中午，我们又在祭坛东侧相遇，他看一看我，我看一看他，他往北去，我往南去。日子久了，我感到我们都有结识的愿望，但似乎都不知如何开口，于是互相注视一下终又都移开目光擦身而过；这样的次数一多，便更不知如何开口了。终于有一天——一个丝毫没有特点的日子，我们互相点了一下头。他说：“你好。”我说：“你好。”他说：“回去啦?”我说：“是，你呢?”他说：“我也该回去了。”我们都放慢脚步(其实我是放慢车速)，想再多说几句，但仍然是不知从何说起，这样我们就都走过了对方，又都扭转身子面向对方。他说：“那就再见吧。”我说：“好，再见。”便互相笑笑各走各的路了。但是我们没有再见，那以后，园中再没了他的歌声，我才想到，那天他或许是有意与我道别的，也许他考上了哪家专业的文工团或歌舞团了吧？真希望他如他歌里所唱的那样，交了好运气。

还有一些人，我还能想起一些常到这园子里来的人。有一个老头，算得一个真正的饮者；他在腰间挂一个扁瓷瓶，瓶里当然装满了酒，常来这园中消磨午后的时光。他在园中四处游逛，如果你不注意你会以为园中有好几个这样的老头，等你看过了他卓尔不群的饮酒情状，你就会相信这是个独一无二的老头。他的衣着过分随便，走路的姿态也不慎重，走上五六十米路便选定一处地方，一只脚踏在石凳上或土埂上或树墩上，解下腰间的酒瓶，解酒瓶的当儿眯起眼睛把一百八十度视角内的景物细细看一遭，然后以迅雷不及掩耳之势倒一大口酒入肚，把酒瓶摇一摇再挂向腰间，平心静气地想一会什么，便走下一个五六十米去。还有一个捕鸟的汉子，那岁月园中人少，鸟却多，他在西北角的树丛中拉一张网，鸟撞在上面，羽毛戗在网眼里便不能自拔。他单等一种过去很多而现在非常罕见的鸟，其他的鸟撞在网上他就把它们摘下来放掉，他说已经有好多年没等到那种罕见的鸟了，他说他再等一年看看到底还有没有那种鸟，结果他又等了好多年。早晨和傍晚，在这园子里可以看见一个中年女工程师，早晨她从北向南穿过这园子去上班，傍晚她从南向北穿过这园子回家。事实上我并不了解她的职业或者学历，但我以为她必是学理工的知识分子，别样的人很难有她那般的素朴并优雅。当她在园中穿行的时刻，四周的树林也仿佛更加幽静，清淡的日光中竟似有悠远的琴声，比如说是那曲《献给艾丽丝》才好。我没有见过她的丈夫，没有见过那个幸运的男人是什么样子，我想象过却想象不出，后来忽然懂了想象不出才好，那个男人最好不要出现。她走出北门回家去，我竟有点担心，担心她会落入厨房，不过，也许她在厨房里劳作的情景更有另外的美吧，当然不能再是《献给艾丽丝》，是个什么曲子呢？还有一个人，是我的朋友，他是个最有天赋的长跑家，但他被埋没了。他因为在“文革”中出言不慎而坐了几年牢，出来后好不容易找了个拉板车的工作，样样待遇都不能与别人平等，苦闷极了便练习长跑。那时他总来这园子里跑，我用手表为他计时，他每跑一圈向我招下手，我就记下一个时间。每次他要环绕这园子跑二十圈，大约两万米。他盼望以他的长跑成绩来获得政治上真正的解放，他以为记者的镜头和文字可以帮他做到这一点。第一年他在春节环城赛上跑了第十五名，他看见前十名的照片都挂在了长安街的新闻橱窗里，于是有了信心。第二年他跑了第四名，可是新闻橱窗里只挂了前三名的照片，他没灰心。第三年他跑了第七名，橱窗里挂前六名的照片，他有点怨自己。第四年他跑了第三名，橱窗里却只挂了第一名的照片。第五年他跑了第一名——他几乎绝望了，橱窗里只有一幅环城赛群众场面的照片。那些年我们俩常一起在这园子里呆到天黑，开怀痛骂，骂完沉默着回家，分手时再互相叮嘱：先别去死，再试着活一活看。现在他已经不跑了，年岁太大了，跑不了那么快了。最后一次参加环城赛，他以三十八岁之龄又得了第一名并破了纪录，有一位专业队的教练对他说：“我要是十年前发现你就好了。”他苦笑一下什么也没说，只在傍晚又来这园中找到我，把这事平静地向我叙说一遍。不见他已有好几年了，现在他和妻子和儿子住在很远的地方。

这些人现在都不到园子里来了，园子里差不多完全换了一批新人。十五年前的旧人，现在就剩我和那对老夫老妻了。有那么一段时间，这老夫老妻中的一个也忽然不来，薄暮时分唯男人独自来散步，步态也明显迟缓了许多，我悬心了很久，怕是那女人出了什么事。幸好过了一个冬天那女人又来了，两个人仍是逆时针绕着园子走，一长一短两个身影恰似钟表的两支指针；女人的头发白了许多，但依旧攀着丈夫的胳膊走得像个孩子。“攀”这个字用得不恰当了，或许可以用“搀”吧，不知有没有兼具这两个意思的字。

［节选自史铁生．我与地坛［M］//洪子诚．中国当代文学史作品选（修订版）．北京：北京大学出版社，2008：143－150.］

★导读：

史铁生（1951—2010年），北京人，1969到陕西延安插队，1972年因双腿瘫痪回到北京，常出入地坛。后患肾病并于1998年确诊为尿毒症，靠透析维持生命，自嘲职业是生病，业余才写作。著有小说《我的遥远的清平湾》《奶奶的星星》《命若琴弦》《务虚笔记》《我的丁一之旅》，散文《合欢树》《好运设计》《我与地坛》《病隙碎笔》，剧本《边走边唱》等作品。2018年，北京出版社推出了《史铁生全集》12册，350万字。2019年，长篇小说《我的丁一之旅》入选“新中国70年70部长篇小说典藏”。

《我与地坛》记录了史铁生的真实经历和沉思之旅。地坛始建于1530年，它等着“我”出生，等着“我”在最狂妄的年龄上忽地残废了双腿。它成为“我”的精神家园，它以历史的沧桑和自然的宁静陪伴“我”成长，启发“我”领悟生命的本质。“我”的残疾固然是非普遍性的，但人的残缺则是普遍性的，每个人都会遇到诸如命运不公、生而有憾、生命有限等困境。因陷入绝境而失魂落魄的“我”在地坛思考着生与死的抉择，并最终明白“死是一件不必急于求成的事，死是一个必然会降临的节日”。母亲的突然去世，使“我”从他人的角度思考自己的不幸，“我”意识到儿子的不幸在母亲那里是加倍的，“这园中不单是处处都有过我的车辙，有过我车辙的地方也都有过母亲的脚印”。由自己而母亲而十五年间在园子里遇到的一些人：运气总是差一点的长跑者、漂亮却有智力障碍的女孩等，这些人的故事里暗含着“就命运而言，休论公道”的哲理。“我”用写作敲响了命运之门，并且领悟到“活着不是为了写作，而写作是为了活着”。或者说，正是在写作中，人们有了对生命的感悟和发现。人生由孩子而成人而老人，“当牵牛花初开的时节，葬礼的号角就已吹响”。在此，史铁生超越一己之悲欢，以内敛、从容、朴素、真诚的文字，启发读者共同思考人类的生命历程和生存困境。

（陈翠平）

寒风吹彻

刘亮程

雪落在那些年雪落过的地方，我已经不注意它们了。比落雪更重要的事情开始降临到生活中。三十岁的我，似乎对这个冬天的来临漠不关心，却又好像一直在倾听落雪的声音，期待着又一场雪悄无声息地覆盖村庄和田野。

我静坐在屋子里，火炉上烤着几片馍馍，一小碟咸菜放在炉旁的木凳上，屋里光线暗淡。许久以后我还记起我在这样的一个雪天，围抱火炉，吃咸菜啃馍馍想着一些人和事情，想得深远而入神。柴火在炉中啪啪地燃烧着，炉火通红，我的手和脸都烤得发烫了，脊背却依旧凉飕飕的。寒风正从我看不见的一道门缝吹进来。冬天又一次来到村里，来到我的家。我把怕冻的东西一一搬进屋子，糊好窗户，挂上去年冬天的棉门帘，寒风还是进来了。它比我更熟悉墙上的每一道细微裂缝。

就在前一天，我似乎已经预感到大雪来临。我劈好足够烧半个月的柴火，整齐地码在窗台下。把院子扫得干干净净，无意中像在迎接一位久违的贵宾——把生活中的一些事情扫到一边，腾出干净的一片地方来让雪落下。下午我还走出村子，到田野里转了一圈。我没顾上割回来的一地葵花秆，将在大雪中站一个冬天。每年下雪之前，都会发现有一两件顾不上干完的事而被搁一个冬天。冬天，有多少人放下一年的事情，像我一样用自己那只冰手，从头到尾地抚摸自己的一生。

屋子里更暗了，我看不见雪。但我知道雪在落，漫天地落。落在房顶和柴垛上，落在扫干净的院子里，落在远远近近的路上。我要等雪落定了再出去。我再不像以往，每逢第一场雪，都会怀着莫名的兴奋，站在屋檐下观看好一阵，或光着头钻进大雪中，好像有意要让雪知道世上有我这样一个人，却不知道寒冷早已盯住了自己活蹦乱跳的年轻生命。

经过许多个冬天之后，我才渐渐明白自己再躲不过雪，无论我蜷缩在屋子里，还是远在冬天的另一个地方，纷纷扬扬的雪，都会落在我正经历的一段岁月里。当一个人的岁月像荒野一样敞开时，他便再无法照管好自己。

就像现在，我紧围着火炉，努力想烤热自己。我的一根骨头，却露在屋外的寒风中，隐隐作痛。那是我多年前冻坏的一根骨头，我再不能像捡一根牛骨头一样，把它捡回到火炉旁烤热。它永远地冻坏在那段天亮前的雪路上了。

那个冬天我十四岁，赶着牛车去沙漠里拉柴火。那时一村人都是靠长在沙漠里的一种叫梭梭的灌木取暖过冬。因为不断砍挖，有柴火的地方越来越远。往往要用一天半夜时间才能拉回一车柴火。每次去拉柴火，都是母亲半夜起来做好饭，装好水和馍馍，然后叫醒我。有时父亲也会起来帮我套好车。我对寒冷的认识是从那些夜晚开始的。

牛车一走出村子，寒冷便从四面八方拥围而来，把我从家里带出的那点温暖搜刮得一干二净，让你浑身上下只剩下寒冷。

那个夜晚并不比其他夜晚更冷。

只是我一个人赶着牛车进沙漠。以往牛车一出村，就会听到远远近近的雪路上其他牛车的走动声，赶车人隐约的吆喝声。只要紧赶一阵路，便会追上一辆或好几辆去拉柴的牛车，一长串，缓行在铅灰色的冬夜里。那种夜晚天再冷也不觉得。因为寒风在吹好几个人，同村的、邻村的、认识和不认识的好几架牛车在这条夜路上抵挡着寒冷。

而这次，一野的寒风吹着我一个人。似乎寒冷把其他一切都收拾掉了。现在全部地对付我。

我掖着羊皮大衣，一动不动趴在牛车里，不敢大声吆喝牛，免得让更多的寒冷发现我。从那个夜晚我懂得了隐藏温暖——在凛冽的寒风中，身体中那点温暖正一步步退守到一个隐秘的连我自己都难以找到的深远处——我把这点隐深的温暖节俭地用于此后多年的爱情和生活。我的亲人们说我是个很冷的人，不是的，我把仅有的温暖全给了你们。

许多年后有一股寒风，从我自以为火热温暖的从未被寒冷浸入的内心深处阵阵袭来时，我才发现穿再厚的棉衣也没用了。生命本身有一个冬天，它已经来临。

天亮时，牛车终于到达有柴火的地方。我的一条腿却被冻僵了，失去了感觉。我试探着用另一条腿跳下车，拄着一根柴火棒活动了一阵，又点了一堆火烤了一会儿，勉强可以行走了，腿上的一块骨头却生疼起来，是我从未体验过的一种疼，像一根根针刺在骨头上又狠命往骨髓里钻——这种疼感一直延续到以后所有的冬天以及夏季里阴冷的日子。

太阳落地时，我装着半车柴火回到家里，父亲一见就问我：怎么拉了这点柴，不够两天烧的。我没吭声。也没向家里说腿冻坏的事。

我想很快会暖和过来。

那个冬天要是稍短些，家里的火炉要是稍旺些，我要是稍把这条腿当回事些，或许我能暖和过来。可是现在不行了。隔着多少个季节，今夜的我，围抱火炉，再也暖不热那个遥远冬天的我，那个在上学路上不慎掉进冰窟窿，浑身是冰往回跑的我，那个跺着冻僵的双脚，捂着耳朵在一扇门外焦急等待的我……我再不能把他们唤回到这个温暖的火炉旁。我准备了许多柴火，是准备给这个冬天的。我才三十岁，肯定能走过冬天。

但在我周围，肯定有个别人不能像我一样度过冬天。他们被留住了。冬天总是一年一年地弄冷一个人，先是一条腿、一块骨头、一副表情、一种心情……尔后整个人生。

我曾在一个寒冷的早晨，把一个浑身结满冰霜的路人让进屋子，给他倒了一杯热茶。那是个上年纪的人，身上带着许多冬天的寒冷，当他坐在我的火炉旁时，炉火须臾间变得苍白。我没有问他的名字，在火炉的另一边，我感到迎面逼来的一个老人的透骨寒气。

他一句话不说。我想他的话肯定全冻硬了，得过一阵才能化开。

大约坐了半个时辰，他站起来，朝我点了一下头，开门走了。我以为他暖和过来了。

第二天下午，听人说村西边冻死了一个人。我跑过去，看见这个上了年纪的人躺在路边，半边脸埋在雪中。

我第一次看到一个人被冻死。

我不敢相信他已经死了。他的生命中肯定还深藏着一点温暖，只是我们看不见。一个人最后的微弱挣扎我们看不见，呼唤和呻吟我们听不见。

我们认为他死了。彻底地冻僵了。

他的身上怎么能留住一点点温暖呢。靠什么去留住。他的烂了几个洞、棉花露在外面的旧棉衣？底磨得快通、一边帮已经脱落的那双鞋？还有他的比多少个冬天加起来还要寒冷的心境……

落在一个人一生中的雪，我们不能全部看见。每个人都在自己的生命中，孤独地过冬。我们帮不了谁。我的一小炉火，对这个贫寒一生的人来说，显然微不足道。他的寒冷太巨大。

我有一个姑妈，住在河那边的村庄里，许多年前的那些个冬天，我们兄弟几个常手牵手走过封冻的玛河去看望她。每次临别前，姑妈总要说一句：天热了让你妈过来喧喧。

姑妈年老多病，她总担心自己过不了冬天。天一冷她便足不出户，偎在一间矮土屋里，抱着火炉，等待春天来临。

一个人老的时候，是那么渴望春天来临。尽管春天来了她没有一片要抽芽的叶子，没有半瓣要开放的花朵。春天只是来到大地上，来到别人的生命中。但她还是渴望春天，她害怕寒冷。

我一直没有忘记姑妈的这句话，也不止一次地把它转告给母亲。母亲只是望望我，又忙着做她的活。母亲不是一个人在过冬，她有五六个没长大的孩子，她要拉扯着他们度过冬天，不让一个孩子受冷。她和姑妈一样期盼着春天。

……天热了，母亲会带着我们，趟过河，到对岸的村子里看望姑妈。姑妈也会走出蜗居一冬的土屋，在院子里晒着暖暖的太阳和我们说说笑笑……多少年过去了，我们一直没有等到这个春天。好像姑妈那句话中的"天"一直没有热。

姑妈死在几年后的一个冬天。我回家过年，记得是大年初四，我陪着母亲沿一条即将解冻的马路往回走。母亲在那段路上告诉我姑妈去世的事。她说："你姑妈死掉了。"

母亲说得那么平淡，像在说一件跟死亡无关的事情。

"怎么死的?"我似乎问得更平淡。

母亲没有直接回答我。她只是说："你大哥和你弟弟过去帮助料理了后事。"

此后的好一阵，我们再没说这事，只顾静静地走路。快到家门口时，母亲说了句：天热了。

我抬头看了看母亲，她的身上正冒着热气，或许是走路的缘故，不过天气真的转热了。对母亲来说，这个冬天已经过去了。

"天热了过来喧喧。"我又想起姑妈的这句话。这个春天再不属于姑妈了。她熬过了许多个冬天还是被这个冬天留住了。我想起爷爷奶奶也是分别死在几年前的冬天。母亲还活着。我们在世上的亲人会越来越少。我告诉自己，不管天冷天热，我们都要常过来和母亲坐坐。

母亲拉扯大她的七个儿女。她老了。我们长高长大的七个儿女，或许能为母亲挡住一丝的寒冷。每当儿女们回到家里，母亲都会特别高兴，家里也顿时平添热闹的气氛。

但母亲斑白的双鬓分明让我感到她一个人的冬天已经来临，那些雪开始不退、冰霜开始不融化——无论春天来了，还是儿女们的孝心和温暖备至。

隔着三十年的人生距离，我感受着母亲独自在冬天的透心寒冷。我无能为力。

雪越下越大。天彻底黑透了。

我围抱着火炉，烤热漫长一生的一个时刻。我知道这一时刻之外，我其余的岁月，我的亲人们的岁月，远在屋外的大雪中，被寒风吹彻。

（刘亮程．一个人的村庄［M］．沈阳：春风文艺出版社，2006：73－78.）

★导读：

刘亮程，1962年出生于新疆。一直生活在乡村的刘亮程在劳动之余进行文学创作，他所有的文本都围绕着自己生活的乡村展开，2006年散文集《一个人的村庄》出版后，引起巨大反响，各大专业媒体都进行了介绍与评价，刘亮程被誉为“20世纪中国最后一位散文家”和“乡村哲学家”。

《寒风吹彻》是刘亮程散文中高度集中其文学特色的篇章。文章从极寒冷的冬天里作者的自我体验写到童年回忆，写到寒冬里每个人对生命的感受，尤其是老人在冬天里的凋零。“落在一个人一生中的雪，我们不能全部看见。”刘亮程以极大的人道主义情怀关注着每个人生命中最后的呼唤，相信每一个生命都深藏着旁人看不见的温暖。生命在自然的轨迹里似乎循环往复，但每一个具体的生命又充满偶然，而刘亮程的文字有着沉甸甸的对命运的悲悯。刘亮程说过：“我一直庆幸自己没有离开这个村庄，没有把时间和精力白白耗费在另一片土地上。”在刘亮程笔下的这个乡村里，房子、树木、动物……一切都在自然的环境中变化、老去，但又总有新的生命在诞生，作者不慌不忙、不疾不徐的态度藏着对村庄的一种依恋。也许正是这份对于乡土、村庄的深情在他的笔墨中开花，文字中那些对生命的深深悲悯如发达的根系扎进土壤，使朴素的文字焕发出无限的生命力。

关于乡土的文字一直是中国人喜欢阅读的对象，不管城市如何发展扩大，乡土仍然是绝大多数中国人的情感归属，刘亮程这种真诚朴实的乡土散文，回应的是千百年来的农业文明所带来的乡土依恋，人们阅读到的是带着温度与回忆的文字。

（刘茉琳）

我的精神家园

王小波

我十三岁时，常到我爸爸的书柜里偷书看。那时候政治气氛紧张，他把所有不宜摆在外面的书都锁了起来，在那个柜子里，有奥维德的《变形记》，朱生豪译的莎翁戏剧，甚至还有《十日谈》。柜子是锁着的，但我哥哥有捅开它的方法。他还有说服我去火中取栗的办法：你小，身体也单薄，我看爸爸不好意思揍你。但实际上，在揍我这个问题上，我爸爸显得不够绅士派，我的手脚也不太灵活，总给他这种机会。总而言之，偷出书来两人看，挨揍则是我一人挨，就这样看了一些书。虽然很吃亏，但我也不后悔。

看过了《变形记》，我对古希腊着了迷。我哥哥还告诉我说：古希腊有一种哲人，穿着宽松的袍子走来走去。有一天，有一位哲人去看朋友，见他不在，就要过一块涂蜡的木板，在上面随意挥洒，画了一条曲线，交给朋友的家人，自己回家去了。那位朋友回家，看到那块木板，为曲线的优美所折服，连忙埋伏在哲人家左近，待他出门时闯进去，要过一块木板，精心画上一条曲线……当然，这故事下余的部分就很容易猜了：哲人回了家，看到朋友留下的木板，又取一块蜡板，把自己的全部心胸画在一条曲线里，送给朋友去看，使他真正折服。现在我想，这个故事是我哥哥编的。但当时我还认真地想了一阵，终于傻呵呵地说道：这多好啊。时隔三十年回想起来，我并不羞愧。井底之蛙也拥有一片天空，十三岁的孩子也可以有一片精神家园。此外，人有兄长是好的。虽然我对国家的计划生育政策也无异议。

长大以后，我才知道科学和艺术是怎样的事业。我哥哥后来是已故逻辑大师沈有鼎先生的弟子，我则学了理科；还在一起讲过真伪之分的心得、对热力学的体会，但这已是我二十多岁时的事。再大一些，我到国外去旅行，在剑桥看到过使牛顿体会到万有引力的苹果树，拜伦拐着腿跳下去游水的“拜伦塘”，但我总在回想幼时遥望人类智慧星空时的情景。千万丈的大厦总要有片奠基石，最初的爱好无可替代。所有的智者、诗人，也许都体验过儿童对着星光感悟的一瞬。我总觉得，这种爱好对一个人来说，就如性爱一样，是不可少的。

我时常回到童年，用一片童心来思考问题，很多烦难的问题就变得易解。人活着当然要做一番事业，而且是人文的事业；就如有一条路要走，假如是有位老学究式的人物，手执教鞭戒尺打着你走，那就不是走一条路，而是背一本宗谱。我听说前苏联就是这么教小孩子的：要背全本的普希金、半本莱蒙托夫，还要记住俄罗斯是大象的故乡（萧斯塔科维奇在回忆录里说了很多）。我们这里是怎样教孩子的，我就不说了，以免得罪师长。我很怀疑会背宗谱就算有了精神家园，但我也不想说服谁。安徒生写过《光荣的荆棘路》，他说人文的事业就是一片着火的荆棘，智者仁人就在火里走着。当然，他是把尘世的嚣嚣都考虑在内了，我觉得用不着想那么多。用宁静的童心来看，这条路是这样的：它在两条竹篱笆之中。篱笆上开满了紫色的牵牛花，在每个花蕊上，都落了一只蓝蜻蜓。这样说固然有煽情之嫌，但想要说服安徒生，就要用这样的语言。维特根斯坦临终时说：告诉他们，我度过了美好的一生。这句话给人的感觉就是：他从牵牛花丛中走过来了。虽然我对他的事业一窍不通，但我觉得他和我是一头儿的。

我不大能领会下列说法的深奥之处：要重建精神家园，恢复人文精神，就要灭掉一切俗人——其中首先要灭的，就是风头正健的俗人。假如说，读者兜里的钱是有数的，买了别人的书，就没钱来买我的书，所以要灭掉别人，这个我倒能理解，但上述说法不见得有如此之深奥。假如真有这么深奥，我也不赞成——我们应该像商人一样，严守诚实原则，反对不正当的竞争。让我的想法和作品成为嚣嚣尘世上的正宗，这个念头我没有，也不敢有。既然如此，就必须解释我写文章（包括这篇文章）的动机。坦白地说，我也解释不大清楚，只能说：假如我今天死掉，恐怕就不能像维特根斯坦一样说道：我度过了美好的一生；也不能像司汤达一样说：活过，爱过，写过。我很怕落到什么都说不出的结果，所以正在努力工作。

（王小波．王小波文集［M］．北京：中国青年出版社，1999：310－312.）

★导读：

王小波（1952—1997年），北京人，曾到云南插队当知青，1988年留美归国后在大学任教，1992年辞职成为自由撰稿人，1997年心脏病发作猝然离世。其作品因睿智的思想和戏谑的风格受到关注，著有小说《黄金时代》《白银时代》《青铜时代》（合称“时代三部曲”）及《红佛夜奔》《寻找无双》《革命时期的爱情》（合称“怀疑三部曲”），另著有杂文集《思维的乐趣》《我的精神家园》等。

王小波在《小说的艺术》一文中表示，比起讲道理的杂文，自己更喜欢深得虚构之美的小说，但他认为："作为一个人，要负道义的责任，憋不住就得说，这就是我写杂文的动机。"他在杂文集《我的精神家园·自序》中说"一个社会里，中年人要负很重的责任：要对社会负责，要对年轻人负责，不能只顾自己，因为这个缘故，我开始写杂文"，以明辨是非。他在杂文中谈伦理、智慧、艺术、自由、文化、道德、精神生活等话题，以其恣肆戏谑的文字和理性真诚的内在自成一格。王小波一再重申自己追求智慧、自由和有趣的思想立场，他认为"低智、偏执、思想贫乏是最大的邪恶"（《思维的乐趣》），而有趣是其一生不可动摇的信条，"有趣是一个开放的空间，一直伸往未知的领域，无趣是个封闭的空间，其中的一切我们全部耳熟能详"（《怀疑三部曲·序》）。

在《我的精神家园》中，王小波以"有煽情之嫌"的文字，回忆十三岁的少年如何偷偷打开爸爸的书柜，从此拥有一片精神家园。安徒生在《光荣的荆棘路》中说："光荣的荆棘路看起来像环绕着地球的一条灿烂的光带。只有幸运的人才被送到这条带上行走，才被指定为建筑那座连接上帝与人间桥梁的、没有薪水的总工程师。"追求智慧、有趣、诗意的王小波，回忆童年，以童心（也是初心）看待自己所选择的人文事业，哪怕那是一片着火的荆棘，也一往无前，无所畏惧，只因为在真正热爱的人眼里，那条路旁开满了紫色的牵牛花，花蕊上落着蓝蜻蜓。对于安徒生、对于维特根斯坦、对于司汤达、对于王小波来说，活过，爱过，写过，这一生已足够美好。

（陈翠平）

通往一家人去的路

李　娟

有时候我会扔下杂货店跑出去满山遍野地玩，来店里买东西的人就只好坐在我家帐篷里耐心等待，顺便替我守着店，有人来买东西的话，就告诉他："人不在。"有时候他实在等急了，就出去满山遍野地找我。

而有的时候呢，我在帐篷里耗一整天，也没有一个人来买东西，连把头伸进帐篷看一眼的人也没有。害我白白浪费了本该出去玩的大好时光。

天天守在帐篷里，坐在柜台后的一堆商品中间，世界就在柜台对面，满目的葱茏鲜艳，那么真实……而我心中种种想法明明灭灭、恍惚闪烁着。使得我浑身都虚淡了、稀薄了似的，飘摇不止。而世界那么真实……世界真实地、居高临下地逼压过来，触着我时，又像什么也不曾触着。

天天出去玩，奔跑一阵，停下来回头张望一阵。世界为什么这么大？站在山顶上往下看，整条河谷开阔通达，河流一束一束地闪着光，在河谷最深处密集地流淌。草原是绿的，沼泽是更绿一些的绿，高处的森林则是蓝一样的绿。我爱绿色。为什么我就不能是绿色的呢？我有浅色的皮肤和黑色的头发，我穿着鲜艳的衣服。当我呈现在世界上时，为什么却不能像绿那样……不能像绿那样绿呢？我会跑，会跳，会唱出歌来，会流出眼泪，可我就是不能比绿更自由一些，不能去向比绿所能去向的更远的地方。又抬头看天空，世界为什么这么大！我在这个世界上，明明是踩在大地上的，却又像是双脚离地，悬浮在这世界的正中。

我在山顶上慢慢地走，高处总是风很大，吹得浑身空空荡荡。世界这么大……但有时又会想到一些大于世界的事情，便忍不住落泪。

羊群早已经过沙依横布拉克，去向后山边境一带了。只有很少的毡房子留了下来，深藏在远远近近的河谷里，一个比一个孤独。毡房里面更为孤独宁静地生活着老人、妇女和孩子。我们店里的生意也一天淡似一天，只等着九月初迎接羊群和牧人们从后山返回。

牧草渐渐跳出了青紫的颜色，那是草穗在渐渐地成熟。一天沉似一天的草原，孕育着无穷无尽的种籽，开始启程去向第二年。我们也即将启程离开这里。我站在高高的山顶上，迫近一朵白云，对更远的地方望了又望。回过头来看到我们即将沿之离去的道路陷落在草野之中，空空荡荡，像干涸的河床一样饥渴。越过这条路看向更远些的地方，是另一条更为孤独的路，痕迹浅淡，时而通畅，时而消失，蜿蜒着通向一个只有一家人住着的地方。那一家人的毡房和栏杆像是下一分钟就会消失似的静止在路的尽头。

我曾去向那里。那路上的泥土中只印着一串马蹄印。那么我是仅次于时间和那匹马而踏上那条路的人。走在路上的每一分钟，都想停下脚步去往路边茂密的草丛中，深深躺倒、睡去。这样的季节总是那么安静，风声只在高处，风的猛烈也只在高处。而近处的事物总是倾向于风的反方向的一些感觉。但是阳光无处不在。阳光经过风时带来了风——它像经过迷宫一般经过风，经过那些在上空狂乱地呼啸着的风。等阳光完全通过了风，艰难地抵达我时，已失去了平静。它眩晕地，犹带激情一般熠熠闪耀，在空气中颤动。站在这样的阳光里，手指给照耀得闪闪发光，裙子下裸露的双腿也闪闪发光。但是四周一片沉静。仰着脸往上看，眼角余光刚刚掠过斑斓大地，视觉随之被猛地震动——在视野正前方的天空，整齐而浩瀚地分布着细碎尖锐的、正在被反复撕扯着的云。

路在河边，反复地引我走向河，又反复地引我离开河。引我走过一个青翠的山坡，再走过一个相同的青翠山坡。有时候却只是引我走向孤独的一株草，它生长在河边空旷而洁白的沙滩上。但是我还没有来得及仔细地打量那株草，路又立刻把我带向森林。我走在森林里，左边开着白色的花，右边隐秘地流着山溪。突然有鸟从旁边窜起，翅膀掠过脸庞。

沿这路走在世界正中央，青草围簇四周，像燃烧一般地持续生长着。河在不远处像燃烧一般地奔流，上方的天空像燃烧一般蓝啊，蓝啊。但我肉身平静。身不由己地走着……走过很远很远，任这一路的情景在视野里重重堵塞。这是一条进行堵塞的路，是一条把人引向远离一切之处的路……我不停地走，好几次都以为自己已经走过头了，早已把那一家人抛弃在后面了……不停地走，却每一分钟都想在路边茂密的草丛中深深躺倒，深深睡去。

走着走着就突然得知：尽头那一家人，住着已经无法离开的一个人，终生都在等待着的人。

有人却在我家帐篷里等我。在等我的漫长时间里，他独自面对琳琅满目的寂寞商品，想着自己的心事。后来当我终于回家，当我掀开帐篷门帘时，看到店里依旧空空荡荡，一个人也没有。满架的商品如此寂寞。

当我已经回到家了，那人还在满山遍野地找我。他耽搁在一条路上，不停地走啊走啊，被那路引得再也回不来了。或者他正推开路尽头那家人的毡房木门，大声问着：“有没有人?”

有一天，妈妈也独自一人走上那条路。她拎着小桶，很久以后消失在路的拐弯处。等她再回来时，桶里满悠悠地盛着洁白细腻的酸奶。我嘴里喝着酸奶，心里因为不能明白与这酸奶有关的太多事情，而更清晰地感觉到了深刻的美味。

（李娟．我的阿勒泰［M］．昆明：云南人民出版社，2010：147－149.）

★**导读：**

李娟，1979年出生于新疆，籍贯四川乐至。1999年开始写作，2003年出版首部散文集《九篇雪》。她曾作为《人民文学》杂志发起的“人民大地·行动者”非虚构写作计划第一个签约作家，将自己和哈萨克族牧民扎克拜妈妈一家共同生活的经历写成“羊道”系列，为这个逐草而居的游牧民族留下了细致入微的生动记录，“羊道”系列获2011年度茅台杯人民文学奖“非虚构奖”。出版《阿勒泰的角落》《我的阿勒泰》《走夜路请放声歌唱》《冬牧场》《春牧场》《前山夏牧场》《深山夏牧场》《遥远的向日葵地》等散文集。其中《遥远的向日葵地》获2018年第七届鲁迅文学奖散文杂文奖。

李娟没有上过大学，打过工，跟着妈妈做裁缝、卖杂货，随着牧民四处转场，经历过贫困和寂寞的她，在天大地大的辽阔边疆，形成了自己看待世界和人的态度。她以自由灵动的想象和仿若天成的文字，描写个人生活的点点滴滴。她的妈妈、外婆、继父、妹妹，到她家做衣服、买东西，相邻、来往的牧民，接触过的司机、酒鬼，养过的狗、兔子，去过的银行，参加过的舞会，吃过的宴席，走过的路，见过的风景，妈妈租种的向日葵地，凡此种种，都在她的笔下自成一方天地。《阿勒泰的角落》《我的阿勒泰》惊艳了世人，李娟成了阿勒泰的李娟，阿勒泰则是李娟的阿勒泰，一如萧红和呼兰河，汪曾祺和高邮，史铁生和地坛，梁鸿和梁庄。文学和地理结合，空间与个人互见，独特的文学形象于焉而形。

李娟的散文叙事、写景、记人、抒情，常用小说笔法，擅长人物对话和场景白描。她感受世界、对待他人的方式里有某种新奇而天真的趣味，想法常常出人意表。她的生活和周围的环境是寂寞的，但她总能写出明亮、热闹、活泼的感觉。《通往一家人去的路》开头写“我”扔下杂货店跑出去满山遍野地玩，客人等急了就满山遍野地找“我”，只言片语构成了一个电影中的远景长镜头，茫茫荒野里点缀着一两个移动的人。天地阔大，满目皆绿，绿色仿佛自由的精灵，无所不至，“我”悬浮于这世界中，守着一个店，孤单的毡房里孤独宁静地生活着老人、妇女和孩子。青草燃烧一般地生长着，河像燃烧一般地奔流着，天空像燃烧一般的蓝，而“我”肉身平静，只想在路边茂密的草丛躺倒睡去。寂寞的人和商品在等待，自然也在等待，等待羊群和牧人的归来。寂静中，生命在涌动。这种独特的景观和感悟，正是李娟给我们所带来的触动。

（陈翠平）

诗歌

望星空

郭小川

一

今夜呀，
我站在北京的街头上，
向星空瞭望。
明天哟，
一个紧要任务，
又要放在我的双肩上。
我能退缩吗？
只有迈开阔步，
踏万里重洋；
我能叫嚷困难吗？
只有挺直腰身，
承担千斤重量。
心房呵，
不许你这般激荡！……
此刻呵，
最该是我沉着镇定的时光。

而星空，
却是异样地安详。
夜深了，
风息了，
雷雨逃往他乡。
云飞了，
雾散了，
月亮躲在远方。
天海平平，

不起浪，
四围静静，
无声响。

但星空是壮丽的，
雄厚而明朗。
穹窿呵，
深又广，
在那神秘的世界里，
好像竖立着层层神秘的殿堂。
大气呵，
浓又香，
在那奇妙的海洋中，
仿佛流荡着奇妙的酒浆。
星星呀，
亮又亮，
在浩大无比的太空里，
点起万古不灭的盏盏灯光。
银河呀，
长又长，
在没有涯际的宇宙中，
架起没有尽头的桥梁。

呵，星空，
只有你，
称得起万寿无疆！
你看过多少次：
冰河解冻，
火山喷浆！
你赏过多少回：
白杨吐绿，
柳絮飞霜！
在那遥远的高处，
在那不可思议的地方

你观尽人间美景，
饱看世界沧桑。
时间对于你，
跟空间一样——
无穷无尽，
浩浩荡荡。

二

呵，
望星空，
我不免感到惆怅。
说什么：
身宽气盛，
年富力强！
怎比得：
你那根深蒂固，
源远流长！
说什么：
情豪志大，
心高胆壮！
怎比得：
你那阔大胸襟，
无限容量！

我爱人间，
我在人间生长，
但比起你来，
人间还远不辉煌。
走千山，
涉万水，
登不上你的殿堂。
过大海，
越重洋，

饮不到你的酒浆。
千堆火，
万盏灯，
不如一颗小小星光亮。
千条路，
万座桥，
不如银河一节长。

我游历过半个地球，
从东方到西方。
地球的阔大幅员，
引起我的惊奇和赞赏。
可谁能知道：
宇宙里有多少星星，
是地球的姊妹行！
谁曾晓得：
天空中有多少陆地，
能够充作人类的家乡！
远方的星星呵，
你看得见地球吗？
——一片迷茫！
远方的陆地呵，
你感觉到我们的存在吗？
——怎能想象！

生命是珍贵的，
为了赞颂战斗的人生，
我写下成册的诗章；
可是在人生的路途上，
又有多少机缘，
向星空瞭望！
在人生的行程中，
又有多少个夜晚，
见星空如此安详！

在伟大的宇宙的空间，
人生不过是流星般的闪光。
在无限的时间的河流里，
人生仅仅是微小又微小的波浪。
呵，星空，
我不免感到惆怅！
于是我带着惆怅的心情，
走向北京的心脏……

三

忽然之间，
壮丽的星空，
一下子变了模样。
天黑了，
星小了，
高空显得暗淡无光；
云没有来，
风没有刮，
却像有一股阴霾罩天上。
天窄了，
星低了，
星空不再辉煌。
夜没有尽，
月没有升，
太阳也不曾起床。

呵，这突然的变化，
使我感到迷惘，
我不能不带着格外的惊奇，
向四围寻望：
就在我的近边，
在天安门广场，
升起了一座美妙的人民会堂；

就在那会堂的里面，
在宴会厅的杯盏中，
斟满了芬芳的友谊的酒浆；
就在我的两侧，
在长安街上，
挂出了长串的灯光；
就在那灯光之下，
在北京的中心，
架起了一座银河般的桥梁。

这是天上人间吗？
不，人间天上！
这是天堂中的大地吗？
不，大地上的天堂。
真实的世界呵，
一点也不虚妄，
你朴质地描述吧，
不需要作半点夸张！
是谁说的呀——
星空比人间还要辉煌？
是什么人呀——
在星空下感到忧伤？
今夜哟，
最该是我沉着镇定的时光！

是的，
我错了，
我曾是如此地神情激荡！
此刻我才明白：
刚才是我望星空，
而不是星空向我瞭望。
我们生活着，
而没有生命的宇宙，
既不生活也不死亡。
我们思索着，
而不会思索的穹窿，

总是露出呆相。
星空哟，
面对着你，
我有资格挺起胸膛。

四

当我怀着自豪的感情，
再向星空瞭望，
我的身子，
充溢着非凡的力量。
因为我知道：
在一切最好的传统之上，
我们的队伍已经组成，
犹如浩荡的万里长江。
而我自己呢，
早就全副武装，
在我们的行列里，
充当了一名小小的兵将。

可是呵，
我和我的同志一样，
决不会在红灯绿酒之前，
神魂飘荡。
我们要在地球与星空之间，
修建一条走廊，
把大地上的楼台殿阁，
移往辽阔的天堂。
我们要在无限的高空，
架起一座桥梁，
把人间的山珍海味，
送往迢遥的上苍。
真的，
我和我的同志一样，
决不只是“自扫门前雪”，

而是定管“他人瓦上霜”。
我们要把长安街上的灯火，
延伸到远方；
让万里无云的夜空，
出现千千万万个太阳。
我们要把广漠的穹窿，
变成繁华的天安门广场；
让满天星斗，
全成为人类的家乡。

而星空呵，
不要笑我荒唐！
我是诚实的，
从不痴心妄想。
人生虽是暂短的，
但只有人类的双手，
能够为宇宙穿上盛装；
世界呀，
由于人的生存
而有了无穷的希望。
你呵，
还有什么艰难，
使你力不可当？
请再仔细抬头瞭望吧！
出发于盟邦的新的火箭，
正遨游于辽远的星空之上。

1959 年 4 月初稿
1959 年 8 月第二次修改
1959 年 10 月改成

［转载自朱栋霖，汪文顶．中国现代文学作品选：1917—2015（第四卷）［M］．北京：人民文学出版社，2016：17－20.］

★导读：

郭小川（1919—1976年），原名郭恩大，河北丰宁人。1933年日寇侵占热河，他随全家逃难北平，战乱中度过的少年时代在其生命中留下了深刻的烙印。1937年参加八路军，一方面走上战场，另一方面用诗歌当武器。1948年至“文革”前，先后在《群众日报》《大众日报》《天津日报》以及中国作协工作。1976年10月18日，他在一场意外的火灾中不幸逝世。郭小川诗歌代表作有《平原老人》《致青年公民》《昆仑行》《白雪的赞歌》《深深的山谷》《一个和八个》《望星空》《甘蔗林——青纱帐》《团泊洼的秋天》等。

1959年郭小川发表长诗《望星空》，该诗创作过程前后延续大半年，在诗人酝酿、思考的过程中，人民大会堂落成，于是其作为具体意象进入诗歌，尤其在后半段歌颂人民力量与对建设成绩的抒情中提供了重要的实际依托。《望星空》这首诗一方面表达诗人对星河、宇宙之恒常伟大的赞扬，另一方面诗人毫不掩饰地在作品中呈现自己不断反思的过程。在当时的社会环境与价值判断中，人民的力量是最伟大的，大自然是绝对的被征服的对象，这才符合人民书写革命历史传统的价值需求。可是作为一个独立思考的知识分子，郭小川又忍不住要在时代、历史、个人之间徘徊踌躇，思考个体生命与宇宙万物、历史洪流的复杂关系，这种思考是宝贵的，但是在彼时社会环境中却成为一种不合格、不成熟的抒情，最终使诗人遭到质疑与打击。

《望星空》是中国当代诗歌序列中不能被遗忘的作品，更是独具意义的作品。这意义也许并不在于其艺术价值高妙不可超越，而在于这首诗真诚、完整地保留了1950年代一位有着难得的自省精神、独立精神、个体精神的诗人的思想风貌。随着年代的推远，人们终将慢慢淡忘那段历史中的幽暗曲折，但只要有这样的文本存在，就能如化石一般留下一代知识分子的困扰与思考，呈现一代知识分子的精神地图。

（刘茉琳）

悬崖边的树

曾 卓

不知道是什么奇异的风
将一棵树吹到了那边——
平原的尽头
临近深谷的悬崖上

它倾听远处森林的喧哗
和深谷中小溪的歌唱
它孤独地站在那里
显得寂寞而又倔强

它的弯曲的身体
留下了风的形状
它似乎即将倾跌进深谷里
却又像是要展翅飞翔……

1970 年

［曾卓．悬崖边的树［M］//洪子诚．中国当代文学史作品选（修订版）．北京：北京大学出版社，2008：30.］

★导读：

曾卓（1922—2002 年），原名曾庆冠，出生于湖北武汉，祖籍湖北黄陂。1943 年入重庆中央大学历史系学习，曾任报刊编辑、高校教师、编剧等。1955 年，受胡风案影响，先是被捕入狱，后改为劳动改造。出版有诗集《门》《悬崖边的树》《老水手的歌》，散文集《让火燃着》《听笛人手记》，诗论集《诗人的两翼》等。1994 年长江文艺出版社推出《曾卓文集》，包括诗、散文、诗论三卷，约 110 万字。

“文革”期间，曾卓的有些文学作品或以手抄本的形式在一定范围内传播，又或以手稿的形式保存，直到“文革”结束后才得以公开发表，包括《悬崖边的树》在内的这部分作品常被称为“地下文学”（杨健语）、“潜在写作”（陈思和语）。诗人途经一座小山，见到一棵弯曲的树生长在悬崖边，有感而发，于是在写交代材料的纸上写下了这首《悬崖边的树》。全诗共12行，每节4行，共3节。整首诗可以结合作者的经历和时代进行解读，即使不了解时代背景，也能够体会诗中的情感。“悬崖边的树”是一个极具视觉性的意象，全诗以“树”为焦点，画面由远景而中景而特写，配合风、森林、小溪的声音，营造出丰富而深邃的意境，表达了主人公的内心世界。

第一节描写了“奇异的风”将树吹到了“临近深谷的悬崖上”这个危险的处境。“奇异的风”既可以实指当时的政治运动、阶级斗争，也可以虚指某种命运的安排或未知且不可控的力量。第二节描述了被强大的外力推至险境的树的状态，树既是孤独的、寂寞的，也是顽强的，它在倾听“远处森林的喧哗”和“深谷中小溪的歌唱”，它仍然在积极地感受着自然和生命的声音。第三节刻画了树身处逆境却要“展翅飞翔”的昂扬姿态和不屈意志。这是一首情境诗，亦是一首咏物诗，继承了中国古典诗词中托物言志的传统，借物咏怀，树与诗人的自我形象融合在一起，表现出知识分子虽经风雨磨难仍不改其志的独立人格和傲岸风骨。

（陈翠平）

这是四点零八分的北京

食 指

这是四点零八分的北京
一片手的海浪翻动
这是四点零八分的北京
一声尖厉的汽笛长鸣

北京车站高大的建筑
突然一阵剧烈地抖动
我吃惊地望着窗外
不知发生了什么事情

我的心骤然一阵疼痛，一定是
妈妈缀扣子的针线穿透了心胸
这时，我的心变成了一只风筝
风筝的线绳就在妈妈的手中

线绳绷得太紧了，就要扯断了
我不得不把头探出车厢的窗棂
直到这时，直到这时候
我才明白发生了什么事情

——一阵阵告别的声浪
就要卷走车站
北京在我的脚下
已经缓缓地移动

我再次向北京挥动手臂
想一把抓住她的衣领
然后对她亲热地叫喊：
永远记着我，妈妈啊北京

终于抓住了什么东西
管他是谁的手，不能松
因为这是我的北京
这是我的最后的北京

1968 年 12 月 20 日

［食指．这是四点零八分的北京［M］//洪子诚．中国当代文学史作品选（修订版），北京：北京大学出版社，2008：35］

★导读：

食指本名郭路生，1948 年出生于山东朝城，1953 年随父母迁居北京。1965 年开始写诗，1967 年创作了《鱼儿三部曲》《命运》等，1968 年写出代表作《相信未来》《这是四点零八分的北京》等。1969 年，插队落户杏花村，1971 年入伍，1973 年退伍，同年被确诊为精神分裂症，长期居住于福利院。1978 年首次使用笔名“食指”，创作诗歌《疯狗》。此后陆续创作《热爱生命》《我的心》《落叶》《诗人的桂冠》《在精神病院》《暴风雪》《青春逝去不复返》《相聚》等诗。1998 年，作家出版社推出《诗探索金库·食指卷》，精选代表性诗歌 81 首，并附有林莽的《食指论》和《食指（郭路生）生平年表》。2000 年，人民文学出版社出版《食指的诗》，收入诗歌 120 余首。2001 年，与海子共同获得人民文学奖诗歌奖。

在《相信未来》中写下“相信未来，热爱生命”的食指，1968 年 12 月 20 日乘火车离开北京到山西插队。当天，他在火车上创作了诗歌《这是四点零八分的北京》，记录车站的离别场面和心情。当年有 2000 多万名知识青年上山下乡，在官方话语中，这是一场知识青年斗志昂扬、改天换地、大有作为的伟大运动。在食指的诗中，作为个体的“我”在列车开动的瞬间，切身感受到了这场运动对自己的冲击，在“我”的心情投射下，北京车站发生了剧烈抖动。“我吃惊地望着窗外/不知发生了什么事情”，社会运动裹挟下的个体，面对未知命运的茫然和惊惧跃然纸上。诗歌以“我”的主观感受为线索，以具体而确切的细节再现了特定时刻、特定场景中独特个体的内心体验。当离别于四点零八分准时到来，“我”眼前是“一片手的海浪翻动”（每一个知青的背后都有一个经历离别的家庭)，耳旁是“一声尖厉的汽笛长鸣”(“尖厉”在此仿佛一种强大的外在力量)，“我的心骤然一阵疼痛”，不舍得妈妈，不舍得北京，慌乱中不知抓住了谁的手，不能松，那样似乎就抓住了北京。当然，作者和读者都知道，当列车开动，终归要告别妈妈，告别北京。

(陈翠平)

致橡树

舒　婷

我如果爱你——
绝不像攀援的凌霄花，
借你的高枝炫耀自己；
我如果爱你——
绝不学痴情的鸟儿，
为绿荫重复单纯的歌曲；
也不止像泉源，
常年送来清凉的慰藉；
也不止像险峰，
增加你的高度，衬托你的威仪。
甚至日光。
甚至春雨。
不，这些都还不够！
我必须是你近旁的一株木棉，
作为树的形象和你站在一起。
根，紧握在地下，
叶，相触在云里。
每一阵风过，
我们都互相致意，
但没有人
听懂我们的言语。
你有你的铜枝铁干，
像刀，像剑，
也像戟；
我有我红硕的花朵，
像沉重的叹息，
又像英勇的火炬。
我们分担寒潮、风雷、霹雳；
我们共享雾霭、流岚、虹霓，

仿佛永远分离，
却又终身相依。
这才是伟大的爱情，
坚贞就在这里：
爱——
不仅爱你伟岸的身躯，
也爱你坚持的位置，脚下的土地。

1977.3.27

（舒婷．舒婷诗［M］．武汉：长江文艺出版社，2012：98－99.）

★导读：

舒婷，1952年出生于福建龙海，原名龚佩瑜，当代诗人。1969年下乡插队，后为厦门灯泡厂工人，曾任福建省作协副主席。1979年开始发表作品，1983年加入中国作家协会。《致橡树》创作于1977年，最早发表于民间刊物《今天》。在新时期文学伊始，舒婷、顾城、北岛等诗人以新意象的营造、新形式的运用，掀起了一股被称作“朦胧诗”的创作潮流。舒婷作为一位女诗人的细腻情思，以及通过对男女爱情的象征性书写表达女性独立观念的创作方式，使她的诗作成为新时期诗歌的代表。

按照一般的理解，《致橡树》往往被当作一首爱情诗，通过木棉树与橡树之间的并置，表达一种坚贞不渝而又有着独立思想的爱情观念。但在诗人舒婷那里，这首诗不能算作爱情诗，甚至还有悲剧的成分，因为南北方的地理环境差异，木棉树和橡树是不可能在一起的。因此，与其说《致橡树》是一首爱情诗，不如将之理解为一首彰显独立精神与自由理念的诗歌。这里的“橡树”不再是一种有着伟岸气质的男性象征，而代表着正直、独立、不畏强暴的精神，“木棉树”寻找“橡树”并与其站立在一起的内容，则成为作家获得正直、坚韧的品性乃至精神独立性这一过程的象征式塑造。

《致橡树》的篇幅不长，共三十六行，但其中含有严谨的写作与情感逻辑。篇首的假设与否定，是对一种没有独立性的情感的批判，从更深的层面来看，则是对过往历史中人们趋炎附势的各种丑态的批判。诗作的后半部分，则是舒婷对理想爱情、理想人性的刻画。橡树作为一种理想的象征，是着重描绘的对象。铜枝铁干，像刀像剑像戟，其实正是对一种坚毅性格、正直品行与不屈不挠意志的形象展示，木棉选择与橡树站在一起，其实正是仰慕橡树高贵气质的结果。橡树生长的土地，不仅可以理解为生养诗人的祖国大地，也可以理解为能够滋养伟大精神人格的土壤。由此，舒婷便通过《致橡树》的写作，完成了对理想的情感境界与精神境界的双重塑造。

（张栋）

回答

北岛

卑鄙是卑鄙者的通行证，
高尚是高尚者的墓志铭，
看吧，在镀金的天空中，
飘满了死者弯曲的倒影。

冰川纪过去了，
为什么到处都是冰凌？
好望角发现了，
为什么死海里千帆相竞？

我来到这个世界上，
只带着纸、绳索和身影。
为了在审判之前，
宣读那些被判决的声音：

告诉你吧，世界，
我——不——相——信！
纵使你脚下有一千名挑战者，
那就把我算作第一千零一名。

我不相信天是蓝的；
我不相信雷的回声；
我不相信梦是假的；
我不相信死无报应。

如果海洋注定要决堤，
就让所有苦水都注入我心中；
如果陆地注定要上升，
就让人类重新选择生存的峰顶。

新的转机和闪闪星斗，
正在缀满没有遮拦的天空。
那是五千年的象形文字，
那是未来人们凝视的眼睛。

1976年4月

[北岛. 回答 [M] //朱栋霖，汪文顶. 中国现代文学作品选：1917—2015（第四卷）. 北京：高等教育出版社，2016：55.]

★导读：

北岛，1949年出生于北京，祖籍浙江湖州，原名赵振开。“北岛”是诗人芒克给他取的笔名。1970年代，围绕北岛与芒克创办的民间诗刊《今天》形成了一个由先锋青年组成的文化群体，诞生了后来被评论界命名为“朦胧诗派”的新诗群体以及现代艺术群体。北岛著有诗集《陌生的海滩》《北岛诗选》《在天涯》《午夜歌手》，散文集《蓝房子》《午夜之门》《时间的玫瑰》《青灯》《城门开》和小说《波动》，代表诗作有《回答》《一切》等，作品被译成20余种文字。北岛曾先后获诺贝尔文学奖提名、瑞典笔会文学奖、美国西部笔会中心自由写作奖、古根海姆奖等，并被选为美国艺术文学院终身荣誉院士。

北岛的早期代表作《回答》无疑是“朦胧诗派”的扛鼎之作，也是彼时年轻人对社会、对历史、对现实发出的最强音。诗作开篇的经典名句“卑鄙是卑鄙者的通行证，/高尚是高尚者的墓志铭”，毫不掩饰地呈现了作者不与黑暗妥协、不与卑鄙和解的姿态。站在被“文革”破坏后废墟一般的文化环境中，处于偶像坍塌、信仰破灭、价值真空的历史处境，北岛以直面现实的精神和勇气、追求独立的人格力量、觉醒者的先驱意识创作了《回答》。与北岛其他诗作一样，这首诗使用了大量象征手法，“镀金的天空”“死者弯曲的倒影”“好望角”“象形文字”等，这使诗歌意蕴丰厚，也保证了诗歌穿越时代的魅力。诗中“我不相信”四个字不仅是对历史的觉醒，也是向未来的喊话，否定了幻象、否定了梦境、否定了荒谬、否定了卑鄙。这是彻底的怀疑主义精神，这也是来自灵魂深处的拷问，在乖谬的现实面前，作者坚持着对善恶、是非、黑白的执着追求。北岛也喜欢在诗中呈现类似荒诞戏剧（如《等待戈多》）的场景，在《回答》中有“我来到这个世界上，/只带着纸、绳索和身影”，在《履历》中有“当天地翻转过来/我被倒挂在/一棵墩布似的老树上/眺望”，可以说他的诗作尽管充满现实主义的锋芒，艺术上却呈现出现代主义的创作手法。从食指的《相信未来》，到北岛的《回答》以及芒克的《阳光中的向日葵》，“朦胧诗派”以不妥协的姿态写出了一代年轻人对现实的质疑与思考、对历史的回应与反思，当然也彰显了他们对未来的希冀与责任。

（刘茉琳）

我是一个任性的孩子

顾 城

我想在大地上画满窗子，让所有习惯黑暗的眼睛，都习惯光明。

也许
我是被妈妈宠坏的孩子
我任性

我希望
每一个时刻
都像彩色蜡笔那样美丽
我希望
能在心爱的白纸上画画
画出笨拙的自由
画下一只永远不会
流泪的眼睛
一片天空
一片属于天空的羽毛和树叶
一个淡绿的夜晚和苹果

我想画下早晨
画下露水所能看见的微笑
画下所有最年轻的
没有痛苦的爱情
画下想象中
我的爱人
她没有见过阴云
她的眼睛是晴空的颜色
她永远看着我
永远，看着
绝不会忽然掉过头去

我想画下遥远的风景
画下清晰的地平线和水波
画下许许多多快乐的小河
画下丘陵——
长满淡淡的茸毛
我让他们挨得很近
让他们相爱
让每一个默许
每一阵静静的春天的激动
都成为
一朵小花的生日

我还想画下未来
我没见过她，也不可能
但知道她很美
我画下她秋天的风衣
画下那些燃烧的烛火和枫叶
画下许多因为爱她
而熄灭的心
画下婚礼
画下一个个早早醒来的节日——
上面贴着玻璃糖纸
和北方童话的插图

我是一个任性的孩子
我想涂去一切不幸
我想在大地上
画满窗子
让所有习惯黑暗的眼睛
都习惯光明
我想画下风
画下一架比一架更高大的山岭
画下东方民族的渴望

画下大海——
无边无际愉快的声音
最后，在纸角上
我还想画下自己
画下一只树熊
他坐在维多利亚深色的丛林里
坐在安安静静的树枝上
发愣
他没有家
没有一颗留在远处的心
他只有，许许多多
浆果一样的梦
和很大很大的眼睛

我在希望
在想
但不知为什么
我没有领到蜡笔
没有得到一个彩色的时刻
我只有我
我的手指和创痛
只有撕碎那一张张
心爱的白纸
让它们去寻找蝴蝶
让它们从今天消失

我是一个孩子
一个被幻想妈妈宠坏的孩子
我任性

1981 年 3 月

（顾城. 顾城的诗 [M]. 北京：人民文学出版社，2012：135 – 139.）

★导读：

顾城（1956—1993年），出生于北京，原籍上海，"朦胧诗派"代表人物，父亲为诗人顾工。1968年辍学，1969年随父亲下放到山东某农场，1974年回京。1988年隐居新西兰激流岛，1993年杀害妻子谢烨后畏罪自杀。代表诗作有《生命幻想曲》《一代人》《小诗六首》《远和近》《弧线》《生日》《昨天，像黑色的蛇》《水银》《颂歌世界》等，出版诗集《黑眼睛》《顾城诗全编》《顾城的诗》，小说《英儿》等。

顾城在早期诗歌创作中尝试建构一个远离俗世喧嚣的理想世界，正如舒婷在《童话诗人——给顾城》中所说："你相信了你编写的童话/自己就成了童话中幽蓝的花/你的眼睛省略过/病树、颓墙/锈崩的铁栅/只凭一个简单的信号/集合起星星、紫云英和蝈蝈的队伍/向没有被污染的远方/出发。"《我是一个任性的孩子》是顾城25岁所作，是这类诗歌的代表。全诗以第一人称的口吻，将题目拆解为"我是一个孩子""我任性"，并以"宠坏"首尾呼应，由此形成整体的氛围。"我"停留于儿童阶段，拒绝长大，拒绝面对不幸和创痛，"我"被"幻想妈妈""宠坏"了，沉浸在自我的世界里，反复诉说着"我希望""我想"，如"我想在大地上画满窗子，让所有习惯黑暗的眼睛，都习惯光明"。"黑暗""眼睛""光明"等意象，显然来自"黑夜给了我黑色的眼睛/我却用它寻找光明"（《一代人》），但有着微妙的差异。"寻找"中蕴含的反抗性和冲击力，变成了"习惯"的无所作为，光明世界只存在于一个孩子的梦想中。顾城笔下的孩子总是拿着彩色的蜡笔不停地描画，这首诗里的孩子同样如此，"我"画各种梦想中的美好：自由、羽毛、树叶、苹果、早晨、露水、微笑、爱情、风景、未来、大海，而在诗的尾声，"我"没有领到蜡笔，只能撕碎画纸。读者在替"我"难过的同时，也不禁会想：为什么要眼睛永远不会流泪、没有见过阴云呢？

（陈翠平）

面朝大海，春暖花开

海　子

从明天起，做一个幸福的人
喂马，劈柴，周游世界
从明天起，关心粮食和蔬菜
我有一所房子，面朝大海，春暖花开

从明天起，和每一个亲人通信
告诉他们我的幸福
那幸福的闪电告诉我的
我将告诉每一个人

给每一条河每一座山取一个温暖的名字
陌生人，我也为你祝福
愿你有一个灿烂的前程
愿你有情人终成眷属
愿你在尘世获得幸福
我只愿面朝大海，春暖花开

（海子．海子的诗［M］．南昌：江西人民出版社，2019：178.）

★导读：

海子（1964—1989年），当代著名诗人，原名查海生，安徽怀宁人。1984年第一次以“海子”的笔名写作《亚洲铜》《阿尔的太阳》，代表诗作有《面朝大海，春暖花开》《以梦为马》等。《面朝大海，春暖花开》写于1989年1月13日，被认为是海子诗作中为数不多的充满明亮、温暖色调的作品。在他的诗歌中，有对世界的质疑，也有畅快的放声歌唱，复杂的心理结构与精神状态，使海子的诗歌充满了多元的解读性与巨大的张力。

《面朝大海，春暖花开》不管在主题表达还是措辞选择上都是向上的。实际上，本诗创作的时间距离诗人自杀只有两个月的时间，虽然诗歌中不乏“幸福”“春暖花开”这样的词汇，但字里行间仍深蕴着诗人对于生命的深刻思考，甚至对于人生的痛苦体验。诗歌中所预想的一切美好，都有一个根本的前提，那就是篇首的“从明天起”，只有时间的转轮走到明天那一节点，所有的美好才会发生。因此，诗歌中的“明天”便成为一个隐喻，它与诗人生活的“今天”相映照，而“今天”恰恰是充满痛苦的。诗歌虽然通篇都有象征光明的字眼，但它与诗人自身构成了一个巨大的矛盾，诗人的精神痛苦与人生体验，与诗歌中的美好想象构成了一种分裂的景观，也使读者通过诗歌语言的表象，体会到诗人深隐其中的真实灵魂。

海子的这首诗歌短小精悍，短短的三节十四行，却为读者营造出极具诗意的审美境界。从时间方面，在“明天”这一时间节点上，“我”喂马、劈柴、周游世界，也会把幸福告诉每个亲人，也会为陌生人送上祝福，但在诗歌结尾，诗人则说“我只愿面朝大海，春暖花开”，其实是从对明天的无限期待返回对现实困顿的深刻体认。而从空间方面来看，诗人对明天的期待其实蕴含着对一个更广阔的世界的发现，诗人希望周游世界，最终仍是只想有一座“面朝大海，春暖花开”的属于自己的房子。因此，海子是以一种虚构的方式完成了其对生存现实的塑造，诗人个体的生活状态，其实也是外在的社会现状的缩影。

（张栋）

有关大雁塔

韩　东

有关大雁塔
我们又能知道些什么？
有很多人从远方赶来
为了爬上去
做一次英雄
也有的还来第二次
或者更多
那些不得意的人们
那些发福的人们
统统爬上去
做一次英雄
然后下来
走进下面的大街
转眼不见了
也有有种的往下跳
在台阶上开一朵红花
那就真的成了英雄——
当代英雄

有关大雁塔
我们又能知道些什么？
我们爬上去
看看四周的风景
然后再下来

［韩东．你见过大海：韩东集（1982—2014）［M］．北京：作家出版社，2015：9－10.］

★导读：

韩东，1961 年出生于江苏南京，当代诗人、导演。1985 年组织“他们文学社”，被视为“第三代诗歌”的代表诗人。著有诗集《白色的石头》《爸爸在天上看我》。《有关大雁塔》发表于 1983 年。诗作有着与朦胧诗不一样的语言景观，韩东虽与北岛、舒婷等诗人处于同一时代，但早早地突破了朦胧诗人创造的写作与情感范式，试图以一种后现代的眼光，去从一些被人冠以宏大、壮观、伟大之特质的物象中发现一些世俗的内容，这成为韩东创作的整体特征。

韩东对大雁塔的思考，事实上是因为杨炼等诗人创作得过于“文化”的《大雁塔》，因此从立意到诗歌的最终呈现，韩东其实都是在做一项剥除文化意味的工作。韩东的“剥除”是以一个问句开端的，即“有关大雁塔/我们又能知道些什么？”这种疑问的语气贯穿全篇，构成了一种反叛的态度，而韩东的“反叛”，也成为其诗歌语言呈现、意象构建的重要标准。韩东开创性的书写方式，使《有关大雁塔》成为“反文化诗歌”的源头之作，也成为读者与批评者在重温“第三代诗歌”时无法绕过去的作品。

诗歌中出现了“大雁塔”“英雄”等传统词汇，但其内涵发生了极大的改变。“大雁塔”不再是一个充满历史与文化意味的古迹，而是一座普通的建筑物，“英雄”也不再是一个承载着理想与价值观念的符号，而具有了浓烈的反讽意味——爬上大雁塔就是英雄，或者从塔上跳下就是真正的英雄，那么这里的“英雄”就成为被揶揄的对象。在一个英雄不再诞生的时代，诗人也不再把自己视作文化的精英，而是与大众融合在一起的普通人。所以，诗作里的“我们”便取代了代表精英意识的诗歌中的“我”，成为“第三代诗歌”的主体。韩东自己成为“我们”的一员，他与从远方赶来看大雁塔的“很多人”“不得意的人们”“发福的人们”一道，成为爬上、爬下大雁塔，又对大雁塔一无所知的一群人。通过对“共名”的强调，对“英雄”的调侃，以及对“游览大雁塔行为没有意义”的揭示，韩东实现了“反文化”“反崇高”的创作目的。

（张栋）

迷途的女人

翟永明

你是
一个迷途的女人
生来就如此　生来就
合体　相称　无依无靠
厌倦了生活你是
一个迷途的女人于你无损
人们一动不动而你
四处漂零
做你想做的事
在夜里梦游
发出一种受苦的声音你是

一个迷途的女人
豆蔻年华　男人们为此覆没
而你　总不相信
一些谎言将使你痛哭
哭得足够伤心
迷人的冬天你婚姻失败
像个完成者去找老朋友
或者大同小异　你是
一个迷途的女人
与你无损

1985 年

（翟永明．大街上传来的旋律［M］．南京：江苏凤凰文艺出版社，2015：3－4.）

★**导读：**

翟永明，1955年出生于四川成都。1984年以组诗《女人》震撼文坛，诗歌代表作品有《女人》等，出版有散文集《在一切玫瑰之上》《纽约，纽约以西》等。1998年在成都开设“白夜”酒吧文化沙龙，策划举办了一系列文学、艺术及民间影像活动。其作品曾被译为多国语言出版。2007年获“中坤国际诗歌奖·A奖”；2011年获意大利Ceppo Pistoia国际文学奖，该奖评委会主席称翟永明为“当今国际最伟大的诗人之一”。

在翟永明的《女人》里，女性以直白自觉的性别意识突围，进入人们的视野。童年记忆、青春骚动、两性感受、母亲身份，在女性生命的每个阶段，诗人用各种意象、比喻反映幽暗、压抑的女性精神实质，表现了女性心灵深处的敏感、焦虑，以及恐惧、无奈的女性生命处境。

翟永明喜欢用“黑夜”这一意向，“渴望一个冬天，一个巨大的黑夜（《独白》）”“你的眼睛变成一个圈套，装满黑夜（《沉默》）”等诗句中，“黑夜”似乎是女性的秘密空间，在被男性话语覆盖的世界里，只有黑夜才能使女性找到自我，才是女性的心灵居所。《女人》就是这样用各种意象（黑夜、植物、血液、身体、自然）来构成关于女性生命体验的框架，在这些文字里还原了一个超脱男性话语之外的潜意识的女性世界。这种纯粹的女性视角在中国文学世界里具有开天辟地的价值，将女性的生命秘密在一部部作品里交织、缠绕，最终浮出历史地表。

在翟永明的《女人》创作出来的同时，诗坛上出现的伊蕾、唐亚平、陆忆敏、海南等诗人，她们的作品呈现出鲜明的女性意识，与1980年代舒婷一代女诗人相较，展现了截然不同的姿态，开辟了与男性对话的空间，促成了女性主义诗歌潮流的正式诞生。

（刘茉琳）

戏剧

红灯记（京剧）

阿　甲　翁偶虹

人物表

李玉和——铁路扳道工人。中国共产党党员。
铁　梅——李玉和的女儿。
李奶奶——李玉和的母亲。
交通员——八路军松岭根据地交通员。
磨刀人——八路军柏山游击队排长。
慧　莲——李玉和家的邻居。
田大婶——慧莲的婆婆。
八路军柏山游击队队长。
游击队员若干人。
卖粥大嫂。
卖烟女孩。
劳动群众甲、乙、丙、丁、戊。
鸠　山——日寇宪兵队队长。
王连举——伪警察局巡长。原为秘密共产党员，后叛变投敌。
侯宪补——日寇宪兵队宪补。
伍　长——日寇宪兵队伍长。
假交通员——日寇宪兵队特务。
皮　匠——日寇宪兵队特务。
日寇宪兵、特务若干人。

第五场　痛说革命家史

［黄昏。］
［李玉和家门外。］
［幕启：李奶奶在屋内，盼望李玉和。］

李奶奶　（唱）【西皮摇板】
时已黄昏，玉和儿未回转。

[铁梅从里屋出。警车声响。]

铁　梅　（唱）【垛板】

街市上乱纷纷，惦念爹爹心不安。

[李玉和提着饭盒和号志灯上，敲门。]

李玉和　铁梅。

铁　梅　我爹回来啦！

李奶奶　快开门去！

铁　梅　（开门）爹！

李奶奶　玉和。

李玉和　妈！

李奶奶　可回来啦！接上了吗？（接过号志灯和饭盒）

李玉和　没有。（脱下大衣）

李奶奶　出什么事了？

李玉和　妈！

（唱）【西皮流水】

在粥棚正与磨刀师傅接关系，

警车叫跳下来鬼子搜查急。

磨刀人引狼扑身掩护我，

抓时机打开饭盒藏秘密。

密电码埋藏粥底搜不去——

铁　梅　磨刀叔叔可真好！

李奶奶　玉和，密电码哪？

李玉和　妈！（亲切、秘密地接唱）

防意外我把它安全转移。

铁　梅　爹，您可真有办法呀！

李玉和　铁梅，这件事你都知道了，这可比性命还要紧，宁可掉脑袋，也不能露底呀！懂吗？

铁　梅　我懂！

李玉和　嗬！懂！瞧这丫头！

铁　梅　爹……

李玉和　呵……

[天色渐黑，李奶奶拿过煤油灯。]

李奶奶　呵……瞧你们这爷儿俩……

李玉和　妈，我有事再出去一趟。

李奶奶 可要小心。早点回来！

李玉和 嗳，您放心吧！

铁　梅 爹，给您戴上围巾。（给李玉和围好围巾）爹，您可要早点回来！

李玉和 （爱抚地）放心吧，啊。（出门）

［李玉和下。］

［铁梅关门。］

［李奶奶虔诚地擦着号志灯。铁梅凝神注视。］

李奶奶 铁梅，来，奶奶把红灯的事讲给你听听。

铁　梅 嗳！（高兴地走到桌旁，坐下）

李奶奶 （郑重地）这盏红灯，多少年来照着咱们穷人的脚步走，它照着咱们工人的脚步走哇！过去，你爷爷举着它；现在是你爹举着它。孩子，昨晚的事你知道，紧要关头都离不开它。要记住：红灯是咱们的传家宝哇！

铁　梅 哦！红灯是咱们的传家宝？

［李奶奶满怀信心地望着铁梅，走进里屋。］

［铁梅拿起号志灯，端详，深思。］

铁　梅 （唱）【西皮散板】

听罢奶奶说【摇板】红灯，
言语不多道理深。
为什么爹爹、表叔【原板】不怕担风险？
为的是救中国，救穷人，打败鬼子兵。
我想到：做事要做这样的事，
做人要做这样的人。
铁梅呀！【垛板】年龄十七不算小，
为什么不能帮助爹爹操点心？
好比说：爹爹挑担有千斤重，
铁梅你应该挑上八百斤。

［李奶奶从里屋出。］

李奶奶 铁梅，铁梅！

铁　梅 奶奶！

李奶奶 孩子，你在想什么哪？

铁　梅 我没想什么。

［隔壁孩子哭声。］

李奶奶 是龙儿在哭吧？

铁　梅 可不是吗！

李奶奶 唉，又没吃的了！咱们家还有点玉米面，快给他们送去。

铁　梅 嗳！（盛面）

［慧莲上，敲门。］

慧　莲 李奶奶！

铁　梅 慧莲姐来了。

李奶奶 快给她开门去！

铁　梅 嗳！（开门。慧莲进）慧莲姐。

李奶奶 （关切地）慧莲哪！孩子的病怎么样了？

慧　莲 唉！哪儿顾得上给孩子瞧病啊！这年头，找我来缝缝补补、洗衣服的人越来越少了，家里老是吃了上顿没下顿，现在又揭不开锅了。

铁　梅 慧莲姐，给你这个。（递面）

慧　莲 （十分激动……）

李奶奶 快拿着。正要叫铁梅给你送去哪！

慧　莲 （接面）您待我们太好啦！

李奶奶 别说这个。有堵墙是两家，拆了墙咱们就是一家子。

铁　梅 奶奶，不拆墙咱们也是一家子。

李奶奶 铁梅说得对！

［孩子的哭声又大了。］

田大婶 （内喊）慧莲！慧莲！

［田大婶上，进屋。］

铁　梅 大婶。

李奶奶 她大婶，这边坐。

田大婶 不啦，孩子又哭啦，慧莲，回家看孩子去。（见慧莲手中面，感动）……

李奶奶 先给孩子做点儿吃的。

田大婶 可你们家也不富裕呀！

李奶奶 （咳！热情地）咱们两家不分你我，就不要说这些了！

田大婶 我们回去啦。

李奶奶 别着急，慢走。

［田大婶、慧莲下。］

铁　梅 （关门）奶奶，慧莲姐一家可真够苦的！

李奶奶　是啊。当初，她公爹是铁路上的搬运工人，叫火车给轧死了！日本鬼子不给抚恤金，还把她丈夫抓了去做苦力。铁梅，咱们两家是同仇共苦的工人，要尽力照顾他们。

［假交通员上。敲门。］

铁　梅　谁呀？

假交通员　李师傅在这儿住吗？

铁　梅　找我爹的。

李奶奶　开门。

铁　梅　嗳！（开门）

［假交通员进屋，急忙关门。］

李奶奶　你是……

假交通员　我是卖木梳的。

李奶奶　有桃木的吗？

假交通员　有。要现钱。

铁　梅　好，你等着！

［假交通员转身放下“捎马子”。］

［铁梅要拿号志灯，李奶奶急拦，拿起煤油灯，试探对方，铁梅恍然大悟。］

假交通员　（回身见灯）哎呀，我可找到你们了！谢天谢地，可真不容易呀！

［铁梅由吃惊变为愤慨，怒不可遏。］

李奶奶　（识破奸计，镇静地）掌柜的，快把木梳拿出来，让我们挑挑哇！

假交通员　哎！老奶奶，我是来取密电码的！

李奶奶　丫头，他说的是什么？

假交通员　哎！您别打岔呀！老奶奶，这密电码是共产党重要文件，有关革命的前途，您快给我吧！

铁　梅　（怒逐之）哎呀，你啰嗦啥？你快走！

假交通员　咳，别别别……

铁　梅　你走！

［铁梅推假交通员出门，狠狠地把“捎马子”扔到他怀里，猛地将门关上。］

铁　梅　奶奶！

［李奶奶急忙制止铁梅说话。］

［假交通员招来两个便衣特务，示意监视李家，分下。］

铁　梅　奶奶，我差点上了他的当！

李奶奶　孩子，一定是出了叛徒，泄漏了机密！

铁　梅　奶奶，那怎么办哪？

李奶奶　（秘密地）快把信号揭下来！

铁　梅　什么信号啊？

李奶奶　玻璃上那个“红蝴蝶”！

铁　梅　（惊悟）哦！（欲揭）

李奶奶　铁梅！开开门，用门挡住亮，你揭信号，我扫地掩护你。快，快！

［铁梅开门，李玉和一步跨进屋里，关门。铁梅震惊，李奶奶手中笤帚落地。］

李玉和　（察觉发生意外）妈，出事啦？

李奶奶　外面有狗！

［李玉和一无所惧，对敌情作出判断。］

李奶奶　孩子！孩子……

李玉和　妈，我可能被捕！（郑重叮嘱）密电码藏在西河沿老槐树旁边的石碑底下。您要想尽一切办法，把它交给磨刀师傅！暗号照旧！

李奶奶　暗号照旧！

李玉和　对。您要多加小心哪！

李奶奶　孩子，放心吧！

铁　梅　爹……

［侯宪补上，敲门。］

侯宪补　李师傅在家吗？

李玉和　妈，他们来了。

铁　梅　爹！您……

李玉和　铁梅，开门去！

铁　梅　嗳！

侯宪补　开门哪！

［铁梅开门，趁机揭去“红蝴蝶”。］

侯宪补　（进门）哦，你就是李师傅吧？

李玉和　是啊。

侯宪补　鸠山队长请你去喝酒。（递请帖）

李玉和　哦！鸠山队长请我赴宴？

侯宪补 哎！

李玉和 哎呀，好大的面子！（蔑视地掷请帖于桌）

侯宪补 交个朋友嘛。李师傅，请吧！

李玉和 请！（对李奶奶，坚定而庄重地）妈，您多保重！我走啦！

李奶奶 等等！铁梅，拿酒去！

铁　梅 嗳！（进里屋取酒）

侯宪补 嗐！老太太，酒席宴上有的是酒，足够他喝的啦。

李奶奶 呵……穷人喝惯了自己的酒，点点滴滴在心头。（接过铁梅拿来的酒，对着李玉和，庄严、深情地为李玉和壮别）孩子，这碗酒，你，你把它喝下去！

李玉和 （庄重接酒）妈，有您这碗酒垫底，什么样的酒我全能对付！（一饮而尽）谢——谢——妈！

（雄伟地）（唱）【西皮二六】

临行喝妈一碗酒，

浑身是胆雄赳赳。

鸠山设宴和我交“朋友”，

千杯万盏会应酬。

时令不好风雪来得骤，

妈要把冷暖时刻记心头。

铁　梅 爹！（扑向李玉和，哭）

李玉和 （亲切地、含义深长地接唱）

小铁梅出门卖货看气候，

来往“账目”要记熟。

困倦时留神门户防野狗，

烦闷时等候喜鹊唱枝头。

家中的事儿你奔走，

要与奶奶分忧愁。

铁　梅 爹！（扑在李玉和怀里哭）

侯宪补 李师傅，走吧！

李玉和 孩子，不要哭，往后要多听奶奶的话。

铁　梅 嗳！

李奶奶 铁梅，开开门，让你爹“赴宴”去！

李玉和 妈，我走啦。

［李玉和与李奶奶紧紧握手，相互鼓舞坚持斗争。］

［铁梅开门。一阵狂风。李玉和昂首阔步，迎风而去。］

［侯宪补跟出。］

［铁梅拿围巾追出，喊：“爹！”］

［特务甲、乙、丙冲上，拦住铁梅。］

特务甲 站住！回去！

［将铁梅逼回。众特务进门。］

铁　梅 奶奶！……

特务甲 搜！不许动！

［众特务搜查，四处乱翻。一特务从里屋搜出一本皇历，翻看，扔掉。］

特务甲 走！

［众特务下。］

铁　梅 （关好门，放下“卷窗”，环视屋内）奶奶！（扑到奶奶怀里痛哭。少顷）奶奶，我爹……他还能回来吗？

李奶奶 你爹……

铁　梅 爹……

李奶奶 铁梅，眼泪救不了你爹！不要哭。咱们家的事应该让你知道了！

铁　梅 奶奶，什么事啊？

李奶奶 坐下，奶奶跟你说！

［李奶奶眼望围巾，革命往事，闪过眼前；新仇旧恨，涌上心头。］

［铁梅搬小凳傍坐在奶奶身边。］

李奶奶 孩子，你爹他好不好？

铁　梅 爹好！

李奶奶 可是爹不是你的亲爹！

铁　梅 （惊异）啊！您说什么呀？奶奶！

李奶奶 奶奶也不是你的亲奶奶！

铁　梅 啊！奶奶！奶奶，您气糊涂了吧？

李奶奶 没有。孩子，咱们祖孙三代本不是一家人哪！（站起）你姓陈，我姓李，你爹他姓张！

（唱）【二黄散板】

十七年风雨狂怕谈以往，

怕的是你年幼小志不刚，几次要谈我口难张。

铁　梅 奶奶，您说吧。我不哭。

李奶奶　【慢三眼】
看起来你爹爹此去难回返，
奶奶我也难免被捕进牢房。
眼见得革命的重担就落在了你肩上。
【垛板】
说明了真情话，铁梅呀，你不要哭，莫悲伤，要挺得住，你要坚强。
【原板】
学你爹心红胆壮志如钢！

铁　梅　奶奶，您坐下慢慢地说！
［铁梅扶李奶奶坐下。］

李奶奶　咳！提起话长啊！早年你爷爷在汉口的江岸机务段当检修工人。他身边有两个徒弟：一个是你的亲爹叫陈志兴。

铁　梅　我的亲爹陈志兴？

李奶奶　一个是你现在的爹叫张玉和。

铁　梅　哦！张玉和？

李奶奶　那时候，军阀混战，天下大乱哪！后来，（站起）毛主席共产党领导着中国人民闹革命！民国十二年二月，京汉铁路工人在郑州成立了总工会，洋鬼子走狗吴佩孚硬不让成立！总工会一声号令，全线的工人都罢了工。江岸一万多工人都上大街游行呀！就在那天的晚上，天也是这么黑，也是这么冷。我惦记着你爷爷，坐也坐不稳，睡也睡不着，在灯底下缝补衣裳。一会儿，忽听得有人敲门，他叫着："师娘，开门，您快开门！"我赶紧把门开开，啊！急急忙忙地走进一个人来！

铁　梅　谁呀？

李奶奶　就是你爹！

铁　梅　我爹？

李奶奶　嗯，就是你现在的爹。只见他浑身是伤，左手提着这盏号志灯！

铁　梅　号志灯？

李奶奶　右手抱着一个孩子！

铁　梅　孩子？

李奶奶　未满周岁的孩子……

铁　梅　这孩子……

李奶奶　不是别人！

铁　梅　他是谁呀？

李奶奶　就是你！

铁　梅　我？

李奶奶　你爹把你紧紧地抱在怀里，他含着眼泪，站在我的面前。他叫着："师娘！师娘！"他两眼直瞪瞪地望着我，半晌说不出话来。我心里着急，催着他快说。他……他说："我师傅跟我陈师兄都……牺牲了！这孩子是陈师兄的一条根，是革命的后代。我要把她抚养成人，继承革命！"他连叫着："师娘啊！师娘！从此以后，我就是您的亲儿子，这孩子就是您的亲孙女。"那时候，我……我就把你紧紧地抱在怀里！

铁　梅　奶奶！（扑在奶奶怀里）

李奶奶　挺起来！听奶奶说！

（唱）【二黄原板】

闹工潮你亲爹娘惨死在魔掌，

李玉和为革命东奔西忙。

他誓死继先烈红灯再亮，

擦干了血迹，葬埋了尸体，又上战场。

到如今日寇来烧杀掠抢，

亲眼见你爹爹被捕进牢房，

记下了血和泪一本账。

【垛板】

你须要：立雄心，树大志，要和敌人算清账，血债还要血来偿！

铁　梅　（唱）【二黄原板】

听奶奶讲革命英勇悲壮，

却原来我是风里生来雨里长，

奶奶呀！十七年教养的恩深如海洋。

【垛板】

今日起志高眼发亮，

讨血债，要血偿，前人的事业后人要承当！

我这里举红灯光芒四放——

爹！

【快板】

我爹爹像松柏意志坚强，

顶天立地是英勇的共产党，

我跟你前进决不彷徨。
红灯高举闪闪亮，
照我爹爹打豺狼。
祖祖孙孙打下去，
打不尽豺狼决不下战场！
［铁梅和李奶奶高举号志灯，“亮相”。红光四射。］

（节选自李小菊．中国现代戏曲精选［M］．昆明：云南教育出版社，2009：29－42.）

★导读：

1961年9月，《电影文学》发表署名迟雨（沈默君）、罗静（罗国士）的电影脚本《革命自有后来人》，1963年，导演于彦夫据此脚本拍成电影《自有后来人》。1964年，导演阿甲（符律衡）和剧作家翁偶虹合作完成了京剧现代戏《红灯记》。1965年2月，《红旗》杂志全文发表了《红灯记》剧本，署名翁偶虹、阿甲。1967年5月31日，《人民日报》发表社论《革命文艺的优秀样板》，正式确定京剧《红灯记》《智取威虎山》《沙家浜》《海港》《奇袭白虎团》、芭蕾舞剧《红色娘子军》《白毛女》和交响音乐剧《沙家浜》为“革命文艺的优秀样板”。1970年5月，《红旗》杂志再次发表经过修改的《红灯记》全文，署名为“中国京剧院集体改编”。1971年1月，八一电影制片厂成荫执导的现代京剧舞台艺术片《红灯记》在全国上映。

《红灯记》作为现代京剧代表作之一，不仅将传统京剧唱腔与现代革命题材相结合，而且在艺术上进行了多方面的革新，如融入话剧的写实手法，重视舞台设计，采用贴近现实生活的道具和服装，使用交响乐队和京剧伴奏相结合的配乐方式等。《红灯记》的故事发生在抗日战争时期的东北，地下工作者、铁路扳道工人李玉和因王连举叛变而被捕，李奶奶和铁梅也被抓进监狱，后李奶奶和李玉和被杀害，放走铁梅以追踪密电码。在群众的帮助下，铁梅高举父亲留下的红灯，完成了把密电码送到柏山游击队的任务。

全剧共11场，“痛说革命家史”“赴宴斗鸠山”和“刑场斗争”是剧中的经典片段。剧名中的“红灯”既是铁路工人的传家宝，也是革命和共产党的象征。李奶奶向铁梅追述家史："爹不是你的亲爹！……奶奶也不是你的亲奶奶！……咱们祖孙三代本不是一家人哪！"是革命感情将三代人变成了一家人，阶级关系超越血缘关系成为人际关系的核心和纽带。李玉和是剧中的主要英雄人物，他的革命遗志后继有人："李铁梅举起红灯，刘队长领队，甩开'龙摆尾'走上山坡站定，高举红灯。满台红光，徐徐落幕。"革命谱系完美形成，革命事业光芒万丈。

（陈翠平）

茶 馆

老 舍

人物表

王利发：男。最初与我们见面，他才二十多岁。因父亲早死，他很年轻就作了裕泰茶馆的掌柜。精明，有些自私，而心眼不坏。简称王。

唐铁嘴：男。三十来岁。相面为生，吸鸦片。简称唐。

松二爷：男。三十来岁。胆小而爱说话。简称松。

常四爷：男。三十来岁。松二爷的好友，都是裕泰的主顾。正直，体格好。简称常。

李　三：男。三十多岁。裕泰的跑堂的。勤恳，心眼好。简称李。

二德子：男。二十多岁。善扑营当差。简称德。

马五爷：男。三十多岁。吃洋教的小恶霸。简称马。

刘麻子：男。三十多岁。说媒拉纤，心狠意毒。简称刘。

康　六：男。四十岁。京郊贫农。简称康。

黄胖子：男。四十多岁。流氓头子。简称黄。

秦仲义：男。王掌柜的房东。在第一幕里二十多岁。阔少，后来成了维新的资本家。简称秦。

老　人：男。八十二岁。无依无靠。简称老。

乡　妇：女。三十多岁。穷得出卖小女儿。简称妇。

小　妞：女。十岁。乡妇的女儿。简称妞。

庞太监：男。四十岁。发财之后，想娶老婆。简称庞。

小牛儿：男。十多岁。庞太监的书童。

宋恩子：男。二十多岁。老式特务。简称宋。

吴祥子：男。二十多岁。宋恩子的同事。简称吴。

康顺子：女。在第一幕中十五岁。康六的女儿。被卖给庞太监为妻。简称顺。

王淑芬：女。四十来岁。王利发掌柜的妻。比丈夫更公平正直些。简称淑。

巡　警：男。二十多岁。简称警。

报　童：男。十六岁。简称童。

康大力：男。十二岁。庞太监买来的义子，后与康顺子相依为命。简称大。

老　林：男。三十多岁。逃兵。简称林。

老　陈：男。三十多岁。逃兵。老林的把弟。简称陈。

崔久峰：男。四十多岁。作过国会议员，后来修仙，住在裕泰附设的公寓里。简称崔。

军　官：男。三十多岁。简称官。

王大拴：男。四十岁左右，王掌柜的长子。为人正直。简称拴。

周秀花：女。四十岁。大拴的妻。简称周。

王小花：女。十三岁。大拴的女儿。简称花。

丁　宝：女。十七岁。女招待。有胆有识。简称丁。

小刘麻子：男。三十多岁。刘麻子之子，继承父业而发展之。仍简称刘。

取电灯费的：男。四十多岁。简称电。

小唐铁嘴：男。三十多岁。唐铁嘴之子，继承父业，有作天师的愿望。仍简称唐。

明师傅：男。五十多岁。包办酒席的厨师傅。简称明。

邹福远：男。四十多岁。说评书的名手。简称邹。

卫福喜：男。三十多岁。邹的师弟，先说评书，后改唱京戏。简称卫。

方　六：男。四十多岁。打小鼓的，奸诈。简称方。

车当当：男。三十岁左右。买卖现洋为生。简称车。

庞四奶奶：女。四十岁。丑恶，要作皇后。庞太监的四侄媳妇。简称四。

春　梅：女。十九岁。庞四奶奶的女道童。

老　杨：男。三十多岁。卖杂货的。简称杨。

小二德子：男。三十岁。二德子之子，打手。仍简称德。

于厚斋：男。四十多岁。小学教员，王小花的老师。简称于。

谢勇仁：男。三十多岁。与于厚斋同事。简称谢。

小宋恩子：男。三十来岁。宋恩子之子，承袭父业，作特务。仍简称宋。

小吴祥子：男。三十来岁。吴祥子之子，世袭特务。仍简称吴。

小心眼：女。十九岁。女招待。简称心。

沈处长：男。四十岁。宪兵司令部某处处长。简称沈。

茶　客：若干人，都是男的。

茶　房：一两个，都是男的。

难　民：数人，有男有女，有老有少。

老　总：数人，都是男的。

公寓住客：数人，都是男的。

押大令的兵：七人，都是男的。

宪　兵：男。四人。

第一幕

时：一八九八年（戊戌）初秋，康梁等的维新运动失败了。早半天。

地：北京，裕泰大茶馆。

人：王利发　刘麻子　庞太监

唐铁嘴　康　六　小牛儿

松二爷　黄胖子　宋恩子

常四爷　秦仲义　吴祥子

李　三　老　人　康顺子

二德子　乡　妇　茶　客（甲、乙、丙……）

马五爷　小　妞　茶　房（一二人）

幕　启：这种大茶馆现在已经不见了。在几十年前，每城都起码有一处。这里卖茶，也卖简单的点心与菜饭。玩鸟的人们，每天在遛够了画眉、黄鸟等之后，要到这里歇歇腿，喝喝茶，并使鸟儿表演歌唱。商议事情的，说媒拉纤的，也到这里来。那年月，时常有打群架的，但是总会有朋友出头给双方调解；三五十口子打手，经调人东说西说，便都喝碗茶，吃碗烂肉面（大茶馆特殊的食品，价钱便宜，做起来快当），就可以化干戈为玉帛了。总之，这是当日非常重要的地方，有事无事都可以来坐半天。

在这里，可以听到最荒唐的新闻，如某处的大蜘蛛怎么成了精，受到雷击。奇怪的意见也在这里可以听到，像把海边上都修上大墙，就足以挡住洋兵上岸。这里还可以听到某京戏演员新近创造了什么腔儿，和煎熬鸦片烟的最好的方法。这里也可以看到某人新得到的奇珍——一个出土的玉扇坠儿，或三彩的鼻烟壶。这真是个重要的地方，简直可以算作文化交流的所在。

我们现在就要看见这样的一座茶馆。

一进门是柜台与炉灶——为省点事，我们的舞台上可以不要炉灶；有些锅勺的响声也就够了。屋子非常高大，摆着长桌与方桌，长凳与小凳，都是茶座儿。隔窗可见后院，高搭着凉棚，棚下也有茶座儿。屋里和凉棚下都有挂鸟笼的地方。各处都贴着“莫谈国事”的纸条。

有两位茶客，不知姓名，正眯着眼，摇着头，拍板低唱。有两三位茶客，也不知姓名，正入神地欣赏瓦罐里的蟋蟀。两位穿灰色大衫的——宋恩子与吴祥子，正低声地谈话，看样子他们是北衙门的办案的（侦探）。

今天又有一起打群架的，据说是为了争一只家鸽，惹起非用武力解决不可的纠纷。假若真打起来，非出人命不可，因为被约的打手中包括着善扑营的哥儿们和库兵，身手都十分厉害。好在，不能真打起来，因为在双方还没把打手约齐，已有人出面调停了——现在双方在这里会面。三三两两的打手，都横眉立目，短打扮，随时地进来，往后院去。

马五爷在不惹人注意的角落，独自坐着喝茶。

王掌柜高高地坐在柜台里。

唐铁嘴趿拉着鞋，身穿一件极长极脏的大布衫，耳上夹着几张小纸片，进来。

王：唐先生，你外边遛遛吧！

唐：（惨笑）王掌柜，捧捧唐铁嘴吧！送给我碗茶喝，我就先给您相相面吧！手相奉送，不取分文！（不容分说，拉过王的手来）今年是光绪二十四年，戊戌。您贵庚是……

王：（夺回手去）算了吧，我送给你一碗茶喝，你就甭卖那套生意口啦！用不着相面，咱们既在江湖内，都是苦命人！（由柜台内走出，让唐坐下）坐下！我告诉你，你要是不戒了大烟，就永远交不了好运！这是我的相法，比你的更灵验！

（松二爷和常四爷都提着鸟笼进来，王掌柜向他们打招呼。他们先把鸟笼子挂好，找地方坐下。松文绉绉的，提着小黄鸟笼；常雄赳赳的，提着大而高的画眉笼。茶房李三赶紧过来，沏上盖碗茶。他们自带茶叶。茶沏好，二位爷向邻近的茶座让了让："您喝这个！"然后，往后院看了看）

松：好像又有事儿？

常：反正打不起来！要真打的话，早到城外头去啦；到茶馆来干吗？

（二德子，一位打手，恰好进来，听见了常四爷的话）

德：（凑过去）你这是对谁甩闲话呢？

常：（不肯示弱）你问我哪？花钱喝茶，难道还教谁管着吗？

松：（打量了二德子一番）我说这位爷，您是营里当差的吧？来，坐下喝一碗，我们也都是外场人。

德：你管我当差不当差呢！

常：要抖威风，跟洋人干去，洋人厉害！英法联军烧了圆明园，尊家吃着官饷，可没见您去冲锋打仗！

德：甭说打洋人不打，我先管教管教你！（要动手）

（别的茶客依旧进行他们自己的事。王掌柜急忙跑过来）

王：哥儿们，都是街面上的朋友，有话好说。德爷，您后边坐！

德：（不听王的话，一下子把一个盖碗搂下桌去，摔碎。翻手要抓常四爷的脖领）

常：（闪过）你要怎么着？

德：怎么着？我碰不了洋人，还碰不了你吗？

马：（并未立起）二德子，你威风啊！

德：（四下扫视，看到马）喝，马五爷，您在这儿哪？我可眼拙，没看见您！（过去请安）

马：有什么事好好地说，干吗动不动地就讲打？

德：嗻！您说得对！我到后头坐坐去。李三，这儿的茶钱我候啦！（往后面走去）

常：（凑过来，要对马五爷发牢骚）这位爷，您圣明，您给评评理！

马：（立起来）我还有事，再见！（走出去）

常：（对王）邪！这倒是个怪人！

王：您不知道这是马五爷呀？怪不得您也得罪了他！

常：我也得罪了他？我今天出门没挑好日子！

王：（低声地）刚才您说洋人怎样，他就是吃洋饭的。信洋教，说洋话，有事情可以一直地找宛平县的县太爷去，要不怎么连官面上都不惹他呢！

常：（往原处走）哼，我就不佩服吃洋饭的！

王：（向二灰衣人那边稍一歪头，低声地）说话请留点神！（大声地）李三，再给这儿沏一碗来！（拾起地上的碎瓷片）

松：盖碗多少钱？我赔！外场人不作老娘们事！

王：不忙，待会儿再算吧！（走开）

（纤手刘领着康六进来。刘先向松二爷、常二位打招呼）

刘：您二位真早班儿！（掏出鼻烟壶，倒烟）您试试这个！刚装来的，地道英国造，又细又纯！

常：唉！连鼻烟也得从外洋来！这得往外流多少银子啊！

刘：咱们大清国有的是金山银山，永远花不完！您坐着，我办点小事！

（领康六找了个座儿。李三拿过茶来，他也给常拿来一碗）

刘：说说吧，十两银子行不行？你说干脆的！我忙，没工夫专伺候你！

康：刘爷！十五岁的大姑娘，就值十两银子吗？

刘：卖到窑子去，也许多拿两儿八钱的，可是你又不肯！

康：那是我的亲女儿！我能够……

刘：有女儿，你可养活不起，这怪谁呢？

康：那不是因为乡下种地的都没法子混了吗？一家大小要是一天能吃上一顿粥，我要还想卖女儿，我就不是人！

刘：那是你们乡下的事，我管不着。我受你之托，教你不吃亏，又教你女儿有个吃饱饭的地方，这还不好吗？

康：到底给谁呢？

刘：我一说，你必定从心眼里乐意！一位在宫里当差的！

康：宫里当差的谁要个乡下丫头呢？

刘：那不是你女儿的命好吗？

康：谁呢？

刘：庞总管！你也听说过庞总管吧？伺候着太后，红得不得了，连家里打醋的瓶子都是玛瑙做的！

康：刘大爷，把女儿给太监作老婆，我怎么对得起人呢？

刘：卖女儿，无论怎么卖，也对不起女儿！你糊涂！你看，姑娘一过门，吃的是珍馐美味，穿的是绫罗绸缎，这不是造化吗？怎样，摇头不算点头算，来个干脆的！

康：自古以来，哪有……他就给十两银子？

刘：找遍了你们全村儿，找得出十两银子找不出？在乡下，五斤白面就换个孩子，你不是不知道！

康：我，唉！我得跟姑娘商量一下！

刘：告诉你，过了这个村可没有这个店，耽误了事可别怨我！快去快来！

康：唉！我一会儿就回来！

刘：我在这儿等着你！

康：唉！（慢慢地走出去）

刘：（凑过松与常来）乡下人真难办事，永远没有个痛痛快快！

松：这号生意又不小吧？

刘：也甜不到哪儿去，弄好了，赚个元宝！

常：乡下是怎么了？会弄得这么卖儿卖女的！

刘：谁知道！要不怎么说，就是一条狗也得托生在北京城里嘛！

常：刘爷，您可真有个狠劲儿，给拉拢这路事！

刘：我要不分心，他们还许找不到买主呢！（忙岔话）松二爷（掏出个小时表来），您看这个！

松：（接表）好体面的小表！

刘：您听听，嘎登嘎登地响！

松：（听）这得多少钱？

刘：您爱吗？就让给您！一句话，五两银子！您玩够了，不爱再要了，我还照数退钱！东西真地道，传家的玩艺！

常：我这儿正咂摸这个味儿，咱们一个人身上有多少洋玩艺儿啊！老刘，就看你身上吧：洋鼻烟，洋表，洋缎大衫，洋布裤褂……

刘：洋东西可是真漂亮呢！我要是穿一身土布，像个乡下脑颏，谁还理我呀！

常：我老觉乎着咱们的大缎子，川绸，更体面！

刘：松二爷，留下这个表吧，这年月，戴着这么好的洋表，会教人另眼看待！是不是这么说，您哪？

松：（真爱表，但又嫌贵）我……

刘：您先戴两天，改日再给钱！

（黄胖子进来）

黄：（严重的砂眼，看不清楚，进门就请安）哥儿们，都瞧我啦！我请安了！都是自己弟兄，别伤了和气呀！

王：这不是他们，他们在后院哪！

黄：我看不大清楚啊！掌柜的，预备烂肉面，有我黄胖子，谁也打不起来！（往里走）

德：（出来迎接）两边已经见了面，您快来吧！（同黄入内）

（茶房们一趟又一趟地往后面送茶水。进来一个很老的老者，拿着些牙签、胡梳、耳挖勺之类的小东西，低着头慢慢地挨着茶座儿走，没人买他的东西。他要往后院去，被李三截住）

李：老大爷，您外边遛遛吧！后院里，人家正说和事呢，没人买您的东西！（顺手儿把剩茶递给老人一碗）

松：（低声地）李三！（指后院）他们到底为了什么事，要这么拿刀动杖的？

李：（低声地）听说是为一只鸽子。张宅的鸽子飞到了李宅去，李宅不肯交还……唉，咱们还是少说话好，（问老人）老大爷您高寿啦？

老：（喝了茶）多谢！八十二了，没人管！这年月呀，人还不如一只鸽子呢！唉！（慢慢走出去）

（秦仲义，穿得很讲究，满面春风，走进来）

王：哎哟！秦二爷，您怎么这样闲在，会想起坐茶馆来了？也没带个底下人？

秦：来看看，看看你这年轻小伙子会作生意不会！

王：唉，一边作一边学吧，指着这个吃饭嘛。谁叫我爸爸死得早，我不干不行啊！好在照顾主儿都是我父亲的老朋友，我有不周到的地方都肯包涵，闭闭眼就过去了。在街面上混饭吃，人缘儿顶要紧。我按着我父亲遗留下的老办法，多说好话，多请安，讨人人的喜欢，就不会出大岔子！您坐下，我给您沏碗小叶茶去！

秦：我不喝！也不坐着！

王：坐一坐！有您在我这儿坐坐，我脸上有光！

秦：也好吧！（坐）可是，用不着奉承我！

王：李三，沏一碗高的来！二爷，府上都好？您的事情都顺心吧？

秦：不怎么太好！

王：您怕什么呢？那么多的买卖，您的小手指头都比我的腰还粗！

唐：（凑过来）这位爷好相貌，真是天庭饱满，地阁方圆，虽无宰相之权，而有陶朱之富！

秦：躲开我！去！

王：先生，你喝够了茶，该外边活动活动去！

（把唐轻轻推开）

唐：唉！（垂头走出去）

秦：小王，这儿的房租是不是得往上提那么一提呢？当年你爸爸给我的那点租钱，还不够我喝茶用的呢！

王：二爷，您说得对，太对了！可是，这点小事用不着您分心，您派管事的来一趟，我跟他商量，该长多少租钱，我一定照办！是！嗻！

秦：你这小子，比你爸爸还滑！哼，等着吧，早晚我把房子收回去！

王：您甭吓唬着我玩，我知道您多么照应我，心疼我，决不会叫我挑着大茶壶，到街上卖热茶去！

秦：你等着瞧吧！

（一个乡下妇人拉着个十来岁的小姑娘进来。小姑娘的头上插着一根草标。李三本想不许她们往前走，可是心中一难过，没管。她们俩慢慢地往里走。茶客们忽然都停止说笑，看着她们）

妞：（走到屋子中间，立住）妈，我饿！我饿！

妇：（呆视着小妞，忽然腿一软，坐在地上，掩面低泣）

秦：（对王）撵出去！

王：是！出去吧，这里坐不住！

常：李三，要两个烂肉面，带她们到门外吃去！

李：是啦！（过去对妇人）起来，门口等着去，我给你们端面来！

妇：（立起，抹泪往外走，好像忘了孩子；走了两步，又转回身走，搂住小姑娘，吻她）宝贝！宝贝！

王：快着点吧！

（母女走出去。李三随后端出两碗面去）

王：（过来）常四爷，您是积德行好，赏给她们面吃！可是，我告诉您：这路事儿太多了，太多了！谁也管不了！（对秦）二爷，您看我说的对不对？

常：（对松）二爷，我看哪，大清国要完！

秦：（老气横秋地）完不完，并不在乎有人给穷人们一碗面吃没有。小王，说真的，我真想收回这里的房子！

王：您别那么办哪，二爷！

秦：我不但收回房子，而且把乡下的地，城里的买卖也都卖了！

王：那为什么呢？

秦：把本钱拢在一块儿，开工厂！

王：开工厂？

秦：嗯，顶大顶大的工厂！那才救得了穷人，那才能抵制外货，那才能救国！（对王说而眼看着常）唉，我跟你说这些干什么，你不懂！

王：您就专为别人，把财产都出手，不顾自己了吗？

秦：你不懂！只有那么办，国家才能富强！好啦，我该走啦。我亲眼看见了，你的生意不错，你甭再要无赖，不涨房钱！

王：您等等，我给您叫车去！

秦：用不着，我愿意遛跶遛跶！（往外走，王送）

（小牛儿搀着庞太监走进来。小牛儿提着水烟袋）

庞：哟！秦二爷！

秦：庞老爷！这两天您心里安顿了吧？

庞：那还用说吗？天下太平了：圣旨下来，谭嗣同问斩！告诉您，谁敢改祖宗的章程，谁就掉脑袋！

秦：我早就知道！

（茶客们忽然全静寂起来，几乎是闭住呼吸地听着）

庞：您聪明，二爷，要不然您怎么发财呢！

秦：我那点财产，不值一提！

庞：太客气了吧？您看，全北京城谁不知道秦二爷！您比做官的还厉害呢！听说呀，好些财主都讲维新！

秦：不能这么说，我那点威风在您的面前可就施展不出来了！哈哈哈！

庞：说得好，咱们就八仙过海、各显其能吧！哈哈哈！

秦：改天过去给您请安，再见！（下）

庞：（自言自语）哼，凭这么个小财主也敢跟我逗嘴皮子，年头真是改了！（问王）刘麻子在这儿哪？

王：总管，您里边歇着吧！

（刘麻子早已看见庞，但不敢靠近，怕打搅了庞、秦谈话。）

刘：喝，我的老爷子！您吉祥！我等您好大半天了！

（搀庞往里面走）

（二灰衣人过来请安，庞对他们耳语）

（茶客静默了一阵之后，开始议论纷纷）

甲：谭嗣同是谁？

乙：好像听说过！反正犯了大罪，要不，怎么会问斩呀！

丙：这两三个月了，有些做官的，念书的，乱折腾乱闹，咱们怎能知道他们捣的什么鬼呀！

丁：得！不管怎么说，我的铁杆庄稼又保住了！姓谭的，还有那个康有为，不是说叫旗兵不关钱粮，去自谋生计吗？心眼多毒！

丙：一份钱粮倒叫上头克扣去一大半，咱们也不好过！

丁：那总比没有强啊！好死不如赖活着，叫我去自己谋生，非死不可！

王：诸位主顾，咱们还是莫谈国事吧！

（大家安静下来，都又各谈各的事）

庞：（已坐下）怎么说？一个乡下丫头，要二百银子？

刘：（侍立）乡下人，可长得俊呀！带进城来，好好地一打扮、调教，准保是又好看，又有规矩！我给您办事，比给我亲爸爸做事都更尽心，一丝一毫不能马虎！

（唐铁嘴又回来了）

王：铁嘴，你怎么又回来了？

唐：街上兵荒马乱的，不知道是怎么回事！

庞：还能不搜查搜查谭嗣同的余党吗？唐铁嘴，你放心，没人抓你！

唐：嘛！总管，您要能赏给我几个烟泡儿，我可就更有出息了！（坐下）

（有几个茶客好像预感到什么灾祸，一个个往外溜）

松：咱们也该走啦吧！天不早啦！

常：嗻！走吧！

（二灰衣人——宋恩子和吴祥子走过来）

宋：等等！

常：怎么啦？

宋：刚才你说“大清国要完”？

常：我，我爱大清国，怕它完了！

吴：（对松）你听见了？他是这么说的吗？

松：哥儿们，我们天天在这儿喝茶。王掌柜知道，我们都是地道老好人！

吴：问你听见了没有？

松：那，有话好说，二位请坐！

宋：你不说，连你也锁了走！他说“大清国要完”，就是跟谭嗣同一党！

松：我，我听见了，他是说……

宋：（对常）走！

常：上哪儿？事情要交代明白了啊！

宋：你还想拒捕吗？我这儿可带着“王法”呢！

（掏出腰中带着的铁链子）

常：告诉你们，我可是旗人！

吴：旗人当汉奸，罪加一等！锁上他！

常：甭锁，我跑不了！

宋：量你也跑不了！（对松）你也走一趟，到堂上实话实说，没你的事！

（黄胖子同三五个人由后院过来）

黄：得啦，一天云雾散，算我没白跑腿！

松：黄爷！黄爷！

黄：（揉揉眼）谁呀？

松：我！松二！您过来，给说句好话！

黄：（看清）哟，宋爷，吴爷，二位爷办案哪？请吧！

松：黄爷，帮帮忙，给美言两句！

黄：官厅儿管不了的事，我管！官厅儿能管的事呀，我不便多嘴！（问大家）是不是？

众：嗻！对！

（宋、吴带着常、松往外走）

松：（对王）看着点我们的鸟笼子！

王：您放心，我给送到家里去！（宋等四人同下）

黄：（看见了庞太监）哟，你老人家在这儿哪？听说要安份儿家，我先给您道喜！

庞：等吃喜酒吧！

黄：您赏脸！您赏脸！（下）

（乡妇端着空碗进来，往柜上放。小姑娘跟进来）

妞：妈！我还饿！

王：唉！出去吧！

妇：走吧，乖！

妞：你不卖妞妞啦？妈！不卖了？妈！

妇：乖！（哭着，携小姑娘下）

（康六带着康顺子进来，立在柜台前）

康：姑娘！顺子！爸爸不是人，是畜生！可你叫我怎办呢？你不找个吃饭的地方，你饿死！我弄不到手儿两银子，就得叫东家活活地打死！你呀，顺子，认命吧，积德吧！

顺：我，我……（说不出话来）

刘：（跑过来）你们回来啦？点头啦？好！来见见总管！

顺：我不，不！我不！（要晕倒）

康：（扶住女儿）顺子！顺子！

刘：怎么啦？

康：又饿又气，昏过去了！顺子！顺子！

庞：我要活的，可不要死的！（怪笑）哈哈哈……！

幕落

［节选自老舍．茶馆［M］//洪子诚．中国当代文学史作品选（修订版）．北京：北京大学出版社，2008：639－650.］

★导读：

老舍（1899—1966年），满族，北京人，原名舒庆春，字舍予。中国现代小说家，著有《老张的哲学》《赵子曰》《二马》《离婚》《月牙儿》《骆驼祥子》《四世同堂》等名篇。20世纪40年代开始创作话剧，50年代著有《龙须沟》《茶馆》等剧本，另有未完成的小说《正红旗下》。

三幕话剧《茶馆》发表于1957年7出版的《收获》创刊号。老舍实破话剧一天（24 小时）、一地、一事的“三一律”法则或曰“锁闭式”结构，除北京裕泰大茶馆这个地点保持一致外，时间跨度长达半个世纪，三幕剧的时间对应三个不同的历史时期（戊戌变法失败之后的晚清、军阀混战时期的民国初年和抗战胜利后的国民党统治时期），虽然有茶馆逐渐衰败（“改良！改良！越改越凉，冰凉！”）这条主线，但没有完整的故事，每一幕都由碎片化情节构成。

以横断面连缀各幕的方式很容易使得全剧结构松散，但老舍凭借其深厚的艺术功力，在结构、人物和语言等方面都获得了令人叹服的艺术效果。全剧以人物带动故事，主要人物（即掌柜王利发、旗人常四爷和民族资本家秦仲义）由壮到老贯穿全剧，次要人物（如刘麻子和小刘麻子、二德子和小二德子、唐铁嘴和小唐铁嘴、吴祥子和小吴祥子、宋恩子和小宋恩子等）父子相承，无关紧要的人物招之即来、挥之即去。同时，老舍通过其高超的口语表达能力，使得剧中人物开口即响，或表现人物性格、身份、地位、处境等，或揭示主题。如只在第一幕出场一次的老人回答李三说：“多谢！八十二了，没人管！这年月呀，人还不如一只鸽子呢！唉！”以相面为生的唐铁嘴炫耀：“大英帝国的烟，日本的‘白面儿’，两大强国伺候着我一个人，这点福气还小吗？”

老舍巧妙地借助“茶馆”这个三教九流出入其中且极富中国特色的公共空间，以小见大，侧面透露旧中国半个世纪来的历史变迁和世态图卷，并指向“埋葬三个旧时代”的主题。不仅如此，剧本流露出对喝茶、遛鸟、斗蟋蟀、满汉全席、评书、戏曲等传统活动和文化日渐没落、消亡的感伤和喟叹。

（陈翠平）

恋爱的犀牛

廖一梅

22. 第二十一场

众人站成一排，摄影师在摆弄相机准备照相。牙刷、大仙、马路等人皆盛装，穿着黑色结婚礼服的黑子站在中间，新娘的位置空着。

牙　刷： 我同意——结婚是根治黑子脸上青春痘的唯一办法，从这一点出发，结婚还是有一定好处的。

马　路： 有人的人生任务完成得就是比别人快。

牙　刷： 我觉得完成得好比完成得快重要，黑子纯属心急硬吃热包子……（众人看他，牙刷自觉失言）挺好！

黑　子： 莉莉说，我们现在快速结婚，我们就是跨世纪婚姻，我们的孩子就在新世纪出生。

大　仙： 归家的兔子，靠岸的船，中国又少了一对老大难。

马　路： 挺好。

教　授： 社会又减少了一个不安定因素。

大　仙： 挺好。

主持人： 这就叫弄假成真，体验派就这点不好。

众　人： 挺好！

黑　子： 莉莉怎么还不出来？

主持人： 对于大多数女人来说，婚礼是铁定能做主角的唯一机会，自然要让你们多等一会儿。

黑　子： 一会儿大钟彩票就要揭晓了！

牙　刷： 你还想人财两得？

黑　子： 什么叫双喜临门啊？

牙　刷： 什么叫情场得意，赌场失意啊！

红红伴娘打扮，跑上。

红　红：来了，来了，新娘来了。

众人两侧分开站好，莉莉着前卫婚纱上。

众　人：真漂亮！

莉　莉：我的耳环找不到了！谁看见我的耳环了？

摄影师：来吧，来吧，人到齐了没有，照相吧。

莉　莉：我的耳环少了一个，是钻石的！

黑　子：先照相吧。

莉　莉：我不是说了吗？我的耳环不见了，没有耳环我怎么照相？！

教　授：这就是我说的——新婚夫妻的第一次争吵。看着，两人的胜负将决定他们以后在家庭中的地位。

红红总是往马路旁边站，马路躲开她。

黑　子：我错了，一会儿我就陪你去买新的。

黑子和莉莉回到队伍中。

摄影师：好了，好了，注意了，看这里！乐一点儿！

众人站好，注视摄影师，做出夸张的笑脸。

音乐起。众人合唱：

这是一个物质过剩的时代，
这是一个信息过剩的时代，
这是一个欲望过剩的时代，
这是一个脚踏实地聪明理智的时代。
我们有太多的事情要做，
我们有太多的东西要学，
我们有太多的声音要听，
我们有太多的要求要满足。

爱情是蜡烛，温暖光亮，
风儿一吹就熄灭。
爱情是飞鸟，装点风景，

天气一变就飞走。
爱情是钟表，嘀嗒作响，
电池一完就停止。
爱情是糖果，甜甜蜜蜜，
含在嘴里就融化。
爱情是鲜花，新鲜动人，
过了5月就枯萎。
爱情是彩虹，多么璀璨绚丽，
那是瞬间的骗局，太阳一晒就蒸发。

爱情是多么美好，但是不堪一击。
爱情是多么美好，但是不堪一击。

镁光灯一闪。众人迅速收起笑脸，快速跑到舞台另一侧。

主持人：为了迎接新世纪的到来，我们建造的世界上独一无二的大钟已经胜利完工，它巍然屹立，坚不可摧，体现人类的智慧和力量。为大钟发行的彩票奖金已经累计达500万元。奇迹今天就要发生，奇迹此刻就要发生，现在有几亿双眼睛在注视着我们，注视着这里，看着这奇迹怎样一分一秒地靠近，我们的世纪大奖将会降临到谁的头上呢？谁将是新世纪的幸运儿？

市民甲：如果我得到了这笔钱，我会在家乡盖一所世纪希望小学。

市民乙：如果我得到这笔钱，我全部用于在新世纪和外星生物建立联系。

市民丙：为大气污染贡献我的微薄之力。

市民丁：全部用于还债。

莉　莉：买钻石耳环！

大　仙：出国。

牙　刷：买房。

黑　子：全部买伟哥。

鼓声大作。

主持人：奇迹，我们来迎接奇迹吧。

屏幕上号码闪动，终于停在一个号码上。马路从人群中跳出，慢慢走到高处。

众人都仰首呆望。

马　路：要相信奇迹。（举起手里的彩票）

众人欢呼。马路的朋友们狂喜地尖声叫着。

黑　子：是马路，是马路！
莉　莉：我们都有好日子过了！
大　仙：我是经过概率计算的！
红　红：我爱你！
牙　刷：什么叫情场失意，赌场得意呀！
主持人：幸运儿，你叫什么？
马　路：马路。
主持人：恭喜你。
马　路：谢谢。
主持人：经过公证处的确认，马路的彩票有效，身份无误。500 万元现金当场奉送！

马路在众人欢呼声中接过箱子。

主持人：我可不可以请问您，您准备用这笔钱做什么？
马　路：钱本身对我来说没什么用处……
黑　子：给我！
马　路：其中的 1/10，我答应过要分给我最好的朋友……

黑子、牙刷、大仙欢呼。

马　路：……犀牛图拉，给它买一头非洲母犀牛做伴。
主持人：这倒是个不俗的主意。其他的呢？

马路没有回答，突然提起装钱的箱子狂奔起来。

众　人：他上哪儿？他要上哪儿？
主持人：跟着他，摄影机跟上来。

大仙等：马路！等等！

红　红：我的鞋，我的鞋掉了！

莉　莉：谁踩了我的裙子！

众　人：他要到哪儿去？

市民甲：把钱藏起来！

市民乙：躲避要债的？

市民丙：躲开借钱的！

主持人：（*边跑边说*）他已经跑过了5条大街，把众人甩在后面，从他的体力和跑步姿势来推断，有专家怀疑他是一位前马拉松运动员。关于马路的背景资料我们正在努力收集。马路现在拐进了一条小巷，来到一座楼前，他上楼了……

马　路：明明，开门，是我，我是马路！明明！

主持人：（*激动地*）他在敲门，他在叫一个人的名字！

众人纷纷追来，气喘吁吁。

马　路：明明，听得见我吗？我是马路。开门啊！我对自己说如果我能让你幸福，我就决不会离开你，也不会让你离开我。我已经准备了很久，上完了恋爱训练课。现在，我终于有了足够的钱。明明，钱没有用处，它能让你快乐才有用处。它们都是你的！

众人欢呼。

主持人：明明是谁？明明是谁？快，背景材料！

马　路：你们欢呼什么？你们在为什么欢呼？我的心欢呼得快要炸开了，可我敢说我们欢呼的不是同一种东西！相信我，上天会厚待那些勇敢的、坚强的、多情的人，如果你们爱什么东西，渴望什么东西，相信我，你就去爱吧，去渴望吧，只要你有足够强烈的愿望，你就是不可战胜的！明明，我要给你幸福！谁都没有见过的幸福！

明明出现在窗口。

明　明：我不要。

主持人：她说什么？她说什么？我听不清。

明　明：我不要，因为你要的东西我不想给你。

马　路： 不，我不要你任何东西，我要给你东西，我要给你幸福。

明　明： 谢谢，你自己留着用吧。

马　路： 什么？你在说什么？

明　明： 我说我不要——你的钱和你的幸福。

马　路： 为什么？

明　明： 你还是用这些钱做些能让你高兴的事情吧。

马　路： 能让我高兴的唯一的事情就是你！

明　明： 那我就更不要了。

马　路： 为什么？别跟我说你不需要钱，你不喜欢钱！

明　明： 我就是不要你的钱，你能强迫我要吗？我愿意当婊子挣钱跟你也没关系，我就是受不了你那副圣人似的面孔，我不爱你，我不想听见你每天在我耳旁倾诉你的爱情，我不想因为要了你的钱而让你拥有这个权力。听懂了吗？

明明从窗口走开。

马　路： 那我要它还有什么用？

大　仙： 别听她的！如果有人天生这么下贱，把别人的好意当狗屎，最好的办法就是你也拿她当狗屎。

牙　刷： 对！她根本是个不值一提的女孩，就是现在她赌咒发誓说她爱你都不能信她，何况她这种态度！

马　路： 所有的气味都消失了，口香糖的柠檬味，她身上的复印机味，钱包的皮子味，我的鼻子已经闻不到任何东西。我开始怀疑自己，怀疑我对她的爱情，怀疑一切……什么东西能让我确定我还是我？什么东西能让我确定我还活着？——这已经不是爱不爱的问题，而是一种较量，不是我和她的较量，而是我和所有一切的较量。我曾经一事无成这并不重要，但是这一次我认了输，我低头耷脑地顺从了，我就将永远对生活妥协下去，做个你们眼中的正常人，从生活中攫取一点儿简单易得的东西，在阴影下苟且作乐，这些对我毫无意义，我宁愿什么也不要。

黑　子： 傻瓜。

马　路： （对窗内）明明，我知道这些钱对我来说很多，对另一些人来说则很少。但是有一点他们不能跟我相比，我可以为你放弃我所有的，而他们不能。

马路说完，轻轻把提箱放下，下场。

众人呆看他，突然围拢在提箱前。

23. 第二十二场

犀牛馆。

马　路：所有的犀牛都走了，你一个人在这儿不觉得孤单吗？新的犀牛馆很不错，宽敞明亮，通风良好。白犀牛塔娜它们都在那儿安顿下来了，还来了一头刚买的公犀牛，年纪还很轻，每天好奇地东看西看，向塔娜献殷勤。你不想去看看吗？只要你乖乖钻进那个摆满苹果、香蕉的笼子里，笼门一关，他们就会把你运到那边去了。你为什么总在那笼子前转来转去不肯进去呢？他们已经等了你一个月，我看他们已经失去耐心了。这里马上就要拆了，这个臭气冲天的地方有什么让你留恋的？主任说你明天要是还不肯就范，就要动用麻醉枪了，看，枪就在这儿！你希望人家这样对待你吗？可怜的图拉。我知道你跟所有人都合不来，就像我和大仙、牙刷他们，待在一起不过是出于无聊。现在他们都认定我是个疯子，不再理我了。你如果像其他的犀牛一样顺从你的命运，你就不会整天这么郁郁寡欢。顺从命运竟是这么难吗？我看大多数人自然而然地就这么做了，只要人家干什么你也干什么就行了。所以我们都是不受欢迎的，应该被使用麻醉枪的。也有很多次我想要放弃了，但是它在我身体的某个地方留下了疼痛的感觉，一想到它会永远在那儿隐隐作痛，一想到以后我看待一切的目光都会因为那一点儿疼痛而变得了无生气，我就怕了。爱她，是我做过的最好的事情。

明明上。

马　路：明明。

明　明：我要走了，我是来向你告别的。

马　路：去哪儿？

明　明：上天会厚待那些勇敢的、坚强的、多情的人。

马　路：你要去找那个人？

明　明：也有很多次我想要放弃了，但是它在我身体的某个地方留下了疼痛的感觉，一想到它会永远在那儿隐隐作痛，一想到以后我看待一切的目光都会因为那一点儿疼痛而变得了无生气，我就怕了。爱他，是我做过的最好的事情。

马　路：你在说什么？

明　明：我刚才听见你这么说的。

马　路：那你明白了？

明　明：我一直都明白。

马　路：你不走了？

明　明：走。

马　路：那你还不明白。我不会离开你，我也不会让你离开我的！

马路突然扑向明明，要用绳子把她绑起来，明明拼命挣扎。

马　路：我说过我是个守信用的人，那天夜里是你请求我不要离开你，也不许你离开我。所以你早该明白，你是哪儿也去不了的，你逃到天涯海角我也会把你找回来！别挣扎，挣扎没有用。我们注定要死在一起！

明　明：你这个傻瓜，放开我！你还不明白吗？我不想和你在一起！救命！救命！

马路不容她再挣扎，狠狠地给了她一拳，明明昏了过去，瘫倒在马路怀里。

24. 第二十三场

舞台上，女孩明明被蒙着眼睛绑在椅子上。

马路坐在她旁边。

马　路：黄昏是我一天中视力最差的时候，一眼望去满街都是美女，高楼和街道也变换了通常的形状，像在电影里……你就站在楼梯的拐角，带着某种清香的味道，有点湿乎乎的，奇怪的气息。擦身而过的时候，才知道你在哭。事情就在那时候发生了。我怎样才能让你明白我如何爱你？我默默忍受，饮泣而眠？我高声喊叫，声嘶力竭？我对着镜子痛骂自己？我冲进你的办公室把你推倒在地？我上大学，我读博士，当一个作家？我为你自暴自弃，从此被人怜悯？我走入精神病院，我爱你爱崩溃了，爱疯了，还是我在你窗下自杀？明明，告诉我该怎么办？你是聪明的、灵巧的、伶牙俐齿的、愚不可及的，我心爱的，我的明明……

马路摘下明明眼睛上的布。犀牛图拉发出叫声，它已经近在眼前。

明　明：你要干什么？走开！把这犀牛带走！

马　路：这就是图拉，我最好的，也是最后的伙伴。明明，我想给你一切，可我一无所有。我想为你放弃一切，可我又没有什么可以放弃。钱、地位、荣耀，我仅有的那一点点自尊没有这些东西装点也就不值一提。如果是中世纪，我可以去做一个骑士，把你的名字写上每一座被征服的城池。如果在沙漠中，我会流尽最后一滴鲜血去滋润你干裂的嘴唇。如果我是天文学家，有一颗星星会叫作明明。如果我是诗人，所有的声音都只为你歌唱；如果我是法官，你的好恶就是我最高的法则。如果我是神父，再没有比你更好的天堂；如果我是个哨兵，你的每一个字都是我的口令；如果我是西楚霸王，我会带着你临阵脱逃任由人们耻笑；如果我是杀人如麻的强盗，他们会乞求你来让我俯首帖耳。可我什么也不是。一个普通人，一个像我这样普通的人，我能为你做什么呢？

马路突然掏出一把尖刀向犀牛刺去！
鲜血喷涌，图拉发出恐怖的嗥叫，暴怒地向马路冲去。
明明尖声大叫着。

马　路：别怕，图拉，我要带你走。在池沼上面，在幽谷上面，越过山和森林，越过云和大海，越过太阳那边，越过轻云之外，越过星空世界的无涯极限，凌驾于生活之上。前面就是一望无际的非洲草原，夕阳挂在长颈鹿绵长的脖子上，万物都在雨季来临时焕发生机。

马路举枪杀了图拉。图拉巨大的身体慢慢倒下。

马　路：这是我能给你的最后的东西，图拉的心，和我自己，你收留他们吗？明明，我亲爱的，温柔的，甜蜜的……

明明满脸泪水，说不出话来。

马　路：
一切白的东西和你相比都成了黑墨水而自惭形秽，
一切无知的鸟兽因为不能说出你的名字而绝望万分，

一切路口的警察亮起绿灯让你顺利通行，
一切正确的指南针向我标示你存在的方位。
你是不留痕迹的风，
你是掠过我身体的风，
你是不露行踪的风，
你是无处不在的风……
我是多么爱你啊，明明。

马路抱住绑在椅子上的明明。

明　明：你把诗写完了，多美啊，真遗憾。

探照灯突然亮了，警报声大作，所有人冲进犀牛馆，呆望着这一切却不敢靠近。

警　察：马路，马上释放人质，你已经被包围了！
黑子等：马路！

马路对周围的一切无动于衷，只是紧紧地抱着明明。
明明不动，眼睛望着远处，突然唱起了歌。
明明的歌——《只有我》。

对我笑吧，像你我初次见面。
对我说吧，即使誓言明天就变。
抱紧我吧，在天气这么冷的夜晚。
想起我吧，在你感到变老的那一年。

对我笑吧，像你我初次见面。
对我说吧，即使誓言明天就变。
享用我吧，人生如此飘忽无定。
想起我吧，在你感到变老的那一年。

合唱起——《玻璃女人》。

你是不同的、唯一的、柔软的、干净的、天空一样的，
你是我温暖的手套，冰冷的啤酒，
带着阳光味道的衬衫，日复一日的梦想。
你是纯洁的、天真的、玻璃一样的，
什么也污染不了，什么也改变不了，
阳光穿过你，却改变了自己的方向。
我的爱人，我的爱人，我的爱人，我的爱人……

—剧终—

完稿于1999年春节
2012年再版修订

（节选自廖一梅．恋爱的犀牛［M］．长沙：湖南文艺出版社，2017：89－111.）

★**导读：**

廖一梅，1970年出生于北京。1999年创作话剧《恋爱的犀牛》，此后又陆续创作《琥珀》《柔软》，合称“悲观主义三部曲”，其中《恋爱的犀牛》由孟京辉“搬”上舞台，是中国小剧场戏剧史上最受欢迎的作品之一。

《恋爱的犀牛》被誉为“年轻一代的爱情圣经”，在舞台上长演不衰。故事主角马路是动物园的犀牛饲养员，嗅觉灵敏、视力奇差，对女孩明明痴情无比，疯狂地做了许多事情证明自己的爱情，渐趋偏执。在马路身边还有一群朋友，他们以旁观、冷静的态度面对爱情，不能理解马路对爱情的执着，认为他是当下时代的异类。

《恋爱的犀牛》是20世纪90年代末先锋话剧的代表作品。并不细腻的剧情，过于直白的台词，大段的内心独白，诗化般的语言，直抒胸臆宣告的爱情，让无数年轻人为之疯狂感动。剧本同时也深刻地呈现出了当代社会人与人之间无法理解，生活无稽与荒诞的状况。马路与明明之间永远在追逐的永远得不到的爱情像一个无法逃离的魔咒，当感情把人性逼到极致，人会做出怎样不可思议的举动？爱情给人带来美好与安宁，爱情也使人不安、使人沉沦，说不清楚、道不明白的爱情在廖一梅的剧本里显现出了本体，这就是关于爱情的故事。

“爱她，是我做过的最好的事情。”这句话曾经打动了多少年轻人，二十多年过去，剧本也在不断复排中加入了当下的时代元素，尽量贴近当下年轻人的爱情观。当然，一个剧本的魅力并不在于一句两句网红台词，而是其内在的生命力，这种生命力体现在对人生、爱情、两性的深刻把握，这些会紧跟时代潮流，打动一代又一代观众。

（刘茉琳）

参考文献

专 著

［1］洪子诚．问题与方法：中国当代文学史研究讲稿［M］．北京：生活·读书·新知三联书店，2015.

［2］王德威．现当代文学新论：义理·伦理·地理［M］．北京：生活·读书·新知三联书店，2014.

［3］陈思和．中国现当代文学名篇十五讲［M］．北京：北京大学出版社，2013.

［4］朱栋霖，吴秀明．中国现代文学作品选：1917—2015（第三卷）［M］．北京：高等教育出版社，2016.

［5］杨沫．青春之歌［M］．北京：中国青年出版社，2004.

［6］柳青．创业史［M］．北京：中国青年出版社 2018.

［7］洪子诚．中国当代文学史作品选（修订版）［M］．北京：北京大学出版社，2008.

［8］刘心武．刘心武精选集［M］．北京：北京燕山出版社，2014.

［9］孟繁华．新中国 70 年文学丛书·短篇小说卷（第一卷）［M］．北京：作家出版社，2019.

［10］铁凝．铁凝自选集［M］．海口：海南出版社，2006.

［11］王蒙．新中国六十年文学大系（短篇小说精选）［M］．武汉：长江文艺出版社，2009.

［12］路遥．平凡的世界（第二部）［M］．北京：北京十月文艺出版社，2013.

［13］汪曾祺．汪曾祺文集·小说卷［M］．南京：江苏文艺出版社，1993.

［14］韩少功．马桥词典［M］．北京：人民文学出版社，2004.

［15］人民文学出版社编辑部．芳菲遍野［M］．北京：人民文学出版社，2009.

［16］马原．冈底斯的诱惑［M］．杭州：浙江文艺出版社，2019.

［17］莫言．红高粱［M］．北京：作家出版社，2012.

［18］王朔．顽主［M］．天津：天津人民出版社，2007.

［19］陈忠实．白鹿原［M］．北京：人民文学出版社，2019.

［20］阿来．尘埃落定［M］．杭州：浙江文艺出版社，2020.

［21］毕飞宇．玉米［M］．北京：作家出版社，2005.

［22］王安忆．长恨歌［M］．北京：人民文学出版社，2014.

［23］秦牧．花城［M］．广州：广东人民出版社，2009.

［24］朱栋霖，汪文顶．中国现代文学作品选：1917—2015（第四卷）［M］．北京：高等教育出版社，2016.

［25］杨绛．杨绛作品集［M］．北京：中国社会科学出版社，1993.

［26］贾平凹．人极［M］．北京：人民文学出版社，2018.

［27］余秋雨．文化苦旅［M］．武汉：长江文艺出版社，2016.

［28］刘亮程．一个人的村庄［M］．沈阳：春风文艺出版社，2006.

［29］王小波．王小波文集［M］．北京：中国青年出版社，1999.

［30］李娟．我的阿勒泰［M］．昆明：云南人民出版社，2010.

［31］舒婷．舒婷诗［M］．武汉：长江文艺出版社，2012.

［32］顾城．顾城的诗［M］．北京：人民文学出版社，2012.

［33］海子．海子的诗［M］．南昌：江西人民出版社，2019.

［34］韩东．你见过大海：韩东集（1982—2014）［M］．北京：作家出版社，2015.

［35］翟永明．大街上传来的旋律［M］．南京：江苏凤凰文艺出版社，2015.

［36］李小菊．中国现代戏曲精选［M］．昆明：云南教育出版社，2009.

［37］廖一梅．恋爱的犀牛［M］．长沙：湖南文艺出版社，2017.

期　刊

［1］陈林侠．《红高粱》的经典化及其电影批评的功能［J］．人文杂志，2020（3）．

［2］贺桂梅．“总体性世界”的文学书写：重读《创业史》［J］．文艺争鸣，2018（1）.

［3］熊庆元．知识与美如何可能？——《班主任》小说叙事中的阅读、美学与政治［J］．中国现代文学研究丛刊，2017（8）.

［4］戴哲．城市化视域中的《陈奂生上城》——1980 年代乡村故事的转折和隐喻［J］．中国现代文学研究丛刊，2017（12）.

［5］王玮旭．到布达拉山脚之后——论作为诗歌的《冈底斯的诱惑》［J］.

现代中文学刊，2017（6）.

［6］张红翠．重审《受戒》的多重内涵［J］．中国现代文学研究丛刊，2016（12）.

［7］杨建民.《干校六记》问世前后［J］．同舟共进，2016（4）.

［8］欧阳光明．从“残疾的人”到“人的残疾”——论史铁生创作的精神嬗变［J］．中国现代文学研究丛刊，2016（12）.

［9］黄平．“自我”的诞生——再论新时期文学的起源［J］．当代作家评论，2016（6）.

［10］陈思．《平凡的世界》的社会史考辨：逻辑与问题［J］．文学评论，2016（4）.

［11］黄晓东．试论当代“经典”建构中的非文学因素——以《乡愁》和《致橡树》为例［J］．扬子江评论，2015（3）.

［12］刘希云．自由、智慧与反乌托邦——王小波创作论［J］．江汉论坛，2014（11）.

［13］张厚刚．“童话诗人”对顾城诗歌全貌的遮蔽［J］．齐鲁学刊，2013（4）.

［14］申霞艳．棋中自有真人生：解读《棋王》［J］．名作欣赏，2011（4）.

［15］刘志荣．大地与大空的辽阔与隐秘：李娟散文漫谈［J］．文艺争鸣，2011（15）.

［16］罗长青．“红灯记”的文艺改编史［J］．新文学史料，2011（2）.

［17］曾令存．《茶馆》文本深层结构的再解读［J］．中国现代文学研究丛刊，2009（5）.

［18］孙基林，王茜．生命与空间：韩东诗的另一种解读［J］．山东大学学报（哲学社会科学版），2009（6）.

［19］席扬．文学经典的“生成”语境与“指认”困境——以“十七年”散文的文学史叙述变迁为例［J］．文史哲，2009（3）.

［20］高波．诗歌典范和诗歌期待——《面朝大海，春暖花开》入选中学语文课本的忧思［J］．北京大学学报（哲学社会科学版），2008（1）.

［21］李杨．“人在历史中成长”［J］．文学评论，2009（3）.

［22］郭冰茹．“革命叙事”的转换、扬弃与消解［J］．当代作家评论，2008（6）.

［23］李建军．像蝴蝶一样飞舞的绣花碎片——评《尘埃落定》［J］．南方文坛，2003（2）.

［24］杨剑龙．论王朔小说的反讽艺术［J］．中国文学研究，2002（1）.

[25] 曾方荣．曾卓诗论主体性探析［J］．江汉大学学报（自然科学版），1999（4）．
[26] 陈剑晖．记忆：重建世界的一种方法——《马桥词典》解读［J］．文艺评论，1997（3）．
[27] 林莽．并未被埋葬的诗人——食指［J］．诗探索，1994（2）．
[28] 雷达．废墟上的精魂——《白鹿原》论［J］．文学评论，1993（6）．